ハヤカワ文庫JA
〈JA681〉

探偵はひとりぼっち

東 直己

早川書房
4865

本書はフィクションであり、登場する団体名、店名、
個人名等はすべて虚構上のものです。

札幌市中心部／ススキノ

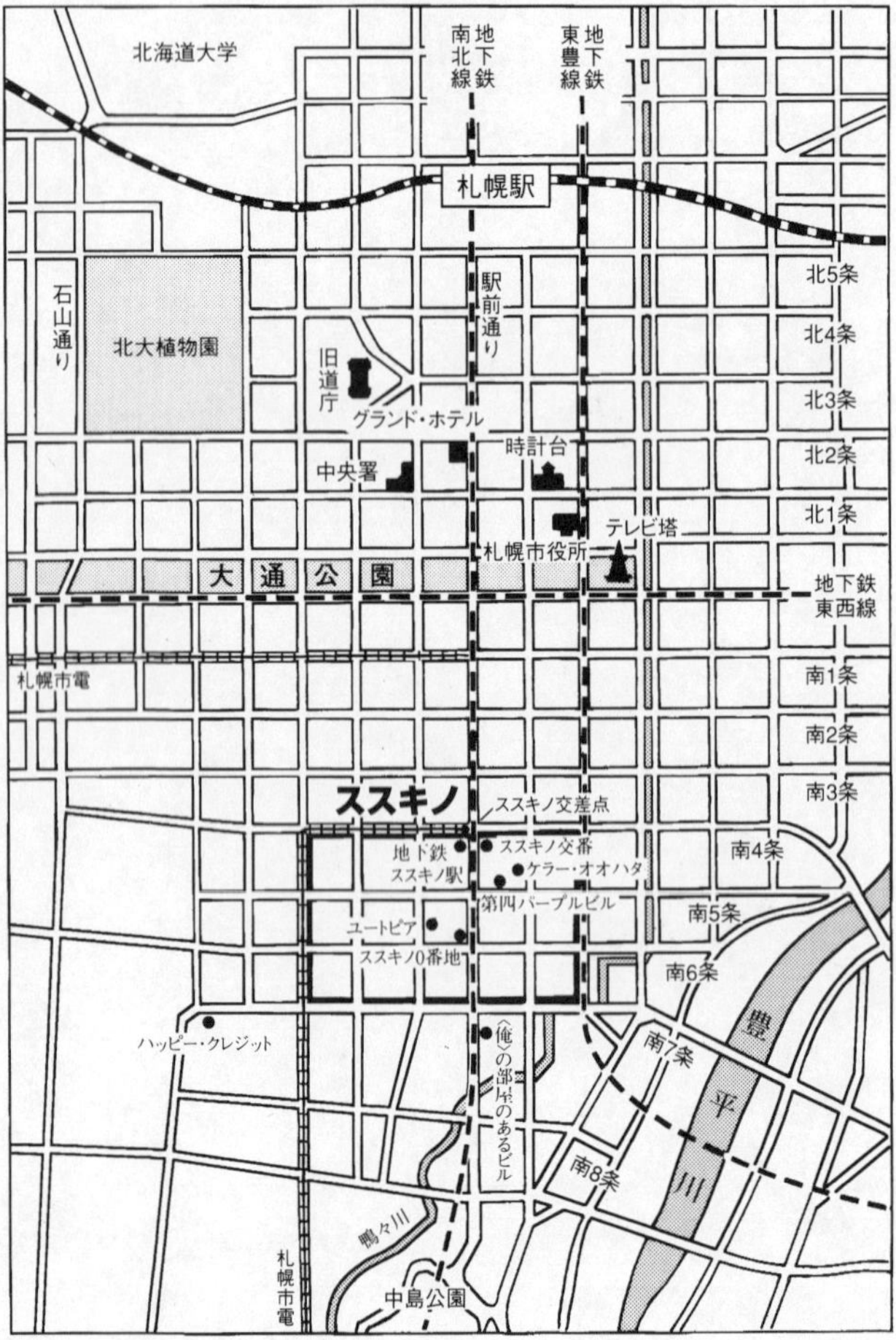
北海道大学
地下鉄
南北線
地下鉄
東豊線
札幌駅
北5条
北4条
北3条
北2条
北1条
石山通り
北大植物園
旧道庁
駅前通り
グランド・ホテル
時計台
中央署
テレビ塔
札幌市役所
大通公園
地下鉄
東西線
札幌市電
南1条
南2条
南3条
ススキノ
ススキノ交差点
地下鉄
ススキノ駅
ススキノ交番
ケラー・オオハタ
第四パープルビル
南4条
南5条
ユートピア
ススキノ0番地
南6条
ハッピー・クレジット
〈俺〉の部屋のあるビル
南7条
豊平川
南8条
鴨々川
札幌市電
中島公園

探偵はひとりぼっち

登 場 人 物

俺………………ススキノの便利屋
高田……………北海道大学の大学院生
松尾……………北海道日報記者
大畑……………〈ケラー・オオハタ〉のマスター
桐原満夫………桐原組の組長
相田……………同組員
種谷努…………北海道警察の巡査部長
牧園……………『サッポロ・マンスリー・ウォーク』副編集長
安西春子………〈俺〉の恋人。中学校の国語教師
マサコ
フローラ } ……〈トムボーイズ・パーティ〉のホステス
大野……………同マネージャー
マキタ…………マンションの管理人
聖清澄…………占い師
堤芳信…………「道政ウォッチング・センター」主任ウォッチャー
アシガキ………〈エンベロープ〉経営者
暢………………同アルバイト
越前章吾………『ファインダー』編集者
小泉晴彦………同カメラマン
学生……………客引き
橡脇厳蔵………北海道選出の代議士
新堂忠夫………橡脇後援会連合会長。民労中金理事長
新堂勝利………忠夫の甥。北海道教習センター取締役総務部長

1

普通、〈トムボーイズ・パーティ〉は、どんなに早くても午後十一時を過ぎないと、にぎやかにはならない。だが、今晩はまだ七時半にもなっていないというのに、とんでもないどんちゃん騒ぎだ。広いフロア・ステージをぐるりと取り囲んでブースが並んでいるが、客はすでにそのブースからウジャウジャとはみ出して、ステージの隅やバー・カウンターの内側にまで進出している。ススキノのオカマ業界の主だった人物、名物ゲイ、シー・メイル、それから一風変わった遊び人たちが、ほとんど勢揃いしている観があった。

ステージでは、ブタさんチームのコミカル・ショーが繰り広げられていて、店内は爆笑の渦だ。これはいつもと同じだが、ステージの中央に百インチのテレビ・モニターがでんと設置されているのが普通じゃない。このモニターは、今日の昼過ぎに、レンタル・ショップの人間が運んで来て、手際よくセットしたものだ。

俺は、そのモニターの真正面のブースに座っている。隣には春子がいる。そして俺の前では、北大農学部農業経済学科大学院博士課程を追い出されつつある高田と、北海道日報社会部記者の松尾が、体を後ろにねじ曲げて、ステージの上のいささかエッチな物まねショーを見ている。田村正和と近藤正臣とパンダの、とっても陽気な3Pベッド・ショーだ。

可憐な顔立ちと華奢なウェスト、そしてなぜか逞しい上腕二頭筋を持ったフローラが、シンプルでゴージャスな雰囲気のロング・ドレスに身を包み、ニッカのカルヴァドスXOを十数本載《の》せたトレイを頑丈な腕で支えて通りかかった。

「フローラ、今、何時？」

俺が尋ねると、フローラはキッとした表情で言う。

「わたしが時計なんか持たないの知ってんでしょ！」

「俺もなんだ」

「ほんとにもう！　忙しいんだから！」

フローラは俺たちのテーブルにカルヴァドスを一本ゴツンと置いて、隣のブースの男に声を掛けた。

「ちょっと、チープ！」

チープと呼ばれたのは、シアター・パブ〈南太平洋〉のチーフで、へなちょこだ。本人はいっぱしの男を気取っているが、そのへなちょこ性を店のフィリピン・ホステスやフィリピン・オカマに見破られて、「チープ」と呼ばれている。しかし、このへなちょこは英語がからっきしわからないので、「チープ」と呼ばれると「なんだ」ともったいぶって返事をするのだ。

「なんだ？」

「あんたさ、ちょっとその、六十回払いの月賦で買ったロレックスのニセモノで時間みてさ、このボクに教えてやってよ」

「えーと、あ、そろそろ始まる。あと五分で半だ」

「七時二十五分だってよ！」

「すげぇなぁ、即座に時間の引き算ができるなんて」

「あんたねぇ、隣に万子座らせて、ニヤついて、そんなこと言うと、痛いメに遭《あ》うよ！」

この〈万子〉というのは、フローラが女性を呼ぶ時の言葉だ。春子は、〈万子〉と呼ばれて可憐に爆笑した。

俺は、最高に薄いカルヴァドスの水割りを春子に作り、自分にはストレートをたっぷり注いでたっぷり呑んだ。高田の後ろを通りかかったレティシアという名前の、手術全て完了済みのホステスが、高田の頭にリボン三つ編みのカツラを載《の》っけて向こうに行った。高田は両手の人差し指を頬に当てて、可愛らしい仕種をしてみせた。春子が、再び明るく笑った。

俺は、春子の笑顔や笑い声が好きだ。

大音響、大騒ぎ、大爆笑の中を、黒いストッキングにピンクのガーター・ベルト、黒いパンティと黒いブラジャーのライター売り娘が通りかかる。首から〈マサコちゃん記念ライター　1コ五百円〉と書いた箱を下げ、そこにライターをたくさん入れている。ほっそりとした体つきで、化粧もうまいのだろうが、胸毛がモジャモジャなのが印象的だ。頭をツルツルに剃って、黒いサングラスをかけ、唇の上に立派なヒゲを生やしている。腰をくねらせながら、ゆっくりと歩く。

「マサコちゃん記念ライターはいかぁすかぁ」

「ひとつ、くれ」

松尾が言った。

その〈マサコちゃん記念ライター〉は、そこらに売っている百円ライターに、マジック・インキかなにかで、〈マサコちゃん記念トムボーイズ〉と手書き文字が入っているだけのものだった。ライター売り娘は太い声でヘッヘッヘと笑い、松尾はやれやれ、という顔になる。それを見て、高田もひとつ買った。

「おい、始まるぞ!」

客の誰かが怒鳴った。みんなは画面に注目した。ファンファーレのような音楽が流れ、四隅がちょっとぼやけている百インチ画面に文字が浮かび上がる。

〈第二回　大集合!　アマチュア・マジシャンの華麗な夜!〉

みんなが拍手をした。壁やテーブル、ボトルやポップコーンが全て震えるほどに、店内は盛り上がった。

誰かが俺の肩を叩いた。見上げると、フローラだった。

「ちょっと、いい?　座らせてよ」

「ああ、どうぞ」

俺は春子に体を寄せようとした。しかし、フローラは俺の頭を押さえて反対側に俺を動かして、春子と俺の間に強引に割り込んだ。

「悪いわね」

「いいよ、別に。ストレートでいいか？」

「決まってんじゃない！　あんたの横に座って、水割りなんか呑むわけないでしょ！　あんたの横で水割りなんか呑むの、バカよ！」

水割りを飲んでいた春子がハハハ、と笑った。楽しそうな笑いだった。俺は、フローラにカルヴァドスを山盛りに注いだグラスを渡した。フローラは「ありがと。乾杯」と言って一気に呑み干し、それからいきなり俺にキスをして、返す刀で春子に素早くキスをした。春子は心の底から驚いて、両手で唇を押さえ、フローラを見つめた。

「なに見てんのよ！　ふたりのために、間接チッスさせてやったんじゃないのよ！」

春子はちょっと眉を動かして可愛らしい表情になり、頷いた。それから、軽くフローラの唇にキスした。フローラは顔をしかめたが、しかたない、という仕種をして、俺に再びキスをした。舌が大胆に入ってきたので、俺は呻いた。いつまで経っても終わらないディープ・キスなので、俺はのけぞり、呻きながら松尾の腕を握って助けを求めた。

「ん〜ん〜！　んんんんん〜！」

「うるせぇなぁ。俺はテレビ見てんだよ。邪魔するな」

松尾がいかにも邪魔くさそうに言う。それを聞いて、フローラは俺を解放した。それから松尾の肩を「ねぇねぇ」と嬉しそうに叩き、「あんた、好きよ」と言う。松尾はニヤリと笑って、「サンキュー！」と答えた。

俺は、ニュースと映画以外には、テレビはあまり見ない。だから、画面にいる人間の名前がよくわからない。だが、とにかく〈アイドル〉のひとりであるらしい若い娘と、やや年長の女と、中年の男が司会者だった。その後ろに、今晩の出演者であるアマチュア・マジシャンたちが並んでいる。タキシードを着た初老の男、お揃いのドレスを着た、双子であるらしい、あまり可愛気のない小学生くらいの娘ふたり、ウルトラマンの仮装をした人間、普段着姿の青年、などなど。その中に、キンキラキンの光り輝く派手な衣装を着た桃太郎が立っている。マサコちゃんだ。

「ああ、わたし」

とフローラが男の声で言って、それからハッとしてオカマの声に変えた。

「ああ、わたし、心臓ドキドキしちゃって、倒れちゃいそう！」

「生放送だったっけ？」

春子が言う。

「そうなのよぉ！　ああ、マサコちゃん、今、どんな気分かしら！」

「すげぇ緊張してる顔だな」

高田が言う。

「死んだ方がマシって気分よ、きっと。あのコ、あがりやすいから」

司会者の後ろ、小さく見えるマサコちゃんは、女の化粧はしていない。日本一の桃太郎の化粧で、それなりに勇壮だ。しかし、まっすぐに結んだ唇、その目に浮かんでいる真剣な表情は、勇壮である中にもどこか頼りなく、彼、というか、彼女が、人生最大の大勝負に臨んで激しく動揺していることがはっきりと感じられた。頑張れ、マサコちゃん！　俺は思わず心の中で叫んだ。

俺のように控えめな人間はあまりいない。店内のあちこちから、「マサコ、頑張れ！」という声が挙がった。フローラは、アイドル娘の親衛隊が怒鳴る濁った汚い声を作って、「まぁ～さぁ～こぉ～ちゃ～ん！」と何度も喚いた。春子も精一杯の声で「頑張れ、マサコちゃん」と可愛らしく応援した。

春子はマサコちゃんには会ったことがないはずだ。しかし、周囲の雰囲気に呑まれたのだろう。そしてまた、テレビ画面の奥で、必死な表情で立っているマサコちゃんの姿は、思わず応援せずにいられなくなるほど、見る者の胸を熱くさせるものがあった。

2

話は、一年前にさかのぼる。去年のちょうど今頃、十一月の終わり、第一回の〈アマチュア・マジシャン大集合〉が放映された。それが、なぜかはわからないが、マサコちゃんの心の琴線を強くかき鳴らしたのだ。俺は、時折彼女と寿司を食べたり、映画を見たり、コーヒーを飲んだり、そんな程度の普通のつき合いだが、一年前の番組放映以来、彼女の話題がほぼアマチュア・マジックの魅力一つになってしまったらしいことに気づいてはいた。店の同僚たちから伝わってくるウワサでも、とにかくマサコちゃんはあの番組に「イカレ」ちゃった、ということだった。

俺としては、好きな人と寝たり、言葉も通じない知らない街を歩いたり、背中のかゆいところを掻いたり、そのほかもろもろ、人生にはアマチュア・マジック以外にもいろんな楽しみがあると思うんだが、マサコちゃんは、そんな話には耳を貸さなくなった。

それまで、彼女はマジックに関しては全くのシロウトで、できるネタはなにひとつなかったはずだ。それが、俺にアマチュア・マジックの魅力を熱烈に語りながら、自分なりにマジック・セットだの素人向け入門書だの、そのうちにマニア向け入門書だのを買い込んで、研鑽を積んでいたらしいのだ。その進歩は、今になって考えると相当のものだった。

マサコちゃんに関しておもしろいのは、彼女が情熱を傾けているのは、どうやらマジックそれ自体ではないらしい、ということだった。その不思議な現象、見る者を驚かせるさまざまな仕掛けももちろん好きだったに違いないが、彼女の真の目的は、〈アマチュア・マジシャン大集合〉に出場することだった。華麗で目立つコスチュームを着て登場し、見る者を驚かせる独創的なマジックを演じて賞賛されることに、激しく燃え上がったらしいのだ。彼女の複雑な心の中で、なにがどう結びつき、どんなドラマが展開されたのかは今となっては永遠の謎だが、とにかくマサコちゃんにとって、あの番組に出演することが人生最大の目標になったらしい。

マサコちゃんは感激屋で、そしてとても引っ込み思案の人間だ。だから、はじめのうちは、周りの人間にも、〈アマチュア・マジシャン大集合〉に出演したい、という自分の夢を、あたかも冗談のように話していた。

しかし、それが冗談ではなく、どうやらマサコちゃんの切ないほどの真剣な夢だ、とわかったので、ススキノのオカマ業界の大部分と、その周辺の人間たちは奮い立った。マサコちゃんはみんなに好かれている。もちろん、普通の世界同様、オカマ業界も嫉妬と足の引っ張り合いが渦巻く世界ではある。だから当然、彼女のことを「ブリっ子だ」と言って毛嫌いする連中もいるが、マサコちゃんと話をしたことのある人間は、ほとんどが、彼女の真面目な人柄に感銘を受ける。かくて、「マサコちゃんのアマチュア・マジシャン大集合出演を目指し、マサコちゃんのアマチュア・マジシャンとしての技術の向上に寄与し、オーディションを突破するために、あらゆる努力を惜しまないこと（本人の希望により、脅迫・リベート・コネの使用など、不正な手段を除く）」を会員規約第一条とする「北海道の明るい未来のための市民連合」（事務局　トムボーイズ・パーティ）が今年の春に結成された。プロの魔術師、というかマジック・ショー・パブとでも言うべき〈マジカル・サークル〉のオーナーで、プロのマジシャンでもあるマイティ堀内が、意気に感じて（でも、ちゃんと金は取ったらしいが）特別顧問の要職に就き、いろいろなマジックを教え、装置を貸したり作ってやったりもした。

　で、マサコちゃんはみんなの応援（はじめのうちはヒヤカシ半分だったのに）に心の底から感動し、真剣に修行者の道を歩み始めた。彼女のひたむきさが、周りを巻き込んだようで、はじめのうちはそれほど熱心な会員ではなかった俺も、夏の終わりあたりからは、気になってしょうがなくなり、〈トムボーイズ〉の開店前・閉店後のリハーサルに立ち会ったり、演出のネタを考えたりするようになった。

　ちなみに、全体を桃太郎で通す、というのは俺とマイティ堀内の共同アイデアだ。堀内は、はじめは浦島太郎で行こう、と言ったのだが、俺が反対した。確かに竜宮城は、マジックの舞台としては華やかでいいかもしれないが、最後にオジイサンになるのはいかがなものか。それに、浦島太郎の衣装は地味だ。それよりは、キンキラキンに派手な「日本一」の若武者の方がいいだろう。まぁ、芥川龍之介の批判は視野に入れるにしても。

　当然、激しい議論になった。だが、堀内は確かにマジックの腕は一流ではあるものの、口では俺にかなわず、結局俺が押し切った。だが、「みんなが知っているおとぎ話で、トータルに演出をする」という基本アイデアは堀内が出したもので、それを認めるのに、俺は吝《やぶさ》かではない。

　そんなこんなのどたばた騒ぎがあって、九月の下旬に札幌で行なわれた北海道地区のオーディションで、マサコちゃんはみごとトップになり、そして今晩、彼女は自分の晴れの舞台に臨んでいるのだ。

俺は、モニター画面のマサコちゃんに、声こそ出さなかったが、心の底から声援を送った。マサコちゃんが二日後に死ぬなんて、この時は全く考えてもいなかった。当然の話だ。しかし、涅槃経には、諸行無常の句が説かれている。人は、いつ死んでも不思議ではない。だが、まさか、マサコちゃんが殺されるなんて、あの時誰が予想できただろう。

3

マサコちゃんの出番は三番目だった。司会者が、「エントリー・ナンバー三、札幌市、常田鉄之輔さん！　タイトルは、桃太郎冒険記です！」と高らかに告げると、〈トムボーイズ〉の中はどよめいた。「トキタ？」「テツノスケぇ？」というような声があちこちで聞かれた。マサコちゃんの本名を初めて知った人間もいるのだろう。どよめきに続いて、大きな拍手が鳴り響いた。

「頑張れ！　マサコ！」

みんなが口々に絶叫する。春子も、一所懸命の声を出している。

「マサコちゃん、頑張って！」

バニー・ガールの扮装をした、スタイル最高の美人がふたり、上手から現れた。男の夢の中に出てくる美人だが、ふたりともアシスタントとしてマサコちゃんと一緒に東京に行った〈トムボーイズ〉のホステスで、ビューティー・チームのメンバーだ。右側のローラは手術全て完了だが、左側の藤子は、わざと竿・玉を残しているシー・メイルだ。しかし、観客や視聴者には、そんなことはわからないだろう。このほかに、画面には登場しない五人のホステス（警察は「女装ホスト」と呼ぶ）が、マサコちゃんを支えているはずだ。BGMは映画『エーゲ海に捧ぐ』のイメージ・ソング、〈魅せられて〉。マサコちゃんが一番好きな曲だ。劇的なイントロがタカタカタンと終わり、ジュディ・オングの声が「Wind is blowing from the Aeigea〜n」と歌うのと同時に、ジュディ・オングの衣装を着たマサコちゃんが登場した。店内は頭が爆発するかと思われるほどの拍手喝采大歓声。

マサコちゃんはこの店のマッチョ・チームのメンバーだ。マッチョ・チームというからには、いかつい体つきとごつい顔の、西郷隆盛を思わせる容貌をしている。単なるデブではない。単なるデブは、ブタさんチームに配属される。ブタさんチームとマッチョ・チームの違いは、筋肉と脂肪の割合、そして迫力の有無だ。だからとにかく、マサコちゃんには、〈魅せられて〉のジュディ・オングの衣装など、似合うべくもないのだ。それは何度も言ったのだ。マサコちゃん自身も、実はよく理解しているはずだ。しかしこの際、マサコちゃんは、どうしても登場の時にはこの衣装で出ると言って聞かなかった。彼女は今、自分の夢の中にいるのだった。

画面には、マサコちゃんの扮装を見て、笑い転げる審査員のタレントたち、顔を背ける若い女性の観客たちが映った。

「バカヤロウ！　人が、命がけでやってるんだぞ！」

そんなヤジがあちこちから飛んだ。

マサコちゃんはひたすら自分の夢に没入している。華麗に（少なくとも、本人の世界の中では）舞っている。

「♪私の中でお眠りなさい」

ジュディ・オングの歌声に合わせて、自分を抱き締めた。再び笑い転げる審査員、観客の大騒ぎ。

「頑張れ、マサコちゃん！」

春子が叫んだ。大きな瞳に、うっすらと涙が浮かんでいる。フローラは、なにも言わずに春子の頭を撫でた。彼女も涙ぐんでいる。

画面の中では、ローラと藤子が、大きなハリボテの桃を運んで来た。パカリと真ん中から二つに割れて、人がひとり、中に入れるようになっている。その桃を開き、観客に中を見せる。タネもシカケもございません。そして、桃を閉めて、鍵を掛けて開かないようにする。

ジュディ・オング・マサコちゃんは、その桃の上に立ち、フラフープほどの大きさの鉄の輪を頭の上にかざした。そこから黒くてツヤツヤ光るカーテンが垂れ下がり、マサコちゃんと桃を隠す。ローラと藤子が、ゆっくりとカーテンに隠された桃とマサコちゃんを回す。

「Wind is blowing from the Aeigea～n」

ジュディ・オングの声とともに、カーテンがさっと落ちた。そこには誰もいなかった。とたんに、音楽が「も〜もたろさん、ももたろさん、お腰に付けたキビ団子〜」に替わった。ローラと藤子がにこやかに笑いながら、きびきびとした身のこなしで、ハリボテの桃の鍵をはずし、桃をふたつに開く。中から、桃太郎の扮装のマサコちゃんが出てきた。

審査員と観客は一様に驚いたような表情になり、激しく拍手した。

「やった！　やった！」

「マサコちゃん！」

「これからだ、これからだ！」

「マサコちゃん！」

店内は、見かけによらず神経質だというナマズなら、まず確実に即死するだろうと思われるほどの大騒ぎになった。

それからのマサコちゃんは、素晴らしかった。あがりやすく、引っ込み思案の自分に打ち勝って、最高の演技を見せた。「日本一」の旗の竿を、一瞬のうちに巨大な花束に変え、旗からは鳩を何羽も飛び立たせた。なにも持っていない手のひらからキビ団子を何個も何個も出しては、犬と猿のお面をつけたローラと藤子に渡す。赤鬼のお面をつけたローラを箱に入れ、剣を何本も刺し、青鬼のお面をつけた藤子を、一本の金棒だけを支えにして、空中に浮遊させた。色とりどりの画面がキレイで、それにキンキラキンに光る桃太郎の衣装と、テカテカ光るマサコちゃんの額が眩しかった。ちょっと残念だったのは、きつく結んだ唇が緊張感丸出しだったことだが、それもローラと藤子の笑顔に救われていた。

ラストは圧巻だった。歌舞伎のような見得を切ったマサコちゃんの衣装のあちこちから火花が飛び、体中に花が咲く。そして、おじいさんとおばあさんのお面をつけたローラと藤子が、マサコちゃんの衣装のあちこちから、金銀サンゴなどの宝物を引っ張り出す。それは、どんどんと出てきて、たちまちステージにうず高く積み上げられる。四畳半の部屋をいっぱいにしてもまだ余る、という体積のように見えるのだ。これだけのものが、あの衣装のどこに入っていたのだろう、とびっくりするほどの宝物だ。

ステージの上が急に暗くなった。審査員たち、そして観客たちが思い切り拍手をする場面が映って、それからＣＭ。

〈トムボーイズ〉の大騒ぎは収拾がつかなくなっていた。

4

土曜の夜の二時間スペシャル番組で、九時半まで続くことになっていたが、各賞の発表は九時を少し過ぎた頃に始まった。店内は、異様な沈黙に覆われて、テレビの音だけがやかましく聞こえてくる。マネージャーの大野が、いつものようにフラフラしながら、操り人形のような無意識の動きで歩き出して、画面のすぐ前にアグラをかいて座った。アイデア賞、話題賞、どっきり賞などのザコが決まっていく。マサコちゃんが狙っているのは、グランプリしかない。手に汗握る、という陳腐な言葉そのままの沈黙が、俺たちのミゾオチにのしかかってくる。

時折画面に映るマサコちゃんも、とても緊張した顔つきだった。だが、その緊張の中にも、なにか和《なご》やかさが感じられた。自分のベストを尽くした、という自覚があるのだろうか。なにか満足した、嬉しそうな顔つきだ。

「次は、ベスト・コスチューム賞の発表です！」

司会者が、大声で言う。

「まずい！」

俺は思わず呟いた。審査員は、マサコちゃんにベスト・コスチューム賞で逃げるかもしれない。同じ思いの人間があちこちで、不満の声を上げた。

「これをもらっちまったら、最悪だぜ」

高田が真剣な表情で言い、松尾が難しそうな顔つきで頷いた。春子はさっきから、唇を噛みしめて両手を胸に当て、テレキネシスで百インチ・モニターを動かそうとしているエスパーのような目つきで凍りついている。フローラが、「ああ！　あたし、もう、ダメ！」と言って、震える足で立ち上がり、バー・カウンターの方に行った。画面に背中を向けて、ウィスキーをラッパ呑みしている。

審査員のひとり、ポルノ映画の監督だという小柄な男が、封筒を持って登場した。感想などを適当に話す。

「いい加減にしてくれ！」

「じらすな！」

「いかんなぁ、これは！」

「バカヤロウ！」

あちこちで多種多様なヤジが飛ぶ。職業年齢性別学歴、多種多様の人間が集まっているのだ。特に、性別は多種多様だ。

「さぁ！　いよいよ発表です！　ベスト・コスチューム賞は……」効果音が、ドロドロドロドロと鳴る。「札幌からお越しの……」ドロドロドロ「常田鉄之輔さん！」パンパカパーン！

店内に、お義理の歓声・拍手がわき起こったが、落胆のため息の方が大きかった。マサコちゃんも、瞬間激しい失望の色を見せたが、そこですぐに頭を切り替えて、客商売の愛想良さの仮面を顔に張り付けた。必死の努力だった。ここで悲しんでは、せっかくベスト・コスチューム賞を贈ってくれた審査員にすまない、と思ったのだろう。マサコちゃんはそういうケナゲな気配りをする人間なのだ。

「ご感想は？」

「はぁ、どうもありがとうございます」

マサコちゃんは、男の声で、男の話し方で言った。

「桃太郎のマジック、とっても鮮やかでしたが、失礼ですが、お年は？」

「四十六です」

それは知らなかった。みんなもそうだったらしい。店内がどよめいた。

「大変美しいアシスタントの方とご一緒ですが」

「ええ。お店の同僚で、今回は同僚やお店のお客様たち、そのほかたくさんのみなさんに、本当に、お世話になりました」

「お店、とおっしゃいますと？」

「ススキノのショー・パブ、〈トムボーイズ・パーティ〉です」

「どんなお店ですか？」

「明るく楽しいゲイ・バーです」

スタジオの観客たちが、「エー！」という悲鳴のような歓声を上げ、審査員たちは爆笑した。司会者も、ことさらおおげさに驚いてみせる。

「バカね、マサコったら！」

いつの間に戻ってきたのか、俺の後ろでフローラが独り言のように言った。

「なにも、こんな時に。せっかくの晴れ舞台なのに」

「それは違うんじゃねぇか？　マサコちゃんはさ、自分と、それから、この店に誇りを持ってるんだろ」

俺はそう言ったが、「お黙り！」と一喝されて、口をつぐんだ。

「なにもわからないクセに、わかったような生意気言うんじゃないよ！」

「へぇへぇ」

「それでは、鉄之輔さんは、お店でもマジックのショーを？」

「いえ、わたしは、筋肉マンのショーをやります」

スタジオの観客、審査員たちが大爆笑した。司会者も、体を折り曲げて笑っている。マサコちゃんは、静かな顔で、爆笑の中、ひとりで力強く立っていた。それから、番組のアシスタントに導かれて、首からメダルを下げ、手には目録の封筒を持って、後ろの列に戻って行った。

「さて、次はグッド・パフォーマンス賞です……」

大野が、「消せ、消せ！」と怒鳴って、大の字になって寝そべった。それをきっかけにして、みんなは酒に戻った。がっかりした、気まずい酒だった。レティシアがモニターのスイッチを切ろうとしたが、「最後まで見てやれや！」と誰かが怒鳴り、たくさんの人間が「そうだそうだ」と言ったので（春子も細かくコクコクと頷いた）、レティシアは音を消して、画面はそのままにしておいた。

「いいセン行ってると思ったんだけどなぁ」

体の向きをこっちに戻した高田が、残念そうに言った。松尾もこっちに体を戻して、まったくだ、と頷いた。

「でも、ベスト・コスチューム賞がもらえたし……」

春子が呟いた。しかし、そんなもの、なんにもならない。

「でも、そんなもの、なんにもならないか」

春子が自分のセリフを引き取って、ため息まじりに言った。その時、モニターでマサコちゃんの顔がアップになった。光り輝くような表情だ。

「あ！」

思わず俺は叫んだ。

「どうした⁉」

高田と松尾がハモって、体を後ろにねじ曲げた。俺と同時に何人かが画面の変化に気づいた。

「音！　音、出せ！」

あちこちで叫ぶ。レティシアがモニターに飛びついた。大野がむっくりと起き上がる。

「でとうございます！」

「う！　う！　ううううう！　うううううう〜！」

司会者の叫びと、マサコちゃんの嗚咽が飛び出した。

「いや〜、すごいですねぇ、ベスト・コスチューム賞と準グランプリ、ダブル受賞ですよ！」

「はい、ありがとうございます。うううう〜！　ありがとうございます、ホントに！　うううう！　ゆ！　ゆ！　夢だったんですぅ〜！　わたしの、夢だったのぉ！　夢だったのよぉ〜！」

もう、店内はテンヤワンヤの大騒ぎだ。あちこちで、クラッカーがパンパンと音を立てる。俺の頭の上にも細い紙テープが飛んできた。何人かが立ち上がって万歳をした。春子もつられるように立ち上がって、握り拳の両手を伸ばし、小柄な体でピョンピョン跳ねている。彼女は、とても静かでおとなしい箱入り娘、という雰囲気なのだが、時折大胆な騒ぎ方をする。最近、ようやくそのことに気づいた。

マサコちゃんは、感激のあまり、自分で立てなくなってしまったようだった。ワンワン泣きながら司会者にすがりつき、それから、ローラと藤子に支えられて、泣きじゃくりながら列の方に戻る。手に持っている封筒とか盾とかはどうでもよくなったらしく、そこらにボトボト落としながら、下がって行った。藤子が戻って来て、それを拾い集めた。

「よかったね、ね、マサコちゃん、よかったね！」

「ほんとに」

俺は答えながら、なんて可愛らしい女なんだろう、と思った。……春子のことだ、もちろん。

グランプリを受賞したのはタキシードを着た初老の男だった。テーブル・マジックを演じてみせたが、アマチュア・マジック歴四十五年というだけあって、確かに優れたものだった。順当な結果だということで、我々「北海道の明るい未来のための市民連合」は見解の統一を見ることができた。

そのあとのことは、あまりはっきりと覚えていない。いい加減、酒が回り始めていたし、その上にオカマたちが片っ端からシャンパンの栓を抜いた。いつもは酒をあまり飲まない春子が、水割り二杯、シャンパン一杯を呑んだ。ということは、少なくとも俺は、カルヴァドスのボトルを二本、シャンパンを一本呑んだ、という計算になる。高田と松尾もそれくらい呑んだだろう。途中、大野が電話のところから、「マサコから電話だ！」と怒鳴り、受話器を客の方に向けた。俺たちは一丸となって、大声で怒鳴った。受話器を置いた大野は戻って来て、「手放しで泣いてやがる」と嬉しそうに報告した。

そんなこんなの騒ぎが一段落ついて、店を出たら午前二時だった。俺は途中で寝たのかもしれない。外に出た時は、さっぱりした気分で、意識もしっかりしていた。

「これから、どうする？」

と高田と松尾に尋ねたら、ふたりとも、もう帰る、と言った。気配りの優しい、素敵な連中だ。ふたりと別れてから、俺と春子は、ススキノのはずれのビルの八階にある、俺の部屋に行った。明日は、いや、すでに今日になったが、日曜日で、春子は休みなのだ。春子の両親には、今日は知人の新築祝いでその家に泊まる、と話してあるそうだ。

5

日曜の朝、俺は七時にいったん目が醒めた。春子は、毛布や掛け布団など、体に掛けるものを全て独り占めしてぐっすりと眠っている。寒くて目が醒めたのだ、とわかった。ベッドから出てガス・ストーブに点火し、火を最小に調節した。それから新聞を読んだ。マサコちゃんが準グランプリを受賞したことは記事になっていなかった。当たり前だ。天気予報は、曇りときどき雨でところにより霙《みぞれ》、と書いてあった。予想最高気温は六度。暖かい日になりそうだ。

新聞を畳んで、クロゼットから予備の毛布を出して、ベッドに戻った。まだ、寝足りない。春子は、ブラインドの隙間から差す紫がかった光の中で、ほんの少し口を開けて、体を丸めてぐっすりと眠っている。それを眺めたら、彼女を初めてこの部屋に連れて来た時のことを思い出した。

春子の来訪に備えて、俺は半日がかりで部屋を掃除した。俺の部屋は、ゴミ捨て場よりもほんの少し汚い、という状態だったのだ。半日の労働の後、なんとか人間の住居らしくなったと判断して、彼女を迎えに行った。部屋に入るなり、春子は呆然とした表情になって、あたりを見回した。俺は、なにが悪いのかわからなかった。それから三時間、春子は掃除を続け、それによって、俺は現代日本の住民が、一般にどの程度の清潔さを要求されるものなのかを知ることができた。

それ以来、春子は時折やって来て、掃除をしてくれる。俺も、せっかくきれいに変身した部屋がもったいないので、驚くべきことだが、ひとりで掃除することもある。

それで、この部屋は少しずつ変わってきた。元々、俺の部屋の玄関は、新聞紙がうず高く積もって、その上で靴の底のドロを落とす場所だった。俺の部屋の流しは、うず高く積み上げた汚れた食器の上に、ウィスキィのしみこんだ吸い殻のカタマリを捨てる場所だった。俺の部屋の床は歩くと常にカサカサと音がした。ベッドは、俺がゴミに囲まれてカサカサ眠り、めったにないことだが人に雇われたヘナチョコが俺を縛り上げ、水をぶっかけ、俺を殴ることもある場所だった。それらが、根本的に変わった。

ベッドは、春子がぐっすりと眠る場所で、俺がひとりで春子のことを考えながら眠る場所で、俺と春子がお互いに相手の体を味わう場所になった。俺は、その変化を喜んでいる。ただ、春子が「幸せ？」と俺に尋ねる時、即座に「うん」と言うことができないので、不思議な気分になるだけだ。

そんなことを考えながら春子の寝顔を眺めているうちに、俺は再び眠り込んだ。

目が醒めたら、隣に春子がいなかった。バスルームの方から物音がする。俺は、腰にバスタオルを巻いて音のする方に行った。裸の春子が、歯を磨いている。鏡に映った俺に向かって、口にブラシをくわえたまま、「おはよう」と言った。小柄な春子が丁寧に歯を磨く仕種は、とても可愛らしい。俺も「おはよう」と言って、春子と並んで歯を磨いた。

部屋は暖かくなっていたので、俺たちは裸のまま、コーヒーを飲んだ。あまり空腹は感じなかったし、春子もまだ食べたくないと言ったので、ふたりはそれからベッドに戻った。

休日の一日を、恋人同士がベッドの中で過ごす。そんな場面が小説や映画に出てきたら、退屈で死んでしまうと考えるだろう。そんなことはあり得ないと思う。いくら好きな相手が一緒でも、俺は大声で笑うはずだ。そんなことはあり得ないと思う。しかし、俺と春子は、午前十時から午後九時まで、ほとんどベッドの中で過ごした。もちろん、その間ずっと活発に運動していたわけではない。一階にある喫茶店〈モンデ〉から二度食事を出前してもらった。春子は何度かウトウト眠った。それ以外のほとんどの時間は、ふたりで抱き合って、いろいろな話をした。俺は何度か、映画か近代美術館か、それとも動物園か、あるいはどこかに食事でも、と誘った。それに、午後八時頃から、〈トムボーイズ・パーティ〉でマサコちゃんの凱旋パーティがあるはずだった。それに出席しよう、とも思った。だが、春子は、「このままのほうがいい」と答え、実は俺も同感だった。もちろん何度か俺は彼女の体を求め、春子はそれを受け入れた。また、春子の方から俺を招き入れることもあった。それから、お互いに相手の体を撫でながら、とりとめのない話をした。

そのうちに、外は暗くなり、マサコちゃんの凱旋パーティの開始時間も過ぎ、いつの間にか午後九時になった。俺たちはシャワーを浴び、この日初めて服を着て、それからふたりで地下鉄に乗り、琴似《ことに》駅のバス・ターミナルまで行った。春子はバスに乗り、俺はそれを見送った。日曜日は、こうして終わった。

日曜日は、終わった。マサコちゃんの凱旋パーティに顔を出そうかとも思ったが、なぜかそんな気分にはなれなかった。〈ケラー〉で酒を飲み、トランプのバクチ場に行って十二万円儲けた。だが、それらの出来事とは関係なく、この日曜日は、春子がバスに乗った時に、終わったのだった。

6

月曜の朝の目醒めはあまりよくなかった。非常にイヤな感じだ。その原因はすぐにわかった。目醒める前に見ていた夢のせいだ。ビルの屋上で巨大な怪獣が人々を拷問にかけてなぶり殺しにしている夢だった。その夢からの連想で、中島翔一のことを考えた。春子は中学校の教師で、中島翔一は彼女の担任の生徒だ。翔一は、素晴らしい少年なのだが、事情があってずっと問題児だった。それが、この夏、俺も関係したある事件で危機に直面し、相当危ない目にあったが、なんとか生還した。それがきっかけになって、うまくいっていなかった父親との関係も持ち直し、今はハツラツとして中学生生活を送っている。春子から聞いた話によると、バカな教師に反抗するクセは抜けていないらしいが（抜ける必要はない、と俺は思う）、以前のようにわざと白紙の答案を出すようなことはなくなった。それに伴って成績は急上昇し、今は学年の二十番以内にいるんだそうだ。

しかし、以前の最悪の成績の記録、登校拒否時代の遅刻・早退・長期欠席の記録は消えない。今のままでは、公立進学校に合格するのは不可能なのだそうだ。翔一の家庭はそれほど裕福ではないので、翔一を私立高校に進学させる余裕があるかどうかはわからない。学歴を重視するわけではないが、英米文学の研究をしたい（そして、映画関係の仕事を目指している）翔一にとって、あまり裕福ではない家庭の事情を考えると、ここはぜひとも公立進学校に入って、北大を目指したいところだ。北大は、札幌の人間にとって、大学教育を最も安上がりに受けることができる施設なのだ。

しかし、現状では、北大を目指せる公立普通科の高校には、翔一はとても届かない。内申書の数字は、冷厳なものだ。それが春子の悩みだった。内申書に翔一の事情を詳しく説明した意見書のようなものをくっつけられないのか、と尋ねると、不可能ではないがそれほど効果はないだろう、と言った。特に公立高校が相手の場合、内申書は数字だけが問題で、よほど点数が競《せ》ったときに、内申書の意見が検討される程度だという。教師が逮捕された殺人事件が絡んでいるのだから、そういう特殊な事情を考慮してもらえないのか、と聞くと、入試担当者はなおさら敬遠するだろう、と言う。内申書の記録を偽造できないか、と言ってみたら、問題外、という答だった。

「こういうのはどうかな。つまり、目的の高校の入試担当者には、必ず他人に知られたくない秘密があるはずだ。それを探り出すことは、俺には簡単にできると思う」

「脅迫？　あなたは、すぐそれね」

なんという言いがかりだろう。

「そうじゃないよ。脅迫するんじゃなくて、とにかく、その意見書を真剣に読んでくれ、と頼むきっかけにするんだ。いざとなったら、俺も説明するし、道警の種谷《たねや》刑事だって、一肌脱いでくれると思う。そして、あの事件の関係者が、みんなで事情を説明して、入試担当者の判断に任せるんだ」

「あなたって、びっくりするくらい大人だなぁ、と思う時もあるけれど、どうしようもない子供としか思えない時もあるわ」

「そうかな」

「そういう働きかけがあればあるほど、高校側の心証は悪くなると思うわ。意地になって中島君を落とす方向に動くのは、確実。だいたい、自分の提案が、どれくらい非現実的なものか、わからない？」

五秒考えて、わかった。

「わかったよ。じゃ、どうすればいいんだ？」

「……どうしようもないかもしれない。とにかく、今の内申書と、これからの成績で、手が届く公立普通科を受けて、そこで頑張って大学を目指すしかないわね」

「新聞の人生相談がつまらないのは、回答があんまりにも常識的だからだよ。何の役にも立たない」

「わかってるわ。でも、それ以外にないんだもの。……それに、偏差値の低い高校に入ることにはメリットもあるわ。中島君が頑張れば、トップ・クラスに入れるだろうし、内申書の数字も、進学校に入った時よりもずっとよくなるはずだから」

「本気で言ってるのかい？」

「……」

「ニワトリの頭で頑張ってたら、結局、牛の尻尾にも届かなかった、でチョン、それがオチだろ」

「……」

「公立進学校とそれ以外の高校で、授業やなんかがどれくらい差があるか、あなたも僕もよく知ってるはずだ」

「じゃ、どうすればいいの？」

「僕が聞きたいよ。あなたは、現役の教育者だ。僕は、教職の単位も取っていない。教えてほしいね。今の日本は、翔一に、ちょっとした間違いを修正するチャンスを与えることもできないのかい？」

「教育者か……」春子は呟いて「つくづくイヤになるわ、教師なんて仕事……」と続けたのだった。

俺はその時のやりとりを思い返しながら、天井を見上げた。翔一が、彼にふさわしい教育を受けるための方法が、なにかないだろうか。俺はなんとかしてそれを見つけ出したかった。

その時、電話が鳴った。ついこの前まで、電話はゴミの中に埋もれていて、その時その時で場所が変わっていたので、すぐに受話器を取るのが難しい場合もあった。しかし、今はそうではない。俺の部屋は大変身を遂げた。俺は、驚くべきことに電話以外のものは何も載っかっていない小さなテーブルの上に手を伸ばし、受話器を取った。

「もしもし」

「わたしよ」

「やぁ、フローラ」

昨日、日曜日の夜は、東京から帰ってきたマサコちゃんの凱旋パーティだったはずだ。俺も誘われたのだが、結局行かなかった。その結果報告だろうか、と思った。それにしては、声に異様な緊張感がある。

「どうだった、昨日のパーティ」

まだ続いているのかもしれない、と思ったが、受話器の向こうは静かだ。

「知らないのね」

「なにが？」

「マサコちゃん、殺されちゃった！　殺されちゃったぁ！」

泣き叫ぶ。チリチリする感じの痺《しび》れのようなものが、俺の体の中を駆け回った。

7

木曜日の夕方まで、とんでもない騒ぎが続いた。月曜日未明に発見されたマサコちゃんの遺体は火曜日の午後に警察から戻されたが、ちょうど友引だったので、通夜は水曜日になり、告別式が木曜日だった。俺は、生まれて初めて葬式にスタッフの一員として関わって、その忙しさにびっくりした。ときどき、「忙中自ずから閑在り」の言葉どおり、ポカンとヒマな数十分が生まれるが、それ以外はファッション・ショーの楽屋のような忙しさなのだ。そしてまた、忙しい方がよかった。暇な時間は、マサコちゃんの思い出が止めどなく浮かび上がってきて、耐えられなくなるのだ。葬式が、その準備や後始末も含めて数日に渡り、しかもそのほとんどが忙しい時間である、というのは人類の知恵なのかもしれない。身近な人の死によってもたらされる、どうしようもないほどの悲しみがピークになる数日を、忙しさの中で知人たちとバタバタ過ごすというのは、いささか救いではある。

そしてまた、葬式の準備やなにかの過程では、食事の時間がやたらと多い。場面が変わるたびに、みんなで食べる。飲む。そうしているうちに、故人の思い出が思い出として受け止められるようになり、悲しみを消化するためのエネルギーが生まれてくるのだった。

フローラから知らせを受けて、とりあえずみんなが集まっているという〈トムボーイズ・パーティ〉に駆けつけた時は、ほとんどみんなは泣き喚くか、嗚咽するか、沈黙して俯いているか、それだけしかできなかった。それが、告別式が終わり、店に再び集まった時には、悲しみの空気は濃いものの、時には誰かがマサコちゃんの思い出や、葬式の時の遺族たちのようすを語り合ったりして、笑い声が出るようになっていた。……とても寂しい笑い声ではあっても。

たとえば、こんな思い出。

日曜日の凱旋パーティで、店のブタさんチームの物まね帝王であるパン子が、準グランプリ受賞の時のマサコちゃんのようすを、さっそくネタにして演じてみせたんだそうだ。パン子が、司会者役の八郎にしがみついて、「ゆ、ゆ、夢だったのよぉ〜！」と泣きじゃくる。みんなは爆笑。ところが、それを見たマサコちゃんは、感激を思い出したのか、再び号泣になだれ込んでいって、しばらくは止まらなかったんだそうだ。

「あのコ、本当に感激屋だったからね」

みんな、追憶の爆笑。

「ピュアだったよね」

追憶の爆笑。それから、悲しみの沈黙。すすり泣き。

たとえば、こんな思い出。

葬式の時、常田鉄之輔氏の遺族は、故人の生前の同僚、知り合いを非常に忌避した。水商売の人間、というわけだ。オカマ、ソープ嬢、客引き、ヤクザのような人間、その他もろもろ。遺族が強く拒否したので、〈トムボーイズ・パーティ〉名義の花輪も並べることができなかった。しかたなく、フローラたちは「友人一同」の名義にした。

俺たちは、マサコちゃんが好きだったから、彼女の葬式を立派にやり遂げようと思って頑張った。遺族たちは、威張りくさって、ちょうど手頃な、経費のかからない労働力として、俺たちをアゴでこき使った。一家の恥であった鉄之輔の友人は、人類の恥である連中に決まって、というわけだ。だがそのうち、札幌の〈一流企業〉や〈老舗〉の幹部、本州資本の〈大企業〉の札幌支社長などが弔問に現れたので、遺族は心底戸惑った。中でも、それまでさんざん威張り散らしていた故人の弟（英会話教材の販売会社のトップ・セールスだ、と自慢していた）が狼狽し、態度が豹変し、そうなるときちんとした敬語を使いこなせないものだから、誰に向かっても最上級の敬語で話すようになってしまった。

「情けないクズ！」

「まったく！」

「肩書きに弱いのよ。アソコだって、弱くて使いモンにならないんだろうけどね！」

みんな、爆笑。確かに、マサコちゃんの弟は、やたらに威張り散らす早漏、という雰囲気だったのだ。

「バカ丸出しのバカ一家」

みんなはやたらと大声で笑った。

「でも、あんな家に生まれたのに……」

笑いが収まったら、パン子がぽつりと呟いた。

「そうよね。マサコちゃん、信じられないくらい、いいコだった……」

レティシアが俯きながら頷く。突然、悲しみの沈黙。そして、すすり泣き。

俺は、マサコちゃんの死に顔を思い浮かべた。マサコちゃんは、棺の中に静かに横になっていた。ヒゲが少し伸びていて、化粧らしい化粧はしてもらえなかったから、〈マサコちゃ常田鉄之輔四十六歳の、誠実で謙虚で、人間の尊厳のようなものが漂っていた。だが、そこには常田鉄之輔四十六歳の、誠実で謙虚で、

ん〉としての面影はあまりなかった。だが、そこには常田鉄之輔四十六歳の、誠実で謙虚で、それでいてどんな犠牲を払ってでも自分の生き方を貫いた人間の尊厳のようなものが漂っていた。あの時、俺の横に立っていたマサコちゃんの弟が、「こんなツラでオカマなんぞになりゃぁがって……」と小さく呟いた。俺は、いつか機会があったらこの弟を殴り倒してやろう(目標全治六カ月)と決心しかけたが、マサコちゃんは悲しむに違いない、と思って許してやったのだ。

そんなことを思い出した時、思いがけないことに、俺の中から号泣が噴き出した。俺は激しく戸惑いながら、涙に溺れていった。フローラが、俺を抱き締めてくれた。

「死に化粧を、せめて、死に化粧を」

「うん、うん、わかる」

「せめてさぁ、綺麗に化粧をさぁ、してやりたかったよ、俺ぇ！」

「うん、うん、わかる。わかるってば！」

「あの写真だって、あの写真だってさぁ！」

マサコちゃんは、東京のTV局から、桃太郎の晴れ姿の写真を土産にもらっていた。祭壇の遺影にはその写真を使いたい、と俺たちは強硬に主張したのだが、遺族に全く無視されてしまった。

「うん、うん、わかる。わかるよ」

あちこちで嗚咽が漏れた。しばらく、すすり泣きと、俺の号泣だけが続いた。それから、

大野が涙声で、呟くように言った。

「それにしてもよう、あの写真が、祭壇にあったら、客は腰抜かすほどぶったまげただろうなぁ……」

みんなは、泣きながら、爆笑した。俺も泣きながら爆笑した。そんな芸当ができるほど器用な人間ではないのだが。

8

葬式の忙しさと、それから木曜の夜にたっぷり泣いたせいかどうかはわからないが、土曜日に春子と会った時には、俺はもうすっかり落ち着いていた。身近な人間の突然の死というものは、悲しみばかりではなく、ショックを伴っている。そのショックから回復したのだろう。

春子はマサコちゃんの告別式に線香を上げに来たが、忙しくて言葉を交わす暇があまりなかった。すれ違いざまに、「だいぶ疲れてるみたいだけど、大丈夫？」と春子が言って、俺が「うん」と答えたのが、唯一の会話だった。だから今日、春子に会えるのが楽しみだった。

待ち合わせは、午後六時、〈ケラー・オオハタ〉。相変わらず俺は〈ケラー〉で毎晩酒を呑み、マスターや岡本とどうでもいい話をして、人生を過ごしていたのだ。時間より少し早く着いた。客はまだひとりもいなかった。

マスターも岡本もマサコちゃんの顔は知っていて、葬式にも顔を出していた。マサコちゃんの死が、間違いなく殺人事件である、ということになったので、ここ数日はもっぱらそのウワサ話だった。捜査の進展ははかばかしくないらしく、それは何度か連絡を取り合った松尾の話でもはっきりとしていた。いったい何があったのだろう、と意見を交わしたが、結局、無意味な憶測を並べただけだった。「こういうのは、わたしたちには想像もつかないほど、奥が深いもんだ」というマスターの意見が、とっても重々しく聞こえた。

土曜日なので、客の出足は早く、どんどん入って来た。マスターは俺に「ごゆっくり」と言い置いて、見習いバーテンダーの多田と、最前線に出撃した。

「で、マサコさん殺人事件の解決に挑戦するんですか？」

岡本がニヤニヤしながら言う。返事をする気にもなれない。鼻で笑うと、わりと真面目な顔つきになって言葉を続けた。

「だって、さっき大畑も言ってたでしょ？　ああいう事件は、真相はなかなかつかめないもんらしいですよ。あの世界の事件は、人脈がモノスゴク錯綜していて、警察なんかには到底わからないって」

「かもしれないけど……」

「オレが真犯人をアゲてやる、なんて気にはならないの？」

「警察の人手と、情報量にはかなわないよ」

「こりゃまた、お言葉とも思えない。中島翔一事件の時は?」

「ありゃ例外だよ。あの時だって、殺人事件を解決するのが目的だったわけじゃない。翔一の行方を探していたら、偶然ああなっただけだ。それに、もし警察がいなかったら、今ごろ俺も翔一も、それに春子も、死んでたかもしれない」

「そうかな」

「それに第一、依頼人がいないしな。アメリカの私立探偵小説では、依頼人の存在が不可欠なんだ。依頼人と探偵との緊張関係が、ひとつの重要なファクターなんだよ」

「それに第一、私立探偵でもないし」

「そういうこと」

「なんとなく、つまんないな」

通夜や葬式の時、フローラたちと言葉を交わしながら、犯人を捕まえてやる、といきり立ったこともあった。特に、マサコちゃんの殺され方が、多人数によるなぶり殺しという状況(警察が、即座に怨恨殺人と判断したほどの凄惨な状況だったらしい)だったこともあって、警察よりも早く犯人を捕まえて、自分たちで処刑してやる、という意見もあった。これは、一時は満場一致で支持されたのだ。

しかし、時間が経過して、ショックが収まると同時に、それらの興奮も静まっていった。とにかく、警察に協力は惜しまないが、でしゃばっても無意味、むしろ邪魔になるのではないか、という常識的な判断が力を得て、日常が徐々に回復してきたのだった。

春子は、二十分ほど遅れて来た。冬休みが近づいて、少しずつ雑用が増えてきたのだという。マサコちゃんの葬式ですれ違ったのを除けば、一週間ぶりだ。嬉しかった。

岡本が気を利かせて別な客のところに行ったので、今晩の過ごし方を春子と相談した。いろいろと案が出たが、〈ケラー〉を早目に切り上げて、俺の部屋に行き、ふたりで協力しておいしいスパゲティを作ろう、ということになった。世界中の人間が愕然とするかもしれないが、俺は料理を作るのが好きだ。ただ、食器を洗うのが嫌いなだけだ。部屋には現在、ディ・チェコのスパゲティがあるし、ニンニク、タマネギ、バター、それにエスカルゴの瓶詰めもある。商売物の、麻の葉っぱの粉末だってあるのだ。麻の葉っぱは、煙にして吸うばかりが能じゃない。部屋に向かう途中で、キアンティとティオ・ペペ、そして生ガキでも買えば、素敵なキャンドル・ディナーが楽しめる。

と、そこまで話がまとまった時、岡本が元気な声で「いらっしゃいませ!」と言った。と同時に、俺の後ろで声がした。

「よう。やっぱり、ここだったな。仲良していいなぁ、イヒヒヒ!」

高田は、とてもいいヤツなのだが、少々露悪家なので、損をしている。俺は、親友として、彼のこの人格的欠陥を、心の底から残念に思う者だ。

「これから、〈トムボーイズ〉に行こうと思うんだ。付き合うだろ、ふたりとも」

高田は春子の隣にドサリと座りながら、面倒臭そうに言った。「ああ、そうだな、そりゃいいや。でも、俺たち……」とオレが言うのと同時に、春子が言った。

「いいわね。行きましょ」
頭の切り替えが早いのか、それともほかに理由があるのかわからない。春子は高田に向かって明るい表情で頷いた。俺は残念だった。

9

降っては溶けることを繰り返していた雪がだんだんと勢力を増して、とうとう積もって根雪になって、クリスマスには春子とニセコの温泉に一泊旅行に行って、大晦日《おおみそか》になって、年が改まって、家族と過ごしている春子に一月一日午前零時に電話して「明けましておめでとう」を言い合って、二日にふたりで神宮に行って甘酒を飲んでソバ屋で酒を呑んで、十五日には成人式に出る娘たちの似合わない振り袖姿でいっぱいになった地下街で、あらためて春子の可愛らしさを実感して、下旬には恒例の桂米朝独演会でたっぷり笑い、そんなこんなで一月も終わり、二月になって、札幌の街中にやたらと人間が密集する雪祭りも終了したが、マサコちゃん殺しの犯人は捕まらなかった。松尾に何度か会って酒を呑んだが、「犯人の目星は全然ついていないらしい」と話していたのは十二月までで、年が改まってからは、話題にすらならなくなった。松尾はホモだが、〈トムボーイズ・パーティ〉にはあまり近くない。妻ひとり子供ふたりの家庭があり、三歳年下だという歯科医師（彼にも、妻と子供がいる）

の恋人がいて、それ以外のホモやオカマとはそれほど親しくないのだ。マサコちゃんは、結構仲が良かったホステスのひとり、というに過ぎないらしい。ほかの事件に比べて興味はもちろん大きくあるのだろうが、毎日毎日追いかけてくる新しい事件の相手をするので手一杯らしい。時折俺が「マサコちゃん事件はどうなってるんだろ？」と尋ねると、「あ、そうだな。そういや、全然話を聞かないな」と言う程度だった。事件後、すぐに設けられた捜査本部も、専従捜査員の数はどんどん減っている、と言っていたこともある。

俺は、十二月の初めに刑事の訪問を受けた。テレビや映画では常にふたり一組になっているが、それとは違ってひとりでやって来て、葬式の参列者や手伝いの人間に、話を聞いて回っているのだ、と言った。名刺をくれ、としつこく粘ったら、捜査一課巡査、間宮剛と書いた名刺を、非常にしぶしぶと寄越した。だが、それ以外には、無礼な態度のない、温厚で常識的な若者だった。俺よりも何歳か年下で、二十代の半ば、という感じだった。俺には、話すことはほとんどなく、間宮としても、尋ねるべきことはほとんどないようだった。マサコちゃんとの付き合いの様子や、彼女の交友関係について知っていることを（あまり多くなかった）話し、それから、捜査の状況を教えてもらおうとした。間宮の口は軽くなかった。それは、秘密を守っているのではなくて、たとえ口を軽くしても、それに見合うだけの情報がないからだろう、そんな感じがした。

それっきり、間宮も、ほかの警察関係者も、俺のことを忘れたようだった。

俺は、トランプ博打で小金を集め、時折はチンピラを叩きのめしてスナックのママから謝礼をもらい、前払金持ち逃げ常習者とそのヒモのリストから情報を提供して礼金を受け取り、悪質なツケを溜めた客を脅してツケを回収したり、それに失敗した時はヤクザに引き渡したり、ジョイントを捌《さば》いたり、小学生の子供をほったらかして遊び回っていたホステスを家に連れ戻して、子供からひらがなの多い「おれい」の手紙をもらったりしていた。それ以外の時間で、春子の都合が悪い時には映画を観たりススキノを呑み歩いたりして、春子の都合のいい時には、もちろん春子と会った。会うたびにどんどん好きになっていくという実感があって、俺は戸惑った。

マサコちゃん事件は、札幌市民のほとんどから、忘れられてしまった。今年の十一月ごろ、きっと第三回〈アマチュア・マジシャン大集合〉が放映されるだろう。その時、誰かが、準グランプリを受賞してオイオイ泣きじゃくった、札幌のごついオカマのことを、ちらりと思い出すかもしれない。

「寂しいわね。出来事って、こんな風に終わるものなのかしら。終わる、というのじゃなくて、消えていくのかしら」

俺と春子は、俺の部屋で差し向かいで鍋をつついていた。俺はティオ・ペペと賀茂鶴を交互に呑み、春子は賀茂鶴をおいしそうにクイクイと呑んだ。最近、彼女は少し酒に強くなった。自分から求めて呑むことはないが、俺がウィスキィのボトルを一本空ける間に、薄い水割りをなんと二杯は呑めるようになったのだ。長足の進歩と言わなくてはならない。

「……捜査の方はどうなってるのか、聞いてみようか？」

あの若い間宮に電話すれば、今どうなっているのかくらいは教えてくれるだろう。松尾は、地下街商店連合会の背任横領事件で忙しくて、去年の事件には手が回りそうもない。

「よく考えてみたら、わたし、マサコちゃんには一度も会ったことがないのね。でも、あのテレビを見たから、マサコちゃんが好きになっちゃったの」

「うん。わかるよ」

「人を好きになる時、とても長い時間がかかる場合があるでしょ？　そして逆に、ほんの一瞬の仕種や表情で、突然、どうしようもなく好意を抱いちゃうこともあるでしょ？　その人間のためなら、その人が幸せな気分になれるんだったら、できること、なんでもしてあげたい、そんな気持ち。不思議よね。男と女、というんじゃなくて、とにかくその人を放っておけなくなっちゃうの。あれは、どういう心の働きなのかしら」

「あるね、確かに。……どうだった？」

「え？　なにが？」

「僕を好きになったのは、一瞬だった？　それとも、長い時間がかかった？」

「長い時間がかかったわ」

「……あ、そう」

春子は楽しそうに笑った。

「初めて会った時は、ただひたすら恐かったもの」

「あ、そう」

夜中に目が醒めた。正確には夜中かどうかはわからなかったが、ブラインドの向こうは真っ暗闇のようだった。ガス・ストーブはタイマーで六時に動き出す。空気は、はっきりと手触りが感じられるほど冷たく凍りついているから、少なくとも六時前であることは間違いない。人間がベッドから出る時間ではない。俺は、腕の中で眠っている春子をしっかりと抱いて、その暖かさを味わった。

マサコちゃんのことが頭に浮かんだ。

彼女は、ずっと昔、まだ頑丈な体になる前、モデルをしていたんだそうだ。モデルと言っても、一流ブランドのスーツやジャケットを着て、ステージの上をチャラチャラ歩くのではない。また、アイビー・ルックで『男性専科』に登場したのでもない。顔が大きかったので、紋付き羽織袴とか、着流しとか、和服のモデルにぴったりだったのだそうだ。新聞にはさまっている「在庫一掃総ざらえ！　お着物出血大サービス！」などというチラシ専門のモデルだった。その仕事の関係で、新しくできた小さなホテルの結婚式リハーサルに、花婿役で参加したことがある。ホテルの結婚式係のスタッフが、練習のために、実際と同じような模擬結婚式を何度も何度も繰り返すのだそうだ。台本があって、披露宴のさまざまなポイントや、不測の事態を研究する。そしてマサコちゃんは、花婿役を立派に務めたのだが、最後の「両親への花束贈呈」の時に、感極まって泣いてしまったのだそうだ。

「やぁねぇ、わたしったら。自分でも、びっくりしちゃったわ！」

照れ臭そうに話していたマサコちゃんの顔を思い出す。

「周りの人たちもびっくりしてたけど、一番びっくりしたのは、このわたしよぅ！」

「そりゃそうだろうけど、でも、周りの人たちは、本当にびっくりしただろうな」

「そうなのよぅ。全体の雰囲気はね、もうビジネスライクなのよ。細かく点検しながら、これでいいか、新郎新婦を先導する時には、このコードは邪魔だとか、一歩一歩、真剣に調べてったの。NGが何度も出てねぇ。そのたびに、エライさんとか企画の人とかが集まって、熱心に議論してるの。最初からやり直したり、手順をちょっとずつ変えて、何度も繰り返したり。それがあったから、わたしも疲れちゃったのかもねぇ。いよいよ最後のクライマックス、花束贈呈、で、わたしの両親の役やったのが、そのホテルの企画宣伝の部長かなんかのオヤジと、売店のオバチャンだったの。そのふたりに花束渡したら、いきなり、ワーッて泣いちゃったんだもの。あー、今思い出しても、冷や汗が出るわ」

「けっこう泣いたの？」

「そうねぇ。十分は涙が止まらなかったわね。そのうちにね、花嫁役の万子、ずっとガム噛んでたピン子なんだけどさ、その万子までもらい泣きしちゃって。そしたら、わたしの親の役やってたオヤジまで、涙ぐんじゃってねぇ。もう、あっちこっちで泣いてんのよ。やんなっちゃった！」

俺は、この話を聞いて、たっぷり笑ったのだった。

俺は、新聞で読んだマサコちゃん事件のことを思い出してみた。常田鉄之輔さん（四六）

は、自宅のあるマンションの駐車場で、全身を鈍器でめった打ちにされた死体で発見されたのだった。現場には目立った格闘の跡もなく、複数の人間に一方的に襲撃されたのだろう、と警察は推測していた。鉄之輔さんは、車から降りて、ドアにキーを差したときにいきなり襲撃され、血を流しながら、駐車場のはずれまで這って逃げようとしたらしい。

とても、痛かったろう。とても、恐かっただろう。とても、悔しかっただろう。死ぬ、とわかっただろう。絶望というものを感じただろう。俺の目の前に、はっとしたマサコちゃんの表情がありありと浮かび上がった。必死になって逃げようとするマサコちゃんの体の動きが見えた。

俺は、なぜ今まで、この事件のことをほったらかしにしておいたのだろう。俺はいったい、なにをやっていたんだ。

頭の中で、今日すべきことのリストを作った。そして、春子を抱き締めた。春子は、眠ったまま、可愛らしい笑顔になった。

10

春子は、用事があるので昼過ぎには家に帰らなければならない、と言った。これは俺にとっても好都合だった。春子が早目に帰ることが残念ではなく、むしろ好都合だと思うということは、俺の調子が少し正常になったということなのだろうか。たとえ今日一日を春子と一緒に過ごして、マサコちゃん事件に取りかかるのを明日に延ばしても、それほど事態は変わるとは思えない。しかし、俺は少しでも早く、図書館に行きたかった。それに、月曜日は図書館は休みだ。

「ごめんね」と春子は言った。「ゆっくりできなくて」

「しかたないさ。用事があるんだろ」

「母の誕生日なの。だから、兄と姉の一家が集まるの」

「それじゃぁ、やっぱり帰らなきゃ」

「うん。ごめんね」

俺は春子を抱き締めながら、複雑な思いを味わった。厄介払い、というと言葉が強すぎるが、そんなような気分がどこかにあった。

地下鉄ススキノ駅で春子と別れてから、俺はタクシーに乗って図書館へ行った。マサコちゃん事件に関する記事を、道新、北日、タイムス、朝日、読売、毎日など全ての一般紙で確認した。道新スポーツ、北日スポーツにもやや踏み込んだ記事（憶測も交えて）が載っていた。その他に、札幌で発行されている政財界向けのローカル雑誌も調べた。これらの雑誌には、色付きの紙のコーナーがあり、ススキノ関係の雑報やスキャンダルなどが取り上げられている。殺されたのがゲイ・バーのオカマだったので、雑誌記者のほとんどはおもしろおかしい読み物にしていた。こういう下等な文章を書いて、メシ代や子供のランドセル代を稼ぐ、そんな人生の何が面白くて生きているのだろう、と俺は不思議に思った。

それらの雑誌の記事の中では、生前のマサコちゃんと面識があったという占い師の「あなたの知らない神秘の世界」という平凡なタイトルの連載コラムの文章が、なかなかよかった。守護霊占いの〈聖清澄女史《ひじりせいちょう》〉が、マサコちゃん事件に触れて、彼女の誠実な人柄を偲んでいたのだ。そして、普通一般の世間に受け入れられなくても、自分の心を貫き通した人間としてのマサコちゃんに、尊敬の念を抱く、と結んでいた。

考えられる資料を全て当たって、二時間ほど活字を追った。わかったのは、こういうことだ。

日曜日の昼過ぎ、マサコちゃんは千歳に着いた。荷物は、東京から宅急便で発送しておいたので、身軽だった。夜八時から、店で凱旋パーティがある予定だったので、マサコちゃんはとりあえずまっすぐに自分の部屋に戻った。彼女の自宅は、中島《なかじま》公園の近くのマンション、〈レジデンス中島公園Ⅲ〉の五一一号室だ。自宅に着いたのが何時頃かははっきりしないが、マサコちゃんと一緒の便で帰札し、まっすぐに自分の家に向かったローラ、藤子、そのほか計七人は、午後三時過ぎには札幌のそれぞれの家に着いている。近くの美容室は、マサコちゃんが五時に来て（昼過ぎに予約の電話があった）、シャンプーとブローをして、六時前には終わったと言っている。マサコちゃんの髪は短いのだ。午後七時過ぎ、〈トムボーイズ・パーティ〉近くの駐車場に、マサコちゃんは自分の車を預けた。いつもは徒歩か地下鉄で出勤するのだが、みんなへのお土産をたくさん持っていたので、この日は車で来たのだろう。

車種は、ハイ・エース。彼女は仲間を乗せて、みんなでピクニックに行き、野外バーベキューをするのが好きだったのだ。特製の自家製タレがウマかった。

七時半には、マサコちゃんは店に着いていた。そして、パーティは午前二時まで続き、延べ二百人の人間が参加した。パーティ終了後、マサコちゃんは店のホステスたちと、自分のためのパーティの後片付けをして、午前三時には車に乗って自分の部屋に向かった。マサコちゃんはほとんど酒が飲めないので、素面《しらふ》だったと思っていい。

そして、午前八時ちょっと前、登校途中の小学生が、彼女の死体を発見した。死体は、駐車場の塀際に駐めてあった右翼の街宣カーの陰になっていたので、新聞配達や、出勤する人間たちには見つからなかったのだ。小学生は、後ろから来る友達を「ワッ！」とおどかそうとして塀の陰に隠れ、倒れている人を発見したのだ。

警察の調べでは、マサコちゃんは自分の部屋に入った形跡がない。駐車場に車を入れ、車から降りてドアにキーを差した時に、後ろから一撃され（後頭部に致命傷）、そのまま地面に両手をつき（ハイ・エースの側面に、マサコちゃんの顔が付けたと推測される、脂と血液の跡が縦に付いていた。顔から激突し、そして滑り落ちたのだろう）、それから、意識朦朧となりながらも必死になって這い回った、ということらしい。全身に打撲傷があった。襲ったのは、少なくともふたり、おそらく三人以上。現場の地面は雪が固く凍結していたので、はっきりとした足跡は残っていない。凶器は、金属バットか鉄パイプのようなもの（大きな傷跡にも、木屑などの遺留品はなかった）。周囲の住人は、騒ぎの物音などは聞いていない。

駐車場の車の出入りは、はっきりとはわからないが、死体を隠していた右翼の街宣カーは、数日前からそこに放置されていたものだった。マサコちゃんは、必死になって逃げながら、なんとかその大きな右翼の車の陰にもぐり込み、そして息絶えた、ということになるのだろう。

マサコちゃんが、かわいそうだ。

11

〈レジデンス中島公園Ⅲ〉の周りは、風紀が最高の地域だとは言えない。閑静な住宅街と言えば言えるが、ススキノに近く、ラブホテル街に近い。立ちんぼのオバサンたちが客を待つ界隈ではないが、ホテルに向かうカップルが一日に何百組も通り過ぎ、ホテルから出たカップルも同じくらい行き来する街だ。時折、狭い道路をベンツやシボレー・カマロがふさぐ。コイン・ランドリーでは、生きていようが死のうがどうでもいいパンチ・パーマの連中がたむろして、変にゆがんだ母音と、カバの鳴き声のように語尾を引っ張る独特の話し方で喚きながら(で〜あ〜、べぁ〜かやろお〜、お〜れだらおめよぉ〜、すったらことおめ、スケぇがぬかすんだらよぉ〜、くらぁしてやっけどよぉ〜、おめ、だべぇ〜)、リエンのブラジャーやネーレのショーツ、パッショナータのスリップなどを丁寧にネットに入れて洗濯していることもある。

相当昔に建てられたらしく、古びてはいるが敷地面積が非常に広い木造平屋建築が散らばり、その隙間を、相当昔に建てられたらしく、古びていて零細な木造平屋建築と、木造モルタルの二階建てアパートが埋めている。札幌の中心部では、広い道が直行するのが普通だが、この辺りは珍しいことに、細い道が入り組んで、零細な街並みと路地と空き地が、騒々しい景観を作っている。とは言っても人通りが多いわけではなく、街自体はしんと静まり返っている。それらの間から、にょっきりと空にそびえている十二階の建物が、〈レジデンス中島公園Ⅲ〉だ。あたりは、道が細いせいで除雪が完璧には行き届かず、狭い路地は路面が夏よりも標高が数十センチ高くなっている。除雪が行き届いているほかの地域よりも街全体の印象が、白い。その中で、レンガ色の〈レジデンス〉は、なかなか洒落て見えた。

真冬の日曜日の夕方。ちょっと薄暗くなりかけていて、あちこちで気の早い窓が明るくなっている。歩いている人は誰もいない。寂しい街だ。と思った途端、角から体をぴったりと寄せ合った若いふたりが姿を現した。ホテル街の方に消えて行く。

〈レジデンス〉の隣にある駐車場の塀際に、マイクロバスを改造した右翼の街宣カーがあった。雪に厚く覆われている。ずっと前からそこに置かれていたような感じだ。ここが現場かもしれない、と見当を付けた。現場……そう、マサコちゃんが殺された場所。

あの夜、春子を見送ってから、〈トムボーイズ・パーティ〉に顔を出して、パーティに参加していたら。そしたら、俺は最後まで残って、連中といっしょに騒ぎ、パーティの後片付けも手伝ったはずだ。そして、マサコちゃんは、「わたしの部屋で呑まない？」と俺を誘ったかもしれない。今までも、そういうことは何度かあった。俺は「そうだね」と言ったかもしれない。そうなると、フローラやローラもついてきただろうから、ここで襲われても、マサコちゃんを守ることができたかもしれない。少なくとも、マサコちゃんが、ひとりぼっちで死ぬことはなかったはずだ。

いや。そういうことを考えても始まらない。無意味な後悔は無意味だ。

俺は、〈レジデンス〉の正面入り口から中に入った。管理人窓口のガラス窓をコンコンと叩くと、八十か九十くらいに見えるおじいさんが顔をのぞかせた。骸骨にクシャクシャの皮を貼ったような顔だが、シワの中からのぞく瞳が、キラキラと光っていた。腰を屈めて俺の顔を見上げる。窓口の位置が、ちょっと低いのだ。

「あの、すみません」

老人が、窓口のガラスを滑らせて、頭を突き出した。

「なんですか？」

その声は、枯淡の境地という外貌とは全く不釣り合いで、力強く、しっかりとしていた。

「あのう、わたし、去年の十一月の末に亡くなった、常田鉄之輔さんの友人なんですが」

「ああ。ああ。マサコちゃん。かわいそうになぁ」

そういえば、マサコちゃんのマンションの管理人のおじいちゃんは、〈トムボーイズ〉の中では有名人なのだった。今思い出した。確か、「マキタさん」とマサコちゃんは言っていた。俺は今まで直接会ったことはなかったが、連中からいろいろと愉快なエピソードを聞いたことがある。マサコちゃんとマキタさんは、結構仲良しだったらしいのだ。

「あんた、警察の人かい？」

「いえ、違います。単なる友人です」

おじいさんは俺の頭から爪先まで何度も眺めた。

「どっかの組の人っちゅうわけじゃないようだね」

俺は、タナー織りのミッドナイト・ブルーにペンシル・ストライプが入ったダブルのスーツを着ていた。トレンチ・コートもミッドナイト・ブルーだ。シャツはダーク・グリーンで、ネクタイは濃い臙脂《えんじ》で、紫色の幾何学模様が細かく入っている。しかし、指輪やブレスレットなどのアクセサリーは一切身に着けていないし、第一、腕時計をしていない。髪は標準よりやや長めで、手入れをちゃんとしないのでボサボサだ。それに、さっききちんとした敬語を話した。

「もちろん、違います」

おじいさんの顔が、クシャクシャッとなった。笑ったのだった。

「なんもそんな、意気込んで『もちろん！』っちゅうこともないだろうさ。ま、入んなさいや」

マンションの中に入るガラスの大きな自動扉が、静かな音を立ててゆっくりと開いた。

「そっから入って、左に曲がんなさい」

マキタさんが言う。広いロビーの左側にエレベーターがあり、その脇が「管理人室」のドアだった。一見すると煉瓦風のタイルの壁によく似合う、小豆色《あずき》のシックなドアだったが、開けてみると裏側はただの鉄の扉だった。

「いやぁ、わたしも、マサコちゃん、かわいそうでねぇ」

マキタさんは、コーヒー・カップに入れたインスタント・コーヒーの粉にヤカンから熱湯を注ぐ。

「砂糖やクリープは？」

「ええ」

「いえ、いりません」

「そうか。初めてだよ、わたし」

「は？」

「インスタント・コーヒーを、ストレートで飲む人を見るの」

「はぁ」

「いるんだね、そんな人が」

からかわれているのかどうか、確信が持てなかった。

管理人室は八畳ほどの広さで、安物のカーペットが敷き詰めてある。入り口で靴を脱いでスリッパに履き替えるようになっていた。茶の間と事務所が混じり合ったような、雑然とした雰囲気で、おじいさんの生活のニオイと、業務のための電話機や書類、工具のニオイがひとつになっていた。

「ここにお住まいになっていらっしゃるんですか？」

俺が尋ねると、おじいさんは細かく頷きながら、左腕を後ろの方に向けた。

「そうさ。それで、あっちのドアの向こうが、わたしの寝る部屋。八畳二間、1LDKオフィス付きっちゅうわけだな。家賃や電気水道代はタダさ。ここにいて、たまにセールスマンを追い返したり、雪かきしたりしてれば、月三万の小遣いがもらえるのさ」

おじいさんは小さな流し台のところに行って、ヤカンに水を注ぎ足した。そして、「LDKオフィス」の中央にあるポット式石油ストーブの上に置いた。ヤカンについていた滴が、ジュッと音を立てた。部屋の中は、ちょっと暑い。脇に置いたコートは、かなり湿っぽい手触りになっていた。

「月三万じゃちょっと大変ですね」

俺は思わず、正直な感想を述べてしまった。老人は、無礼な言葉に気を悪くしたようすもなく、面倒臭そうに手を振った。

「金を遣《つか》うこと、そんなにないからね。年金もあるし。あそっから、あの窓からいろんな人間の顔眺めてりゃいいんだもの。結構な暮らしさ」

「休みなしで、ずっとここにいなきゃならないんですか？」

「だって、ずっと休んでるようなもんだもの。出歩きたいっちゅこともないし。つまらんだけさ、外に出ても。ま、タマにゃ、ホントのタマァにだけどさ、隣のじいさんに交代してもらうこともあるけどさ」

「はぁ。お友達ですか」

「幼なじみさ。お互い、悪ガキでな。わたしはあんた、なんしろこの場所に、八十年前から座ってるから」

「はぁ……」

「もっとも、その頃は、こんなマンションなんかなかったけどな。マンションもなんも、家だってそんなにはなかったのさ」

「ご家族は？」

「ご家族？　ははは、ご家族ぅ!?」

おじいさんは、突然大声で笑い出した。ワ〜ハ！　ワ〜ハ！　ワ〜ハ！　と笑い、それから急に笑うのをやめた。「いっぱいいるよ！」と大声で言う。なにかの冗談を打ち明けているような雰囲気だった。

はっきりとはわからないが、なにか事情があるのだろう、と思った。興味が湧いたが、今俺は、マサコちゃん事件のことを尋ねるために、ここに座っているのだ。

「マサコちゃんとは、結構お親しかったんですよね」

「そうだよぉ、あんた。なして知ってる？」

「いや、わたし、〈トムボーイズ〉にはよく行くんですよ。そこで、マサコちゃんとも知り合ったんです。で、確か管理人さんのお話も、いくつか聞いたことがあるんです」

「そうかい！　そうかい！　いいコだったなぁ、マサコちゃんは！　あんた、そう思わないかい？」

「ええ。友人のひとりでした」

俺は、知り合いは多いが、友人だと思う相手は十人もいない。

「そうかい。ああ、そういやぁアンタ、葬式ん時、見たな。思い出した、思い出した。ぶんムクレた顔して、頑張ってたな。思い出した、思い出した」

「ああ、そうでしたか」

「悔しいよなぁ、警察はなにやってんだ？　殺されたのがオカマだから、手ぇ抜いてんのかねぇ」

「さぁ……どうなんでしょう。そんなことはないような気がするんですけど」

「悔しいよなぁ。なぁして、俺あん時、目ぇ醒めなかったかと思うと、悔しくてなぁ。年とると、ダメだ、からっきし！」

「いや、そんな……」

「いいや、そうだんだ！　そうだんだ！」

老人は、厳しい顔つきになって、何度も頷く。俺の目を睨みつける。

「格闘とか、騒ぎの声とか、そんなのは全くお聞きにならなかったんですね」

「そうなんだよなぁ。刑事さんは、きっと大騒ぎがあったに違いないっちゅうのさ。でもな、ここらじゃ、誰もそんな騒ぎは聞いてないんだと」

「死体が発見されたのは、あの右翼の車の所ですか？」

「右翼の？　ああ、そうだ。そうだ」

老人は、アゴをぐっと引き、しわくちゃの眉間にもっと深いシワを刻んで、細かく首を振る。

「あの車は、当日あった車と同じ物ですか」

「当日もなんも、あんた、あの街宣車は、半年くらい前から、ずっとあそこに置きっ放しなのさ。捨ててあるのかしらん、と思ってんだ。それにしちゃ、このマンションの会社の人間も何も言ってこないから、なんか事情があるんだろうがな」

「なるほど」

「とにかく、あれだ、あの車は、ここ半年は動いたことがないはずだ」

「そうですか」

「……なんにしても、悔しい話だ。俺と、あんた、マサコちゃんの付き合いは、長いんだよぉ！　マサコちゃんは、このマンションができた時からの入居者なのさ。だから、三年前かな。昼間は、いつもキレイに化粧してるのさ。だから、ある日、『いつもキレイにしてるね、おねぇちゃん』ちゅって、話しかけたんだ。なんも、アレだよ、本当に女だと思ったんでないよ。だけど、ま、礼儀っちゅうヤツさ。そしたら、マサコちゃんも、『あら、おじさん、ありがと！』ってな。俺ぁほら、どう見ても、じじい、だ。よくても、じっちゃん、てとこだな。それがほれ、『おじさん』なんて言われたもんだも、俺もほれ、いっぺんで、ああ、こいつはいいヤツだんだなあ、と思ったのさ。本当に、細かい心遣いをするコだったたねぇ」

俺は黙って頷いた。

おじいさんは、マサコちゃんの思い出話を楽しそうに続けた。気がついたら、外は真っ暗になっていた。長居をしすぎたと思って、慌てて帰ることにした。おじいさんは、名残惜しそうだった。また来ます、話を聞かせてください、と言うと、いつでも待ってるから、と言ってくれた。

外に出て、〈レジデンス〉を見上げた。ほとんどの窓が明るくなっているが、中には暗いままの窓もある。マサコちゃんの部屋が現在どうなっているのか、尋ねるのを忘れたことに気づいた。しかし、それは明日でもいいだろう。おじいさんは、夕食の支度で忙しいはずだ。

十二階建ての〈レジデンス〉には、少なく見積もっても百二十世帯以上、二百人以上の人間が住んでいるはずだ。そして、この駐車場の周りの木造アパートや下宿屋には、それ以上の人間が住んでいるだろう。これらの人間に全部話を聞いて回るのは、俺にはとても不可能だ。警察並みの人手と押しつけがましさがなければとうていできる話ではない。

そして、すでに警察はそれを完了しているはずだ。

俺は、明日、道警刑事局捜査一課の種谷巡査部長に電話してみよう、と決めた。俺は彼に貸しがあると思っている。もっとも、向こうとしては、そんなこと知らない、と言うかもしれないが。

12

日曜夜の〈トムボーイズ〉は、静かだ。やる気のなさが店全体にみなぎっている。ホステスたちもあまり数が多くない。休みを取ったか、あるいは暇と金のある客をつかまえて、今の時期ならスキーにでも行っているはずだ。ステージも、たいがいは休演になってしまう。ダンサーであるホステスたちの数が少ないからだ。なにかの間違いで客がパラパラ程度にでも店内に散らばったら、「スペシャル・ステージ」と称して、残存メンバーをかき集めて小ネタで十分ほど客を笑わせてくれることもあるが、基本的に、日曜日はステージはないものと覚悟した方がいい。それがわかっているから、客もあまり来ない。客が少ないのがわかっているから、ホステスもあまり出勤しない。

つまり、日曜日の〈トムボーイズ〉にいる客は、気の利かない、一緒に遊ぶ友達がいない情けないヤツ、ということになり、そして日曜日にも店に出ているホステスは、人気がなく、遊びに連れて行ってくれる客がいない情けないヤツ、ということになる。

店に行くまではそんなことを考えてもいなかったのだが、いざ人の気配の希薄な店の中で、暇を持て余しているホステスが溜まっている一角を眺めながら、フローラと差し向かいでしみじみとした酒を呑むことになったら、突然、自分が〈日曜の客〉を演じている、ということに気づいて地味な気分になった。フローラはまだいい。彼女は〈リーダー〉という役職を持っているから、店に出ていなくてはならない。だが、俺は、誰がどう見ても、友達も恋人もいない暇人、という感じだろう。

それがどうした。

「あのさ」

と俺が言うと、フローラがあくびを嚙み殺したちょっと変な顔で頷いた。

「なによ」

「……あのさ……マサコちゃんの葬式に来た連中のリストなんか、どこかにあるかな。もちろん、遺族は持ってるんだろうけど、ほかにどこかにないだろうか」

フローラの表情が微妙に動いた。

「なんで？」

「ほら、店でも、いろいろ付き合いはあるだろ？　あの時の弔問客の八割は、店のつながりなんだから。だから、もしかしたら、大野か誰かが、リストかなんかのコピーを持ってないかな、と思ってさ」

「だから、なんで？」

「なんでって……」

「犯人を捕まえてやる、とか、そんなようなことを考えてるわけ？」

そういう言い方をされると、非常にばかげたことのように思えてしまう。

「……腹立つだろ？　あの事件、あれっきりみたいじゃないか。マサコちゃんが可哀相だな、と思ってさ」

「そりゃ、わたしもそう思うけど、いろいろと大変なんじゃないの？」

「……おい、ヘンだな」

「なにが？」

「一度は、オレたちで犯人をとっ捕まえて、処刑する、ということを決めたじゃないか。あの後、捜査が全然進展してないって、俺たち、あんなに怒ったじゃないか」

「そうよ」

「だろ？　なのに、なんでそんなに醒めてるんだ？」

「あんたこそなによ。ずっとほったらかしにしておいて、急に今頃になって、なんでそんなこと言い出すわけ？」

「どうも話が変だな」

「そんなこと、ないわよ」

「よし、問題点を整理しよう。いいか？　俺は、あんたの質問に答えるよ。なぜ今頃になって、こんな気持ちになったか、という質問だろ？　それには、俺はちゃんと答える。だから、フローラも、なんで今はそんなに冷たいのか、その理由を教えてくれ」

「別に、理由なんてないわよ」

「確かに俺は今まで、ほったらかしにしてたけど……」

フローラは両手で耳をふさいだ。

「聞こえない。聞こえません」

俺はちょっと腹が立った。で、フローラの左の手首を握って、耳から外した。

「おい、ふざけるなよ。聞けよ」

「オカマをいじめるのは男のクズよ！」

フローラは鋭く言って、俺の手を振りほどいた。筋肉が、やはり男らしい動きをする。

「おい。絶対ヘンだぞ。なにがあった？」

「別に、なにもないわよ。くどい男ね。最低ぇ！」

俺はカッとしたが、際どいところで踏みとどまって、ソファに背中を押しつけた。それから、テーブルの上のカルヴァドスのグラスを呷って空にした。フローラはそれをちらりと見たが、注いではくれなかった。だから、俺は自分で注いだ。いいんだ、この方が。俺は手酌の方が好きなんだ。なにを好き好んで、隠し立てをするオカマに注いでもらう必要がある。

怒りをうまく抑えたつもりだったが、しかし、手が微かに震えてしまった。酒が少し、こぼれた。フローラはいつもとは全然違う平べったい顔でこぼれた酒を眺めている。ぽつりと呟く。

「あんた、誤解してるわ」

「なにを」

「別に、わたし、なにかを隠してるわけじゃないし、マサコちゃんのことを忘れたわけじゃないわ。……ただ、やっぱり、もう、起こったことはどうしようもないし、取り返しもつかないし……あとは、時の流れと……それから、警察に任せるしかないわ」

「なにがあった？」

俺はそう言って、カルヴァドスを呑み干した。すぐにフローラが手を伸ばして、酒を注いでくれた。俺は一人前の大人だから、こういう時、相手の手を払いのけたりしない。「お前が注いだ酒など呑めない」などと憎まれ口を叩いたりもしない。大人だから、丁寧に、「これはどうもありがとう」と言って頭を下げてやった。

「仕事よ、お客さん」

「……おい、なにがあった？」

「なにもないって。友達が死んで、寂しいだけ。それが、だんだん、時間が経つにつれて、和らいできただけ」

「死んだんじゃないだろうが。殺されたんだぞ。そして、犯人は、まだのうのうとどこかで平気で暮らしてるんだぞ」

「エイズのウイルスだって、のうのうと平気で暮らしてるわ。ポル・ポトだって、ジャングルの中で、平気でのうのうと暮らしてるに違いないわ」

「エイズのウイルスは、今、世界中の医者や科学者が、戦いを挑んでるじゃないか。それに、ポル・ポトにしても……」

「医者や科学者がエイズ・ウイルスを撲滅しようとしているのは、きっと、お金が儲かるからよ。それに名誉もからむし。ノーベル賞ものでしょ、エイズの特効薬を発見したら」

「まぁ、そういう一面は確かにあるだろうけど、でも、それ以上に、きっと人類の……」

そこまで話して、俺はハッとして口をつぐんだ。危ない。これはフローラの得意とする手で、こんな風に話を素っ頓狂なレールに載せてしまえば、あとは自分たちがなにについて熱心に議論しているのか、そのそもそものベースまでがヘンテコなものになってしまうのだ。

「ちょっと待て。その手には乗らないぞ」

「……つまんない人ね」

「なんで、急に関心がなくなったんだ？」

「しつこいわね。やってられないわ」

そう言い残し、フローラは立ち上がった。ほっそりした体をぴったり包んでいる黒いジャンプスーツの尻を、コリコリと動かしながら、どんどん遠ざかる。向こうの方に溜まっているホステスたちに近づき、割り込むように腰を下ろした。そして、俺の方に一瞥を投げてから、「ねぇ、ちょっと聞いてよ」というような感じで、なにか喋っている。ホステスたちが、ちらりちらりと俺を見て、俺と目が合うと慌てて俯いたりする。

（あの野郎……）

どんなウソをついたのか知らないが、それっきり、俺のブースには誰もやって来なくなった。俺はひとりで十五分ほど呑み、それから店を出た。

ススキノ交差点の時計を見ると、まだ八時を過ぎたばかりだった。日曜日の午後八時のススキノは、とても寂しい。雪祭りの期間中に大忙しだったから、ちょっと骨休め、という感じもある。客引き《ポーター》たちも一時の興奮を忘れたような顔で、のんきに世間話などをしている。日劇ビルの入り口近くにたむろして、暇そうにしている連中の中に混じってマサコちゃん事件の話をしてみたが、もう誰も、ほとんど関心を示さなかった。

「ホモがからむとな。結局、迷宮入りさ」

実際にはそうではないことを、俺は知っている。ホモ関係がこじれた結果の殺人は、ここ五年ほどに限っても数件は起きていて、そのうちの半分は解決している。検挙率は低いかもしれないが、警察が同性愛殺人をあまり熱心に扱わない、というのはちょっと違う。そしてまた、新聞やテレビでは、単なる恨みや金銭のもつれの殺人のように報道され、そして犯人も検挙された事件が、実は同性愛がらみだった、というケースもある。そういう意味では、みんなが思っているほどに、マサコちゃん事件の捜査は特別難しい、ということはないんじゃないか、と俺は思う。警察があえて手を抜くとは思えない。

「そうかもしれねぇけどよ……」

モッと呼ばれている五十がらみの、やけにのっぺりとした顔立ちの男が言う。こいつは、このあたりの客引きのリーダーみたいな感じで、いろいろと「裏情報」に詳しい、あるいは詳しそうな顔をするのが好きだ。汚れたジャンパーを着て、首の周りにはタオルを巻いている。若い頃は東大の法学部に通っていたんだ、と主張しているが、もちろん、誰も信用しない。だが、若い頃無茶をして、女房を殺しちまった、という話は、みんなも「あながちウソじゃないだろう」と思っている。

「やっぱり、気は進まないだろうぜ。だって、ヤだもん」

その口調が、ヘンに素朴で幼かったので、みんな笑った。

「それはあれですかね」と、〈学生〉と呼ばれているひ弱な感じの長髪の男が割り込んできた。「やっぱり、同性愛者は差別されてる、ということじゃないのかな。ほら、アメリカじゃ、黒人が被害者の殺人事件なんて、あまり相手にしないって話だし」

学生は、そう言って俺の顔を見た。同意を求めているらしい。若く見えるが、よく見ると結構老けている。だが、いつまでも大人になれない学生風の雰囲気が漂っている。好んで学生風に見える格好をしているが、女房を場末のピンサロで働かせて、家には金を一銭も入れず、競輪とポーカー・ゲームに目がなくて、酒を呑んでは家族に暴力を振るう、という男だ。

「そうなのかな。今は結構違ってきてるんじゃないか？　それに、あの国は地域や街でいろいろと違うみたいだから」

俺が言うと、学生は「ま、なんにせよ、一概には言えないけどね」と素直に頷いた。

「だがまぁ、警察もヤクザも、ホモには冷たいな。それは事実だ」

モツが言う。

「なんでだろ？」

トオルちゃんと呼ばれている、えらく太った中年男が、喉を分厚く覆っている肉の塊を震わせながら尋ねた。トオルちゃんは、冬は溌剌としている。しつこい水虫とインキンが、冬場はややおとなしくなるからだ。

「そりゃ、お前……警官も、ヤクザも、オカマ連中とは切っても切れない間柄だからな。まわりまわって、どんな火の粉が自分に降りかかるか、わからないからよ」

得意そうにモツが言う。彼の説によると、警官、ヤクザ、自衛隊、政治家、官僚の世界は、同性愛が花盛りなんだそうだ。こういう、いかにも〈事情通〉らしい話をする時、モツはとても得意そうだ。

「あとはあれだ、石油のディーラーたちとか、証券会社のアナリストなんてのも、あっちの方はてんやわんやだって話だぜ」

と、これはトオルちゃんのセリフ。彼もまた、知ったかぶりをするチャンスを逃さない。で、「相撲も相当スゴイらしい」「医者だって、メチャクチャだ」「タクシーの運転手は、ホモの相手には不自由しない」「商工会議所はホモの巣窟だ」などという話になって、事実上、職業に関係なくホモはいる、ということになっちまう。そしてそれは、非常に当然、事実ありのままのことだ。別に特別扱いするような事柄でもない。

「どっちにしても、このごろは、ああいう連中が人気あるみたいだね」と、学生が、なんだか面白くなさそうに言う。「この世界で、一番強いのは、弱者なんだよ。日本は、そういう国になったんだ」

「なんだよ、お前。お前、弱者に恨みでもあるのか？」

モッが言うと、学生は「別に」と澄ました顔になり、それから「俺らが一番の弱者じゃないか」とムキになって言う。これにはみんな、笑った。

「でも、なんで俺たち、ホモの話になると、こんなに盛り上がるのかな」

俺が言うと、一瞬みんなは考え込む顔になった。

「なんでだろうな」

「最近は、差別話でも結構盛り上がるよな」

「実際、なんでだろうな？」

とみんなで首を捻《ひね》っていたら、モッがまた、素朴な幼い口調で「だって、ヤだもん」と言ったので、また俺たちは笑った。

「あんたはあれか、マサコの事件が気になってるのか？」

トオルちゃんが、俺に向かって唾を飛ばしながら言う。

「まぁな。友達だったし」

トオルちゃんはひとつ頷いて、ぽつりと呟いた。

「……いい奴だったけどな。可哀相にな」

「でも、あれじゃないか」と学生が口をはさむ。「最後にテレビに出てさ。準優勝までしたんだから、まぁいい思い出になったんじゃないか？」

「そういう問題じゃないだろ？」

トオルちゃんが、ちょっと気色ばんで言う。すると、モッが、話のイニシアチブを取ろうとしたのか、小声になって、さも特ダネ風の口調で言った。

「あれだろ？　なにか、政治家がらみのどうのこうのがあったってんだろ？」

「え？」

これは初耳だった。

「あ、俺も聞いたことがある」

トオルちゃんが、張り合うように言った。横で学生もしきりに頷いている。

「若い頃、マサコは、東京で、誰だかの愛人だった、と」

「マサコをあの道に引き込んだのが、その政治家だって話だろ？」

「俺が聞いたのは、政治家の秘書だってことだけど」

「違うよ。秘書が、お膳立てして、マサコを用意したって聞いたぞ」

「おい、ちょっと待て」

俺は、盛り上がりつつあった話の中に割り込んだ。

「そんなウワサが流れてるのか？」

「ああ。知らなかったか？」

「初耳だ」

「常識だぜ」

「ウソだろ？　俺が知らないのに」

「……あんた、やっぱり〈お客さん〉なんだよ、きっと」

「……」

「この街じゃな、金を遣ってるだけじゃ、いつまでたっても客だ」

「……」

「やっぱり、なんかあって、誰かに土下座して金を借りるようなことがなきゃ、本当のところはわからないさ」

「ま、……その点はちょっと横に置いとくとして、そのマサコと政治家のからみってのは、どんな話なんだ？」

うん、と頷いてモッが話し始めた。

「だからよ、マサコは、昔、新宿にいてよ、そしてそこで」

「新宿じゃなくて、六本木ですよ」

学生が口を挟む。

「新宿だよ。お前、六本木に行ったこともねぇくせに」

「……ありますよ……」

「ねぇよ！　でさ、新宿で、政治家の秘書と知り合いになって……」

「秘書じゃなくて、なにか、宝石のカバン屋じゃなかったですか？」

「違うよ。宝石のカバン屋は、ＳＭクラブのオーナーだよ」

「違うでしょう？」

「そうなんだって。俺は聞いたんだから」

「誰からよ」

「誰からって……」

「モツにその話をしたのは、俺だ」

トオルちゃんが言う。

「あ、そうだったか？」

「トオルちゃんは、それ、誰から聞いたの？」

俺が尋ねると、トオルちゃんは「う〜んと……」と真剣に考え込んだが、「忘れた」と一言呟いて、「でも間違いねぇ」と胸を張った。

「とにかく、新宿で、政治家の秘書とマサコが知り合って、政治家が、カバン屋がオーナーのSMクラブでマサコを調教したんだ」

「いろいろと、違いますね」

学生が、ボソッと言う。

「間違いないよ。なんだよ、おめぇ。新宿に行ったこともないくせに」

「お前もしかしあれだな。さっきから、新宿新宿って、バカのひとつ覚えみたいに」

「モツは、去年、新宿に行ったんだ。『この商売してるんだから、いっぺん、新宿を見てくる』ってよ。でお前、ケツの毛までむしられて帰って来やがって」

さっきからずっと黙って話を聞いていたヤマが言うと、急にモツは黙ってしまった。明るいネオンの光の中で、モッの顔が赤らんでいるのがはっきりとわかった。

「命があったのが不思議なくらいだ」

ヤマが追い打ちをかける。モッは、ふっと歩き出して、新宿通りの方に行ってしまった。よっぽど悔しく、かつ不様な体験があったのだろう。

「モッが行ったってのは、歌舞伎町か？」

俺が尋ねると、ヤマはじれってぇな、という顔つきで答えた。

「お前も、本当にわからん男だな。新宿だ、と言っただろ？ 歌舞伎なんて、そんな、モッにそんなお上品な趣味はねぇよ」

しばらく立ち話をしたが、マサコちゃんと政治家に関して、具体的なことは何一つわからなかった。そもそも事実かどうかもはっきりしない。ただ、そういうウワサがススキノ中に流れているらしい、ということはわかった。なぜ俺の耳に入ってこなかったのかがちょっと不思議だ……と考えた時、俺がこの三カ月ほど、どういう酒を呑んでいたか、ということを思い出して、思わず下唇を噛んだ。俺は、ずっと春子とデートしていたのだ。そして、春子と会えない夜は、春子のことを考えながら呑んでいたから、周りの連中も「つまらないヤツ」と判断して、当たり障りのない話しかしなかったんだろう。

（復活するぞ。俺は、とにかく復活する）

固く心に決めた。交差点の時計を眺めると、八時半を回った。まだ早い。とにかく、十二時までは時間をつぶす必要がある。

俺は、とりあえず〈ケラー〉に向かった。

13

「なんだか、雰囲気が違いますね。待ち合わせじゃないんですか？」

岡本がそんなことを言いながら、ピースの缶と緑の胃薬の箱を並べ、おしぼりを渡してくれた。

「いつもと違う？」

「うん。なんだかね。伸び伸びしてるみたいだな」

「へぇ……俺、最近、ちょっとヘンだった？」

「別に。ただこう、ちょっと幸せそうな感じだっただけで」

「へぇ……で、今は幸せそうじゃない？」

「そういう意味じゃないけど。どうしたの？」

「いや、なんでもない」

俺はとりあえず軽くそう言って、ギムレットを頼んだ。すでにシェイカーをバラして氷を落としていた岡本が、俯きながら「かしこまりました」と言った。

客は、俺ひとりだ。レイ・ブライアントの〈グッド・バイ〉が流れる中、シャカシャカというシェイカーの音が小気味よく響く。それ以外には物音ひとつしない。やっぱり、日曜の夜だ。これで大安だったら、稀に結婚式の三次会あたりが乱入してくることもあるが、今夜はその気配もなさそうだ。マスターはいない。きっとオフィスで電卓ゲームをしているんだろう。見習いバーテンダーの多田は、休みをもらったらしい。

「なぁ、岡本さん」

「はい？」

「最近、例のオカマのマサコちゃんの事件、どうなってるか、聞いてる？」

「いえ。全然。もう、みんな、すっかり忘れちゃったみたいですね」

「そうか……なにか、政治家がらみの筋がどうのこうのって話、聞いたんだけど」

「ああ、そんなこともありましたね。でもあれ、ガセでしょ？」

「そうなの？」

「なんかそんな話ですよ」

「でも、やっぱり、そういうウワサはあったのか」

「一時ね。あれでしょ？　マサコちゃんは、橡脇厳蔵《とちわきげんぞう》の愛人だった、とかなんとかいう話でしょ？」

いきなり固有名詞が出てきた。

「へぇ……橡脇か……」

今年でいくつくらいだろう、まだ六十歳にはなっていないはずだ。社会党の代議士で、相当昔から政治家をやっているような気がする。父親も代議士で、息子である厳蔵は、東大文学部を出て、確か朝日新聞の記者をやってたはずだ。それが、父親が選挙目前にいきなり脳卒中で死んで、その後を継いで立候補、みごと北海道一区でトップ当選し、当時としては史上最年少の代議士になった、というような漠然とした知識がある。俺が物心ついた時には、すでに代議士だったような気がする。俺の父親は若い頃、組合活動などを熱心にやったらしく、今も橡脇を支持している、というか橡脇のファンだ。俺は今では投票などには行かないが、まだ瞳が清々《すがすが》しかった成人直後の頃は、父に命じられて投票用紙に〈とちわき〉と書いたことも何度かある。親孝行のつもりだった。

「ウチのおやじ、橡脇さんが好きなんですよ」

岡本が言う。橡脇ファンのオヤジは結構多い。彼らは、自分たちが北海道の大衆運動の最前線にいた青春時代を懐かしむような口調で、橡脇厳蔵やその父親のことを「橡脇さん」と呼ぶ。

「だから、一瞬、『え〜!』って思ったけどね。でも、てんで荒唐無稽なおとぎ話だったらしくて」

「ただのウワサだったの?」

「そうなんでしょ。あのあと、特に動きはないようだから」

「ふ〜ん……。具体的には、どんなウワサだったんだ?」

「ええと、要するに、椽脇とマサコちゃんは、東京で知り合って、愛人関係になった、と。で、お父さんが急死したんで、椽脇さんが後を継ぐことになって、マサコちゃんは身を引いた、と。それ以来、ふたりにはなんの関係もなかったんだけど、この前、マサコちゃんがテレビに出演したのを、椽脇が偶然に見て、マサコちゃんの現在を知って、過去のふたりの関係を闇に葬ろうとして、殺した、と」

「……」

馬鹿馬鹿しくてなにも言う気になれなかった。

「ね？　馬鹿馬鹿しい話でしょ？　すぐに立ち消えになったのも無理ないや」

「で、警察の捜査がはかばかしくないのも、椽脇がらみで圧力だかなんだかを受けたからだ、というようなオハナシかい？」

「ま、そんな感じなんでしょうね」

「テレビや小説じゃないんだからさ」

「そうですよね」

「でも、俺はその話、初耳なんだ。どうして今まで俺は知らなかったんだろ」

「あんまり馬鹿馬鹿しい話だから、話す前に疲れちゃったんじゃないかな、みんな。バカ疲れ、というか」

「でも、なんで椽脇なんだろう？　ほかにも北海道一区の代議士はいるのに。それに、参議院議員でもいいじゃないか」

「あ、そうか。なんででしょうね。まぁ、共産党のオバチャンは除外するとしても、別にあえて橡脇さんに限定したウワサ話になる必要はありませんよね」

「橡脇をターゲットにしたネガティヴ・キャンペーンのひとつかな」

衆議院北海道一区の橡脇人気は絶大で、前回の選挙でもトップ当選だった。浮動票だけでも当選確実と言われていて、社会党と総評はもうひとりの候補に組織票のほとんどを回すことができるらしい。北海道一区は定数五人で、社会党ふたり、自民党ふたりが指定席で、公明党と共産党が最後の一議席を巡って死闘を展開するというのがいつものパターンだ。だが俺が学生時代に一度、自民党道連に反旗を翻した若手候補が無所属で立候補して票が割れ、自民党は一議席しか取れなかった、というようなこともあった。つまり、橡脇の磐石の人気に、自民党候補二人があえなく敗れた、という形だ。それほどに人気と影響力がある政治家に、昔の愛人であるオカマの殺人、というような大スキャンダルでダメージを与えられたら、北海道の政党勢力は、相当変動するだろうことは確かだ。

「永田町だの霞ヶ関だの、あと地味に道議会だとか、それからマスコミやミニコミあたりには、橡脇さんをターゲットにした怪文書なんてのが出回ってるかもしれませんね」

「だろうな。でも、あまりに露骨な話だな。根も葉もないでっち上げだとすると」

「ええ。……あるいは、根や葉くらいなら、ある、ということでしょうか。本当に、東京時代は愛人……じゃなくても、知り合いだったとか」

「ああ、なるほどね。それに尾ひれが付いて、ってわけか？」

「まぁ、あえて考えてみるとね」

「どっちにしても、マンガだ」

俺はそう言って、ギムレットを呑み干した。

結局、〈ケラー〉には十一時半までいた。客は、俺を含めて五人しか来なかった。俺以外の四人は、軽く呑んですぐに帰って行った。まぁ、日曜の夜だからこんなものだ。マスターは、電卓ゲームにも飽きたらしく、俺の前に立って、政治家の謀略の話などをおもしろおかしく語ってくれた。だが、さすがに現役の政治家のことは一言も口にしなかった。俺はさり気なく、橡脇とマサコちゃんのウワサの方に話を向けようとしたのだが、マスターは鮮やかに、話のコースをうまく逸らして、戦後政治裏面史や、全共闘時代の政治エピソードのあれこれを、まるでサスペンス講談（そんなものがあるとして）のように話してくれた。

「で、そのころですよね。今の橡脇の父親が、社会党代議士になったのは」

俺は、話が一段落した隙を捕まえて、橡脇とマサコちゃんの話に戻るべく、何度目かの挑戦を果敢に実行した。

「いや、違うよ。先代の橡脇さんは、戦後すぐに代議士になったんだから」

それは俺も知っているが、相手の話を引き出す時にはこっちに基本的な知識が欠落しているように装うのもひとつの手なのだ。

「あれ？　そうでしたっけ？」

「そうだよ。戦前から前衛党の活動家だったそうだよ。何度も投獄されて、拷問されたこともあるらしいよ」

「へぇ……そうなんですか。なるほど。で、ケネディが暗殺されるちょっと前くらいですか、橡脇厳蔵が父親の後を継いだのは」

「う〜んと、あれは、そろそろベトナム戦争がキナ臭くなりつつあったあたりかな。……六十年安保が一段落して、しばらく経って……それから……ええと、時代ははっきりしないけど、ケネディはもう死んでたよ。わたしが東京で学生やってたのもあの辺かな」

「そうですか。その頃ですかね、橡脇も……」

「あの頃は、いろんなことがあったよ。知ってるかい？　ベトナムの戦場で死んだ米兵の遺体は、全部が全部じゃないだろうけど、日本に運ばれていてね。それを、日本人の学生アルバイトが、修復したりしてたんだよ。なにしろ、バラバラだったものもあるからね」

「え！　そんなことがあったんですか⁉」

「うん。そうらしい。わたしの友人が、ちょっと得体の知れないバイトの募集に申し込んだんだ。時給が、当時で二千円。こりゃ、とんでもない高給でね、その当時は」

「今でもそうですよ」

　岡本が口を挟む。

「そうだろ？　それが、六十年代なんだから、なおさらさ。すると、それが驚いたことに、遺体の修復でね……」

そして俺は、ベトナム戦争当時、戦場から日本に運ばれて来たアメリカ兵の遺体を、日本の学生アルバイトがどのように扱ったか、ということに関して詳細な知識を得た。それは、戦争の哀しみと馬鹿馬鹿しさ、そして人間の命の尊さと軽さ、遺体への尊敬と無感動、胸を揺すぶるドラマと冷静な事務手続き、それら相反するさまざまな要素が交錯する、素晴らしい物語だった。俺はすっかり魅了され、店の中の時計で十一時半になったことを知って、慌てて最後のマティニを呑み干し、マスターと岡本に挨拶して、外に出る階段を上りながら「そんなことがあったのか！」と感動していたが、そこでふと気づいた。マスターは、椽脇とマサコちゃんのことを何一つ教えてくれなかったのだ。

14

俺は、零時十分前には深夜スーパーに着いた。ススキノの西のはずれ、ホテル街の手前にあり、夜通しずっとやっているスーパーだ。主に食料品を扱っている。レジにいたのは、顔なじみの〈詩人〉だった。もちろん、詩人と知って顔なじみになったわけではない。よく買い物に来るうちに、言葉を交わすようになり、そして何度目かの世間話の時に「僕は、こうしてレジを打ってますが、実は詩人なんです」と恐ろしい自己紹介をされてしまったのだ。なぜ恐ろしいかと言えば、詩人に知り合いができると、そいつの詩集を金を出して買わなければならないからだ。彼は、季刊の個人詩誌を定期的に出している。季刊だから当然、年に四回。もう三年も続けているらしい。これは立派だ。継続は力なり。たとえ、どんなに平凡な詩であっても。

ほかに客がいなかったので、俺と詩人はのんびりと世間話をした。詩人は、トルコをソープランドと言い換えることに関して、立腹していた。この一年間、ずっと怒っているらしい。気長な怒りだ。そんな話をしているうちに、言葉の言い換えが話題になった。差別用語の言い換えのことを、ほとんど唾を飛ばしかねない勢いで攻撃し始める。勢いは激しいが、議論自体は平凡なものだった。

そこに、フローラが姿を現した。日曜日には〈トムボーイズ〉は十一時に閉店する。それからいろいろとミーティングや後片付け、清掃などをしてから、フローラは十二時過ぎには、毎週このスーパーに来る。ここで買い物をして、マンションに帰るのだ。

「いったん休憩だ。友達が来た。彼女を待ってたんだ」

「あ、そうですか」

詩人は俺の視線を追い、その先にフローラを見つけると、ちょっとびっくりした顔になった。そして俺に顔を近づけ、小声で囁いた。

「でも、あの人、ええと、あのう、ご存じかどうか……あのう……ホモ……というか……オカマ……ですよ」

「そうだよ。友達だから、知ってる」

「あ、そうですか。なら、いいんですけど」

詩人は、納得した、という顔で、ＯＫＯＫ、と頷いた。

「で、あれだよね。今の言葉は、別に差別的な意味で用いたわけじゃないんだよな」

「あ、ええ。もちろんです」

詩人はそう答え、それからちょっと考え込む顔になった。俺は考える詩人を放置して、フローラに近づいた。

フェイク・ファーの、とびきり豪華に見えるロング・コートの裾から、スリムのジーンズに包まれた、キュッと締まった足首が見えた。踵のやや高いサンダルを履いている。モコモコした暖かそうな襟元の上で、長い髪を左右に振り広げながら、並ぶ食料品を熱心に選んでいる。まだ俺には気づかない。俺が後ろに寄り添った時には、カゴの中にゴボウが一本、木綿豆腐が一丁、入っていた。そして俺の目の前で、タケノコの水煮を一袋、カゴの中に入れた。

「靖太朗君」

俺は、彼女の本名で呼びかけた。フローラは、まず女の声で「キャッ」と短く叫んで跳ね上がり、「誰⁉」とオカマの声で振り返り、そして一瞬絶句したが、喉仏をゴクリ、と動かしてから、「やめろよ」とドスを利かせた男の声で言った。

「すまん。ほんの冗談だ」

「冗談にもなんにもなってないじゃない。ホント、今日のあんたって、最低だわ」

「辛いことがあったんだ」

「笑わせないで」

「なぁ、一時間だけ、付き合ってくれ」

フローラはわざとらしく大きなため息をついた。そして、「つけて来たの、お店から」と尋ねた。

「まさか。そんなことはしないさ。あんたが毎週日曜日、ここに来るのは前から知ってる」

「……ああ、そうだったわね。そんな話をしたこともあったっけ」

「荷物持ちをしたこともあるじゃないか」

「一度荷物持ちをしたら、もう亭主気取り？」

俺は笑った。フローラもおかしそうにハハハ、と笑い、「おなか空《す》いてんの」と言った。

「ＯＫ」

と俺は答えた。

いくらススキノでも、日曜日の深夜、というか月曜日の未明に食事ができるところはそんなにはない。だが、ススキノだから、いくつかはある。だが、そういう店のほとんどは、この時間、キラキラ光るスーツを着た堅太りの、顔に傷跡があることも珍しくない、稀には指の数も少なくなっている、そんな連中が店の中にたくさんいるので、俺とフローラが落ち着いて話すのにはあまり向いていない。俺が住んでいるビルの一階にある二十四時間喫茶店

〈モンデ〉も、そういう意味では最悪だ。で、俺はフローラをちょっとハズレのビジネスホテルの一階にある〈ローリー〉に連れて行った。

ここは、面倒臭い連中がほとんど来ない店だ。なぜかというと、料理がマズイからだ。五年ほど前にできて、その頃は、「元は絵描きになりたかったんですよ。でも、絵の勉強にローマに行って、そこでイタリア料理と出会って、夢中になりましてね。で、三年ほどみっちり勉強して、去年、帰って来たんです。本場のイタリア料理を、札幌の人たちに味わってもらいたいと思っています」と誠実そうな表情で語る三十そこそこのシェフ兼店長が、頑張っていたのだ。味も、俺は気に入っていた。インテリアは、「絵の勉強をしていた頃の仲間で、彼はニューヨークでイラストを描いてたこともあるんです」という触れ込みの、店長の友人が担当し、四季の移り変わりに合わせた絵を飾ったりして、とにかくやる気満々の店だったのだ。毎月一回のペースで「イタリア・ワインの夕べ」を開催し、チーズもいろいろあったし、マフィアが出てくる小説を読んで、うまそうな料理を発見して「作ってくれ」と頼むとすぐに作ってくれたし、それにこれは内緒だが、店で売っているイタリア料理食材のひとつ、麻の葉の粉末（一袋五百円）は、紙に巻けば粗悪ではあるが一本五百円程度には売れるマリファナ煙草が二百本は作れたし、そんなこんなでなかなかいい店だったのだ。だが、料理が出てくるまで時間がかかったのと、それから当時は本格的なイタリア料理の需要があまりなかったせいなのか、朝方近くにこの店の前を通ると、窓の向こうで店長と、それからきっとこのホテルの幹部か、あるいはレストラン部門の部長あたりか、とにかく偉そうな白髪の男が口論しているようすが頻繁に目に入るようになり、そのうちに、口論ではなく、店長がひたすらうなだれ、その前で白髪の男が一方的になにか話し続けるようになったら、メニューのほかに店の壁に〈当店特製イタリア風ラーメン（味噌、塩、醤油）〉の紙が張り出され、そして客がいる店の中でも店長が俯いてため息をつくようになり、そのうちに、親子丼やカレーライスがメニューに登場するようになって、店長の姿は消えた。と同時に「イタリア・ワインの夕べ」も立ち消えになり、季節の移り変わりに合わせたインテリアも、不動のものとなり、微笑みながらすっくりと立って、爽やかな笑顔でひとつ頷いて「いらっしゃいませ」と気持ちよく発声していたウェイターたちも消え去り、紺色のミニスカートの制服を着てカウンターに肘を突いておしゃべりをしていたウェイトレスたちが顔だけこっちに向けて「いらっしゃいませぇ」という店になってしまったのだ。彼女たちの脇の白い壁、往時は、今頃の時期なら、たとえば雪の結晶をモチーフにしたあっさりとしたリトグラフなどが飾られていた壁には、すっかり色褪せた〈最後の秘境知床半島　カムイワッカの紅葉〉と書かれた、ＪＴＢかなにかの、埃をかぶったポスターがへばりついていた。あの店長が消えたのは、そう言えば秋の終わりだったな、と思い出しながら、「何人様ですかぁ〜？」と変な節を付けて尋ねるウェイトレスに、「ふたりです」と俺は答えた。

「ご注文は？」

食欲はなかったが、なにも食べないとフローラが気にするだろうと思ったので、ミックスサンドとサッポロの生を頼んだ。フローラは中華丼とコーヒーを注文した。

　ウェイトレスが向こうに行くのを待って、俺は尋ねた。

「中華丼？」

「そうよ。悪い？」

「いや、別に。でも、ちょっと意表を突かれた」

「ここで、唯一食べられんのが中華丼なのよ。ミックスサンドなんて最悪よ。見てなさい。今、きっと、そこのコンビニに買いに行くから」

「ミックスサンドをか？」

「うん」

「八百円て書いてあるぞ」

「そんなとこでしょ。料理の値段は原価の二倍。それに、人間が往復するんだし、ラップを剝がしたり、ナイフで切ったり、皿に盛ったりするんだから。それをこのテーブルまで運んでくるのよ。それに、その後、わたしたちが帰ったら、皿を下げるばかりじゃなくて、皿を洗ったりもするのよ。もちろん、布巾で拭いて食器棚に収めるわけだし。それ考えたら、八百円なんて、普通よ」

　向こうの方で、ウェイトレスがひとり、エプロンを外しながら「じゃ、行ってきまぁす」と言い残してドアから出て行った。

「ね？」

　フローラが得意そうに言い、それからさも軽蔑したような顔つきで「ふん」と鼻で笑い、ウェイトレスの後ろ姿を見送る。

「なるほどねぇ……」

ウェイトレスは、白い灯りに照らされた人通りのない歩道を、スタスタとコンビニの方に歩いて行く。俺は昔の〈ローリー〉のことをあれこれと思い出して、やや感慨にひたった。たぶん、フローラもそうだろう。あの店長は、今どこでどうしているだろうか。消えてしまった店長。そして、すぐに俺は、消えてしまったマサコちゃんのことが問題なのだ、と思い出した。

「ところでさ……」

「またその話？」

「そうだよ。悪いか？」

「悪いわよ」

「なぜ、急に冷たくなった？　まさかあれだろうな、橡脇がどうしたこうしたというような馬鹿馬鹿しいウワサ話を真に受けてるわけじゃないだろうな」

「……そっちこそ……そういうウワサ話を聞いて、突然やる気になった、ということじゃないの？」

「まさか。誰があんな話、信じるかよ」

「……荒唐無稽、というわけでもないのよ」

「なにが。橡脇の話がか？」

「うん……」

「なんだよ。あんたまで、そんな話を……」

「少なくとも、あの話には、根も葉もあるんだから」

フローラは、岡本のようなことを言う。

「どんな？」

「……ねぇ、あんた、身の程って言葉、聞いたこと、ある」

「否定形でならな」

「なに？」

「よく言われるよ。『お前は身の程を知らない』ってな。だから、俺は、自分がその言葉を知らない、ということは知ってる」

「あのねぇ、冗談じゃなく。わたし、あんたのことが心配だから、言ってるんだから」

「感動した。ご心配、心から感謝する」

「冗談じゃないんだって。……政治家は、やる時はやるんだから」

「殺すってことか？」

「自分じゃ手を汚さなくてもね。誰でも知ってるじゃない。なにか大がかりなスキャンダルが明るみに出ると、必ず、その周りで人が死ぬでしょ？　一番秘密を知っていそうな人とか。ロッキード事件の時がそうだったじゃない」

「まぁな。確かにそれはある。それは認めるよ。でも、……いま時……」

「この前だって……中川一郎が死んだし」

「代議士のか？」

「うん」

「ありゃ、自殺だろ？」

「それがはっきりしないじゃない」

「疑惑があるのか？　それは知らなかった」

「ウワサだけどね。ほら、自民党総裁選に立候補したじゃない」

「惨敗したけどな」

「選挙の結果は、どうでもいいんだって。どうせ、負けるのはわかってたんだから。でも、角栄が、出るな、と言ったのに、出た、というのは大問題なんだって。それで、目白御殿に呼ばれて、三十分ほど、ふたりっきりで話したらしいわ。終わって、出て来たら、中川は顔面蒼白で、ダラダラ汗流して、死ぬほど怯えてたってよ」

「だから、なんだよ」

「中川一郎は、代議士よ。その中川でさえ、命の危険を感じる場合があったってことよ。あの世界じゃ」

「そりゃそうだろ。そういう世界に生きてるんだから」

「だから、シロウトが首突っ込んじゃ、それこそ命取りだってことよ。わたしたちなんか、あっさりと消されて、それで終わりよ」

「……まぁ……別に、自民党だから汚い、社会党だからキレイ、ということはない、ということはわかってるよ。でも、あの橡脇が、そんなこと、するかなぁ。人を殺させる、なんて……」

「そこら辺、もしかしたら、あんたなんかよりも、わたしらの方が、ずっとシビアかもね」

「なんでだ？」

「いろんなこと、知ってるし。それに、こんな言い方好きじゃないけど、比較で言えば、わたしたちは弱者だし」

「弱者？」

「踏み潰しやすい、ということよ」

「そんなことはないだろう？」

「あんた、このマサコちゃん事件の捜査で、どういうことが行なわれてるか、本当のところ、知ってる？」

「……警察があんまり熱心じゃないってことは聞いてるけど」

「違うわね。熱心じゃない部分は確かにあるけど、逆に、とんでもなく熱心なところもあるわ」

「どんな？」

「まるで、特高警察のアカ狩りみたいな感じよ。ウチの店の連中は、みんなやられたわ」

「やられた？ ケツをか？」

「……あのね、そういう意味じゃなくて。交友関係、人間のつながりの調査。つまりね、あんたも知ってるだろうけど、ウチのホステスの中には、親や兄弟には内緒にしてるのもいるわけよ」

「ああ、知ってる」

ブタさんチームやマッチョ・チームの中には、見るからに男らしいのもいるから、そういう人間は、世間に自分の性向を公表しなくても、日常生活が送れるわけだ。

「そういう人たちをターゲットにして、まず、捜査に協力しなかったら、家族や親戚、近所の人たちにバラすぞ、みたいなところから始めたわけ」

「……」

「それがイヤなら、交友関係を教えろってわけよ。突っ張るのも多いけど、中にはポロリと他人の名前を口にしちゃうのもいるわけ。わたしに言わせりゃ言語道断の根性無しだけど、でも、気持ちはわかるわ」

「うん」

「で、今度は、その名前が出た人間の所に行くわけ。するともう、相手は普通のサラリーマンだったり、自営業だったり、家族がいたりするわけよ。そういう人に、『あんたが〈トムボーイズ〉の誰それと寝た、ということをバラされたくなかったら、知ってる名前を話せ』と持ちかけるわけね」

「……」

「今、札幌のゲイ社会は、メチャクチャよ。みんな、誰も信じられなくなってる。まるで中世の魔女狩りか、特高のアカ狩りみたいな手口よ」

「……」

「そうやって、警察は、直接にはマサコちゃん事件の捜査のふりをして、札幌とその周辺の、ゲイの人脈を探ろうとしてるわけよ。今後何かの役に立つだろうって感じで」

「……」

「こんなこと、普通、あり？　ゲイだから、オカマだから、こうやって、いいように扱われてるのよ。こんな気持ち、わからないでしょ？」

「……でも、結局は、自分を隠すから……だからそうなるんだろ？　もっと自分に自信を持ってさ……」

フローラは、フン、とひとつ大きく鼻で笑って、言った。

「あんた、底なしのバカだわ。今まで、もしかしたらそうじゃないか、そうじゃないか、ってずっと思ってたけど、今、確信した。あんた、バカよ」

「悪い。確かに、俺には、実際の所はわからないよ。だが、とにかく、あんたたちが、とても弱い立場にある、ということはわかった。とりあえず、最低限は、理解できたと思う。でも、だからと言って、ただただ怯えてるだけじゃ、何にもならないだろ？」

「ほかにどうできるのよ。大人しくして、敵意がないってことをできるだけ示せば、そのうちに、向こうはこっちのことを忘れてくれるわ。それまで、黙って、静かにしてるしかないのよ。誰だって、自分が可愛いし。ありがとう」

中華丼が来た。そしてすぐにミックスサンドも来た。だが、ビールが来ない。俺が「あのう、ビールは……」と尋ねると、ウェイトレスは「はぁ？」と変な顔をしてから、ムスッとむくれて、伝票を見た。それから無言でカウンターまで行き、無言でビールを持って来た。

「ありがとう」

「……まぁ、もちろん、いろんな市民運動みたいなことをしてるゲイはいるわ。でも、わたし、ああいう人たちと話が合わないの。馬鹿馬鹿しくて。わたしが、『願い』とか『心』とか『素敵な気持ち』とか言いたい時に、あの人たちは、『権利』とか『人権』とかって言葉を使うんだもの。わたし、能書き垂れて生きたいわけじゃないの。そんなこと、どうでもいいの。自由に生きたいだけ」

「それはわかるけど、でも……」そこで俺は、はっと気がついた。「おい、ちょっと待て。どうして俺たちは、こんな話をしてるんだ？」

どこから話がおかしくなっただろう。少なくとも、俺は、マサコちゃんと橡脇のウワサの、根や葉の所を聞き出すつもりだったのだ。それなのに、話がとても遠いところに来てしまっている。またやられた。

「おい、その話はまたそれで、大事なことだとは思うけど、まず、その前に、マサコちゃんと橡脇の関係のことを教えてくれよ」

「思い出したの？　クソッ。せっかくいい調子になってきた、と思ったのにな」

甘く見るな、と言おうとしたが、すっかり乗せられていたことを思い出して、口をつぐんだ。

「あのウワサに、根や葉はある、ってのは、どういう意味だ？」

フローラは、ふ～っと大きくため息をついてから、不承不承、という感じで口を開いた。

「そもそもの発端は、去年の終わり頃……クリスマス過ぎよ。〈ジェスロ〉、知ってるでしょ？」

「もちろん」

ふざけた名前のスナックだが、マスターはとても気《き》っ風《ぷ》のいい、竹を割ったような性格の素敵な人間だ。小柄だが、特別仕立てのスーツがピシリと決まっている。鉄火な啖呵《たんか》を切らせたら、なかなかの迫力だ。さばさばとした、とても男らしい性格で、俺も彼のことは好きだが、ただ、生物学的には女性であるので、ちょっと戸惑う。夜の十時頃オープンする店で、仕事明けのゲイ（男女を問わず）が集まる店だ。

「俺も、あのマスターは好きだ」

「でしょ？　いい男よね。女だけど。あのね、毎年、ススキノで、ミスすすきのを決めるじゃない？　あの向こうを張って、勝手に『ミスターすすきの』と『ミスすすきの』を決めちゃって、すすきの祭りの時にパレードしようかって話があるのよ。もちろん、ミスターは〈ジェスロ〉のマスターで、ミスはウチの店から出す。ちょっと面白いと思わない？」

「ああ、そりゃ面白そうだ。でも、ミスすすきのはもうあるからな。名前を変える方がいいんじゃないかな。でも、ミスターとミスだから、面白いのか。じゃ、すすきのキングと、すすきのクィーンで……おい、ちょっと待て」

「根と葉ね」

「そうだ」

「ええと……あのね、〈ジェスロ〉で、クリスマス過ぎあたりに、ある坊やが、ぽつりと呟いたのよ。信じられないことだけど、橡脇さんとマサコちゃんが愛人同士だったんだとさ、って」

「……それが、根か？」

「先があるのよ。周りのみんなが笑って、マスターが、冗談にしても、くだらないことは言うな、とたしなめたわけ。そしたら、この前の客が、そんなことを真面目に言ってた、というわけよ」

「それで？」

「その坊やは、どっかの『売り専』でバイトしてたのね。それで、たまにそこで見かける、東京のジイサンに誘われてついて行ったわけ」

「常連か」

「年に五回以上はその店に来るんだって」

「東京の人間なんだな？」

「そういう話だったわ」

「それで?」

「そのジイサンは、坊やを優しく抱き締めて、いろんな話をするってタイプだったんですって。背中や髪を撫でながら、四方山《よもやま》話を二時間くらい、それから、おもむろに坊やをしゃぶってそれで終わり。わりと楽な客だったって話」

「うん」

「で、その四方山話の間に、そう言えば、この前、テレビに出てアマチュア・マジックで準優勝したのは、札幌のオカマなんだってな、という話になったわけ」

「なるほど」

「で、札幌じゃどうか知らないが、若い頃は新宿にいて、相当人気のある名物オカマだった、という話になって、坊やは初耳だったから、感心して聞いてたんだってさ」

「感心するだろうな」

「で、そのジイサンが、そうだ、札幌は椽脇厳蔵の選挙区だよな、と思いついたように言ったらしいのね。でも、坊やはあまり政治家の名前は知らなくて、適当に『うんうん』と生返事をしてたんだって。そしたらジイサンが、知らないのか、知ってるだろ、と紙に書いて教えてくれたんだって」

「……確かに、脇の字は別にして、椽とか厳蔵とかいう字をスラスラ書けたら、カッコイイもんな」

「で、その政治家は、元は朝日の新聞記者で、若い頃の……というかほんの子供の頃の、デビューしたてのマサコちゃんと熱烈に愛し合っていたんだ、とかなんとか話したんだって。で、マサコちゃんも椽脇さんのことが好きだったんだけど、お父さんが、椽脇さんのよ、お父さんが死んで、それで後を継ぐことになったんで、身を引いた、というわけ」

「……」

「で、その場はそれで終わって、坊やは店に帰って、そしてなんとなく思い出して、北海道にこういう政治家はいるか、と誰かに聞いたのね。で、読み方を教えてもらって、『財界さっぽろ』かなにかを立ち読みでもしたんじゃない？　あ、この顔なら知ってる、へぇ、そうなんだ、と驚いて、〈ジェスロ〉で話したわけよ」

「なるほど。話の出どころはわかった。でも、それでも単なるウワサじゃないか」

「そうなんだけど、坊やがその話をしたら、いきなり〈シランス〉のお化けが、『やっだ～！』とバカ声で叫んだわけ」

「なんだ、その〈シランス〉って」

「お化けがやってるオカマスナックよ」

「へぇ」

「教養というものに見放された、非常に珍しいオカマよ。あと、自分を高めようとする努力とも無縁ね」

「へぇ」

「で、そのお化けが、『わたし、あの朝、飛行機で椽脇と一緒だったわ～！』とバカ声張り上げて怒鳴ったわけよ」

「あの朝ってのは、つまり、マサコちゃんが殺された日の朝ってことだな」

「殺された日の、前日の朝よ」

「あ、そうか」

マサコちゃんが殺されたのは、午前三時ころだった。

「じゃ、つまり、あの事件の時、橡脇も札幌にいた、というわけだな？」

「そう。お化けは、恩人の葬式からの帰りだったんだって。羽田発、朝イチの便に乗ったら、橡脇と、秘書みたいなのと、あと若いのが二人くらい、一緒だったらしいのよ。で、いきなり話がそれらしくなったわけ」

「ほう……代議士ってのは、エコノミー・クラスに乗るのか？」

「あのね。羽田〜千歳には、ファースト・クラスなんか、ないのよ」

「あ、そう」

「なんとかっていう名前を付けたゆったり目のシートはあるけど、一緒くたなの。それに、橡脇さんは社会党だから、やっぱりそういう時は普通の席になるんじゃない？」

「なるほど」

「でまぁ、これはひょっとするとひょっとするわよ、みたいな感じになったんだけど……で、そこで……」

「恐くなった、というわけか」

「……まぁね。もちろん、マサコちゃんの口を封じるにしても、別に椽脇本人が手を出す必要はないし、そう思うと、単なる偶然、という可能性の方が強いけど、でも、殺人を依頼するにしても、電話一本で済ますわけにもいかないだろう、という意見も出るし、ああだこうだ言ってるうちに、ま、触らぬ神に祟《たた》りなし、という感じになってくるわけよ」

「……なるほど」

「そういうわけ」

「で、その坊やの名前は？」

「……やめなさいよ」

「名前は？」

「知らないわよ。わたしは、その場にいたわけじゃないもの」

「その場にいなかった？　じゃ、なんでお化けがバカ声で叫んだってこと、知ってる？」

「話に聞いたからよ。それに、あのお化けなら、そう言う時、きっと必ず、バカ声で叫ぶんだもの」

「そうか？　やけにリアリティがあったぞ」

「才能よ」

「なるほど。ま、いい。〈ジェスロ〉に行ってみる。そうすりゃ、すぐにわかるはずだもんな」

俺は勝ち誇ってそう言った。

「どうせ、坊やの店も知らないんだろ？　でも、それもすぐにわかるはずだ。で、ジイサンと坊やが行ったのは、やっぱり〈早わらび〉か？」

これは、ススキノに古くからある、伝統あるホモ旅館だ。

「知らないわよ、そんなこと」

「どうせわかるんだぜ。俺は、手間を省こうとしてるだけだ」

「なんでわたしが、あんたの手間を省くために協力しなけりゃならないのさ」

「……友達だから」

「友達だから、この件に首突っ込むのはやめなさいって言ってるのよ」

「……」

俺は無言でフローラを睨みつけた。

「……そんなに知りたきゃ教えてやるわよ！」

突然、フローラが怒鳴った。

「その坊や、それ以来、姿が消えちゃったんだから！」

そう言って、フローラは顔を両手に埋め、泣き出した。

「勝手にすれば？」

15

目が醒めた。完全な二日酔いだ。見慣れないところで寝ている。どこだろう。起き上がろうとして右手をつこうとしたら、それがダラリと落ちて、バランスを失って俺は床に転がった。いい香りのする部屋だ。キレイに掃除が行き届いた床だ。俺は、ソファだかカウチだか、そんなものに寝ていたらしい。朦朧とした頭を、なんとか持ち上げて、それから両手を床に突っ張って、上体を持ち上げた。目の前にベッドがある。俺はそれに肘をのせて、力を入れて立ち上がろうとした。

全然見覚えのない部屋。そして驚いたことに、ベッドに女が寝ている。長い髪が顔を覆っているから、どんな顔かわからないが、体つきはとても華奢だ。なにがあったんだろう、と俺は必死になって記憶を辿ろうとした。その時、女が顔を横に向けながら、髪を払いのけた。上腕二頭筋がたくましく動いた。

フローラだった。

！　俺は、反射的にすっくと立ち上がり、自分の体を探り、点検した。背広は着ていない。だが、サスペンダーやズボンには、「着衣の乱れ」はない。やや安心した。気づいてみれば、俺の背広がコートと一緒にハンガーに掛けて、ソファの近くの壁にぶら下がっていた。

(なにもなかったんだ！)

別に、フローラが俺をどうこうする、ということを心配したわけじゃない。酔っ払った自分を完全には信じられないだけだ。俺は、安堵の溜息を吹き出しながら、ソファにへたり込んだ。フローラはよく寝ている。ちょっとむくんだ顔をしている。「う〜ん」と唸るように息をもらして、仰向けになった。苦しいのだろうか。毛布を掛けているが、それでも、形良い乳房が盛り上がっているのがはっきりとわかった。

いったい昨夜はなにがあったのか。記憶を辿ってみた。〈ローリー〉で、フローラからいろいろと話を聞いたあたりまでは、記憶は確かだ。フローラが突然泣き出したのも覚えている。マサコちゃんと橡脇の過去のウワサの張本人が消えてしまった、という話だった。

俺はなんとかフローラを宥めた。ほんの一瞬の気のゆるみだったらしく、フローラはすぐに泣きやんだ。で、俺は、彼女の家まで送る、と申し出たのだ。なにか、彼女がとても怯えていたからだ。だが、フローラが「いい機会だから、ちょっと聞かせることがある」と、俺を〈ジェスロ〉に連れて行った。ここは月曜未明なのに大入り満員で、月曜未明だからなおさら、気心の知れた人間たちばかりが集まっていた。そこでフローラは、マスターはじめ常連連中に、俺がマサコちゃん事件に興味を持っている、ということを話した。そして俺は、たっぷり三十人分の「やめろ」という説教を聞かされた。そのあたりから、どうも俺の記憶は曖昧になっている。

だが、とにかく、大した話は出なかったはずだ。そこにいた全員が、あっさりと、あるいはくどくどと、それぞれそいつの性格丸出しであれこれ俺に忠告・助言・命令・指示をしたが、要するに「やめろ」ということだ。消えたという坊やの名前や店の名前も、誰も教えてくれなかったと思う。いつ頃〈ジェスロ〉を出たのかは覚えていない。タクシーの中でフローラと並んで座っていた一コマが、記憶のどこかに引っかかっているが、あとは全く空虚だ。

俺は部屋の中を見回した。フローラが、気合いを入れて「シンプル」な部屋を演出しているのがよくわかった。十二畳ほどの広さのワン・ルームで、濃い灰色のフローリングがピカピカ光っている。部屋にあるのは、今フローラが寝ている大きなベッドと、俺がくたばっていた大きなソファ、そして床の上に直接置いた大きなテレビ、その横のビデオやLDやCDのデッキが一体になったもの、その横に並んでいる、ちょっと小ぶりなラック。ラックには、ビデオやLD、CDの類がほんの少し入っている。キチンの周りにはなにもない。冷蔵庫もない。壁には、デイビッド・ホックニーを思わせる、水面がきらきら光っている、だがホックニーのものではない、複製画が、これまたシンプルな額に入って飾られている。部屋の片隅に、大きな壺に入った花の盛り合わせがある。それだけだ。本も服も、何もない。相当根性が入っている。ほかにあるのは、玄関のドアの前に落ちている新聞と、俺の靴、そして白いサンダルだけだ。作りつけのクロゼットや靴箱があるにしても、この、物の少なさはただごとじゃない。

今、何時だろう。時計すら見あたらない。いや、ビデオ・デッキの数字が、今は午前十時十二分だ、と教えてくれた。

よく寝たもんだ。

どうしようかな、と思った。このままフローラを起こさずに帰ろうか、それともやっぱり一言挨拶する方がいいだろうか。俺はどうも、寝ている人間を起こすのが苦手だ。自分自身、寝るのがとても好きだ、ということもあるし、人間誰でも、寝起きの顔を見られるのはいやだろう、と思うせいもある。可愛らしい寝顔、というのもある。だが、愛くるしい寝起き顔、というのは稀な中にも稀だ。

だがとにかく、歯を磨きたい。シャワーも浴びたい。この部屋の主の許可を得ずに、そういうことをするのはなんだか悪いような気がする。

で、俺は、とりあえず「あぁ～あ」と大声であくびをした。ありがたいことに、フローラはすぐに目醒めた。一瞬、ぼんやりとした顔で俺を見たが、すぐにまともな顔になる。

「あ、そうか。あんた、酔っ払って寝ちゃったんだよね」

「そうらしいな。おはよう」

「おはよう」

「歯を磨かせてくれ。できたら、シャワーも浴びたい」

「どうぞ」

「あれか？　隣にもう一部屋借りてるのか？」

「うん。やっぱ、わかる？」

「そりゃわかるさ」

「クソッ」

フローラはそう言って、ベッドから出て毛布の上にあったガウンのような物に袖を通す。

「シャワー、浴びてて。隣から、バスタオルやなんか、持ってくるから」

「歯ブラシも頼むな」

「……あんた、深夜スーパーで買ったじゃないの。タクシーに乗る前に」

「あ？　そうだったか？」

「うん。で、レジのマヌケに、わたしのこと、恋人だって紹介してさ」

「……」

「なに考えてんのかしらね。人の迷惑も考えないで」

そう言いながら、玄関に向かったフローラは、その途中で、壁にぶら下げてあった俺の背広の内ポケットから細長い紙袋を取り出し、俺に放り投げた。

「ほら」

歯ブラシだった。

「ありがと」

「それに、これも。これも」

フローラは背広のポケットから、ブリーフと靴下も出してくれた。出てくるからには、買ったんだろう。全然覚えていない。

「すげぇな。まるで手品みたいだ」

俺は何の気なしにそう言ったのだが、その「手品」という言葉が、俺とフローラにマサコちゃんのことを思い出させた。ふたりはちょっと気まずい感じで沈黙して向かい合い、それから、まるで号令をかけたように自分たちのすべきことに向かった。俺はユニット・バスへ、フローラは玄関へ。

シャワーを浴びてさっぱりすると、シャツのイヤなニオイが気になった。酒と疲れがもろに感じられるニオイだ。だが、まぁいい。部屋に戻ってすぐに着替えればいい。

「コーヒー、おかわりする?」

「いや、いい。そろそろ失礼する」

「あっそ」

フローラは小さく頷いて、ポットに残っていたコーヒーを全部自分のカップに注いだ。

「で? みんなの親切な忠告を受け入れる気になった?」

「……」

「やめなさいよ。本当に」

「……」

「ここで尻尾を巻いて逃げるのはみっともない、とか思ってるわけ?」

「そうじゃない」

「コケンにかかわる?」

「そんなことは思っちゃいない」

「誰にも言わないから。本当はやる気だったけど、わたしたちに言われて、大人しくすることにした、とか。そんなこと、絶対に誰にも言わないから。だから、お願い、大人しくしてて。誰も、これ以上誰かが犠牲になることなんか、願ってないんだから。もしも、真相を追究することで、誰かになにかがあったら、一番哀しむのはマサコちゃんだわ」

「……なぁ、俺は、UFOを見たことがあるんだ」

「……」

フローラは一瞬、「それがなにさ」というようなことを言いそうな表情になった。だが、その言葉を呑み込んで、俺の顔を見つめ、小さく頷いた。

「何年か前だ。大通《おおどおり》公園で寝そべってたら、テレビ塔の遥か向こうを、銀色に光るなにかが、どうも回転しているように見えたんだけど、キラキラクルクルしながら、ふわふわ飛んでた」

「そう」

「そして、ピピピッて鋭く進路を変えて、それから急に、ギューン！　ってな感じで、雲の中に消えて行った」

「そう」

「だが、どうでもいいんだ。そんなUFOを見たからって、別にどうでもいい。宇宙人の陰謀があってもいいし、地球が宇宙人に密かに攻撃されてたって構わない。宇宙人が歴史に介入したんだとしてもいいし、古代文明が宇宙人の作ったものだって、俺は別にどうでもいいんだ。UFOは天使の乗り物で、宇宙人が天使で、連中が宇宙平和のための愛の福音を広めようとしているんだとしてもいい。俺は、別にどうとも思わない。俺には関係ないからだ」

「そうだよね。関係ないもんね」

「気にしなけりゃ、それで済む。忘れればいいだけの話だ」

「そうだよ。気にしないで、忘れればいいんだよ」

「でも、UFOとマサコちゃん殺しとは、話が全然違う」

「……なんでさ。同じだと思えばいいじゃないの。同じことだって」

「それができりゃ、世話はないよ」

俺は立ち上がった。

「じゃぁな」

「引っ込みがつかなくなって、それで突っ張ってるんじゃないの？　だとしたら、後悔する前に、思い切らなきゃ。今が、チャンスだわ。これ以上引っ張ると、もっとみっともなくなるから」

「大人だな」

「いろんなことを見てきたからね」

「そんなに大人なのに、なんでオカマなんだ？」

「……しかたないじゃないの。生まれつきなんだから」

「だろ？　俺も、同じだ。しかたないんだ」

16

フローラが住んでいるのは、円山《まるやま》の麓《ふもと》近く、洒落たマンションが建ち並ぶ街だった。タクシーはあまり通らない。北一条通りまで歩いて拾おう、と思ったが、途中で一台通りかかった。それに乗り込んで、「ススキノ」と告げ、口数の少ない運転手の後頭部を眺めながら、これからどうしようかと考えた。

冬の月曜日の午前中で、わりと天気のいい日だった。ここ数日雪が降らないせいで、路面は乾いていた。だが、運転手は冬道の運転と、それから脇道の知識に自信があるらしく、大きな通りの渋滞をよけて、道の両側に雪の山が残る圧雪状態の細い道を巧みにクネクネと進む。本筋が渋滞している時には脇道か、と俺は考えた。あまり役に立つ考えではない。第一、説教臭さがイヤだ。大人の処世術、あるいは生臭坊主の生活の知恵みたいだ。だがとにかく、マサコちゃん事件の捜査は、本筋が渋滞しているらしい。そして警察は、警察ばかりじゃなくマスコミもススキノも、その渋滞を放置しておくつもりらしい。橡脇厳蔵の影に怯えて。くそばかたれどもが。

部屋に戻り、あいかわらずきちんと片付いていることに少々違和感を感じながら、Tシャツとジーンズに着替え、ダウン・パーカーを着て、脱いだ物をまとめて紙袋に入れてぶらさげて、〈ススキノ市場〉にあるクリーニング屋に持って行った。スーツ二着とシャツが三枚、ネクタイ二本が戻って来た。それをぶら下げたまま、俺の部屋のあるビルの一階で二十四時間営業している喫茶店〈モンデ〉に入った。客はまばらで、寝起きのコーヒーを味わっているチンピラや、朝帰りの遊び人、休憩している営業マン、なにか神妙な顔つきで金銭貸借の相談をしているらしいオヤジふたりなどが、平和に共存していた。俺はスーパー・ニッカのストレートをダブル、それとトースト・セット（厚焼きトーストとベーコン・エッグ、コーヒー飲み放題）を頼んだ。

さて、どうしよう。俺にはいろんな知り合いがいるが、政治家につながりのあるヤツは、ちょっと思いつかない。俺の知り合いの中で、政治家たちに一番接近していると思われるのは、オカマやホステスたちだが、昨夜のフローラたちの反応を見ると、連中の協力をアテにするのは難しいようだ。あいつらは、完全にびびっている。なぜ悔しくないのだろう。いや、悔しいのだろうな。だが、それを我慢しているわけだ。じゃぁ、なぜ我慢するんだろう。足を踏まれたら、足を踏むな、と言ってやればいいじゃないか。相手が弱くても強くても、そんなことはなにも関係ないじゃないか。

だが、今さらそんなことを言っても始まらない。とにかく、俺はなんとかしたい。だが、こちらには有効な武器もない。相手の場所すらはっきりわからない。

俺は立ち上がり、ピンク電話で中央署記者クラブの番号をダイヤルした。

「はい、記者クラブ」

「北海道日報の松尾さん、いらっしゃいますか？」

受話器の向こうで少しやりとりがあり、松尾さんは今いませんね、戻りもわかりません、と教えてくれた。で、俺は自分の名前を名乗り、松尾さんに伝言をお願いしたい、と頼んだ。

「よろしいですよ。どうぞ」

「じゃ、去年の十一月の末に殺されたオカマが、椽脇厳蔵の愛人だった、というウワサを聞いたんですが、そのあたりのことで、なにか心当たりがあったら知恵をお借りしたい、よろしくお願いします、とお伝えください」

俺は、耳に神経を集中させた。この新聞記者の反応が知りたかった。だが、続けて話す口調には、なんの変化もなかった。なにも知らないか、あるいは瞬間的に取材態勢に入ったプロなのか、その区別はつかなかった。

「とち……わき……と。あのう、これ、一区の代議士の椽脇ですか？」

「はぁ。だろう、と思うんですが」

「へぇ……」

とノンキな声で感心したように言い、ちょっと黙った。それから、軽く咳払いをして言葉を続ける。

「ええと、あの、あなたの連絡先は、松尾さんはご存じなんでしょうか」

「ええ。知ってると思います」

「そうですか。……でもあの、もしも松尾さんの手許になかったらアレですから、ちょっと電話番号を教えていただけませんか？」

俺は〈ケラー〉の住所と電話番号を教えた。相手は、メモしているらしい。そして、「松尾さんが戻ったら、すぐに知らせます」と言う。俺は、よろしくお願いします、と答えて電話を切った。

それから、ピンク電話の下にあった電話帳を手に椅子に戻った。〈占い〉の項目を探すと、聖清澄の名前がすぐに見つかった。半ページの派手な広告が載っている。〈霊能占い〉〈運命鑑定〉〈人生相談〉〈西洋占星術・タロット・易学・気学・姓名判断・手相・人相・一言予言〉などと、営業種目を事細かに書き連ねてある。〈テレビ・ラジオ・新聞・雑誌などで活躍中！〉という文字が大きく踊り、その横に〈NHK文化教室講師〉と書いてある。俺は「へぇ」と思ったが、その横に小さく〈フラワー・アレンジメント講座〉と書いてあった。そのほか、〈日本霊能易道協会北海道支部長〉〈日本霊能易道協会常任理事〉〈サイキックパワー・ラボラトリー・リサーチ・センター㈱アストロ・エナジー研究所所長〉などの肩書きが並んでいる。住所は、中島公園沿いに行って幌平橋《ほろひらばし》を渡ったあたり、中の島にある〈ベルベデーレ中の島〉というマンションの六階になっている。写真もあって、なかなか美人だ。目が大きくて、唇が可愛らしくふっくらとしている。鼻筋が非常にはっきりと通っている。やや鼻が大きすぎるような気がするが、でも、顔のその他の部分が力強く、目も含めて大きくできているので、釣り合いがとれているようだ。成功したママにはこういう顔が多い。若い頃からとてもやり手で、上筋の客をたくさんつかまえてそのまま独立、以後着々と店を大きくして、今ではチェーン店三つ、ホステス二百人を支配するところまできたというようなママだ。優しく、面倒見はいいのだが、金に関してだけはとてもシビアだ、というような。

もちろん、年齢不詳。確かに美人なのだが、どこか脂っこくて、若く見えるのに、なにかの拍子にポロリと「真珠湾攻撃の朝は、とっても寒くてね」などと懐かしそうな口調で言うので、ちょっと不気味だ、というそんな感じの女性だ。

俺はまたピンク電話に向かい、聖清澄女史が主宰する〈清澄閣〉あるいは〈タオ研究所〉(ふたつ並べて書いてあるので、正式名称がどちらなのかわからないのだ)の番号をダイヤルした。

「はい、聖です」

明るい、潑剌とした声だ。

「もしもし、ご相談したいことがあって電話したんですが」

「はい、わかりました。ですが、予約制ですので、よろしいですか?」

「はい」

「それでは、お名前と、生年月日、そして生まれた所、それとご連絡先をどうぞ」

「は? いきなりですか?」

「こちらにも都合がありますからね」

そういう口調は、優しく自然で、なんとなく安心できるものだった。

「はぁ……」

俺はちょっと戸惑ったが、とりあえず正直に、言われた項目を答えた。

「わかりました。ええと……今日は月曜日ね。……ご都合のよろしいお時間は？　夕方以降とか、あるいは午後がいいとか、いろいろとおありかと思いますが？」

「ええと……わたしは、この数日は、特に動かせない予定はありませんが」

「そうですか。じゃ……そうね、ご相談の内容は、どんなことですか？」

「はぁ……ええと、実は……行方不明になった友人のことで。彼が今、どこにいるのか、それが知りたいんですが」

「おや……ええと……」聖はちょっと考えるような口調になったが、突如いきなり、「嘘ね」と言い放った。俺は、自分でも思いがけないほどにうろたえた。

「え？　嘘って？　嘘って、どういうことですか？」

「あなた、嘘でしょ。そのお友達は、もう死んでるでしょ」

「え!?……」

「しかも、今、『彼』と言ったけど、その方、本当は女性でしょ？」

「え？……」

「あのね、わたし、まず、興味本位の冷やかしとか、いい加減な取材とかなら、お断りですからね。真面目なお話なら、どんなことでもお聞きしますけど。じゃ、失礼します」

「あ！　ちょっと待って！」

と俺が言うのも間に合わず、電話は切れてしまった。

俺はあっけにとられて受話器をぼんやりと見つめた。それから、まるで夢を見るような気分でフックに戻し、開いた電話帳をそのままそこに置き去りにして、元の席に戻った。

俺は、自分の目で見たUFOだって、どうでもいいと思っている人間だ。だから、「超能力」ってなものが、この世に存在しようがしまいがどうだっていい。幽霊だの霊障だの、そんなものもどうでもいい。だが、この時はいささか驚いた。ヒステリー気質、あるいはパラノイア気質には、異様に勘が鋭い人間がいることは知っている。占い師には、この種のタイプの人間が多い。だが、それにしても……

俺は、空のグラスを前に、ぼんやりとしていた。ウェイトレスが俺の方をちょっと不思議そうに眺めながら、俺が置き去りにした電話帳を片付けていた。そこに、電話が鳴った。ウェイトレスがピンクの受話器を取り、「はい、〈モンデ〉でございます」と答え、「はい、いらしてます」と言ってから、すぐに俺に顔を向けて手をひらひらさせた。

「お電話。女性から」

「ああ、どうもありがとう」

受話器を受け取って名前を言うと、受話器の向こうから「先ほどは失礼。聖です」というきびきびした声が聞こえた。

俺は、今度こそ、心の底から驚いた。

「ちょっと考えてみたんですけど、一度、お話を伺います。もしもご都合がよろしかったら、これからでも、いかがですか？　わたしの方は構いません。今日の午前中は、時間が取れますけど？」

「はぁ……ええ、じゃ、そういうことで、お願いいたします……」

やっとの思いでそう答え、俺は電話を切った。そして、部屋で服を着替えようと〈モンデ〉から出た。エレベーターの前で、金を払っていなかったことを思い出して、戻って金を払った。そして再びエレベーターに向かったが、そこで、クリーニング屋から受け取ってきた洗濯物を忘れてきたことを思い出した。〈モンデ〉に戻ったが、座っていたブースには、洗濯物がなかった。ヘンだな、と考えながら左手で頭を掻こうとしたのだろう、スーツやシャツが顔にぶつかったので、自分が左手にぶら下げていたことに気づいた。

（なにをうろたえているんだ、みっともない）

俺は自分を叱りつけて、エレベーターに向かった。

17

「そんなに驚いた？」

聖清澄は、嬉しそうに言う。そして、大きな笑顔で肩をすくめながら、年齢と体に合わぬ子どもっぽい仕種で、胸の前で小さく手を叩いた。喜んでいるらしい。

「驚きました。なぜ、あの店にいることがわかったんですか？」

俺は正直にそう尋ねた。

「う〜ん、どうしようかな」

さすがに隠しきれない目尻のシワをグッと深くした笑顔で、でも不思議なほどに大きな瞳をクルクルさせながら、聖清澄はあどけない表情口調で言う。気を持たせようとしているらしい。

「ま、教えちゃおうかな。あのね」

「はい」

「マグレよ」

「マグレ？」

「そう。あなたの住所を聞いたでしょ、それで、わたし、あのビルなら知ってるし、一階に二十四時間喫茶があるのも知ってるから、もしかしたら、この人、あそこから電話してるのかなって。そう思ったから、ま、外れてもともと、と思って電話してみたの」

「なるほど」

「そういうわけ。がっかりした？」

「いえ。納得できましたが、それでも驚いてます」

「そうね。そういう風に、素直に驚く気持ち、大切だと思うわ。いいお客さんになる第一条件ね」

「はぁ……お客、ですか」

「そうよ。でも、わたしこそ、ごめんなさいね。あんなに、簡単に電話切ったりして。真面目な相談だってこと、わかってたんだけど、わたし、ちょっと気にくわないことがあると、すぐに、ダメなの。電話切ったりね。手紙破いたり、顔叩いたりしちゃうのよ。悪い癖で」

「相手の顔を？」

「そうなの。暴力女ね。ホント、ダメだ、とわかってるし、なんとかしようといつも心がけてるんだけど。カッとなると、つい、そんなこと、しちゃうわけ。さっきもね、嘘つかれたって思ったら、つい、ガチャンって切っちゃった。だから、反省して、電話かけ直したのよ。マグレが当たって、よかった」

「じゃ、最初にわたしが相談した件、行方不明の友人が、実はすでに死んでいて、しかも女性だ、ということがわかったのは……」

「まぁ、あれは勘ってやつね。でも、間違ってなかったでしょ？」

「ええ……実は、死んでるんです。でも、女性じゃない」

「じゃ、オカマ？」

「ええ」

「許容範囲ね」

「はぁ……まぁ、わたしもそう思います。自分の中では、彼は男じゃなくて、でも、女性でもなくて、単なる人間で、そしていい友人でした」

「そうね。そんな感じがしたの。だから、わかったの」

「……なるほど。……そういうのが、つまりその……霊能力、と称するわけですか」

「まぁ、そうね。ほかの人のことは知らないけど、わたしの場合はそうなの。いろんな理論があって、それはそれぞれに役に立つけど、最後は、自分の勘、あるいは直感とか、経験ね。でも、誰でもそうじゃない？　特に、相談される仕事、たとえば経営コンサルタントだとか、競馬の予想屋だとか」

「まぁ、そうでしょうね」

「理論は、まぁ、権威付けね。お客さんに、感心してもらうために必要なだけ。あとは、自分が納得するため。でも実際には、自分の直感が勝負なの」

「……それはそうだろう、と思いますけど、そんなこと、自分で言っていいんですか？」

「あら。なぜダメなの？」

「だって……」

「わたしは、自分に自信があるの。だから、どんなにネタをばらしても、平気なの。結果がものを言うんだから」

「はぁ……」

俺は、少々戸惑っていた。この占いオバサンは、ちょっと一筋縄ではいかないような感じだ。特別な能力を持った、純粋な生意気娘がエイジングした女性、という感じもするが、一方でとんでもなくウサン臭い食わせ物、という疑いも拭えない。

俺が今いるのは、〈ベルベデーレ中の島〉の六階、聖清澄の自宅兼オフィスの、玄関に一番近い八畳ほどの広さの洋間だ。ここが相談室であるらしい。この洋間の向かい側にＬＤＫ

があり、オフィスらしい事務機器といろいろなファイルが、やや乱雑に散らばっている中で、若い娘がなにか料理をしていた。奥の方には部屋が二つあるらしく、そのどちらかが資料室、そして片方が聖清澄の居室、というところか、と俺は見当をつけた。

俺がいる相談室は、天井の隅に神棚があり、反対側の壁にはどうやら仏像を素描したらしいさらりとした筆遣いの水墨画が掛け軸になって下がり、別な壁にはガラスのショーケースに入った印鑑や数珠、ヒランヤ、小さなピラミッド、イボイボつきのサンダル、模造水晶で作ったらしい小さな七福神のキー・ホルダーなどが飾ってある。そしてまた別の壁には、カメラの裏蓋を間違って開けて、光が入ってしまったような写真が直接画鋲で留めてあって、その下に〈この部屋に現れた幽体〉〈地縛霊・虎杖浜にて〉などと、写真の説明を手書きした紙が貼ってある。そしてその下に、またもやガラスのショーケースがあって、そこには色遣いがとてもキレイなブラウスやスカーフが並べてあった。

なにかこう、物がいっぱいあって、そしてその物の意味がクドい上に方向性がなにかバラバラで、見るだけで、俺はたっぷりと疲れた。もちろん、二日酔いだったせいもあるが。

「ところで？　ご相談の内容は？　冷やかしじゃない、というのはわかるけど、人生相談をしたいわけでもなさそうね」

「ええ……その前に、ちょっとさっきから気になってるんですが、あのガラスのケースの中の……」

「印鑑？」

「いえ、じゃなくて、あっちの方、あのスカーフやブラウスはなんなんですか？　霊験あらたかな聖なる衣装、というような感じですか？　あれを着ると、生体エネルギーが増す、というような」

「ああ、あれ。別になんでもないわ。見たとおりの、ただのブラウスにスカーフよ」

「はぁ……」

「イタリアに友達が住んでるの。イヤな女だけど。彼女が、レコパンのアウトレットをただ同然で手に入れられるんですって。そういうルートを持っているんだって自慢するわけ。で、売れたら半額取っていいから、置かせてちょうだい、と頼まれたので、まぁ、置いてあげてるの」

「はぁ……」

　非常に簡単な話のようだが、でも、なんだか変な話のような気もする。レコパンというのはなんだかわからないが、とにかくブランドの名前だろう。

「で、売れるんですか？」

「ダメね。物はいいんだろうけど、みんながまだ知らないブランドって、誰も買わないわ。それに、アウトレットって言っても、正規な物かどうか、はっきりしないの。破棄した不良品をあさってるのかも、って感じもするのね。処分品の中から、状態のましな物を選《よ》って送りつけてるのかもね。もともと、そういう女だから」

「はぁ……」

「ま、オジサンたちが、どっかの店の女の子のお土産にって買っていってくれるのが、月に何度かあるかなって感じ。思ったより、つまらないわ」

「はぁ。あれですか。直感は働かなかったんですか」

「そういうわけ」

と事もなげに言って、俺の顔を真正面から見る。これはこれでいいのだろう、と思うことにした。

「それで？　ご相談の内容は？」

聖清澄は、首をすっと持ち上げて、本題に入りましょう、というビジネスライクな表情になって言った。

「ええと……実は、わたし、マサコちゃん、というか常田鉄之輔さんの友人なんです。……彼は、僕の友達だったんです」

大作りな、華やかな顔が微妙に曇った。

「マサコちゃんの。そうなの」

「ええ」

「イヤな事件よね。マサコちゃん、本当に可哀相に……」

「ええ。で、ある雑誌で、聖さんがマサコちゃんの追悼文を書いているのを読んだものですから」

「あ、『月刊道央』ね」

「ええ。それで、なんというか、懐かしくて……」

「懐かしい？　懐かしいって？　それ、どういう意味？」

「あ、つまり……」

俺は、自分の相手が、適当な嘘ならすぐに見抜く力を持っているらしい、ということを思い出した。

「ええと、つまり、僕は、マサコちゃんが誰になぜ殺されたのか、知りたいんです」

聖は両方の眉毛を持ち上げて、軽く頷いた。口許が不満そうに歪んだ。

「ご存じかどうか知りませんが、警察の捜査ははかばかしくないようです。マスコミも、あの事件をすっかり忘れてしまったらしい。だから……」

「そういうことが、あなたのお仕事なの？」

「いえ」

「仕事じゃないのに、なぜ？」

「……うまく説明はできませんが、ま、好奇心だ、と思っていただいても結構で……」

「お金のニオイがする？」

「え？」

俺はちょっと意外だった。そんなことは考えもしなかったが。

「つまり、誰かを強請《ゆす》るネタを探してるとか、そういうんじゃないの？」

「まさか。そんなんじゃない」

聖は、俺をじっと見つめた。俺は、自分の顔が鑑賞には堪えられない、ということを十分に知悉しているので、ちょっと戸惑った。せいぜい二枚目に見えるように、と口許を引き締めた。

「今度はホントのことを話してるみたいね」

ほんの少し優しくなった目尻で、そう言う。

「はぁ」

「で？　どうしてわたしのところに来たの？」

「……ほかに、誰も頭に浮かばなかったからです。知り合いの新聞記者は事件に興味を持っていないらしい。その他の友人たちも……」

「オカマ？」

「ええ、まぁ。オカマとその関係者。連中も、なにも教えてくれない」

「……なにか、圧力が働いている、と思ってる？」

「……ええ、まぁ」

「で、それなのに、どうしてわたしの所に来たの？」

「だから……『月刊道央』で読んで……」

「それだけ？」

「ええ。あの事件の後の、いろいろな報道や記事を読んでみました。で、目に付いた中では、唯一、あなたの文章が、マサコちゃんに優しかったから、だから、なにかほかの人とは違った話が聞けるかな、と……」

「ああ、なるほど。わかったわ」

「……」

「あの時の、マスコミの報道はひどかったわね。ま、新聞やテレビのニュースはとりあえずは客観的みたいにお化粧してたけど」

「ええ」

「もろ興味本位って感じだったわね。ま、興味本位っていうのが、健全なマスメディアの条件だけどね。そうじゃなくなったら、不気味だわ。マスコミが、正義の使者になっちゃったら、それこそ大変だし」

「ああ、ええ、まぁ。それは確かに」

「そういうことがわかるくらいには、わたし、賢いのよ」

「ああ、ええ。そりゃぁもう……」

「でも、やっぱり、マサコちゃんは可哀相だった。あんな感じで、被害者なのに、殺されちゃったのに、物笑いの種になって、ジョークのネタになるなんて」

「ええ」

「だからわたし、ちょっと腹立てて、あのコの素敵な一面を書いてみたの。でも、ま、あんなローカル雑誌だから、なんの反響もなかったけど」

「でも……」

「そうね。でも、こうして、あなたが来てくれた。なにかの役には立ったってわけね。嬉しいわ。……で、あなた、わたしのことは知ってる？　わたしがどんな仕事をしているか、調べたの？」

どうも調子が狂う。いつもの俺らしくない。こういう風に、対話のイニシアチブを取られるのは好きではないが、なぜかこうなってしまった。最初の、電話でのやりとりの驚きが尾を引いているのかもしれない。俺は事実ありのままに、短く「いいえ」と答えた。

「そうね。あなたがわたしのことを調べているなら、きっと知らせがあったはずだから」

「はぁ……知らせ、というのは？」

「ま、簡単に言えば、神様の声よ。警告を発してくれるの。それがなかった、ということは、あなたはわたしのことをヘンに探ろうとはしなかった。そして、今現在もなんの警告もないから、あなたはわたしにとって有害じゃないわ」

「へぇ。……有害な人もいるんですか？」

「しょっちゅうよ。……て言うか、わたしは、そういう、自分にとって有害な人を相手にしてご飯を食べているんだから。そうしなさい、そうやって、有害な人たちの悩みを解いてあげなさいって、神様に言われたの。それが、わたしのつとめだから」

「はぁ」

「で、わたしは、あなたに協力すべきかもしれない、と……」

「はぁ……」

「ただ、残念ながら、わたしも、事件に関しては、なにも知らないの」

「そうですか」

まぁ、これですぐに真相にたどり着けるとは思ってはいない。

「ただね、これをご覧なさい」

聖は、大きなマホガニー色の机の引き出しからよれよれになったA４判の大学ノートを出した。パラパラとページをめくり、にっこりとノートに笑いかけて「ここ、ここ」と口の中で呟き、そこを開いて俺に見せる。俺は受け取って眺めてみた。

それはどうやら、相談予約を書き留めるスケジュール帳のようなものらしかった。月曜日の午前のところに、俺の名前が記入してある。そのほか、ところどころに空欄はあるが、だいたいの曜日が、午前・午後・夜を問わず、人の名前で埋まっていた。

「どう？」

「……どうって……わたしが今日、ここにお邪魔することが、ずっと前からわかっていた、ということですか？」

俺が言うと、聖は「ええ？」と素っ頓狂な表情になり、それからいきなり天井を見上げてアッハッハと大声で笑い出した。俺は憮然として、笑い転げる脂っこい年増美人（悔しいが、顔の造作は美人であることを認めないわけにはいかない）を眺めた。

「おかしい！　おかしいわ。最高！」

「なんでしょうか？」

「あなた、そういう小説とか映画の見過ぎね。あのね、月曜午前のこのあなたの名前は、あなたから電話をもらった後で書き込んだものなの」

「ああ、なるほど。……そりゃそうですよね」

「そういうことじゃなくてね、ほかの人たちの名前、わからない？」

俺は一通り読んでみた。だが、ほとんどが名字ばかりだし、それも「高ハシ」とか「キムラ」とカタカナが多いので、これが誰なのかわかるはずもない。もしや、と思って探してみたが、もちろん「トチワキ」もない。

「……あのう、どういうことでしょうか？」

「わからない？」

聖はじれったそうな表情になり、俺の手からノートをひったくった。

「あのね。たとえば、明日、火曜日の午前中の高ハシってのは、自民党道連札幌支部の理事で、道議会議員の高ハシカズヒコよ」

そんなこと、わかるわけないじゃないか。

「それに、その午後、火曜午後のフジ田というのは、ほら、商工会議所のエライさんの、フジ田リョウイチよ。フジ田建設の社長の」

「そうですか」

「フジ田さんの次に来る、ヤクシさんは、マルメロ会の会長よ」

「……マルメロ会……」

「なにか、福祉の団体だって。施設をいくつか、運営しているらしいわ。ヤクシさんて、知らないかな。ほら、社会党の長老で、代議士を何期かやって、何年か前に引退した人。今は、福祉に命をかけているっていう触れ込みの」

「はぁ……そう言えば、聞いたことがあるような……」

「何も知らないのね」

聖は、あきらかに苛立っている。まずいな、と俺は警戒した。

「水曜日の朝に来るソエジマさんは、第一勧銀の札幌支店だかなんだかの次長だかなんだかだし」

「はぁ……」

「もちろん、そういう人ばかりじゃないけど、わたしのお客さんには、そういう人も多いの」

「なるほど」

「たよりない人ね。だから、わたしが言いたいのは、あなたが協力者を求めているんなら、わたしはそれにうってつけだわってことよ」

「……わかりました」

「要するに、アレでしょ？　あのウワサは本当なのか、捜査が進展しないのは、そしてマスコミがすっかりあの事件を忘れているふりをしているのは、橡脇の圧力が働いているかどうか、それが知りたいんでしょ？　あの事件の犯人が、橡脇なのかどうか、それが知りたいんでしょ？」

「ええ」

「いいわ。やりましょ。わたしも知りたいの。だって、マサコちゃん、わたしの親友だったんだから」

18

聖とすっかり話し込んでしまった。彼女とマサコちゃんが知り合ったのは、二十年以上前なんだそうだ。ふたりともまだ相当若く、そして両方とも、札幌、というかススキノに根付こうとしている時期だった。マサコちゃんは新宿から札幌に戻った時期で、聖はその頃、結婚に失敗して、子どもを置いて離婚し、右も左もわからずにススキノに飛び込み、スナックで働き始めたのだという。今はもうなくなってしまったが、その当時、〈それから〉という、酒も飲める二十四時間営業の喫茶店があって、店が終わった後のススキノ従業員の休憩の場所になっていた。いろいろと面白いエピソードもある店で、そこで聖とマサコちゃんは出会ったんだそうだ。

「しかし、本当に、事件の時は、信じられなかったな」

俺が言うと、聖もうんうん、と頷く。

「ホント。大野さんから電話を貰って、わたし、腰が抜けちゃってしばらく椅子から立てなかったの」

大野というのは、〈トムボーイズ〉の支配人だ。それにしても、聖の霊感はどうなったんだろう。マサコちゃんの危機を感じられなかったのか。長い付き合いの親友なのに。

「全然予想もつかなかったんですか？　なにかひらめいたりしなかった？」

「そうなのよ。それが悔しくてね。……ただ、あのテレビの放送の時、スタジオの中に浮遊霊が、普通よりも多く集まっているのは気づいたの。だから、なにかヘンだな、とは思ったんだけど、それがまさか、マサコちゃんの命に関わりがあることだなんて……」

このあたりのことは、俺は聞き流すことにした。

そして、俺と聖はすっかりしんみりとした気分になって、故人の思い出話にふけった。だが、聖は用心深く、マサコちゃんのプライバシーに大きく関わるような話題は避けていた。ただ、新宿で橡脇とマサコちゃんが付き合っていたらしい、ということは認めた。

「そのことが、事件に関わりがあるとは、最初の頃は考えてなかったの。でも、わたしも、どうも空気がおかしい、というのは感じてたし、警察もマスコミも妙にやる気がないみたい、という感じはあったの。そのうちに、ウワサが流れ出して……」

「ええ。僕も、そのウワサを聞いたのは、ついこの前なんです」

「みんな、なに恐がってんのかしら。自分がきちんとした暮らしをして、先祖供養を怠りなく勤めていれば、そんな、自分の手に余るような、とんでもない災難に巻き込まれるなんてことはないのに。歯痒いわ」

聖は派手な怒りを顔に表して吐き捨てるように言う。

俺は曖昧に頷いてとりあえずの賛意を表してから、どうすれば真相に近づけると思うか、と尋ねた。

「それはわからないけど、でも、まず、ウチに来るオジサンたちにそれとなく聞いてみるわ。どうせ、くだらないウワサだ、という話で終わるだろうけど、結構ああいうオジサンたちって、『ここだけの話だけど』って、ポロリと事実の一部を漏らすことも多いのよ。やっぱり、自分の中にだけしまっておくのは辛い、という事柄もあるし、裏情報や真相を知っている大物なのだ、と見栄を張りたい気持ちもあるし。……あの人たち、本当に、孤独よ」

「あの人たち？」

「そう。会社の経営者。政治家。いわゆるリーダー？　そんな人たち。相談相手は誰もいないの。だから、彼らはわたしや、わたしの同業者の所に来るの。それに、特にわたしは口が堅いと思われてるから」

「なるほど」

「もちろん、わたしは相手を見るけどね」

「はぁ」

「心の通っていない金庫とは違うんだから、わたしは」

「……」

「いいわ。とにかく、オジサン連中にそれとなく聞いてみる。もしかすると、なにか糸口が摑めるかもしれないから」

「お願いします。ほんの、世間話のようなものでもいいですから」

「わかるわ。で、なにか摑めたら、どうすればいい？」

俺は〈ケラー〉のマッチを渡した。

「夜はたいがいここにいます」

「なるほどね。この店、知ってるわ。大畑さん、お変わりない？」

「え？　マスターですか？　ええ、相変わらず、痩せてるけど、お元気です」

「懐かしいわぁ……」

聖は、突然若々しい顔つきになった。その表情はすぐに消え、またきびきびした表情になり、「でも、大畑さん、相当老けたでしょうね」と呟いた。

「それほどでもないと思いますが」

「そう？　でも、わたし、童貞だった頃の彼を知ってるのよ」

なるほど。それじゃ、かなわない。

ご協力のほど、よろしく、と頼んで、俺は立ち上がった。「お気をつけて。送らないわ」

と聖が言う。俺は、ちょっと気になっていたことを尋ねてみた。

「それにしても、客に、経営者や政治家や、その仲間が多いことはわかりましたが……」

「ええ。それがなにか？」

「そういう連中は、なんのためにこちらに来るんですか？　相談？　自分の決断を支えてほしいんでしょうか」

「それもあるんだろうけど、でも、それなら、毎週毎週は来ないわよ」

「ですよね。じゃ、なぜですか？」

「……わたし、痛みを取るの」

「ほう」

「痛いところを楽にしてあげられるの。腰痛や肩こりなんかは、五分もあればすぐに消えるわ」

「……」

「オジサン、というかオジィサンが多いのね、そして、彼らは、若い人たちには信じられないほど、痛いところを抱えてるの。口には出さないけど。その痛みを、わたしは取ることができるの。医者には、それができないの」

「なるほど」

「インチキと言えばインチキだけど」

「インチキなんですか？」

「そう。だって、誰にでもできるんだもの。行政書士みたいな仕事ね。役所に出す書類なんて、誰でも、ちょっと説明書きを読めば書くことができるのよ。たとえば、免許証更新の書類とかね。でも、それが面倒だし、難しいと思ってるから、専門家に任せる。で、行政書士という商売が成り立ってる。それと同じ」

「誰にでもできるんですか？　僕にでも？」

「もちろん」

「僕でも、他人の痛みを取ることができるんですか？」

「そうよ。当たり前じゃない」

「……どうやればいいんですか？」

「生体エネルギーをそそぎ込むのよ。愛を込めて。その人の幸せを願いながらね」

「……なるほど。わかりました」

「冗談だと思ってるでしょ？」

「いえ。……いや、冗談だとは思ってません。ただ、僕にはできないな、と思いました」

「簡単なのに。あのね、時折、夜中にでも、とんでもない所から、電話がかかってくるのよ」

「へぇ」

「会社とか、商工会議所の用事とか、議会の用事とかで出張したお客さんから。痛くて痛くて堪らないって電話が来るの。そういう時は、その人の名前を紙に筆で書いて、受話器を握りしめて、必死になって、お祈りするの。そうすると、五分も経たないうちに、その人の痛みが消えるの」

俺は、なんとなくそんなこともあるんだろうな、と思った。俺がそう思った途端、聖の表情が優しくなった。

「まぁね、そういうことは、あるの。で、そんなわけで、オジサンたちが、毎週やって来るの」

「毎日毎日、たくさんの人にそういうことをしてやって、あなたの生体エネルギーは減らないんですか？」

聖はまた、天井を見上げて大声で笑った。憮然として眺める俺の前で、思う存分笑った聖は、「ああ、苦しい」と涙を拭いて俺の顔を見て、一言「ケチね」と言い、それからまた笑い出した。俺は、「じゃ、よろしく」と頭を下げて、玄関に向かった。

「さよなら！　電話するわ！」

笑いの混じった、機嫌の良さそうな聖の声が、俺の背中に飛んできた。

19

俺は〈ベルベデーレ中の島〉の一階ロビーで、そこにあったピンク電話から北海道警察札幌方面本部刑事局捜査一課の種谷巡査部長の「ダイヤル・イン」に電話をした。するといきなり、可愛らしい女の子の声がフグ田タラちゃんのような口調で言った。

「はい、警察ですぅ」

俺は本名を名乗り、種谷巡査部長はいらっしゃいますか、と尋ねた。娘は「ええとぉ……」と言いながら、ホワイト・ボードか何かを眺めているらしい。それから、「あ、そうか」と口の中で呟き、「申し訳ございません、種谷はただ今外出しております」と、立派に用の足りる言葉を口にした。俺は心の中で、「偉い、偉い」とタラちゃんを誉めながら、「お戻りはいつになるでしょうか？」と尋ねた。

「はい、戻りはええとぉ……ちょっとわかりかねますがぁ、あのう……なにかご伝言がございましたら、申し伝えますけれどもぉ」

二打席二安打だ。なかなかやるな、と俺は感心した。役所に電話して若い娘が出た場合、用事が一度で足りることはまずない。偏見ではなくて、事実だ。だが、この娘は粘り強くいい仕事をしている。感心だ。

俺はすっかり和やかな気分になって、もう一度本名を名乗り、以前種谷巡査部長にお世話になったものだが、すっかりご無沙汰してしまったので、ちょっとお目にかかれないかと思って、と話した。そして別に急がないが、ご都合のよろしい時に声をかけていただけたら、とても嬉しい、とさも嬉しそうに言い、昼間はこちら、と自分の部屋の電話番号を教え、夜はこちら、と〈ケラー〉の番号を教えた。タラちゃんは、「はい、かしこまりましたぁ」と言ってから、「一応念のために復唱いたしますぅ」と可愛らしい声と口調で宣言し、俺が言った数字を繰り返した。間違いはなかった。いよいよ立派だ。俺は上機嫌で「では、よろしく御願いします」と言い、受話器を置く前に、「あ、ところで、去年の十一月の末に殺されたオカマは、昔、橡脇さんの愛人だった、と聞いたんですけど、本当なんですか？」と聞いてみた。タラちゃんは「……さぁ……」と不思議そうに言う。で、俺は、「いや、なんか、代議士がからんでるんで、捜査が遅れてる、というようなことを聞いたもんですから」と言ってみた。タラちゃんは「……さぁ……」と繰り返す。受話器を耳に当てて首を傾げているようすが目に浮かぶようだった。「ま、いいです。種谷さんによろしくお伝えください」と言うと、タラちゃんは「ご苦労様でした」と言った。これにはちょっとカチンときたが、でも、ま、これは礼儀と言うよりも習慣の問題だろう、と考え直し、上機嫌のまま、素直に受話器を置いた。

そして、なんとなく晴れ晴れとした気分で、ブラブラと自分の部屋を目指した。ここからは、幌平橋を渡り、中島公園沿いに歩いて二十分ほどだ。

自分の部屋に戻り、ネクタイをはずし、スーツと靴下、濃い紺色のシャツを床の上に脱ぎ捨てて、ベッドに横になった。ちょっと昼寝でもしようと思ったのだ。だが、冷たいベッドにもぐり込むと、その冷たさで春子がいない、ということが頭に浮かんだ。今はきっと、学校で授業をしているところだろう。

そんなことを考えたら、なんとなく床の上に散らばっている自分の服が気になった。で、わざわざベッドから出て、パンツにＴシャツという情けない姿で動き回り、スーツをハンガーに掛け、シャツはクリーニング屋に出すものをまとめて入れてある黒いビニール袋に放り込み、靴下は、コイン・ランドリーに持って行くものを入れてある別な黒いビニール袋に詰め込んだ。

なんで俺はこんなことをしているんだろう。以前は気楽なものだった。気が向いた時に、ビニール袋を持って部屋の中を巡回し、そこらに散らばっている洗濯物を集めて、そのままクリーニング屋なりコイン・ランドリーなりに行けばそれで済んだのだ。この変化はなんだろう。俺は心底腑に落ちない。

だが、腑に落ちなければならない、ということはない。なにひとつ腑に落ちなくても、人間は生きて行ける。たいていの人間は、そのままで生きているもんだ。俺はそんな風に考え、無理矢理、というほどではなしに自分を納得させて、洗濯物をビニール袋に処分して、再びベッドにもぐり込んだ。

ちょっとうとうとして、目が醒めた。ベッドサイドにちゃんとある時計を見ると、十分も寝ていないようだった。だが、その十分間で、俺はどうやらなにか夢を見たらしい。どんな夢かはまったく頭の中に残っていなかったが、ひとつ、コロッと忘れていた昔の知識が甦っていた。俺は毛布から右手だけ出して受話器を取り、一〇四に電話した。『サッポロ・マンスリー・ウォーク』編集部の番号はすぐにわかった。そこに電話して、副編集長の牧園を頼む、と言うと、電話に出た娘が、「どちらさまですかぁ？」とのしかかるような偉そうな口調で言う。

「桑畑だ、と言ってくれ」

「クワハタさん？　はい。ちょっと待ってください」

深呼吸する間もなく、牧園の人なつっこい声が聞こえてくる。

「やぁ。ええと？　二十郎君だったな。いや、ニジューロウじゃない、フソロウ君か」

牧園とは、二年ほど前、ある女の復讐に巻き込まれた事件で知り合った。その時俺は、桑畑二十郎という偽名を、冗談で使ったのだ。今は牧園も、俺の本名を知っている。だが、〈桑畑〉の名前は、俺と牧園にとって、共通の思い入れのあるなにかになっている。俺も牧園も、とても素晴らしい女が死んでしまうのを助けることができなかったのだ。

「ご無沙汰してました」

「元気かい？　まだ二十郎かい？」

「いえ。もう三十郎になりました」

「そうか。まだひとり？」

「ええ、まぁ」

「そうか。『まぁ』か。含蓄に富んだ言葉だわな。いいね、『まぁ』っちゅのはね。暇かい？　暇だったら、どうだ、今晩あたり、軽く。うまいきりたんぽの店があるんだ。寒い時期には、やっぱりあんた、鍋だ、鍋」

「はぁ。まぁ、そのうちに」

「なんだ。忙しいのか？　またあれか、探偵ごっこか？」

牧園の雑誌には、〈札幌今様事件帳〉という、まぁありふれてはいるが、それなりに人気のある連載がある。札幌や北海道で起きた事件について、普通の新聞ではカヴァーしないような背景や、一歩踏み込んだ人間模様、事件のその後などを、やや時代がかった筆致で綴る、ルポルタージュだ。俺は、牧園と知り合ってから、その企画を何度か手伝ったことがある。ネタ元を紹介してやったり、その記事を載せておっかない筋の連中が本気になって腹を立てないかどうかを確認してやったり、そんな仕事だ。中でも、俺と春子が知り合うきっかけになった、男子中学生惨殺事件と、その友人（これが中島翔一だ）の失踪事件の記事は、なかなか評判が良かったらしい。すっかり気をよくした牧園は、「なにか面白いネタがあったらいつでもそう言ってくれ」と気前のいいような、自分の雑誌の取材能力のなさを暴露するようなことを言った。

「いえ、そういうわけじゃないですが」

「そうか。でもま、『ごっこ』なんてっちゃ失礼かもな。遊びじゃないもんなぁ」

ちょっと探りを入れるような口調になる。

「いえ、基本的には遊びなんですが。暇つぶしです」

「ほぉん、そうなの」

「ところで……」

「ああ。なんの用だ？　呑む暇がないのに電話してくるっつのは、なにかあんだろ？」

「あのう、公になる前になんとか処理されましたけど、何年か前、〈民労中金〉の不正融資事件てのがありましたよね」

牧園は軽く咳払いをした。それから、さもさり気ない声を作って言った。

「……あんた、なんでそんなこと、知ってる？」

それは言うわけにはいかない。下手をすると、ヤクザがひとり、死んでしまう。

「え？　じゃ、やっぱりホントだったんですか？」

俺は、とても無邪気な声で驚いた。それはたとえば、「おとうさん、僕は、おとうさんとおかあさんが愛し合ったから生まれてきたの？」と尋ね、「そうだよ」と答えられて「やっぱりそうだったの!?」と感心する幼稚園児をイメージして作った口調だ。だが、やはり牧園は、ローカル政財界誌のベテラン記者だけのことはある。あっさりと見破った。

「おい、いい加減にしろ。どっからそんな話を引っ張ってきたんだ？」

「いや、ほんとに、覚えてないんですよ。ただなんとなく、ああ、そう言えば、そんな話があったな、と思って……」

「じゃ、どうして今頃になって、そんな話を持って来るんだ？」

「いえあの。つまり、あれです。その、ま、ああそう、この頃、よく民労中金のCMをテレビで見るじゃないですか。だから、そういえば、こんな話があったっけな、と……」

「ふざけるな。それだけのことで、俺に電話してきたってのか？」

「ええ、まぁ。……あと、いつか暇があったら、久しぶりにお酒でも、と……」

「いいか。あのな、滅多なことに首突っ込むなよ。革新勢力ってのは、北海道じゃまだ、ちゃんとした勢力なんだから」

「え？　じゃ、やっぱり……」

「おい、いい加減にしろってんだよ！　いいか、もしあんたがそんなネタでなにか引っ張ってきても、ウチは相手にしないからな。道庁からも、民労中金からも、教習センターからも、ウチは広告を取ってんだからな！」

なるほどね。だが、教習センターの名前が出てくれば、もう俺にとっては、所期の目的を達成したも同様だ。だがとりあえず、ちょっと確認しておこう。

「はぁ、なるほど……。まぁ、民間の私企業ですからね、メディアも。そういうことはわかります。わたしも大人ですから」

「イヤな言い方をするなよ」

「いえ、皮肉じゃないです」

「思いっ切り皮肉じゃないか」

「で、あの、教習センターってのは、例の新堂忠夫がからんでる、あの自動車学校ですよね。河川敷を違法に、無償で使用している、というあの……」

「だからあんた、そういう話に首を突っ込むなってんだよ！　利権は、もうきちんと配分されてんだから。……いやしかし、いくら金が好きだとは言え、そういう話に首を突っ込みたがる男だとは思ってなかったがな」

これは、挑発だ。だが、俺は自分がそういう人間ではない、ということだけはしっかりわかっている。そして、牧園も、そのことはわかっていると思う。それくらいの信頼関係はある。だから、この挑発は、不発だった。

「ははは、また冗談を。そんな話じゃないんですよ。ただの好奇心です」

「ま、それならそれでいいけど。いいか、とにかく、橡脇の懐刀だからな、新堂は。下手すると、火傷じゃ済まないぞ」

「へへぇ。充分気をつけます」

「火遊びすると、寝ションベンたれるぞ」

「知ってます。じゃ、どうも。お忙しいところ、失礼しました」

「ああ。またな。……なにか、面白いことが出てきたら、連絡してくれ」

牧園は、そう早口で言うと、あっさりと電話を切った。俺は、満足だった。

いったん受話器を置いて、今度は桐原組の事務所がある〈マネー・ショップ・ハッピー・クレジット〉に電話した。たぶんいないだろう、と思ったが、そのとおりで、組長の桐原満夫は外出中だった。いつも桐原の傍らに立って凄みを利かせている相田も、事務所にはいないようだった。たぶん、付き合いか何かで親筋の昼食会に出ているか、あるいはゴルフでもやっているところだろう。もちろん、女の所にシケ込んでいる、という可能性もあるが。だが、いなくても別に構わない。

「そうか。桐原も相田もいないのか」

「はい。誠に申し訳ございません」

やけに丁寧な、だがちょっとぎこちない若い声が言う。誰だろう、と考えた。でも、顔が思い浮かばない。

「じゃ、ちょっと伝言してくれ」

「はい」

「民労中金の新堂忠夫のことで、ちょっと面白いネタがある、と伝えてくれ。あ、紙に書くなよ」

「あ、はい」

紙をクシャクシャと丸める音が小さく聞こえた。

「それから、あんた以外の誰にも、伝言を頼むなよ。あんたが自分で桐原に伝えてくれ」

「わかりました」

「名前は？」

「サトミと申します」

「わかった。じゃ、よろしくな」

だいたいこんなところだろう。やることはやった。もちろん、万全の態勢からはほど遠い。まだまだ撒かなければならない餌はあるだろうし、それよりなにより、俺自身が、必要な知識をほとんど持ち合わせていない、という困った状態であることは確かだ。だがもし、ススキノのウワサがなにか事実のかけらを含んでいるもので、マサコちゃんが殺されたことに橡脇がなんらかの関わりを持っているのなら、そしてそれを橡脇が隠しておきたい、と思っているのなら、近いうちに、なにかの兆しが見えるはずだ。

俺はそう確信し、そして、わりと安らかな気分で、また昼寝に戻った。

目が醒めたらあたりは真っ暗だった。時計を見ると、六時過ぎ。それなのに、まるで夜中のような暗さだった。俺はベッドから出て、体が凍りつくような寒さの中を、バスルームまで進んだ。そしてシャワーを浴び、濃い臙脂のシャツに、ゴッホのひまわりの絵をプリントしたネクタイを締めて、昼間着たダブルのロング・ターンのスーツにまた袖を通した。

それから〈ケラー〉に行き、遅くまで呑んだ。途中で一度、懐が寂しくなったので、シロウト仲間がやっているモグリのバクチ場に行き、トランプで地味にイカサマをやって七万ほど稼いで、また一度〈ケラー〉に戻った。その頃はもう酔っていて、あまり記憶は定かではないが、北大恵迪《けいてき》寮F棟に電話して高田を誘ったのは覚えている。だが、高田は忙しくて呑んでいる暇はない、とつれないことを言ったのではなかったか。そのうちに、どこか別な所で呑んでいるのに気づいた。誰だったか覚えていないが、顔は知っている男たちと一緒だったようだ。きっと、誰かに電話したか、誰かが偶然〈ケラー〉にやって来たのだろう。で、連れ立って呑みに行った、というところだろう。ま、そこら辺のことはよくわからない。

その次に気づいたら、〈南太平洋〉で、フィリピーナ何人かと大騒ぎしていた。そこで現金が足りなくなり、フロントの奥にある事務所で、借用書を書いた。ここの支配人とは結構古くからの顔なじみなのだが、ツケる時には必ず借用書を書かされる。こっちも馴れているからそれでどうとも思わないが、華僑ってのはシビアなものだな、と俺は改めて思った。だがまぁ、別に華僑一般がそうなのじゃないかもしれないが。それに、支配人が華僑かどうかも、実ははっきりしない。日本語がカタコトで、包という名字だから、俺が勝手にそう思っているだけだ。包は、「明日、必ずだよ」と言い、俺は「OKOK」と言って、機嫌良く大声で笑ったのだ。

それからきっと、どこかに何かを食べに行ったんだろう。気がつくと、腹一杯でため息をつきながら自分のベッドに座って、苦労しながら靴下を脱いでいた。なんとなく、春子の声が聞きたかった。だが、時計を見ると午前四時に近かったので、両親と一緒に暮らしている春子に電話するには遅すぎた。だが、なんとなく受話器を持ち上げ、春子の家の番号を途中までプッシュした。だが、すぐに思い直して受話器を置いた。

こうして、一日が終わった。平和な夜だった。そして、この時は俺はもちろん知らなかったが、これが最後の平和な夜だった。

20

非常にうるさい。ドアのチャイムか。なんとか起き上がろうとしたが、体が動かない。うるさくて眠れないのだが、眠気も頑固だ。眉間のあたりに眠たいカタマリがあって、それが頭の芯の方に突き刺さるようだ。このまま眠っていたいが、しかし、うるさい。俺はうんうん唸りながらベッドの上でもがき、生木を裂くような思いで、自分の体をベッドから引き剝がした。

その頃には、俺は激怒していた。こんな風に、俺の都合も考えず、ドアのチャイムを乱暴に鳴らすなど、到底許してはおけない。ようやく瞼を引きずり上げて、時計を見た。午前九時をちょっと過ぎたあたりだ。こんな朝っぱらに。なにを考えてるんだ。この野郎、誰だか知らねぇが、ただじゃおかねぇぞ、と憤りをバネに、俺は玄関のドアに向かった。

チャイムはせわしなく鳴り続けている。俺は思い切り、ドアを蹴った。

「うるせぇ！　誰だ！」

「開けろ」

静かな声が言った。桐原の声だ。間違いない。俺は途端にぱっちりと目が醒めた。意識がこの上なく清明になった。

「やぁ。どうした、こんな早くに」

「開けろ」

「……わかった」

「開けろ。早く」

俺は一度唾を飲み込み、軽く咳払いをしてから、音がしないように細心の注意を払い、ぶら下がっていたドア・チェーンを静かにかけた。それから、音を立てて鍵を外し、素早く後ろに飛び下がった。

ドアが勢いよく開こうとして、チェーンに阻まれ、ガスッと音を立てた。

「なんの真似だ。開けろ」

「ああ、うん。チェーンを外すのを忘れてた」

「俺をイライラさせるな」

「俺にそういう口を利くのは、十年遅いね」

「冗談じゃねぇんだ。俺はマジだ。てめぇも、自分の命が惜しかったら、さっさと開けろ」

「……わかった」

桐原が、ドアを一度閉める。俺は素早くチェーンを外し、再び飛び下がろうとした。だが、桐原の方が一瞬早く、俺はものすごい勢いで開いた鋼鉄のドアに弾き飛ばされ、壁にぶち当たって、情けないことに尻餅をついてしまった。

「いてっ」

と俺がだらしなく呟いた時には、すでに桐原が俺の胸の上に膝を載せていた。

「なんだよ。痛いじゃないか。なんのつもりだ」

「痛いか。これがか。可哀相にな。これで痛いんなら、今日はてめぇにとって、最悪の日になるぜ」

「あのな、今日は俺、『おっかないセリフ大会』に出場する元気はないんだよ」

「じゃ、死ね」

桐原は、左手で俺の顔を張り飛ばそうとした。だから俺は右手で顔を庇った。途端に、ミゾオチに桐原の右がめり込んだ。初歩的だが、鮮やかなフェイントだった。呻くことしかできなかったので、とりあえず、呻いた。

「待ってろ」

そう言って、桐原は立ち上がり、のびている俺をちょっと見下ろしてから、土足のまま、クロゼットの方に向かった。そして、「あ？」と不思議そうな声を上げたが、そのままドアを開けたようだ。ゴソゴソと音がする。そして、俺の上にコートが飛んできた。

「着ろ。出かけるぞ」

「待ってくれよ。俺は、こんな格好だし……」

寝る時はいつもそうだが、俺はパンツにTシャツ、という格好だ。今の時期にいくらコートを着ても、これじゃ寒い。

それに不吉だ。

「それで充分だ」

「せめて、靴下くらい……」

「俺をイライラさせるな。それで充分だ」

俺は、言いなりになるのがイヤだった。あまりに不甲斐ない。せめてちょっとくらいは抵抗して、意地を見せたかった。だから、二秒ほどぼんやりと天井を見上げた。それから、きびきびと立ち上がり、コートに袖を通しながら、数年前から玄関に置きっぱなしになっていたサンダルに足を突っ込み、のしのしと進む桐原の後に続いて、エレベーターに向かった。

雪に覆われた原始林。俺は、ガタガタ震えながら立っている。横には桐原が、むすっとした顔でジャガーのボンネットに右手をつき、左手をズボンのポケットに突っ込んで、俯いて何か考え込んでいる。

俺にとって、非常に不吉なことを考えているのは間違いない。俺はとりあえず、なにも言わずに様子を見ることにした。

「なぁ……」

桐原が、十八番《おはこ》の下品な凄みを利かせた声で俺に話しかける。

「あ？」

「冬にゃぁな、埋められる人間はとっても少ないんだ」

「ああ。知ってる」

「なんでか、そのわけも知ってるか？」

「……凍った地面を掘るのが大変だからだろ？」

「……よく知ってるな」

「まぁな」

「俺は何度か言ったはずだ。ヘンなこと面白がって首突っ込まねぇで、マトモに暮らせってよ」

「そうだったか？」

そんなことを改めて言われた記憶はないが、全くないとも断言できないような気がした。

「言った。二回や三回じゃない。少なくとも、俺は覚えてる」

「……」

「なのによ……冬にはなぜ埋められる人間が少ねぇか、その理由までわかるようになっちまってよ……」

「どうでもいいけど、その湿っぽい口調はなんとかならないか？」

「あのな。凍った地面を掘るのは、完全に不可能だ、というわけでもないんだ」

「そうなの？」

俺の声はちょっと情けないほどに怖じ気づいていた。

「自衛隊の訓練にな、凍った地面を掘って塹壕を作る、というものもあるんだ。道具があって、馴れたヤツが三人いれば、一時間もしないウチに、人ひとり埋められる穴は掘れるんだ」

「そうなの？」

「で、あんたも知ってるように、ウチには自衛隊上がりの若いのが三人いる」

「そうだったっけ？」

「……」

桐原は、また黙り込んだ。右手をポケットに入れ、ポケットから出した左手をジャガーのボンネットに載せ、体重を入れ替えて、また雪の表面を見つめている。三分ほどそのままだったが、やがて呟くように話し出した。

「人を埋める場合に、最も肝心なのは、仲間を信用できるかどうか、という点なんだ」

「そうなの？」

「……人間は、意外にモロくてな。埋めても、結局、自分から喋っちまう、ということになる。そのすぐ翌日か、あるいは十年後か、それは人それぞれだが、ま、たいがいは、誰かが誰かに内緒話をしちまうもんだ」

「そうなの？」

「……だが、その点は、心配ない。ウチの三人は、俺が話すな、と言えば、秘密を墓場まで持っていく連中だ。その点は、心配ない」

「……いや、そうとも言えないだろ……」

「余計な口を出すな、このクズ！　俺は、今、独り言を呟いてるんだ。余計なくちばし突っ込むと、すぐ埋めるぞ」

「……あのよ……ちょっと、俺の話も聞いてもらえねぇか？」

「バカヤロウ！　それで今、俺は困ってるんじゃねぇか。てめぇの話を聞けば、埋めることができなくなる。それは確かだ。で、そのせいで、俺が将来オシャカになる可能性がある。それは非常に高い可能性だ。だから俺は今、ひとりで悩んでるんだろうが」

「いや、あの……」

「いいか。確かにこれはフェアじゃねぇってこたぁわかってる。てめぇに民労中金の件を話しちまったのは、この俺だ。俺のミスだ。てめぇのせいじゃねぇ。だから、俺は今までてめぇを生かしておいた。てめぇをどうにかするのは、フェアじゃねぇと思ってたからだ。だが、てめぇの存在が、俺の破滅につながるようだったら……」

「あんた、そりゃフェア・プレイの精神に背くだろうが。フェア・プレイってのは、自分が不利になることがわかっていても、筋は通す、と。そういうことじゃないか」

「……自分でも信じてないことをくっちゃべるな」

「だって……」

「いつだったか、イギリスのフェア・プレイ精神に関して、俺に能書きを垂れたことがあったよな」

「……」

「あのセリフはよかった。あれを思い出すと、俺はグダグダ悩まずに済む。気が楽になるんだな」

「……いや、おい、悩まなくなったら、人間、終わりだぜ。老化現象だ」

「……オレたちは、なんの話をしてるんだったっけ？」

「だから、あんたが、自分の落ち度で俺をどうにかするのはフェアじゃない、と言ったんだ。で、俺もそう思うよ。あんた、あの時、勝手に酔っ払って、まるで自慢するみたいに話したんだから。でも、俺は、今まで一度もこのことをあんたに思い出させたりしなかったぜ」

「だからよ。なんで今になって、あんな話を持ち出すんだよ。金か」

「違うよ。だから、俺は今、説明しようとしたんだよ。でも、あんたが、俺の話は聞きたくない、と言ったんだ。で、俺が困ってるんじゃないか」

桐原はうんざりしたような顔になって、まず黒い原始林の木々と、その向こうに広がる雪原を見回した。それから、空を完全に覆い尽くしている分厚い灰色の雲を見上げた。唇を噛みしめ、「クッソ！」と小さく鋭く口の中で呟いて、右手でジャガーのフェンダーをポンポン、と叩いた。それから左足の踵で軽くタイヤを蹴り、「死ね、この」と言った。

それを見て、俺はどうやら自分の命が少しは伸びたことを知った。安心した。だが、まだ普通には息ができなかった。静かに静かに、目立たぬように、俺はゆっくりと呼吸を続けた。

「とにかく、しゃーねぇ！」

桐原はジャガーのドアを開けて運転席に滑り込んだ。ゴッという小さな音が聞こえた。助手席のドアの鍵を開けたのだ。俺は、サンダルの素足が雪の中に埋もれるのもかまわず、大慌てで向こう側に回って、助手席に飛び込んだ。シートにはまり込んでから、足がとてつもなく冷たくなっているのに気づいた。ジンジンと痛い。だが、とにかくまだ生きている。生きているから痛いんだ。

21

「で？　なんで今頃になって、新堂のことなんか気にするんだ？」

桐原は、腿に両手を軽く握って載せ、伸ばした二本の人差し指でハンドルを押さえている。ツルツルに凍った路面を、常に時速百キロを超えるスピードで走っているにしては、いささか頼りない姿勢だ。俺は内心気が気ではなかった。ついさっきようやく命拾いをしたのに、その直後に交通事故で死ぬのは、あまりに可哀相だと思った。しかも、零細暴力団の組長とふたりで死ぬのだ。どうせなら、なんの関係がなくてもいいから、死ぬ時くらいは、酒井和歌子と死にたいと思った。俺は、好みが渋いのだ。

「なぁ、なんでだ？」

俺は、もっと慎重に運転してくれ、と言いたかったが、それはとりあえず置いておいて、桐原の質問に答えることにした。

「俺は、マサコちゃんが誰に殺されたのか、それが知りたいんだ。誰に、どうして殺されたのか、それをどうしても突き止めたいんだ」

「そうか。なるほど」

驚いたことに、桐原はすんなりと理解した。つまり、マサコちゃんの事件に、新堂だの橡脇だのが絡んでいることを承知している、ということか。

「マサコの件な。そうか。じゃ、あんた今、孤立無援だろ」

「まぁな。……信じられないな、おい。俺はまぁ、なにがあっても驚かないけど、でも、日本で、この俺の街で、こんなに露骨な真相隠蔽が行なわれるなんてな。フィリピンやリベリアならまだわかるさ。だが、日本で、そして札幌で、こんなことが……」

「どこの国だってどこの街だって、同じだよ」

「……まぁな」

「ま、どう頑張っても、マサコ殺しの犯人を挙げるのは、無理だ。誰も助けちゃくれないぞ。もちろん、俺もだがな。俺だって、指一本、動かす気はないぜ」

「別に期待はしてないさ。でも、まるっきり助けがない、というわけでもないんだ。ちらほらと、話を聞かせてくれる人もいる。応援してくれるらしい人とも話ができた」

「……ほう。だが、どうせジジイにババアに幼稚園児にスピッツに九官鳥ってなところだろ？」

「……」

「……でも、どうやるんだ？　警察も、新聞も、今んとこは尻を落ち着けて靴紐を結んでるところらしいじゃねぇか。で、これがまたなかなか結べなくて、ちゃんと靴を履いて歩き出すのに三年くらいかかりそうだって話だぜ。で、そのころにはもう、誰もこの事件のことなんか覚えてないって寸法だ」

「らしいね」

「で？　あんたは、どうやるつもりなんだ？」

「存在をアピールした」

「あ？」

「俺という、マサコちゃんと仲が良かった人間がいて、その俺が、犯人を捜そうとしている、ということを各方面にお知らせした」

「お前……」

「マサコちゃんが、どうやら橡脇のからみで殺されたらしい、というウワサを聞いて、本当かどうか調べようとしている、俺はそういう人間です、ということを触れ回った」

「……」

「で、そう言えば橡脇に後援会がいくつあるのか知らないけど、その連合会長が新堂忠夫だったっけな、と思い出して、で、俺の場合、新堂という名前はあんたと密接なつながりがあるんで、とりあえず、また存在をアピールしたわけだ」

「目的は？」

「……目的は、ないな。ただ、あんたなら、新堂のことをちょっとは詳しく知ってるんじゃないかな、と思ったんだ。でも、『それとなく探り出す』ってのをやっても、あんたが相手じゃ無理だ。でも、ノックしてご挨拶してから、『新堂のことを教えてください』って頼んでも、あんたはうまくはぐらかすだろ？」

桐原は、フン、とつまらなそうに鼻を鳴らした。

「……あと、誰かに、俺が今やっていることを知ってもらいたかったのかもしれないな。ま、とにかく、あんたがすっ飛んで来てくれたんで、俺の所期の目的は達成された」

桐原は、忌々しそうなため息を長々と引き延ばし、左手で顎をカリカリと掻いた。その間、ハンドルを支えていたのは右の人差し指一本だけだったし、それに凍った路面は原始林に沿って右に大きく曲がって緩やかな上り坂になっていたし、ジャガーの尻はふっと左に振れたりするしで、俺はミゾオチのあたりでイヤァな気分の冷たいカタマリがモゾモゾ動くのを止めることができなかった。

「……おい」

顎を掻き終わった桐原が、左の人差し指をハンドルに戻しながら、ぶっきらぼうに言う。

「あ?」

「あのよ、俺、さっき、心の底からたまげたんだが、てめぇの部屋、信じられねぇくらいキチンとしてたよな」

「ああ。あれは……うん。まぁな」

「片付いてたってのも驚きだったが、おい、掃除までしてあったぜ」

「うん。掃除したのは一昨日だけどな。昨日は俺、ほとんど出てたから」

「……あのスケか? てめぇが、いつも目尻下げて連れて歩ってる、あれか?」

「……」

「やめろ」

「なにを?」

「どっちかをよ。バシタと切れるか、余計なことに首ぃ突っ込むのをやめるか、そのどっちかにしろよ」

「……」

「おめぇが今しようとしているのは、金を払わねぇで買い物をしようとするのと同じだ。虫が良すぎるってもんだ」

「あんたたちは、そういうのが得意じゃないか」

「うるせぇ。口に気をつけろ。俺らのバシタと、あのスケは違う。それを俺は言ってるんだ」

「俺は、あんたらの業界には興味はないんでな」

「笑わせるな」

「……」

「とにかくな、橡脇には手を出すな。ましてや、新堂なんて、なおさらだ」

「……その新堂だけどな、あんたは、なんであいつを襲ったんだ？」

「……」

桐原は黙り込んだ。そのまま、しばらく何も言わない。ジャガーの両側を、雪原と枯れ木立の群れが、気が遠くなるほどのスピードですっ飛んで行く。小さなトンネルに突っ込んだ。幅がやっと車一台分しかないそのトンネルを、まったく減速せずに突き抜ける。さっとあたりが明るくなると、目の前に一瞬、札幌の街が広がった。と思う間もなく、俺たちは下り坂を急降下していた。右に曲がる急カーブが目の前にぐんぐん迫ってくる。俺は、あそこが俺の死に場所になるだろう、と覚悟した。だが、桐原が二本の人差し指を腿の上でちょっと左に動かすのと同時に、車はズッと尻を振りながら、カーブを抜けた。

「新堂をな。結局、その話になるか。……まぁ、そうだよな」

「……」

今度は、俺が黙る番だった。具体的には、俺は桐原と新堂のことを、なにも知らない。ただ、酔っ払った桐原が、俺になにかを言ったのは覚えている。重大な秘密を、彼は俺に打ち明けてしまったのだ。だが、俺としてはその内容をすっかり忘れている。そして、桐原は、俺がほとんど覚えていない、ということを知らないし、もっと言えば、きっとこいつも、自分が何を話したか、はっきりとは覚えていないのだろう、と俺は思う。

「だが、おい。懐かしいなぁ、な、お前」

桐原が、文字どおり懐かしそうな、自分の青春時代を振り返って甘酸っぱい思いをしているような、そんな口調で言った。これは、こいつの得意とする巧妙な芝居だ、ということはわかっている。この口調に騙されて油断すると、あっさりと寝首を掻かれる羽目になる。だが、そのことはわかっているけれども、それでも、俺は思わず懐かしい思いにひたってしまった。……もう、十年近い昔になるか。俺が確か二十二か三くらいで、桐原が今の俺くらいの年だった頃の話だ。

俺は、すっかり学校から足が遠のいた、怠惰なデキソコナイの学生だった。そして桐原は、デキソコナイのチンピラを四人ほど手勢にして、自分の組を作った時期だった。それまで桐原は、橘連合菊志会の筆頭若頭である川村孝匡一家の流れを汲む、丘上雷太の丘上組にいたのだ。で、丘上組から円満に独立したわけだが、当時はもちろん、俺はそんな事情は知らなかった。出会った頃の桐原は、俺が住んでいた木造アパート（玄関で靴を脱ぐ。流しとトイレは共同。風呂はない。近くに銭湯がある。ススキノまで歩いて十五分）の近所の居酒屋で、時折顔を合わせる、物騒な男でしかなかった。一見してヤクザだったが、話が面白く、目つきに愛嬌があった。で、妙に話が合って、その居酒屋ではよく一緒に呑んだ。もちろん、勘定は割り勘だ。俺は、種々雑多なアルバイトでなんとか食いつないでいる貧乏学生だったが、当時の桐原も、食うや食わずで、四人の子分を抱えて、必死になって悪事に励んでいたのだった。もっとも、そこらへんのことも、後になってから知ったのだが。

で、居酒屋でバカ話をして一緒に呑んでいるうちに、桐原がどうやらどこかの大学の経済学部を出ているらしいこと、しかもマルクス経済学を専攻したらしいこと、学生運動に関わっていたことなどがわかって、俺は生きた化石を見るような思いをしたことを覚えている。

ここらへんのことは、この時期にちょっと話題になっただけで、それ以後は桐原も話さないから、詳しいことは俺は知らない。だがとにかく桐原は、流派やセクトや、その中での彼の位置や役割などはよく俺にはわからないが、流行に追随して、あるいはそれなりに信念を持って、まぁ、そのふたつは同じようなことなのかもしれないが、学生運動の活動家だったらしい。当時の俺は、まだ世間がよくわかっていなかったから、学生運動とヤクザというのがどうつながるのかピンとこなかった。で、俺がそんなような牧歌的なことを尋ねたら、「そりゃあんた、同じようなもんだからな。……まぁ、俺の場合は、資金集めのイベントな。今で言うフリー・マーケットだのバザーみたいなの。そんなのの仕込みを担当してるうちに、テキ屋とつながりができてよ」ということだった。

で、そんな感じで、非常に表面的な酒呑み友達という間柄だったのだが、俺が住んでいたアパートが地上げの対象になり、そしてその住民追い出しの仕事を受注したのが丘上組で、その下請けが桐原組だったので、話がややこしくなった。

俺は、やっぱり牧歌的だったから、立ち退きの話が出た時に、すぐにいくらかの金を貰って、引っ越し代も出してもらって、ススキノから歩いて五分のアパートに引っ越した。だが、数日後、元のアパートの近くになんとなく行ってみたら、そこに桐原がいたのだ。その時彼は、〈北方領土奪還〉そのほかの右翼的な言辞をベタベタと汚らしく描いた黒い街宣車の運転席にいて、俺がついこの前まで住んでいたアパートの玄関をふさぐような形でその汚らしい車を停め、ことさら下品な姿勢でタバコを喫っていた。スピーカーから軍歌をガンガン流すような真似はしていなかった。だが、車のサイド・ウィンドウを下げて、全開にしたカー・ラジオの音をやかましくぶちまけていた。

そして、アパートには、ひとり暮らしの、体がやや不自由な、どこにも行き場がないらしい老人がふたり、残っていたのだ。

で、俺と桐原は戦うことになった。

それほど派手にやったわけではない。初めのうちはやや険悪な話し合いだった。だが、それはすぐに怒鳴り合いになり、小突き合いになり、それから二週間の間に、俺は桐原の子分二人の左の小指を折った。俺の肋《あばら》は一本折れ、二本にひびが入った。桐原が乗っていた街宣車には、俺が釘で〈山へ帰れ〉とガリガリ落書きをしたが、俺の自転車はグチャグチャになって粗大ゴミになった。

桐原は、俺を直接には殴らなかった。俺も、桐原を殴りはしなかった。あの時、桐原は、中間管理職として、というか下請けの零細企業の社長として、とても困っていたんだろう、と今は思う。桐原はいつも、困惑したような顔で、頭を掻きながら俺を眺め、なんとなく地味な雰囲気で、子分を宥めるような、けしかけるような、中途半端な態度だった。

今になって振り返ると、俺も桐原も、非常に幼かったと思う。俺としては、もっと有効な戦略を展開するべきだった。桐原も、いろいろと使うべき手段はあったはずだ。だがその当時は、俺は具体的な肉弾戦しか思い浮かばなかった。で、結局、戦いがだんだん凄惨になりつつあった時、老人たちはそれぞれ別な特別養護老人ホームに入所することになって、この問題は決着がついた。俺と桐原は、俺たちが最初に出会った居酒屋で、個人的に手打ちをした。

それからしばらくして、たぶん、半年くらい経った冬の夜に、その時だけやけに酔っ払ってだらしない雰囲気になった桐原が、うまくろれつが回らない舌で、「おい、俺は、とうとう、人をやったぜ。やっちまったぜ」と言ったのだ。俺は驚いたが、それでも、とりあえずは冷静に、「やったって？　なにを？」と尋ねた。桐原は、泣き笑いのような顔で、でも、真剣な目の色で、小さく「殺したんだよ」と囁いたのだ。

今思い出しても、あの時の俺の気持ちは、とても複雑なものだった。相手はヤクザだ。映画の中のヤクザと違って、現実のヤクザは、とても卑しい。下等だ。金のためなら、なんでもする、という連中だ。目の前にいるこの男が、人殺しだとしても、それほど驚くべきことではない、とまず思った。

だが一方で、俺は、なんとなく桐原はどこかが違う、と思っていた。この男は、ほかのヤクザと同様に、情けないほどのチャチなゆすりたかりから、暴行傷害、ポン引きまがいのこと、覚醒剤売買、地上げ遂行のために孤独な老人をいじめるようなこと、それに殺人までもするかもしれないが、だがそれでも、この男は、どこか違う、と思っていた。なぜかはわからない。違うはずはない、ということはわかる。こいつはクズだ。だが、それでも、俺は桐原の酒の呑み方がキライではなかった。酔った時の話が面白かった。

もちろん、そんなことはなんの理由にもならない、ということはわかっている。俺は、すぐに警察に桐原を突き出すべきだった。だが俺は、そうするかわりに、ガブガブと酒を呑んで、酔っ払ってしまったのだ。緊張と恐怖のせいか、俺はあっけなく酔っ払った。その俺に、桐原はなんだかいろいろと長い話をした。翌朝になって、目が醒めるとそのほとんどを忘れていたが、ただ、「新堂を刺した。二回、刺した。一回目は、ヤッパを抜くのにえらい苦労したが、二回目はすんなり抜けた。おそらく、あの時、あいつは死んだんだな」と言ったセリフだけは、鮮明に覚えていた。

俺は、目が醒めてそのセリフを思い出すとすぐに、アパートを飛び出して近くの雑貨屋に行った。新聞を買って地方社会面を見た。そこには、〈民労中金　新堂理事長重体〉〈自宅前で刺される〉という大きな見出しがあった。俺は思わず、「死ななかったんだ」と呟き、そしてなんだかわからないが、とにかくほっとしたのを覚えている。

桐原とは、その時の話を一度もしたことがない。「あの時の話は忘れてくれ」というような電話もなかった。だが俺は、あの時の話を今まで一度も口にしたことはない。

「懐かしいぜ、実際。……俺はあれだ、若い頃を懐かしむような、そんな人生は送らねぇつもりだった。それが俺の覚悟だったんだがな。でも、今んなると、あの頃が一番良かったような気がするぜ」

「……くだらない感傷だ」

「まぁな。二十歳《はたち》の頃は、小学校時代のことなんざ、思い出すだけでうんざりしてたさ。三十になった時は、自分の二十代を振り返って、舌嚙んで死にたい気分だった。でもな、四十を越えると、三十の頃のことや、やっと二十歳になったころのことを思い出して、あの頃はよかったな、ってなことを思わず考えちまうんだ」

「仕事がうまく行ってないのか？」

「あんたにゃわからないよ。そのうちにきっと、五十になって、ガキの頃を懐かしく思い出すようになるんだ。で、ジジイんなって、赤ん坊の頃に戻るわけだ」

「もう一度聞くけど、稼業がうまく回転してないのか？」

「……金は、女みたいなモンだな。ないと、欲しくて欲しくて堪らない。でも、あると、たっぷりあると、面倒臭くて、手間がかかってしかたがねぇ」

俺は大声で笑った。

「あんたがそんな金持ちだとは知らなかった。それほどの金持ちだとはな」

桐原は、鼻でフンと笑って、「ま、いいや」と呟いた。それからいきなり、本題に入った。

「なんで新堂を襲ったかってか。そりゃあんた、俺はあの頃、まだちょっとは革命……っつーか、改革みたいなものを、心のどこかでなんとなく信じてたからだ。……というか、信じてぇ、という気分が残ってたからだろうな」

「それで、民主労働中央金庫の理事長を襲ったのか？　意味がわからないけど」

「ま……俺も、橡脇や、新堂や、それに組合だの、市民運動だのの連中が、正義の味方だ、とは思っちゃいなかったさ。……あの頃は、もうすでにな」

「……」

「だがなんとなく、やっぱり、自民党の政治屋や、土建屋や……田中角栄みたいなもんとは違う、と思ってたわけだよ。こんな稼業に足を踏み込んだのに、ヘンな話だがな」

「つまり、売春宿の使いっ走りをしながらも、女へのロマンチックな憧れを捨てきれない、そういう高校中退無職少年のような気分か？　それで、惚れてた好きな女が、堕落しちまって金持ちのハゲオヤジに抱かれて、それを知って、女を殺しに行った、と。そんなようなオハナシかい？」

「……てめぇは、どうしてそう、人の人生や真心や夢を粉々にするような真似ができるんだ？」

「新堂は、具体的にはなにをやったんだ？」

「ありとあらゆる汚いことだ。まぁ、常識的な手段ではある。あいつは、使い古されたテを駆使して、私腹を肥やしたし、そして、生き延びたから、今でもそれを続けてる」

「民労中金の不正融資とか？」

「……なんでそんなこと、知ってる？」

「あんたが話してくれたよ。十年くらい前に。新堂を刺したことを口走ってからな。えらくゴタゴタした話で、よくわからなかったけど、民労中金の不正融資、という言葉だけは耳に残ってる」

「やっぱりな……俺、話してたか」

「でも、そんなことは、誰でもぼんやりと想像してることだろ？　具体的にその手口ははっきりとは知らなくても。新堂は、典型的な労働ゴロじゃないか。だとすると、いろいろと汚い利権あさりに手を出してるに決まってるじゃないか。そんなことで、純朴な桐原青年は義憤に駆られたのか？」

「ま……あの頃は、民労中金の不正融資が明るみに出そうな、そんな際どい時期だったんだ。新堂は、身内の連中……親戚とか、教職員組合とか、道庁や市役所の組合の幹部ＯＢを使って、いろんな小さな会社や団体を作って、そこに民労中金の資金を不正に融資して、そのうちの相当部分を白分のポケットに貯め込んでたんだ。全貌を知ってるヤツは、誰もいないだろうな。えらく複雑で、巨大な集金マシーンだ。……あそこまででかくて大がかりになると、新堂本人も、正確には把握し切れていないかもしれない」

「でも、漠然と、みんなそんなことは感じてるんじゃないか？」

「そうじゃねぇだろうが。よく考えてみろ。思い出してみろよ。あの頃……十年前の話だぜ。七十年代半ばだ。その時、新堂はどういう人間だった？　北海道の労働運動のスターで、全道労協の看板で、橡脇と並ぶ社会党道連のシンボルで、弱者の味方で、民主平和自由平等の旗をブンブン振り回す、派手な闘士だったじゃねぇか」

「……」

俺は記憶を辿ってみた。そして、確かにそのとおりだった、と認めた。

「だろ？　新堂の実態が、漠然とではあれ、広くみんなに知られるようになったのは、あれ以来……つまり……」

「あんたが襲ってからだ、ということか？」

「ああ。そのつもりじゃなかったがな。結果として、そうなった。あれ以前は、俺も、新堂に少し……いや、なんとなく、自分の夢を託すみたいな感じで、相当期待してたんだ」

「なんだか甘っちょろいな。全共闘世代は、どうもそんな感じの、甘ったれたところがあるね」

「くだらねぇ世代論はやめな。てめぇの年代の連中には、本当のところはわからねぇんだから」

「そう言われれば、言葉もないけどね。ま、とにかく、あの頃あんたは、糖尿病でインポになったオヤジが、魅力満点のイイ男に声援を送るような気分だったわけだ。その男の華麗な女遍歴に喝采を送っていた、と。だが、それが実は嘘で、そのイイ男は実は山羊しか相手にしない獣姦野郎だった、と。で、怒り心頭に発した、と」

「てめぇは、本当にイヤな野郎だな」

「でも、そんな感じだろ？」

「……ただ、まぁ、それだけじゃない」

「へぇ」

「教習センター事件、というのがあった」

「へぇ。初耳だな」

嘘だったが、桐原は機嫌良く「裏情報」を俺に開陳する。少なくとも桐原は、俺に〈教習センター〉という名前を教えたのが自分だ、ということも忘れているようだ。

「豊平《とよひら》川の河川敷に、〈北海道教習センター〉っつー、自動車教習所があってな。単なる民間の自動車学校なんだが、そこの取締役総務部長ってのが、新堂の甥の勝利《かつとし》だ。で、そこが、民労中金から、二十億に近い融資を受けていた。その資格もないし、担保も満足に入れてないのにだ。しかも本来、川の河川敷じゃぁ、あんな営利目的の事業は行なえないはずだ。それになにより、教習センターは、河川敷を、それまでの二十年近く、完全にタダで借りてたんだ」

「へぇ……そりゃまた露骨な話だね」

「このあたりのことは、札幌、というか北海道の政財界では、まぁ常識の、暗黙の了解の世界だったらしい。だが、ちょうどこの頃、苫小牧東港の近くで、土地転がしを企んだ代議士がいてな。本州の田舎の代議士だ。そいつが、角栄の真似をして資産を増やそうとしたんだが、なにしろ、慣れてないし、それに人真似だから、手つきがブザマでな。失敗して、不正がみっともなくバレそうになったんだ。橡脇は、それを材料にして、その代議士を攻撃しようとした。そいつは当時、内閣の端っこに椅子を作ってもらって、大臣の仲間入りをしていたからな。橡脇にとっては、内閣攻撃のための手頃な材料だったわけだ。だが、相手も本気で応戦して、そんなこんなで、今度は新堂の〈教習センター〉が爆発しそうになったわけだ。これが弾けたら、ヘタすると、新堂マシーンがもろに明るみに出るし、橡脇のイメージも致命的に悪くなる。環境保護団体の代表が、実は排水垂れ流しの大工場の社長でしたってなもんだからな」

「まぁ、そりゃそうだろうな。なにしろ、橡脇は〈クリーン・イメージ〉で売ってるわけだからね」

「で、いろいろとすったもんだがあったが、最終的に、橡脇と三下大臣の間で手打ちができて、まぁ、金も少しは動いたらしいが、お互いに、相手のことは忘れることにした。ただ、やっぱり、そのケジメが必要だ。お互いに、あんなにガンガンやってたのに、いきなり静かになるんじゃ、やっぱり国民はヘンだと思う。騒ぎが収まるにしても、裏でコソコソ話を付けた、と思われるよりゃ、派手で物騒な事件があった方が、座りがいいんだよ。それに、このすったもんだの諸悪の根元は、新堂だ。まぁ、新堂としては、橡脇のために金を集めてたんだ、という理屈があるんだろうが、でもヤツがたっぷりと楽しみまみれの人生を謳歌しているのは事実だ。で、とりあえず、ケジメとして、新堂はケガをすることになったわけだ」

「へぇ……」

そういう経緯は知らなかった。

「で、その仕事を受注したのが、丘上の親よ」

「丘上組が？　でも、発注元はどこだ？」

「さぁな。どっちにしても、報酬の金は、橡脇か、あるいは新堂か、あそこらあたりの唾の付いた金だ。俺は、親の日頃の付き合いの範囲から言って、どっかの銀行経由で話が来たんじゃないかと思う。そういう発注は、よくあるんだ。で、それを受けて、俺らが、新堂の襲撃を請け負った。……というか、親に命令されたわけだ」

「じゃ、新堂は、自分で自分の殺害を依頼したわけか？　あるいは、橡脇が？」

「いや、そうじゃない」

「だって、あんた、二回も刺したんだろ？」

「……刺すことにはなってなかったんだ」

そこで俺は初めて、桐原がこれほどまでに事件のことを気にする、その理由がわかった。

「あ……」

「新堂も、一連の不始末の責任は感じてた。だから、無傷、あるいは軽傷で落とし前が付くとは期待してなかったさ。そこらへん、あの男はきちんと覚悟してたな。……まぁ、当たり前か。三発ぶん殴られることで、貯め込んだ財産と権力が守れるんなら、少しくらい痛くても、気絶しても、我慢する気にゃなるさ」

「まぁな」

「でも、俺は、許せなかった」

「憧れの清純女優が、実はイロキチガイだったからか」

「新堂との打ち合わせは、最小限にする、と決めた。で、一度だけ電話して、いつ、どこで襲うかを決めた。実行するのは、俺んとこの若いの二人が担当する。……こういうヤラセの襲撃ってのは、いつもいろいろと条件がややこしくてな。ケガが軽すぎると、すぐに八百長だ、とバレっちまう。だが、重すぎて、死ぬまで車椅子なんてことになるのも困る。それから、やっぱり、一一〇番なり一一九番なりに電話するのは、新堂本人よりも、第三者、できたら、家族でもなくて、通りすがりの赤の他人が望ましい。そうじゃないと、八百長じゃねぇか、と疑惑を持たれる。通りすがりの人間が発見した時、できたら新堂は気絶していた方がいい。だが、誰も通らないと、手当が手遅れになったり、冬の朝方だったら凍死したりするかもしれない。だが、人通りが多すぎて、襲った連中が取り押さえられちまったらコトだ。

そいつが警察で、ヤラセであることをゲロっちまうかもしれねぇ」

桐原は、当時のいろいろなことを、じっくり思い出しているような口調で話す。俺は、

「いろいろ大変だったたね」と合いの手を入れたのだが、桐原はそれを無視して物語を続ける。

「ま、そんなわけで、いろいろと考えて、夕方に新堂の自宅前で襲うことにした。ウチの若いのが、盗んだ車で待機して、民労中金から帰ってくる新堂を待つ。新堂は、一応庶民派を標榜してたから、運転手付のプレジデントなんてのには乗らず、地下鉄駅から歩いて帰ってくる。で、門の前で、ウチの二人がバットでどやしつけて、気絶させる。後頭部を手加減して殴っても、まぁ十分は脳震盪で意識をなくしてやれるんだ。その間に、俺が新堂の家に電話して、門の前を見てみろ、と言う。家族が発見して、慌てて一一〇番に電話する。もちろん、それ以前に通行人が発見すれば理想的だが、わりと閑静な住宅街なんで、そこまでは贅沢は言わないことにした」

「でも、あんたは刺したわけだ」

「ああ。刺すのは、簡単だった。なにしろ、相手は気絶して、俯せに倒れてるんだからな。だが、やっぱり、その時には、ちょっと焦って、手元が狂った。二回刺して、やった、と確信はできなかったが、とりあえず走り出していたよ。情けねぇな」

「誰も、そのことは知らないのか」

「ああ。ウチのふたりは知らない。ぶん殴って、車で一目散に逃げてたからな。俺が見てたのにも気づかなかった」

「発注元は？　あんたが疑われるようなことはなかったのか？」

「ちょっとヤバかったよ。そりゃそうだよな。だが、俺はきっぱりとバックレたし、ウチのふたりに関しては、まったく身に覚えのないことだったから、それは親にも通じた。俺は、ちょっと細工をしたんで……つまり、スケのところにいて、そこで襲撃成功の知らせを聞いて、それから新堂の家に電話する、という手筈にしてたんだ。で、そのスケが、うまく話を呑み込んだわけだ」

「相当危ない話じゃないか」

「まぁな。でも、スケは、事件のことはなにも知らないんだ。まぁ、まともな事柄じゃぁねぇだろう、とは察してたはずだが、俺が部屋に行った時間が、実際よりも一時間早かったことにしろ、と言ったら、それだけでちゃんとわかったよ。なかなか使える女だった」

「……」

「それにやっぱり、相手は組合の連中だからな。本気で追及するつもりもあったんだろうが、今一歩ってところで、腰砕けになったよ。しつこく食い下がるんで、俺が怒鳴りつけたら、なんとなく煮え切らない顔で、それでも素直に帰って行ったさ。業界の仲間同士じゃこうはおだやかに話は収まらないがな。でも、この仕事に関しては、間にほかの組が入らない、丘上が直接受注したオーダーだったし、新堂自身も、常に右翼だのなんだのに命を狙われている、と嬉しそうに話してたしな。大物ぶりたかったんだろう。で、全然関係ない、第三の襲撃者がいて、そいつが隙を狙っているその目前で俺らが襲った、と。で、そのケツにのっかって、これ幸いととどめを刺そうとした、と。偶然そうなった、という感じで、収まった。それに第一、新堂は、俺と一度電話で話したことがあるだけで、俺のことを何も知らないしな」

「際どいところだったね」

「ああ。ま、一番驚いたのは新堂だったろうな。馴れ合いでぶん殴られて意識を失って、気がついたら左肺を二ヵ所、深く刺されて入院してたんだからな」

「……新堂が命拾いした時、どう思った？」

「そりゃ、お前……まぁ……どうでもいいや、と思ったよ」

「へぇ」

「刺した時、それでもう、俺の方はケジメがついたんだ」

「以来、この道一筋に精進してきた、っつーわけか？」

「くだらねぇお喋りだな、てめぇは」

「で、結局事件はどういう形でケリがついたんだ？」

「まぁ、新堂は、今もそうだが、当時も、いろんな問題を抱えてたからな。原発誘致だのダム建設だの、護岸工事だの、でっかい金が動く所には必ず顔を出して反対してたから、常に襲撃の対象ではあったんだ。現に、こりゃあまり情けなくてそれほどの話題にもならなかったけど、あの事件の後、『襲ったのは俺だ』っつって自首して出てきた右翼のチンピラが八人いたそうだ。新堂襲撃の犯人だ、と認定されれば、そいつも、そしてその団体も、あの業界じゃ断然箔が付く。そんなあたりを狙ったんだろうな。だが、もちろん、警察はそれなりに調書を取って、状況と付き合わせて、それからお引き取り願ったそうだ。まぁ、その時に、ちょっとは小突き回したかもしれねぇがな。……まぁ、そんなわけで、警察は、はなっから犯人検挙への意欲を欠いてたし、新堂にしても、民労中金にしても、組合の幹部にしても、この件をつつき回されるのは逆に困る、と。そんなわけでウヤムヤになったよ」

「なるほど」

「だが、俺にとってはずっと爆弾なんだ。若気の至りで済むような話じゃねぇ。発注元を裏切ったし、親にも背いた。それに、すぐにケツをまくりゃぁよかったんだが、そのままずっと今までバックレてたわけだからな。……俺が、あんたを埋めることまで考えるのも、まぁ、そんなわけだ」

「なるほどね」

と、穏やかな雰囲気の中で、俺は油断していたんだろう。いきなり桐原が「冗談じゃねぇんだぜ！」ととてつもないでかい声で怒鳴ったので、俺は震え上がった。

「わかるか！　冗談じゃねぇんだぜ！」

「ちょっと待ってくれ」

「なんだよ」

「悪い。シートを汚しちまったかもしれない。少し、ションベンちびった」

「面白くねぇな」

「とにかく、肝に銘じておけよ。冗談じゃねぇんだからな」

「……」

「わかったよ」

「あんたが、マサコ殺しの犯人を突き止めたい、と思うのは勝手だ。無理だろう、と俺は思うよ。もう決着が着いちまった話なんだから。無理だろうとは思うが、ま、好きにやればいい。突き止めるために橡脇や、新堂を引きずり出そうとするのも勝手だ。だがな、俺のかみが出てきそうになったら、俺はすぐにあんたを埋めるぞ。それだけは覚えとけ」

「わかったよ。俺はただ、新堂がどんな人間なのか、少し知識を仕入れたかっただけだ。今の感じじゃ、誰も教えてくれそうになかったからな。ベテランの雑誌記者が、〈教習センター〉の名前を出すだけでびびってたくらいだから」

「みんな、トラブルは嫌いなんだよ」

「やっぱりな。それで、謎が解けた」

「どんな謎だ？」

「俺、小学校の頃から、不思議だったんだ。もしかしたら、俺はみんなとは違う人間なんじゃないかってな。今、確信できたよ。俺はやっぱり、みんなとは違うんだ」

「可哀相に」

22

桐原は、いやに不吉な雰囲気を漂わせながら「元気でな」と言った。俺はその声を背中で聞きながら、ジャガーから降りた。足が冷たい。コートの裾からはみ出したすねに風が当たる。すね毛が、そよそよと動くのがわかる。桐原になにかひとこと憎まれ口を叩いてやろう、と思ったが、すでにジャガーは中島公園の方にすっ飛んで行った後だった。俺は、物悲しいような惨めなような悔しいような気分で、〈モンデ〉の脇の通路を通って、エレベーターに向かった。

八階でエレベーターから降りて自分の部屋のドアの前に立った。後ろでなにかが動いたな、という気配は感じたと思う。それっきり、俺はなにもわからなくなった。

男の声だ。ふたり。よそよそしいような、でも気心が知れているような、いや、そうじゃなくて、なにかお世辞を言い合っているような、そんな雰囲気だ。頭がもわっとしていて、話している内容は、いまひとつ頭の芯に届かない。呻きながら立ち上がろうとしたが、そこでハッとした。自分がどういう状況で意識を失ったのか、鮮やかに思い出したのだ。不用意に動くと危険かもしれない。俺は、目をつぶったまま、できるだけこっそりと腕を動かして、あたりを探った。どこも縛られてはいない。なにか、ベッドのようなものの上に寝かされているらしい。話し声がうるさい。頭に響く。ここはどこだ？　俺は、慎重に薄目を開けてみた。眩しい。見覚えのある枕、毛布。……俺のベッドじゃねぇか。

「農村に、フィールド・ワークに入ったことはありますけどね。ある村の農協の、戦後すぐの設立にあたっての分裂と、十年後の合併の経緯、なんてのを調査したんです」

高田の声だ。

「はぁ、なるほど。それを農業経済学的な見地から、調査なさったわけですね」

この声は誰だかわからない。

「ええ、そうです」

「それは面白そうですね」

「まぁね。ま、そういうような調査やレポートの経験はありますよ」

高田が、自己紹介のような口調で言っている。なんの話をしているのだろう。

「高田か？」

力のない、変なかすれ声しか出なかった。

「ん？　おう、気がついたか？」

向こうの部屋で高田が立ち上がる気配があった。ドアからヌッと顔を出して、「なにがあったんだよ」と言う。

「わからない。急に後ろから殴られたらしい」

高田の後ろに、やけに彫りの深い顔をした男が姿を現した。彫りは深いのだが、とてつもなくでかい顔なので、どうも端正とは言い難い。体は、でかい顔とは不釣り合いに痩せているのだが、腹だけはボヨンとせり出している。ベージュ色のスーツを着ている。ぶら下がりらしく、腹のあたりはとても窮屈そうなのに、胸のところはブカブカだ。

「大丈夫ですか？」

彫りの深い巨大な顔に、心配そうな表情を浮かべて、そのバランスの崩れた男が言う。

「ええ。なんとか。……ええと……」

「あ、私《わたくし》」と男が言うと、高田が大きな体を脇にどけて、男を通してやった。そいつがスーツの内ポケットから名刺入れを取り出すような仕種を見せたので、俺はとりあえずベッドに起き上がり、床に足をついた。

「あ、どうぞ、そのままで。私、ドウセイウォッチャーのツツミと申します」

そう言い、やけに丁寧なお辞儀をしながら、名刺を渡す。俺は、「名刺を持ち合わせませんもので」などと適当なことを言いながら、その名刺を受け取った。

〈市民団体　道政ウォッチング・センター　主任ウォッチャー　堤　芳信〉

なんだ、これは。

「初めまして」

空中に三つ指をつくような感じで、また丁寧にお辞儀をする。

「はぁ……どうも」

「お前、そんな生返事はないだろ？　この堤さんが、お前を助けてくれたんだから」

「はぁ」

「いやぁ、びっくりしました。初対面のご挨拶でも、とお伺いしたわけですが、エレベーターから降りましたら、目指すドアの前に、あなた様が倒れていらっしゃって。……殴られたんですか？」

「ええ。どうもそうらしい」

「で、慌てまして、どうしようか、と。なにしろズボンもはいておられませんでしたし……」

高田が笑った。

「おめぇ、いつからヘンタイ趣味を身につけたんだ？　中島公園かどっかで、コートの前を開けてチンチン出して見せるつもりだったのか？」

「うるせぇな」

「で、あたふたしておりましたら、ちょうどこちらの……ええと、高田様が、エレベーターから降りていらっしゃって」

「いくら暇でも、自分の部屋のドアの前で倒れてんなよ。世の中の人はみんな、忙しく仕事をしてるんだから」

「うるせぇな。なんの用なんだ」

「これですからね」

と高田は、堤に顔を向けて、わざとらしい苦笑いを見せる。それから俺に向かって、さも恩に着せるような口調で言った。

「お前のことを心配してやったんだよ」

「なんで。昨日は、付き合う暇がないと言ってたじゃないか」

「あの後に、松尾から電話が来てな。どうも、お前が変に跳ね上がってるってな。で、みんなの物笑いになりかねないから、大人しくしてろ、と言ってやってくれってよ。でまぁ、面倒臭ぇとは思ったけど、ま、とりあえず〈ケラー〉に電話したさ。でも、お前はいなかった」

「いつまでも〈ケラー〉で呑んでるほど暇じゃないんだよ」

「そうらしいな。たまには爪を切ったり、鼻かんだりもしなきゃならないらしいな」

「ハハハ！」

堤が、口許を手で押さえて笑った。

「で、その時はどうとも思わなかったけど、今朝……そうだな、十時ころ、ここに電話してみたんだよ。だが、お前は出ない。あの時間に、部屋で寝てない、というのはヘンだ。だから、なにかあったのかな、と思ったわけだ。で、まぁ、とりあえずのんびりと来てみたわけだ」

「なるほど。……ありがとう」

「いいよ。気にするな。昨日は呑めなかったから、今晩はちょっと呑もうや」

「ああ」

「オゴリでな」

「ああ」

そこで再び、堤が「ハハハ！」と笑った。それから、「あなたがた、面白いですねぇ」と平凡な面白がり方をする。

「堤さんは、救急車を呼ぼうか、と言ってくれたんだ。でも、その必要もなさそうだったんで、ちょっと様子を見ることにした」

「それでよかったよ」

「吐き気とか、するか？」

「いや」

「なら、ま、大丈夫だろ」

「それならいいですけど、なぜまた、いきなり殴られるようなことに？」と堤が不思議そうな顔で言う。「なにか心当たりは？」

「ありすぎて困るくらいだろ」

高田がフンと鼻を鳴らして言う。俺はなにも言わずに立ち上がり、めまいがしないのを確認してから、ジーンズに足を通して、キチンに向かった。

「コーヒー飲むか？」

「あ、いえ、お構いなく」

堤が言うのを遮って高田が「正確に言葉を使えよ。インスタント・コーヒーを飲むか、と聞け」と言った。

「コーヒー飲むか？」

俺は、内心得意な気分で同じことを繰り返し、ふたりのことは無視してコーヒー・メーカーを取り出した。ポットをコンロにかけ、マンデリンの豆をミルに入れる。

「あ、この野郎。コーヒー・メーカーごときで得意になってやがる。春子さんからクリスマスにでももらったんだろう。

高田が言い、図星だったので俺は思わず赤くなった。クソッ。

「おめぇ、どんどん情けなくなってくのな」

堤がまた、「ハハハ！」と笑う。うるせぇ。俺は心の中でそう怒鳴りながら、ひたすらコーヒーを作り続けた。

「それにしても、薄いマンデリンだな。豆、ケチってんじゃないのか？」

「いや、どうも俺、気が短いんだな。落ちるのを待ってられなくて、フィルターの脇から湯を注いじゃうんだ」

高田はびっくりしたような顔で俺を見てから、「呆れる」と呟いて窓の方に顔を向けた。

堤が「ハハハ！」と笑う。

「で、『道政ウォッチング・センター』ってのは、なんなんですか？」

俺が言うと、堤が「はい、そのことです」と丁寧な口調で言い、ソファの上で姿勢を正した。

「ま、直接のイメージといたしましては、バード・ウォッチングを考えていただけばよろしいか、と存じます。野鳥ではなく、道政をウォッチングするわけでございますけれども。で、観察いたしまして、不具合を発見しましたら、それを広く警告する、と。それからまた、道政の現状を、市民の立場から監視する、というような団体、と考えていただけばよろしいでしょうか」

「はぁ……」

「道政、と申しましても、私どもは、狭くは考えておりません。道庁のほかに、たとえば、各市町村などの不正や怠慢、あるいはまた、開発庁をはじめとする国の機関の、北海道における行政の不正や怠慢なども含めて、市民の立場から、ウォッチングしてございます」

「なるほど。で、その〈ウォッチング〉の結果は、どのように公表なさっているんですか？」

少なくとも俺は、今までこんな市民団体の名前など聞いたことはない。

「ええ。『道政観察日誌』という、まぁこれは、バード・ウォッチングの、野鳥観察日誌をイメージしていただければよろしいか、と存じますが、その観察の対象を道政にして、ですね、そういう日誌を、市民の立場から、月に三回、年三十六回、発行しております。いずれは日刊のタブロイド新聞にしたい、と思っておりますが、とにかく、市民団体ですので、財政的にはあまり余裕がありませんもので。ですが、それだけになおさら、市民の生活実感、と申しますか、あるいは主婦の台所感覚、と申しますか、そんな立場から、道政を観察していこう、と思ってございます」

堤の語り口は、よどみない。とても滑らかで、その分、なにか胡散臭い感じがした。

「なるほど」

「取材とか編集とか、人手はどうなんですか」

高田が尋ねる。やけに熱心な口調だ。

「ええ。ま、確かに人手は不足しておりますが、ボランティアで手伝ってくれる市民の方々がたくさんいらっしゃいまして」

「ボランティアですか。なるほど」

高田はちょっとがっかりしたような声になる。どうやら、大学院の中での高田の立場は、非常に悪くなっているらしい。いよいよ追い出されるのか。そのために、就職口を探しているのだろう。そんなわけで、さっきから、堤に対しても、どこか自分を売り込むような態度がにじんでしまうんだろう。

「で、そのウォッチング・センターの主任ウォッチャーが、わたしにどんなご用件ですか？」

「ええ。実は、中央署の記者クラブの知人がですね、道警の捜査に不満を持っている人がいらっしゃる、と。で、どうもその事件は、殺人事件なのに、代議士との関連が取りざたされているらしくて、警察が真剣に取り扱おうとはしないらしい、と。で、その人は、そこに非常に不満を感じておいでだ、と。そんなような話を耳にしたものですから、これはひとつ、お話を伺ってみようかな、と思いまして」

「……なるほど」

「なんだ、その事件て？」

高田が口を挟む。

「……マサコちゃんが殺された件だよ」

「ああ、あれな。そうか。なるほど」

「どのような点から、道警の対応が怠慢である、とご判断なさいましたか？」

「別に……ただ、もう三ヵ月以上になるのに、犯人の目星が全然ついていないらしいし」

「さようでございますね。それに、警察は、ホモの殺人事件には消極的である、と言われますしね」

「さぁ、それはどうかな。そこらへんは、わたしはよくわかりませんが」

「それで、代議士との関わり、というのは、なにか根拠があってのご意見でしょうか？」

「いえ、別に。そんなようなウワサを聞いたものですから。でも、まぁ、ただのウワサらしくてね。これと言った証拠や根拠があるわけじゃないです」

「そうですか」

「ただ、被害者が友人だったので、わたしもちょっと気になる、と。そんな程度のことです」

「じゃぁ、なにか具体的な事実をご存じだ、というわけじゃない？」

「そうですか。それは残念です」

「ええ」

　堤はそう言って、軽い笑顔を見せた。高田が、ちょっと不審そうな表情で俺を見た。

　それから十分ほど雑談をして、堤は帰って行った。「なにかございましたら、ご連絡ください」と丁寧に頭を下げて、ドアの向こうに消えた。すぐに高田が「詳しい話を聞かせろ」と言う。だから俺は、今までの経緯を簡単に話した。管理人のマキタさんや、聖清澄の話ははしょったが、とにかく、あの事件の背景に橡脇の存在が取りざたされていること、そして橡脇が捜査停滞のための圧力をかけている、というウワサがあることは教えた。札幌の同性愛者の社会が、全体として怯えているらしい、ということも話した。思ったとおり、あるいは期待したとおり、高田は興味津々、という顔つきになった。

「なるほどな。松尾が言っていたのも、その件なんだな」

「たぶんな」

「で？　さっき堤に言ったことは、そのとおりなのか？」

「なにが」

「なんかこう、これで尻尾を巻いて退散する、という感じだったぞ。あるいは、興味をなくしちゃいました、というような」

「そう聞こえたか。なら、成功だ」

「なにが」

「今、暇か？」

「……まぁな。俺も、たまには暇になるんだ」

そう言う高田の顔は、好奇心でいっぱいになっている。

「そうか。じゃ、付き合え」

俺は手早くシャワーを浴びて、霜降りのチャコール・グレイのダブルのスーツ（ロング・ターン、サイド・ベンツ、シャツは黒、ネクタイは銀）を着た。それから、「面倒臭ぇなぁ」と口先で言いながらもわくわくした気分を隠せないでいる高田を促して、タクシーで市立図書館に向かった。

図書館の二階、参考調査室の「道内出版物」の棚に、『道政観察日誌』があった。藁半紙、というか西洋紙、というか、茶色がかった紙を束ねた、ガリ版刷りの小冊子だ。裏表紙には、確かに〈発行　市民団体　道政ウォッチング・センター〉と書いてある。

「タイトルを聞くまでは思い出さなかったんだ。だが、この『観察日誌』は、確かに定期的に発行されている。俺もたまに読んだことがある」

「どら」

高田が最新号を手に取って目を通す。俺も、その前の号を読んでみた。目次を見るだけで充分だった。

〈下水道局○○係長は芸者がお好き！　たとえアルバイトの女子高生でも！〉

〈業者にタカリ、学会旅費までごっつぁんです！　札幌医大内部告発！　金まみれの○○教授！　この○○を埋めるのはアナタ〉

〈続報　前号の泥酔巡査部長、本名判明！〉

〈『めぐ』のママ、自殺未遂⁉　スネに傷持つ紳士六人騒然　道庁総務部てんやわんや！　次号で六人のプロフィール紹介！〉

〈御清潔な政党にも不倫の嵐　槙埜センセイ、○○氏の奥さんは美人ですね⁉〉

「なんだ、これは」

高田が呟いた。

「説明するまでもないだろう。おい、そっちの最新号に、道庁総務部の〈紳士六人〉の記事があるか？　本名判明、そのプロフィールってな感じの」

「道庁総務部？……いや、そんな記事はないな」

「ってことは、この十日の間に、いくらか金が動いたってことだろうな。六人が個人的にポケット・マネーを出したか、あるいは道庁総務部でプールしてた裏金を使ったか、それはわからないけど、とにかくウォッチング・センターに、金が入ったわけだ。だから、記事を潰した、と」

「……なんなんだ、これは？　怪文書を綴じたものか？」

「まぁ、そんな感じだろう。典型的なトリ屋メディアだな。政治家や役人、経営者なんてのにタカって、金を取るのが目的の雑誌だ」

「……こんな雑誌があるなんて、知らなかった」

「お前の知らないことは、いくらでもあるよ」

「どうやら、そうらしいな」珍しく、高田は素直に認めた。「でも、こんなパンフレット、どこで手に入るんだ？　本屋じゃ見たことないぞ」

「市役所や道庁、企業、それに市議や道議が定期購読してるんだよ。それも、役所なんかだと、部署ごとに、まとめて二百部とか三百部とかな。で、買うとすぐにゴミ箱だ。もちろん、処分するのが面倒だから、代金だけ払って、本は配達しなくていい、と言うのもいる。一般の書店じゃもちろん売ってない。そんなわけで、ほとんど誰も読まない。ただ、図書館はマジメだから、こうやってここに配置してるわけだ」

「それにしても、汚い本だな。内容も、それに印刷も。値段は？……一部千円？」

「道庁総務部が二百部を定期購読してるとすると、これは月三回発行だから、毎月六十万払ってることになるな。そのほかの部署も、まぁその規模と予算に合わせて、まとめて購入しているはずだ」

「じゃ、一カ月で、全体で相当な金額になるじゃないか」

「ま、役所にとっては、痛くも痒くもない金額なんだろ。税金てのは、所詮はタダで湧いてくる他人の金だ。……そのほかに、まずい記事を潰すために、毎月、バカにならない金が動いているはずだ」

「……さっきの堤は、市民活動家でもなんでもなくて、こういうタカリ雑誌の人間だ、ということか？」

「そうだろう、たぶん。まぁ、市民活動家って言葉の正確な意味はよくわからないがな」

「俺の知り合いの市民活動家は、真面目な人間だぞ」

「そういうのもいるさ、当然。合法的な事業にしか手を出さないヤクザ、というのもいる。いい文章が書ける国文学者ってのも、いないわけじゃない。人それぞれだ」

「……胡散臭い人間だから、話をズラした、ということか？」

「それもある。でも、胡散臭さじゃ、俺は人のことは言えない。ただ、もしかすると、俺を殴ったのは、堤かもしれないってな感じがするんだ。あいつは、俺を殴り倒して、そして、なにかしようとした。そこにお前が来たもんだから、とっさに善意の第三者になったんじゃないか。そんな可能性もあるだろ」

「……」

「どうやら、俺は、スイッチを押すことに成功したようだ」

「スイッチ？　自殺機械のか？」

まだ夕方というには早すぎる時間だったが、すでに街は薄暗くなってきた。俺と高田は図書館から出て、なんとなく大通公園に出て、ぶらぶらと東の方に歩き出した。雪祭りが終わって、雪像の残骸が薄汚れた雪山になって残っている。

「で、これからどうするんだ？」

高田が言う。

「さぁな。どうすればいいだろう」

「いや、その話じゃないよ。お前、俺に今晩オゴるんだろうが。命の恩人に」

「ああ、その話か」

確かに命の恩人だ。もしも俺を襲ったのが堤だったとしたら、そこに高田が来なかったら、今頃はどうなっていたかわからない。

まぁ、まだ堤が敵だときまったわけじゃないが。

「そうだ、堤に電話して、誘ってやろうか。先ほどはどうもありがとうございました、お礼に一杯やりませんか、というような感じで」

俺が言うと、高田はちょっと意表を突かれたような顔で俺を見たが、すぐに頷き、「ああ、まぁ、それも方法だな」と言った。で、そうすることにして、俺は近くの電話ボックスに入った。

「はい、道政ウォッチング・センター」

ガラガラの中年オヤジの声が聞こえた。俺は、名前を名乗り、主任ウォッチャーの堤さんをお願いします、と頼んだ。俺の名前を聞いて、相手の声に緊張が走ったような気がしたが、これは気のせいかもしれない。人間、誰でも自分が重要人物だと思いたいものだ。

「はぁはぁ、なるほど。少々お待ちください」

ピロロロン、ピロロロン、という軽快なような頭蓋骨が痒くなるような電子音がしばらく続き、それからさっきの堤の声が出た。

「あ、もしもし、お電話替わりましてございます。堤でございます」

「先ほどはどうも。お世話になりました」

「いえ、本当に、大したことがございませんで、幸いでした」

「ええ。それで、実は、さっきの高田と今晩酒を呑むんですが、もしも堤さんがご都合よろしければ、ご一緒にいかがかな、と思ったものですから。先ほどのお礼、というわけではございませんが」

「はぁ……いや、そんなお気遣いは……」

「もしもあの時、堤さんがいらっしゃらなかったら、あの後どうなっていたかわかりませんし」

「はぁ、まぁ、それはそうでございますけれども」

「やっぱり、警察に届けた方がいいかな、なんてちょっと考えてましてね。そこらへん、堤さんならどうされるかな、なんてことも考えたり」

「はぁ、なるほど。ま、普通は、あんなことがあったら、警察に届けるもんですよね」

「やっぱり、そうですね」

「ですが、また……」

「警察は、あまり好きじゃないもんですから」

「はぁ、まぁそうですよね。一般に、市民は警察は好まないものですし」

「どうしようかなぁ……」

「ええ……どういたしましょうねぇ……」

「……あ、ま、そんなことはどうでもいいんですが、いかがですか。これも何かの縁ですから、ちょっと一杯、というのは」

「そうですね。ええ、今晩は、私、なにも予定は入ってございませんから、それでは、ぜひご一緒させていただきます」

「そうですか。では……」

「ただし、割り勘、ということで」

「はぁ。ま、それはそれで。ええと、それでは……」

「場所は、どこにいたしましょう？」

「そうですね、ええと、南五条西五丁目の角に、〈リトリートビル〉というビルがあります。その一階に〈モヒート〉というカクテル・バーがありますから、そこで六時というのはいかがですか？」

「南五西五、〈リトリート〉の〈モヒート〉、と。これ、看板はカタカナで？」

「ええ。大きなネオンですから、すぐにわかると思います」

「かしこまりました。では、六時に」

受話器を置いて、ボックスから出た。口は利かないが、「どうだった？」と顔全体に書いてある高田に、電話のようすと待ち合わせの場所を教えた。

「ふうん。でも、なんで〈ケラー〉にしないんだ？」

「〈モヒート〉は、入り口がふたつあって、壁は大きなガラスで見通しがいい。それに、あの店には俺はあまり行ったことがないから、スタッフの連中も、俺のことを全然知らないはずだ」

「なるほど」

「それに、作るカクテルがあまりうまくない。だから、酔っ払う危険も少ない」

「なるほど。それは賢明な判断だ」

「だろ？　お前は知らないかもしれないが、俺は非常に賢明なんだ。そして、実は俺は今、懸命なんだ」

「……末期の駄洒落、か……」

「……」

「ま、いいさ。好きにしろ。面白くないことはないな。ま、俺は、付き合いきれないけど」

「世の中ってのは、冷たいもんだな」

「そりゃそうだよ。だってお前、警察が見向きもしないような事件だぞ」

「……思い出した。種谷に電話してみる」

俺はもう一度電話ボックスに入った。

「はい、警察です」

この前とは違って、ちょっと落ち着きを感じさせる、中年女性の声だ。

「もしもし。種谷巡査部長、いらっしゃいますでしょうか？」

「失礼ですが、お名前は？」

俺は自分の名前を告げた。するといきなり、中年女性の声に笑いの気配が混じった。

「ああ、はい。聞いております」

「は？」

「種谷は、今、席を外しております」

「はぁ」

「でも、おたく様への伝言は承っておりますので」

「そうですか。どんな伝言でしょうか」

「あのう……『アホゥ』、と……」

「は？」

受話器の向こうで、みんなが笑っているのが聞こえる。その笑い声の中に種谷の声が混じっていないかどうか、耳を澄ませたが、よくわからなかった。

「ええと？　その、『アホウ』というのは、例の、バカ、というような意味でのアホウ、ということでしょうか？」

「さぁ。よくわかりませんが、とにかく、アホウ、とお伝えしろ、と」

またみんなで笑っている。どこか遠くで、聞き覚えのない声が、「ゴクロウサン！」と言った。みんなの笑い声がひときわ大きくなった。

「なるほど。わかりました」

「で？」と女は、嫌みったらしい丁寧さで言う。「なにかご伝言がおありでしたら、承りますが？」

「よくわかった、とお伝えください」

「よくおわかりになった、と」

「ええ」

「ほかには、なにか？」

またわざとらしい笑い声。どうしてこんなに下品に笑うことができるんだろうか。なにが面白い？

「いろいろと、言いたいことはありますが、まぁ、とにかくわかりました」

「そうですか」

「では、失礼」

俺は、持てるありったけの自制心を発揮して、受話器を精一杯静かに置いた。ボックスから出ると、高田が「どうだった？　やけにシケた面《つら》だな」と言う。

「別に。種谷はいなかった。伝言があった」

「なんて？」

「アホウ、だとよ」

「お前は、世論の声を聞いたんだよ」

堤との待ち合わせは六時だ。あたりはどんどん暗くなってきているが、それでもまだ二時間近くある。

「で、どうするんだよ、これから。あと二時間くらい、時間を潰さなきゃならないだろ？」

「そうだな。なんでこんなに暇なのかな。本当は俺は、マサコちゃん事件の真相を求めて、忙しく飛び回ってるはずなのに」

「不思議だよな、実際。どこか行くところはないのか？　事件の真相を知ってそうな人間とか、なにか関わりのありそうなチンピラとか、一目見ただけで忘れられなくなっちまう綺麗な悪女とか、普通はよ、そんなところに行って話を聞くんじゃないのか？」

「そのはずなんだがな。でも、誰も話をしてくれそうにないんだ」

「じゃ、お前、そういう時は、あきらめて呑むしかないじゃないか」

「……あきらめるわけじゃないけど、呑むのはいいな」

「よし、行くか。どこにする？」

「狸小路のはずれに、汚らしい中華料理屋があるんだ。そこで、坦々麵を食いながら老酒を呑もう」

「……お前、酔うのはまずいんだろ？」

「サッポロを呑もう」

「ＯＫ」

「俺が今まで食ったジンギスカンの中で、一番うまかったのは、中札内《なかさつない》村のジンギスカンだな。とにかく、肉が違う。新鮮でな。羊の品種が違うらしいんだ」

そう言いながら、高田はズルズルッと坦々麵をすすり込んだ。

「お前もあれだぞ、中札内村のジンギスカンを食わずして、ジンギスカンのことをあれこれ語っちゃ、いかんぞ」

高田は、ビール四杯でほろりと酔ったらしい。どうでもいいことを自慢する。

「別に俺は、なにも語らないよ」

「あそこの肉は、いいねぇ。羊を、手間かけて育ててるから」

オヤジまでが、高田の術中にはまって、話を合わせている。そのせいで、高田はなおさら得意になって、「とにかくお前、俺は、中札内村で、ジンギスカンというものに対しての観念が根底から覆るのを実感したね」と言って、汚れが目立つ灰色のコートのポケットに手を突っ込み、ゴソゴソやっていたが、チッとつまらなそうに舌打ちをして、クシャクシャに握りつぶしたキャメルの箱をポイ、と灰皿に放った。

「お前、キャメルなんか吸ってるのか?」

「もらった時はな。タバコ、あるか?」

「ピースでいいか?」

「許してやる」

俺が差し出したピースの箱から一本取り出して、「両切りは吸いづらくてな」などと言いながらカウンターにトントンやって、「とにかくだ、ジンギスカンは中札内にとどめを刺す」

「わかったって。どうでもいいけど、なんでそんなところでジンギスカンを食ったんだよ」

「そりゃもちろん、フィールドでだよ。農地解放と、第一次農業構造改善政策の、実際の進行を、調べに行ったわけだ」

「……あのな、一言忠告するけど、今、現在、地球上に生存している人類の、そのほとんどは、中札内村の農地解放に関して、なんの興味も持ってないぞ」

「……まぁ、それでもいいさ。お前よりは、俺の方が仲間が多いからな。朋《とも》あり遠方より来る、また楽しからずやってな。お前、学者ってのは、いいもんだぞ」

「そうか。とうとう学者になることに決めたのか。俺はまた、お前は大学院から追い出されるのかと思って……」

そこまで話した時、高田の表情が微妙に変わった。自分の心の中をのぞき込むような目つきになって、それから、ちょっと微笑んだ。唇の横に小さなエクボができる。危険な兆候だ。ビールの酔いと、研究室でのムシャクシャが絡み合って、暴れ出したら大変だ。少なくとも、俺には高田を制圧する力量はない。高田はなにしろ、本格的に空手を使うから。

「あ、ゴメン。余計なこと、言っちまった」

俺は、できるだけ丁寧に、そして反省といたわりの気持ちが伝わるような口調を意識しつつ、そう言った。

「いや。いいんだ、別に」

高田の口許に、またエクボが出る。右側の頰がピクピクと細かくひきつっている。

「ちょっと俺、トイレ行って来るわ」

俺は、そう言って立ち上がった。高田は短く「お」と答えて、わりと寂しそうな目つきでピースをくわえた。


トイレは店の外にあった。建物自体が、木造二階建ての、ほとんど高度経済成長期の遺物と言うべきもので、しぶとく営業を続けているのは、坦々麵がうまい中華料理屋だけ、という会館だ。店から出て、潰れて久しい飲み屋やラーメン屋の壊れかけた暗いガラス戸に挟まれた通路を奥に進むと、徐々にアンモニア臭が強くなってくる。そして、とても一九八〇年代後半とは思えない、侘びしく貧乏くさい、汚れたトイレに到達する。裸電球がひとつ、暗い世の中に、果敢に光をまき散らしていた。

気持ちよく排尿して、さっぱりとした気分でコキュコキュと音のする蛇口を回し、手を洗って、またコキュコキュ戻した。その手の水気を拭うべく、コートのポケットに両手を入れて、トイレから一歩出たら、いきなりミゾオチになにかがめり込んだ。

(トイレで倒れるのはイヤだ!)

瞬間、そのことしか頭になかった。その時はまだ、ミゾオチの痛みが脳にまで到達していなかったのかもしれない。だが、直後、吐き気と激痛が腹の中で爆発した。俺は尻餅をついていた。思わず「うっ」と呻きながら、頭の中にあるのは憤怒と、それからトイレの床に手をつきたくない、という激しい思いだった。と同時に、とにかくなにかにつかまって、立ち上がらなければ、と思った。だが、両手はコートのポケットで、なかなか出てこない。

「クソッ!」

俺は闇雲に転がりながら、敵の攻撃を避け、なんとかして両手をポケットから出そうともがいた。数発、打撃が腿や腕をかすったが、それほどのダメージではない。左を下にして、両足をめちゃくちゃに飛ばしながら、やっと右手を外に出すことに成功した。でたらめに手をぶん回したら、偶然足首を握ることができた。(なんとかなる!)と思ったとたん、右の脇腹、腎臓近くに痛撃をくらって、俺の体はエビのようにのけぞり、そのまま強張ってしまった。

(高田!)

喚こうとしたが、一瞬早く、複数の手のひらが、俺の目や口を覆った。誰かがネクタイの結び目を握った。

「おとなしくしろ。傷《いた》めるつもりはない」

俺は、人に命令されるのが嫌いだ。

「騒ぐな」

誰かが、俺の右手をねじって、とうとうトイレの床に押しつけてしまった。少なくとも、三人分の腰が、俺の腿や胴体にのっかっている。それでも、俺は暴れるのをやめなかった。ほとんど意味はなかったが、それでもとにかく、俺は自分が暴れる意志を持っていること、おとなしくする気など毛頭ないことをはっきりと相手にわからせたかった。

俺は、怒っていたのだ。

口を覆っている手のひらを思い切り嚙もうか、とも思った。だが、ここで口を開けると、もっとまずいことにもなりそうだった。だから俺は、ただメチャクチャに暴れた。こういう状況で、俺にできることはただそれだけだった。

俺は、メチャクチャに暴れながら、なんだかとても悲しくなった。自分の命がこれで終わりだ、とまで思ったわけじゃない。そうじゃなくて、今までの人類の歴史の中で、こういう目にあった人間がたくさんいるんだろう、と思って、それがとても可哀相だったのだ。こんな切羽詰まった時に、なんでそんなことを考えたのかわからないが、俺は、数人がかりで押さえつけられて、ひとりぼっちで暴れるしかなかった人間のことを考えた。ゲシュタポにとっつかまったユダヤ人や反ナチ活動家、憲兵隊に襲われた朝鮮人活動家、KGBに襲撃された反体制派、そのほかもろもろ。膨大な数の人間が、こうやって、ひとりぼっちで、何人もの人間に押さえつけられて、必死になってめちゃくちゃに暴れながら、連行されて処刑されたり、その場で即座に射殺されたりしたんだろう、と思った。人間は、とても脆い。その気になれば、すぐに抹殺されてしまう。そのあと連中が巧みに事後処理をしてしまったら、俺が生きていた、ということも、あっさりと消滅してしまう。

「おとなしくする気になったか？」

イヤな声が、ハァハァとそう言った。俺はどうやら、悲しい思いに耽っていて、抵抗をなおざりにしていたらしい。押さえていた力が少し弱まったので、思い切り右の膝を突き上げた。誰かが「チッ」と舌を鳴らした。

「いい加減にしろ。恐がることはないから」

恐がっている？　俺が？　俺は目がくらむほどの怒りを感じて、またメチャクチャに暴れた。

その時、中華料理屋のガラス戸が、ガタピシしてから、ガラガラと開く音がした。

「出て、右ですね？」

高田の声だ。一瞬、俺を押さえつけていた力が緩んだ。俺は渾身の力を振り絞って、右腕を振り回した。俺の口をふさいでいた手のひらがはずれた。

「高田ぁ！」

「ん？　…おい！　なんだ、お前たち！」

高田の怒号が木造会館の通路に響きわたった。

俺を押さえていた何本かの手が、即座に消えた。俺は素早く立ち上がった。ケガはしていない。ミゾオチと右脇腹に鈍い痛みがあるだけだ。通路の向こう端、会館の出口に、人間がかたまっている。例の、肉と骨がぶつかる、ボクッガスッという鈍い音が聞こえる。俺は、怒りのカタマリになって、突進した。

一番手近にあった腰に足刀を叩き込んだ。そいつは、前の男にぶつかって、その反動でちょっと腰を屈めた。その足首にもう一発足刀を叩き込んで、床に転がした。一瞬、顔が見えた。結構若い。その顔を思い切り踏みつぶそうとしたら、両手で足を受け止められ、それから変な具合に捻られて、俺は壁にぶち当たった。床に倒れたが、すぐに立ち上がった。だが、もう倒れていた若いのは立ち上がった後だった。格闘は、じりじりと会館の出口の方に動いて行く。つまり、高田が押され気味だ、ということだ。

俺は三歩駆け寄り、一番後ろにいたやつの左耳に、右の裏拳をぶちこんだ。「あっ」と左手で耳を押さえながら右にたたらを踏む。そこに踏み込んだ。間合いが近い。右脇腹に渾身の手刀を垂直に撃ち込んだ。そいつは会館前の道に転がり出た。俺は後を追って飛び出した。そいつは、凍った地面に肘を突いて、起き上がろうとしている。右のこめかみを蹴ろうとした。だが、動きがとれない。大の男が数人で押しくらまんじゅうをしているような具合だ。高田が道路脇の雪山にひとりを叩きつけて、一歩後退し、道の真ん中の広いところに出た。

その時、突然世界が明るくなった。ヘッドライトだ。俺は思わず飛び退った。高田も、向こう側の、何年か前の新聞が何部も挟まっている木の引き戸に体を押しつけている。ふたつの強い光が突っ込んできた。

車がものすごい勢いで駆け抜けた時には、すでに連中は散り散りに姿を消していた。細い小路は、元のように暗く、不景気で陰気な姿に戻っていた。道を挟んで、俺と高田は顔を見合わせた。

「ケガは？」

俺が尋ねると、高田はフン、と面倒臭そうに鼻を鳴らした。

「別に。お前は？」

「どうやら大丈夫だ。助かった」

「タバコをな。そこのコンビニで買ってこようと思ったんだ」

「とにかく、助かった」

「とにかく、お前は、スイッチを押すのには、成功したんだな」

「……ああ」

「そして、誰だか知らないけど、とにかく、そのスイッチを切りたがってるヤツがいるわけだ」

「ああ」

「で、少なくとも俺だけは、お前を見捨てない、と。そうお前はアテにしてるわけだな？」

「……まぁな」

「それが正しいか間違いか、ちょっと時間をかけて検討してみよう」

「検討が必要か？」

「当然だろ」

「やっぱりな」

24

「とにかく、尾《つ》けられてたのは間違いないな」

乗って来たタクシーが走り去るのを見送りながら高田が言う。車の中では、運転手の耳が気になって、一件について話し合うことができなかったのだ。

「だな」

その点に関しては、俺もそう思う。

「問題は、どこから尾行されてたか、ということだ」

「そりゃやっぱり、俺の部屋からだろうな。まさか、街を流してて、偶然俺を見つけた、ということじゃないだろうから」

「あのビルの出口あたりを見張ってて、オレたちがタクシーに乗るのを見て、それからずっと尾行してたわけだな。図書館にもいて、大通から電話した時も、どっかから見張ってた、と。それから狸小路までついて来た、と」

「だろうな」

「ということは、お前は、こんなことに首を突っ込むのには全く向いてない、ということだ。セキュリティに関する心がけが皆無だ」

「……その点は、確かに認める」

俺は非常に悔しい思いを噛みしめながら、〈リトリートビル〉の一階、五条通りに面したガラスのドアを押した。

「いらっしゃいませ！」

斉唱する黒服とバー・コートたち。その向こうで、カウンターに座っている堤が顔を上げた。巨大な彫りの深い顔に、クシャッとした笑いを浮かべて、会釈する。……たぶん、会釈のつもりだろう、と思う。巨大な頭がゆらっと揺れたから。

とりあえず笑顔ってやつを浮かべながら、俺は堤の方に向かった。まだ時間が早いせいか、客はほとんどいなかった。堤は、自分の横のストゥールに、畳んだコートを置いていた。俺は、「先ほどは」と挨拶しながら、自分のコートを脱いで、軽く裏返しにして堤のコートの上にかぶせた。堤はそれをちらりと眺めたが、特になにも言わず、表情も変えず、「図々しく押し掛けちゃいましたよ」と巨大でくどい笑顔で言った。俺がトイレの床を転げ回ったことを知らないのかもしれない。知っていて、とぼけているのかもしれない。とにかく、汚れは目立たないながらも、古びた薄汚いビルのトイレの床を、雑巾のように拭った俺のコートは、堤のコートの上で静かにしている。堤は、もう一度さり気なく俺のコートに視線を投げて、それっきりなんの関心も示さなかった。

「なにを呑んでいるんですか？」

堤の前のグラスには、ほとんど色のついてない液体が入っている。半分ほど減っていて、グラスには水滴が流れ落ちた跡がいく筋もついている。少なくとも十分以上前に来たんだろう。

「ギムレットを……あまり、カクテルは詳しくないものですから」

「いい趣味じゃないですか」

高田がそう言いながら、ストゥールにドサリと腰を下ろした。

「いらっしゃいませ」

カクテル・バーのカタログからそのまま抜け出てきたばかりで、人間としての身のこなしに慣れていないような、そんなぎこちないバーテンダーが、機械仕掛けのような動きで会釈する。俺はギムレット、高田はブルドッグを頼んだ。

それからしばらく、「おかげさまで助かりました」とか「その後具合はどうですか」とか「まぁ、大事にならずによかったですよ」というような言葉を交わした。堤は本当に、まったく善良な、ちょっと世間知らずの市民運動家という感じだった。

「でも、あの……面白い……というか、あのう、失礼なお尋ねですけれども、お仕事はなにをなさっていらっしゃるんですか？」

と俺に言う。

「仕事？」

俺は一瞬言葉を失った。

「ええ。……どこかにお勤めなんでしょうか？」

「いえ」

「じゃ、自営でなにかなさっている、とか？」

「……まぁ、そうですね」

「ほう。社長さんですか。青年実業家ですね」

俺をからかっているのか、本気でそう思っているのか、皆目見当がつかない。

「いえ、そんなんでもないですけど」

「なにかあれですか？　その、調査とか、あるいは取材とかいうようなものをお仕事にされているわけでしょうか？　たとえば、編集プロダクションなどを通して？」

「いえ、そうじゃないです。ただ、適当に世渡りしているだけですよ」

「……なにか、独特の情報源のようなものをお持ちの方だな、と思ったものですから」

「はぁ」

「ですから、もしかしたら、私どもの道政ウォッチングなどに、ご協力いただけるかもしれないな、などと、あはは、虫の良い話ですけどね。あ、失礼いたしました。ま、そんなことを思ったりもしたものでございますから」

「はぁ」

「堤さん、こいつ、ただのゴロツキですよ」

「あ！　あはははは！　面白い！　本当に、おふたりのお話は、面白いですねぇ！　あはははは！　ゴロツキですか。こりゃ傑作だ」

「でも、堤さんのお仕事も、なかなかピンと来ませんね」と俺は言ってみた。「職業として、というか商売として、成り立つもんなんですか？」

「ああ、ええ、まぁ。そうですね。内情は苦しいですよ。ほとんどが、有志によるボランティア活動のようなものですから」

「なるほどなぁ！」

高田が、ちょっとわざとらしく感心する。すでに就職先として狙うのはやめることにしたらしい。ついさっきの、やや下手に出る態度は影も形もなくなっている。こいつが酔って、余計なことを口にするとまずいな、と俺はちょっと心配になった。

だが、ボディ・ガードは必要だ。

「あれじゃないですか、そういう市民運動ってのは、ヘタすると、ゴネて金を手に入れるのが本当の目的、という面もあるんじゃないですか？」

なんということを言うのだ。それを言っちゃぁオシマイよ、と寅さんもよく言うじゃないか。

「まぁ、確かにね」と堤は巨大でくどい謙虚さのカタマリになって頷く。「そういう団体や運動も確かにあります。マスコミの報道では、みな一緒くたに〈市民団体〉ですけどね。でも、ま、そういう運動方針を持っている団体は、やっぱり、淘汰されてゆくものですよ」

「なるほど。日本の民主主義は、健全なんですね！」

高田は感心したような顔つきで、フムフムと首を上下に動かした。

「ええ、その意味では、確かにそうかもしれませんね。ですが、まぁ、いろいろと、行政には問題が多いですけれどもね。それに対する監視システムが、それなりに存在し、まぁ、手前味噌な話をするわけではございませんけれども、それなりに機能している、というのは、これは、日本の民主主義の成熟を意味する、と、まぁ、こう申しても、あながち大間違いではないかもしれませんですね」

「はぁ。なるほど」

「ええと……私どもセンターの、『道政観察日誌』は、お読みになったことはございますでしょうか？」

高田が頷く気配を見せたので、俺は素早く「いいえ！」と断言した。高田の顎が、垂直に動こうとして際どく左カーブを描き、そのまま左右に振られた。

「残念ながら、読んだことはないです」

俺が言い、高田も激しく頷く。

「そうですか」とちょっと安堵の表情を浮かべて堤は言った。「まぁ、あまり一般の書店などでは販売されておりませんもので。ええと、有志の方々の定期購読に支えられているメディア、と申しますか」

堤はたぶん、あのパンフレットが市立図書館に配置されているのを知らないのだろう。

「一度、読んでみたいですね」

「ああ、ぜひ」

堤はちょっとそわそわした口調になり、それから話題を変えた。

「ところで、先ほどのお話にございました、椽脇の醜聞ですが」

心なしか、目に探りを入れるような雰囲気が漂った。もちろん、俺の予断、というやつかもしれない。俺は努めて無関心を装って、曖昧な口調で答えた。

「……醜聞、というか、まぁ……ちょっとしたウワサ、というような程度ですが」

「ええ、ええ、ま、そうでございますけどね。あれは、まぁ、結構……このあたり、と申しますか、ススキノあたりでは有名な話なんでしょうかね」

「なぜですか？」

「いえ、やはりこの……私どもも、警察の捜査態勢には、疑問を感じておるものですから。なぜなんだろう、とぼんやり思っていたことが、お話を伺いまして、あ、なるほど、そういうことか、と腑に落ちる思いがいたしまして」

「いや、そうあっさりと、小説みたいな結論に飛びつくのも危険じゃないですか」

「まぁ、確かにそうですけれども」

「そちらの方では、ほかになにか、捜査があまり進捗しない、その原因については、情報のようなものはお持ちなんですか？」

「そちら？　ああ、手前どものセンターで、ということですね」

「ええ」

「さぁ……。ま、問題として着目したのが、つい最近でございますからね。まだ、それほど詳しい情報は、集まってございませんようですが」

「なるほど。あのね、札幌の、同性愛者たち……つまり、ホモね、彼らが、警察に徹底的にマークされている、という話もあるんですがね」

「ほう」

「これは、基本的人権に関わる問題として、市民運動にはうってつけのテーマじゃないですか？」

「ああ……ええ。……そうです。確かにそうなんですが……こう、市民の関心が、低い、と申しますか、あるいは、それで被害を受けた人々ね、彼ら、あるいは彼女らが、あまり事を荒立てたくない、という意向が強くて、ですね。それで、運動として取り組むのに、やや困難さがある、というのは事実ですね」

「なるほど。でもとりあえず、センターでは、そういう問題がある、ということは把握していらっしゃるわけですね？」

「ええ。まぁ、そうですね。なんとかして状況の打開を計ろう、とはしてございますが。こういう問題は、微妙で、なかなかねぇ……」

「確かにね」

堤が、状況をどれだけ把握しているのかはわからないが、マサコちゃん事件とその周辺に関して、ある程度のことを知っているのは間違いないようだった。少なくとも、これに関わるようになったのは、昨日今日の話ではないな、と俺は感じた。

この男は、なにをどこまで知っているのだろう。

「でも、あれでしょうね」と俺は話題を変えた。「そういう、市民運動なんかをされていると、時には身の危険を感じるようなこともあるんじゃないですか？」

「いえ、それはないですね。センターは、常に平和的な活動方針で動いておりますから」

「まぁ、こっちは平和的でも、相手はなにをするかわからない、ということはあるじゃないですか。ほら、十年くらい前に、地区労だか自治労だか、ええと？ あれは全道労協でしたっけ？ 正確には忘れたけど、組合の幹部が、胸を刺されて瀕死の重傷を負ったこともあったじゃないですか」

「ああ、ええ。確かにそういうこともありましたが。新堂さんの事件ですね？」

「名前は忘れましたけど」

「新堂、というお名前です。民労中金の理事長でいらっしゃる」

「はぁ、そうですか。とにかくなにか、組合の幹部だったな、と思ったんですが。確かあの、どこだかの自動車教習所の所長さんか何かですよね」

「いえ、それは違う、と思いますよ。少なくとも、ご本人じゃないです」

「はぁ、そうですか」

「ええ。……実は、私どものセンターの、理事のひとりでもいらっしゃいます」

「は？ その、ええと、誰でしたっけ、エンドウさんが？」

「いえ、新堂です。当センター開設当時の、一口出資者のおひとりで、以来、なにかとご協力いただいているんです」

「そうなんですか。……じゃ、なおさら、身の危険なんてのが心配じゃないですか？ なおさら、というのはヘンですけど」

「あの襲撃事件は特殊なものでしたですしね。私どもは、ああいう事件の心配は、ほとんどしておりません。なにしろ、行政に対して、情報公開を求める、という組織でございますから、当然、こちら側の情報も、きちんと公開いたします。秘密を持たない、ということを基本方針にしてございますから、そういう意味では、襲撃したり、脅したり、というのが通用しない、そういう形になっているわけです。かけひきには応じず、不当な圧力には屈しないで、そしてこちら側の情報はガラス張りです。こういうのが、一番ですよ。付け入られる隙を与えず、間違いがない、というわけで。運動に際しては、自らの清潔さ、というものが一番です」

「なるほど。本当にそうですね」

俺は、生真面目な顔つきをして、強く頷いてみせてやった。堤も嬉しそうに頷く。心が通い合った、と思ったのかもしれない。

「いつか、その『観察日誌』を読んでみたいですね」

「ああ、ええ。もちろん。ぜひ、読んでください。あ、そうか……持ってくればよかったんだな。失敗しました。ちょっと今は手許にございませんもので」

「なるほど。残念ですね」

「ところで、いかがでしょう、さっきのお話にありました、橡脇代議士の醜聞ですが、そのウワサについて、なにか具体的に詳しく知っておられる方を、どなたかご存じありませんか？」

「さぁなぁ……誰でも知ってる話だし……わたしも、誰に聞いたのか覚えていないくらいで」

「そんな有名な話ですか？　なるほど。……こういうウワサは、もちろん、根も葉もない、という場合も多いですが、ちょっとした根くらいはある場合もまた、結構あるんですよ」

「なるほど。それがまた、運動、というかそちらのお仕事のネタになるわけですね？」

「え？　ええ、はぁ。そうです……」

堤は、俺の言葉の意味をはっきりと把握できずに、なんとなく中途半端な顔つきになる。

「いかがなものでしょう、その件について、なにかもっと詳しいことがお耳に入りましたら、こう……もちろん、あなたのご判断で、もしも差し支えないようでしたら、私どもの方にも、お教えいただけましたら……」

「でも、わたしも忙しいですから。いろいろと。それに、このウワサには、あまり興味が…

……」

「ああ、ええ。もちろん、お忙しくていらっしゃることは存じておりますが、もしも、万が一、なにかありましたら、ということです」

こんな調子の、意味のない、不毛なやりとりが延々と続きそうだった。俺は、いい加減面倒臭くなって、堤に会うことにした自分の気まぐれを後悔し始めた。高田も、面倒臭そうな顔で、あっさりとブルドッグを飲み干し、ソル・クバーナを注文した。それから、「最近、何か面白い映画観たか？」と全然関係ない話を始める。で、気がついたら、俺は五杯目のギムレットを前に、ダーク・ボガードがどれほど素晴らしい俳優であるか、ということをクドクドと話し続けていた。なぜそういう話になったかといえば、堤が、ハンフリー・ボガートとダーク・ボガードを混同したからで、どちらも素晴らしい俳優だが、このふたりを取り違えるなんてバカじゃねぇか、と思ったからだ。ギムレット四杯で酔うのは情けないが、その前にも少し呑んでいたし、それにトイレで襲われた緊張が、ようやく収まって、アドレナリンだかなんだかのバランスが崩れていたかなにかしたんだろう。堤は、「はいはい、本当に、申し訳ありませんでした」と適当に言いながら、席を立った。トイレに行ったんだろう。

「ボギーは、黒澤映画にもぴたりとはまる。だけどよ、ボガードは、黒澤は使い切らないよ。きっと持て余すはずだ。それくらいの違いはあるぜ」

「わかったって、もう。面倒臭ぇヤツだな。いいか。一たす一は二、ということは、一度言えばいいんだ。何度も繰り返すな」

「お！　あまりと言えばあまりなお言葉」

「おめぇがどんなに熱烈に反対しても、一たす一は二だ。逆に、お前がどんなに情熱的に賛成しても、それとは無関係に、一たす一は二であり続けるんだよ」

「そりゃわかってるけどさぁ……」

「帰ろうか？　堤は、ありゃつまらん男だ」

「そんな感じだな。あいつがトイレから帰って来たら、適当なこと言って、これでこの場はオヒラキにしようぜ」

「じゃ、次は〈たむら〉に行ってきりたんぽを食おう。あのバァさん、相変わらず元気でやってるはずだ」

「お前も、勉強もしないできりたんぽばっかり食って……。ナチスの農業政策の研究はどうなったんだ？」

「……てめぇは、ホンットに、イヤなヤツな」

そんな話をしているところに、堤が帰って来た。俺と高田は、もうそろそろ帰る、堤さんはどうしますか、と尋ねた。これは嘘で、堤を追い返したいだけだ、ということが露骨にわかってしまった。だが、堤はそれほど傷ついた表情も見せずに、私もそろそろ帰ります、と言う。そして「割り勘にしましょう」と頑固に言う堤の意見に従って、俺は自分と高田の分だけ払い、三人並んで外に出た。ちょうど、駅前通りをススキノ駅に向かう信号が青だったので、俺たちはそのまま横断歩道を歩き出した。

「じゃ、私はこのまま地下鉄で帰ります。ぜひまた、なにかございましたら……」

堤が、必要以上に丁寧な口調で言う。

ススキノの夜は明るい。特に、雪が積もっている時期のススキノは、明るい。色とりどりの光が、あたりを照らしている。だが、その中でも、不自然な動きをする影があれば、こっちが無意識にせよ怯えていれば、気づくことがある。「……ご連絡ください。それにまた、ぜひお酒もご一緒に……」と、腰を屈めるようにして話す堤の足元から伸びる影が、一瞬、右から左に半円を描いた。

俺の後ろから、強い光が回り込んでくる。

「危ない！」

とっさに俺は高田を突き飛ばした。自分の身を省みず高田を救った、というわけではない。そんなことはなにも考えず、ただ、反射的に、高田を守るべく、突き飛ばしたのだ。

「う」

と小さく声を漏らして、高田は、首をのけぞらした不自然な姿勢で、タタッ、と前に駆け出た。そして、急停車しつつあった車のボンネットにぶつかり、反対側に弾き飛ばされた。

「あ！」

俺と堤が同時に叫んだ。

「……なにするんだ……バカヤロウ……」

高田が苦しそうに呻く。そして、「ああ、痛ぇ！」と悲鳴を上げた。急停車した車のタイヤが、凍った路面の上で激しく回転する。

「待て！」

待つわけがないのに、俺はマヌケにそう怒鳴って車に飛びつこうとした。ガゼールだ。俺の手がドアに触れる直前、ガゼールのタイヤが路面を摑んだ。グン、と勢いよくバックした。

「この野郎！」

俺は駆け寄ろうとしたが、慌てていたせいか足を滑らせて転がった。ガゼールは鋭く車体を切り返し、溢れる人混みがキレイに分かれ、あたりの車がクラクションの罵声を浴びせる中、駅前通りを北に向かって突っ走る。一度中央分離帯に乗り上げたが、勢いでそのまま跳ね返り、車道にバウン、と着地した。

（ナンバー！）

俺は右手で上体を起こし、必死になってナンバーを目で追った。

「大丈夫ですか⁉」

しゃがみ込んだ堤の体が、俺の視野を遮った。苦しそうに呻く高田に「しっかりしてください！」と喚いている。俺はなんとか起き上がった。ガゼールは消えていた。ススキノ交差点を左折したらしい。俺は高田のわきに膝を突き、苦しそうに歪む高田の顔をのぞき込んだ。

「高田……」

「クソウ……バカヤロウ……三度目だぞ」

「なにがだ？」

「てめぇに付き合って、大怪我をするのは、これで三度目だ」

確かにそうだった。言葉がない。俺は黙って頷いた。

「バカヤロウ……」

高田が悔しそうに呻く。離れたところで、「はい、ちょっと通して！」という声がする。聞き違えようのない、典型的な交番巡査の声だった。

25

「じゃ、もう一回、話を整理するよ」

「はぁ」

「要するに、おたくさんが、この……高田さんを突き飛ばした、と」

「ええ。……そういうことになります」

「で、青信号で、左折して突っ込んできた車に、高田さんがぶつかった、と。そういうことね？」

「そうなりますね」

俺は、たっぷりうんざりしつつ、それは認めた。

待合室は、白い光に照らされて、明るい。ただ、どこかに一本、弱っている蛍光管があるらしく、パランパランと光が明滅して落ち着かない。低いテーブルの上に広げた紙に、現場の略図を描きながら、警官が首を捻る。

「しかしまた、どうして突き飛ばしたかねぇ……危ない、と思ったら、たいがいは、とっさに後ろに下がるもんだけどね」

「いえ、それは、あのですね。その車の、スピードが猛烈でしたから。ちょっとそう、冷静な判断ができるような状況ではなかったですから。とっさにこちらが、お友達を守ろう、としたのも、私、横におりまして、あの状況では、無理もない、そう存じますですが」

堤が騒がしい口調で、俺を弁護する。あまり役には立ちそうもない。むしろ反感を買いそうなせわしない語り口だ。

「う〜ん……。それにしてもねぇ……。これ、たとえ第一当事者が現れても、百パーセントの責任は、問えないかもしれないよ」俺は頷いた。そんなこと、頭っからアテにしてはいない。「まぁ、現場検証してみないと、確実なことは言えないけどね」

「はぁ……」

「ま、歩行者保護義務違反、これは間違いないね。横断歩道に、どれくらいのスピードで突っ込んできたか、それはケガの状況から推測できるから。その結果によって、保護義務違反で相当問題にできるかもしれません。それから、たとえ自分の側に落ち度が少なかったにしても、怪我人を助けようとせずに、そのまま立ち去った。こいつは、もう、文句なくひき逃げだ。これも間違いない。だから、検挙の対象にはなるけど、でも、おたくさんの責任、というか、まぁ……緊急避難的な、とっさの、悪意のない行為だということは間違いないにしても、先方がそこを争うと、まず、百パーセントの補償は無理かもしらんなぁ」

「わかってます」

「もしもおたくさんが、高田さんを突き飛ばさなかったら、車にぶつかることはなかっただろうし」

「ええ……ま、ぶつからなかったかもしれない、ということですね」

「まぁね。可能性の話だけど」と言ってからメモに目を落とし、「車種は、おそらくガゼール、と。……ナンバー不詳……」だらしねぇな、という表情で俺を眺める。俺は俯いた。

「ま、とっさの時にはね。大人でも、なかなか……」

そう言って、警官は立ち上がった。

「じゃ、明日か明後日、電話しますわ。できたら、連絡が取れるようにしといてもらえますか。伝言が残せるところとかあります？ 現場検証やりますから」

俺は〈ケラー〉のマッチを渡した。午後五時以降なら、ここで確実に連絡が取れる、と伝えた。

「なるほどね。行きつけの店ってヤツですか。いいもんだね、ひとりモンは。ハハハ」

俺は、道警刑事局捜査一課の種谷巡査部長に連絡してくれ、と頼みたかった。だが、そばにべったりとつきまとっている堤が邪魔だった。こいつは、驚きと心配と気遣いを顔にゴテゴテと描き並べて、救急車をタクシーで追いかけて、北大病院までついて来たのだ。救急車から高田がストレッチャーで降ろされた時には、すでに俺の横に立っていて、「どうでしょう、大怪我でしょうかね？」と天下の一大事を見守る口調で呟いた。以来、ずっと俺のそばにいる。心配しているのか、探っているのか、どうしても見極めがつかない。

警官を先頭に、高田が入れられた病室に向かった。歯を食いしばって、病院の中をあちこち回されて、最終的に〈処置室〉から、痛みが去った穏やかな表情で出て来た高田は、偶然空いていたという個室に運ばれながら、「買い物のリストを作っておくから、あとで取りに来い。今晩中に買い揃えるんだぞ」と、怪我人が加害者に向かって命令するのに最適な横柄な口調で言ったのだった。

警官がノックして、病室のドアを開けた。若い医者が、高田に怪我の状態を説明しているところだった。警官は、片足だけを病室に踏み込んだ中途半端な姿勢で、ひょこん、と会釈する。

「じゃ、センセイ、今日のところはこれで。明日、また参りますんで、その節はよろしく」

そして俺と堤に「じゃ」と軽く敬礼みたいな仕種をして、去って行った。俺は、病室の中に入った。堤も後ろに続く。

「ああ、どうぞ。今も、ご本人に説明していたんですが」と言いながら、まだ三十前に見える若い医者が、病室の蛍光灯の光に、レントゲン写真をかざしてみせる。

「右膝の半月板に、ヒビが入ってます。……これは、ちょっと厄介。やや時間がかかります。あと、右足首の内側の靭帯、これが裂断。外側と違って、内側の靭帯は、結構丈夫なんですがね。よほどの力がかからないと、こういう形で靭帯が切れる、ということはまずないです。ですから、相当のスピードで突っ込んできたんでしょうね、その車が」

「そうですか」

「あと、左の肘の打撲ですね。左肘から、手首にかけて……これは、折れなかったのが奇蹟としか言いようがない。相当強くぶつけたらしいけど、際どいところで骨折には至っていない。……受け身をした？」

高田がつまらなそうに頷く。

「やっぱりね。頭部が無傷なのも、そういうわけなんだね。空手？　少林寺？」

「空手を少々……」

「どこ？　僕は、松涛館だけど」

「流派は、別に……」

「なるほどね。うん、わかる。……ま、とにかく、頭は大丈夫だし、四肢に後遺症が残るようなこともないでしょう。不幸中の幸いでした」

俺は頷いた。堤が、晴れやかな笑顔で俺の方を見る。どうでもいい。とにかく、高田の腕っ節をアテにすることはできなくなってしまったのだ。

医者はすぐに病室から出て行った。

「ま、命に別状がなくて、本当によかったです」

堤がうんうん、と頷きながら、励ますように言う。高田は、ふん、と鼻を鳴らし、それから俺に向かって「おい」と言う。

「ん？」

「その横のテーブルの上に、必要なものが書いてある。コンビニかどっかで買って来い」

「わかった」

「それから、俺の部屋から、健康保険証とラジカセを持って来てくれ。保険証は、机の一番下の引き出しにある。ラジカセは、サイドテーブルの上にあるから、すぐにわかるはずだ」

「わかった」

「あ、あれじゃないですかね。交通事故の場合は、健康保険は使えないんじゃなかったですか？」

堤が口を挟む。俺は無視した。

病院から出てもなお、「お手伝いしますよ」としつこく食い下がる堤を、やっとのことで追い払った。もう用事はないし、これ以上、お忙しい道政ウォッチャーの時間を無駄にさせるのは心苦しい、と何度も繰り返したのだ。堤は、「じゃ、とにかく、なにかありましたら、ご連絡くださいよ」と念を押し、タクシーに乗り込んだ。それを見送ってから、俺もタクシーをつかまえて、まず手近のコンビニへ行き、バスタオル、下着類、歯磨き歯ブラシ、そのほかの日用品と雑誌を数冊、クロスワード・パズルの本を二冊買った。それから恵迪寮F棟へ行き、高田の部屋で、北大の学生・教職員保険の保険証とラジカセを見つけ、待たせてあったタクシーで病院に戻った。

個室のベッドで、高田は両手を頭の下に組み、気むずかしい顔で天井を眺めてなにか考えていた。ドアを開けて入って行った俺に、チラリと視線を投げて、面倒臭そうに頷き、それから「今は、ちょっとテーピングして、痛み止めの注射をしただけだそうだ」と言う。

「そうか。……今は、痛みはないのか？」

「ない。……明日、本格的に治療するそうだ。本格的な治療って、結構痛いのかな」

高田が、心配そうに言う。最高に痛ぇぞ、と威《おど》かしてやろうか、と思った。だが、高田が怪我をしたその原因は俺自身だ、と気づいて、やめた。

「さぁ……どうだろう」

「……あの車は、少なくとも、俺たちを跳ね飛ばすつもりはなかったんだな」

「そうらしいな」

「俺たちスレスレに駆け抜けて驚かすとか、いきなり前に停まってお前を引きずり込むとか……いや、やっぱり、ただ驚かすだけのつもりだったんだろう。警告か何かの意味で」

「だろうな。それはわかるよ。でも、あの時は、そんなこと考えてられなかったよ。とにかく、危ない、と思ったんだ」

「……まぁ……お前が、俺を助けようとしたらしい、というのは認める。その結果、こんなザマになったが、とにかく、お前の気持ちは多としてやるよ」

「悪かった」

「善意も、バカが扱うと人に迷惑をかけるもんだ」

つくづく偉そうな口調で言う。被害者になって、得意になっているようだ。もちろん俺には、こいつに反論する足場はない。悔しい気分のまま、とにかく「悪かった」と呟くしかなかった。

「堤はどうした？」

「やっと帰ったよ。さんざん粘ったけど、やっと追い返した」

「あいつ、どう思う？　トイレに行く、と言って席を外したろ？　あの時、仲間に連絡を取ったのかな」

「可能性はあるな。俺、あのガゼールのナンバーを見ようと思ったんだ。でも、堤が邪魔になって見えなかった」

「堤が邪魔したのか？」

「微妙だな。俺の視界を、故意に遮ったのか、それともまったくなにも考えずに、お前のことを心配したのか。どっちとも言えない」

あの時のようすを思い出そうとしてみた。堤は、とんでもないスピードで車が突っ込んできたのを見て、慌てただろうか。よけようとしただろうか。それとも、危害は及ばないことを知っていて、平然としていただろうか。……思い出せない。あまりにも突然の出来事だった。

「おい」

高田が無愛想な口調で言う。

「なんだ？」

「ひとつ、教えておく」

あくまで重厚な口調だ。高田は、すっかり映画や小説のヒーローになってしまったらしい。

確かに劇的な負傷ではあるが。

「あの、中華料理屋のトイレで襲ってきた連中な、あいつら、結構、使うぞ」

「使うって……格闘技か？」

「ああ。少なくとも、その気になれば、シロウト相手なら即座に制圧できるくらいの実力はありそうだった。お前をトイレで襲った時は、やや手加減してたんだよ。傷めるつもりはなかったんだろうな。その後、俺が出て行って、そこで連中、逃げようとして、ちょっと本気になった、という感じかな」

「お前も、いくらか押され気味みたいだったもんな」

「……まぁな。しゃーねーよ。相手は、少なくとも四人はいたし」

「あの時突っ込んできた車、あれ、車種はなんだった？　ガゼールだったか？」

「……覚えてないな。ライトの光が眩しすぎた」

「……」

「お前、これからどうするんだ？」

「……とにかく、ススキノに戻る」

「……〈トムボーイズ〉に行って、フローラと話してみる。マサコちゃんと橡脇のウワサが流れるようになった、その最初の頃の情報源、若いオカマらしいんだけど、そいつのことを調べてみる」

「で？」

「行方不明だ、というやつか？」

「ああ」

「……お前、本当に、やる気か？」

「……まぁな」

「そうか。……明日、見舞いに来るだろ？」

「ああ」

「じゃ、その時に……」

俺は、一瞬、希望の光を見た。高田が、自分よりももっと強い誰かを紹介してくれるのか、と思ったのだ。

「どっかのレコード屋で、アイルランド民謡のミュージック・テープを買って来てくれ。どんなんでもいい」

「……わかった」

26

ススキノ交差点でタクシーから降りた。病院で結構手間取ったので、そろそろ零時、という時間だった。地下鉄の最終がすでに走り去った後だったせいもあり、人混みはそれほどでもなかった。なんとなく、寂しい雰囲気だ。その寂しさの中で、俺は、自分がススキノから疎んじられていることを思い知った。顔見知りの客引きたち、道端の占い師たち、焼きイカ屋台のおばちゃんたち、そのほか多くのススキノ人間たちが、俺と視線を合わせようとしない。

〈リトリートビル〉の前、高田がガゼールにぶつかった交差点に立った。普通なら、あんな出来事の後だから、俺の周りには客引きたちが集まってくるはずだった。だが、誰も近寄ってこない。裏通りの入り口に、客引きたちがかたまって立っている。俺がそっちに向かうと、それぞれに視線をあさっての方に向けて、ブラブラとした足取りで、散り散りになり、街に溶け込んでしまった。

(なるほどね)

俺は、ムキになって、(平気さ) と自分に言い聞かせながら、〈トムボーイズ・パーティ〉のビルに向かった。

階段を下りて、〈トムボーイズ〉のフロントの前に立ったら、受付・クローク担当の美香が、はっと息を呑んだ。彼女は、この店では珍しい、生物学的にも自己同一的にも間違いのない女性で、いつもここで、カチッとしたスーツ姿で門番をしている。

「あの……」

「入れてくれないのか」

「いえあの。ちょっと待ってください」

そして緊迫した表情で身を屈め、フロントの陰にある小さなマイクに向かって、本当に小さな声で早口に何か言った。

「入れてくれないのか」

「いえあの。少々お待ちください」

なんということだ。俺はあんたに、去年の夏の誕生日に、〈くるみや〉のクッキー・セットをプレゼントしたじゃないか。ふたりで『テス』を観に行ったこともあるじゃないか。俺が、「美香はナスターシャ・キンスキーに似てるね」と冗談を言ったら、複雑な表情で、でも嬉しそうに「とりあえず、誉められた、と思っておきます」と言ったじゃないか。マサコちゃんの葬式の時、あんたの喪服のスカートの裾が変になっていたのを教えてやったのも俺だ。それにあんたは、俺が〈トムボーイズ〉で悪酔いして具合が悪くなってソファでくたばってた時、額の濡れタオルを何度も取り替えてくれたじゃないか。それなのに、「少々お待ちください」と、視線を合わせずに言うわけか。

なんということだ。

店のドアが、内側から開いた。俺は、美香には構わずに押し入ろうとしたが、大野が姿を現したので、ちょっとようすを見ることにした。

「よう。俺は、そんなに嫌われてるのか」

「そういうわけじゃない。ただ、ちょっと今は、みんながナーバスになってるんだ。事情はわかるだろ？」

「俺になんの関係がある？」

「ふざけるなよ。諸悪の根源が。偉そうに」

「諸悪の根源？」

「ああ」

「そうか。……なるほどな。……てめぇら、みんな、バヵだ」

「そうカッカするな。ほんの少しの間だけだ。ちょっと大人しくしてろ。ほんのちょっとの間だけでいい」

美香が、強張った顔でこっちを見ている。緊張と恐怖の表情だ。だが、目のあたりに、ほんの微かに困惑、あるいは同情のような雰囲気を感じたので、俺はとりあえず、彼女はそっとしておいてやることにした。それ以外の連中は、全員叩きのめしてやろう、と決めた。

「バカどもがなんと言ってもいい。俺は、好きなところで、好きなように酒を呑むんだ」

「だから……今夜は、ウチはこれでしまいだ」

「俺には関係ない」

「野暮はよしな」

「通るぞ」

美香が何か、合図のボタンでも押したのだろう。ドアが再び開いて、とても小柄な人影が出て来た。不思議の国のアリスだった。本当に、可愛らしい少女に見えるが、この時間、真っ白に塗ったおしろいの下に、微かにヒゲの気配がある。それに、格闘技で言うところの「自然体」で静かに立つその姿勢は、明らかに男だった。たとえ、絵本のアリスそのままの衣装を着ていても、その姿勢の静かさは、鋭く強烈な暴力の凄みを漂わせていた。

「大人しく、帰ってくれ」

大野が言う。

「うるせぇ。通るぞ」

「アリス」

大野が静かに言った。アリスが三歩、俺に近づいた。構わずに俺が進むと、アリスはすっと俺の左に進んで、消えた。同時に俺の左腕と顎ががっちりと固められ、俺は身動きができなくなった。俺は、暴れようとした。その気配を感じたのだろう、左腕がほんの少しねじあげられた。左肩で、鈍い痛みがうごめく。あとほんのちょっとでも力が加われば、激痛が走る、ということがわかった。

「お願いします」

背後で声がする。アリスの声なんだろう。その声と同時に、左肩の痛みは消えた。だが相変わらず、俺は、背中の、手の届かない痒いところを搔こうと努力しているような間抜けな姿勢のまま、天井を見上げて立っているだけで、身動きができない。

「とりあえず、今晩は帰ってくれ」

大野が、相変わらず静かな口調で言う。俺の左の手首で、小さな手が動いている。（おや？）と思った時、俺の手のひらの中に、たたんだ紙のようなものが押し込まれた。俺は頷いた。

「いいぞ。アリス、放してやれ……お放ししろ。……変な敬語だな」

俺の顎と左腕が自由になった。俺は左手で紙を握ったまま、左腕を伸ばして、それからグルグル回した。

「すみませんでした」

アリスが、男の声で言う。なかなか精悍ないい声だ。

「いや。……いい。とにかく、帰る」

「礼を言うよ。本当に、申し訳ない」

大野はそう言って、「じゃ」と後ろを向いた。アリスも会釈して、扉に向かう。

とにかく、いくらいたわられても、悔しい気持ちは収まらない。だがとにかく、みっともなく騒がずに済んだ。大野とアリスが店の中に消える。

「あのう……」

と美香が、小さな声で言う。

「なんだ？」

「あのう……ごめんなさい。……それだけ、言いたくて」

「いいよ、別に。……また、映画を観に行くか？」

「あ、そうですか？　嬉しいな」

「そうか。じゃ、明日はどうだ？」

「え？……明日は、ちょっと……」

「いいよ。わかってるよ。冗談だ」

　ビルから出て、〈ケラー〉に向かった。途中、〈第四パープルビル〉の有料トイレの個室に入り、さっきアリスが俺の手の中に入れた紙を見てみた。

〈昼間、ここに電話してくれ　大〉とあって、電話番号が書いてある。〈大〉は、大野のサインだった。その下に〈PS　ケラーの大畑さんから、TELくれとTELあり〉とも書いてあった。

　俺は五回読んで、電話番号を頭に叩き込んでから、その紙をトイレに流した。

　トイレから出て、ラーメン横町をぶらぶら歩いた。まだ眠たくならないらしい、元気な観光客に混じって北側の入り口まで行って、首を出して〈ケラー〉の方を見てみた。特に変わったようすはない。普通の人混みが、普通に流れているだけだ。俺は南側の入り口に戻り、歩道にあった電話ボックスに入った。

「はい、〈ケラー・オオハタ〉でございます」

丁寧な口調でマスターが言う。俺が名乗ると、「ああ、よかった」と小声で言った。店の中が適度に忙しいような、そんな物音が聞こえてくる。

「なんかね、ようすがおかしいような、ようすがおかしいような連中がいるんでね」

「ようすがおかしい？」

「うん……なんて言うかな……刑事とかじゃない。それに、スジの連中でもない。でもどうもカタギの人間でもない。目つきが、妙に卑しいんだ。そして、ここ何年も、自分が稼いだ金で酒を呑んだことがない、そんな感じかな。スーツは上等だ」

「役人？　政治家？」

「そっち系、という感じはするけどね。でも、ただそれだけでもないようだ。ほら、なにか大きなイベントを開催する時に、その実行委員会事務局なんてのに、妙に得体のしれない人間たちのグループが、我が物顔でのさばることがあるだろ？」

「ええ」

「で、最終的に、そのイベントは大赤字、ってなことになっても、その連中だけは、貯金を増やしてどこかに行くのさ」

「ああ」

「そういう連中によく似たニオイがする、そんな人間だ」

「何人ですか？」

「三人いる」

「三人……」

「ということは、あとひとり、車の中にいるんじゃないか、とわたしは思う。どこか、この近くに駐車して、待ってるんじゃないだろうか」

「なるほど」

「そのことを、とりあえず伝えようと思ってさ。どうするかは、わたしの問題じゃない。自分で決めればいい。ただとにかく、今、このわたしの店の中に、わたしがいつも嫌っているタイプの人間が三人もいる、ということを教えたかっただけだ」

「わかりました。ありがとうございます」

「礼を言われる筋合いはないよ。わたしは、愚痴をこぼしたかったのさ。じゃ」

電話は切れた。

俺は、周囲に目を配りながら、電話ボックスから出た。目に付くところには、ガゼールは駐車していなかった。ま、当たり前だろう。同じ連中の可能性は少ないし、もし同じ連中だとしても、あんな事故を起こしたその車で、またススキノに戻って来るはずはない。

電話ボックスから出て、また〈第四パープルビル〉に入り、エレベーターで一番上まで行き、そこから階段で屋上に出た。風がない夜で、それはありがたかったが、やはり寒い。コートを通して、寒さが体にしみ込んでくる。そこでふと、このコートでさっきトイレの床を転げ回ったのだ、ということを思い出した。だが、そんなことを気にしている暇はない。トイレの思い出を北斗七星の向こう側に放り投げて、俺は北側の手すりに寄りかかり、下を見下ろした。

とたんに、キンタマがフクロの中でじわりとうごめいた。俺は高いところが苦手なのだ。だが、そんなことを気にしている場合でもない。俺は手すりを両手でしっかりと握り、それから少し身を乗り出した。

通りは閑散としている。なにしろ、二月の火曜深夜、というかもう水曜日になったけれども、とにかくススキノが一年中でもっとも寂しい頃合いだ。キャバレーの入り口で呼び込みが二人、寂しそうに並んで立ち話をしているのがやけに目立つ。時折はあちらこちらの居酒屋から、人間のかたまりがあふれ出てくるが、それはすぐに、歩道に沿って並んでいるタクシーの列に吸収される。タクシーの列が順々に走り去り、そこに、新たな空車が補充される。目立った動きはそれくらいで、あとは寂しそうに行き過ぎるグループがいくつかあるだけだ。物陰に立ち止まってあたりを探っているような人間は、見える範囲にはいないようだ。〈ケラー〉の入り口周辺にも、人影はない。

風がないので、空気の中にある微妙な筋が、顔に感じられた。冷たい空気の中に、下の方から立ち上ってくる、やや暖かな流れが混じっているのだ。その空気の流れは、たいがい食べ物のニオイを伴っている。俺の顔を、ほんのりと温めながら、煮魚のニオイが北斗七星の方に上って行く。立つ位置を少し横にずらすと、今度は焼き鳥のニオイ。俺は、この細い通りに並んでいる店をあれこれと思い出してみた。きっと屋上の西の端に立てば、ラーメンのニオイがするだろう、と思った。で、そっちに行ってみよう、と思った時、〈ケラー〉の前に三人の男が姿を現したので、俺は、自分がなんのために、今ここにいるのか、そのことを思い出した。

ここから見ると、三人の男の姿はよくわからない。だが、確かに野暮ったくはあるが、でも相当いい品らしいコートを着ている。バーバリーじゃないかもしれないが、とにかくカシミヤ百パーセント、というような一流品のように思えた。ひとりが背中で両手を組んでちょっと胸を反らしている。その前にふたりが立って、なにか話し合っている。その時、通りの西の端で動きがあった。タクシーの列に混じって、さっきから駐車していたらしいセダンが、ゆっくりと動き出したのだ。

あの〈ケラー〉の前の三人が、あのセダンに乗り込んでも、尾行することはできる。この細い通りを出たところは、北に向かう一方通行で、客待ちのタクシーと、ススキノ帰りの車が渋滞する場所だ。だから、あの三人が車に乗っても、それを確認して、ここから急いでとって返して階段を駆け下り、二丁目の通りに出てタクシーに飛び乗れば、見失うことなく尾行することはできる。俺は、そのことを疑わなかった。

セダンは、ゆっくりと〈ケラー〉の前の三人の男に近づく。車種はなんだろう？　少なくとも、ガゼールじゃないことは確かだ。もっとでかい、黒塗りの車だ。だが、プレジデントとかセンチュリーとか、ああいう車じゃない。クラウン・マジェスタ？　もっと大きいか？　グロリアか？　俺は、三人の男が中に乗り込むのを確認して、できたらそれまでに車種を見分けて、そして駆け出すつもりだった。実際、体は半分ほど屋上の階段室の方に向けていたのだ。いよいよ車が、たぶんグロリアだ、そいつが三人の男のところに停まった。光った。

男がよろめくのと、パァンという大きな音が俺の耳に届くのが同時だった。俺は思わず手すりに飛びついた。グロリアの前部ドアが両方とも開き、両側からひとりずつ、男が飛び出した。倒れた男には目もくれず、あっという間にそれぞれ別な方向に、街を駆け抜けて、消えた。

俺は、ややしばらくの間、下界を呆然として見下ろしていた。三人の警官が駆けつけるまで、実際には五分とかからなかったのだろう、と思う。だが、俺にとってはその間に、世界観が変わってしまうほどの膨大な時間が流れたように感じられた。

27

「うんうん、音は聞いた。もう、警官が来てるよ。今ちょっと、てんやわんやだ」

マスターが慌ただしい口調で言う。

「あ、そうですか」

「まだ詳しいことは全然わからないよ。生きてるのか、死んだのか、そもそも撃たれたのは誰なのかも」

「ああ、いえ、そういうつもりじゃなくて。ただ、ちょっとお知らせした方がいいか、と思ったもんですから」

「うん。まぁ、とにかくてんやわんやだ」

そこで受話器を手で覆ったらしい。音が聞こえなくなった。すぐにまた聞こえるようになったが、マスターの口調には、なにかを手際よく指示した余韻が残っていた。

「ま、今んところは、そんな感じ」

「わかりました。取り込み中、済みませんでした。とりあえず、切ります」

「ああ。じゃ……ああっと、とにかく、用心しなさいよ。じゃ」

俺は、受話器にひとつ頷いてから、フックに戻した。救急車がやって来て、パトカーも増え、警官が現場を遮断し始める。野次馬が、ススキノのあちこちから続々と集まって来た。知っている顔も混じっている。そいつらはみんな、俺の顔を見ると視線をそらす。俺は喧嘩腰で、そんな連中の何人かを突き飛ばしながら、南に向かった。自分の部屋を目指したのだ。とにかく、着替えたかった。トイレの中を転げ回ったコートと、汗と病院のニオイが染みついたスーツを脱いで、シャワーを浴びて、それからどうしよう、という考えもなかったが、まず、きちんと片付いた自分の部屋で、落ち着いて考えよう、と思ったのだ。なにをどう考えればいいのかわからないが。落ち着けば、なにかいい考えが浮かぶはずだ。浮かんでほしい。

もちろん、あの狙撃事件は、俺にはなんの関係もないことかもしれない。だが、今のこの時期に、〈ケラー〉に来ていた見知らぬ客、という点が気になる。

俺の部屋のあるビルが見えてきた。一階の〈モンデ〉の灯りが、歩道にはみ出している。

そこで俺は、さっきのマスターのセリフを思い出した。「用心しなさいよ」とマスターは言った。そうだ、そう言えば高田にも、セキュリティへの気配りのなさを指摘されたんだった。

……俺は立ち止まり、ちょうど青になった信号に従って、駅前通りを横断した。後ろを振り向かないように、自分の首を固定するのにやや苦労した。それから、いきなり左に進路を変えて駆け出し、のんびりと後部ドアを開けて客待ちしていたタクシーに飛び込んだ。

「なんだい⁉ どうしたの？」

運転手が、びっくりした顔でスポーツ新聞をたたみながら、そう言った。

「すぐに出してください。で、急いで突っ走って、次を左折してください」

「ええ？」

俺はとりあえず五千円札を差し出した。

「メーターとは別に、これ……」

「どうしたんだぁ？」

運転手は間延びした口調でそう言いながらも、機敏にドアを閉め、飛び出した。

「左折四回で、ここに戻って来てください」

「いや、別にいいけど、そんなにいらないよ。千円もらえば充分だよ」

「いえ、とにかく」

俺は、緊張しつつ、あたりを素早く見回した。周囲には、今のところ特に目立った動きはない。

「でもさぁ……そんなんで、五千円はないよ」

運転手は、ハンドルを回しながら、あくまで間延びした口調で言う。

「そりゃ、あれだよ。俺だってさ、金はほしいけど、こんなんで金もらえるんなら、シコシコと運転手やってんの、ばかばかしくなっちまうもんなぁ……」

「いえ、ですから」

俺は、腕を突っ張って体を支えながら言った。運転手は、俺の希望はちゃんと理解してくれたらしく、結構なスピードでカーブに突っ込む。人通りが少ないので、誰にもぶつからずに曲がり切った。

「失礼とは思いますが、とにかく、切羽詰まってるもんで……」

「いや、そうは言ってもさぁ、俺はさ、こういう商売やってるけど、まっとうな人生を送ろうとしてる人間だからさ。そんな、クルッと回っただけで五千円、なんて言われたら、バカにされた気分になってさ、むっとしちまうよ。実際」

「ですから、あの。……失礼とは思いましたけれども、わたしも、追いつめられているもんで」

「なに、あれかい？　誰かに追われてるとかそういうわけ？　いや、そうでないな。だったたら、戻るの、ヘンだもな」

「……まぁなんと言いますか」

「信号、赤だけどどうする？」

「は？」

「突っ込んで、左折するかい？」

「あの……」

「やろうと思ったら、できるよ。警察は今、ここらにいないから。ドンパチがあったんだと
……あ！　あんた！」

そう言いながら、運転手は赤信号に突っ込んで左折した。

「あの事件と、なんか関係あんのかい？」

「いえあの……なんですか、ドンパチって」

運転手は、リヤビュー・ミラーから、俺の方をじっと見つめる。

「にしても、ヘンだよなぁ。元に戻るってのは」

「いえ、とにかく」

その時、タクシー無線がガァガァとうるさく喋りだした。

「各車。先ほどのお客様の続報です。先ほど、ススキノで、大きな忘れ物をしたお客様がい
らっしゃいます」

大きな忘れ物、という言葉は知っている。タクシー業界の隠語で、なにかの事件の容疑者

を指す言葉だ。

「おふたりのうち、おひとりは、身長およそ百七十五センチ、太り気味、黒っぽいコート、黒っぽいスーツで……」

最悪だ。まるで、俺だ。運転手が、不安そうな表情で、ミラーの中から俺の体を撫でるように見る。

「大きな特徴としては、右の頰に大きな傷跡があるそうです。繰り返します……」

俺は、右の頰を突き出して見せた。運転手は、ほっとした顔になって、にっこりした。

「お客さんでないんだね」

「ええ、もちろん。違います」

「じゃぁ、やっぱヘンだなぁ。そんなねぇ、俺は、まっとうな商売してる人間だから、これだけで五千円はもらえないわ」

どうでもいいのだ。ただとにかく、俺はさっきのところに急いで戻りたいだけだ。だが、そのために、この運転手の面を五千円札で撫でるようなマネをしてしまった。そのことを、この人は不快に思っているのだ。

「俺らね、会社にもよるけど、うちの会社は、料金一万で、取り分四七五〇円さ。歩合がね。一万走るってのは、相当きつい。それでやっと、四七五〇円。あんたね、五千円てのは、そういう金だよ。まぁ、だから、それで喜んで、ホイホイ走って小遣いもらう運転手もいるさ。そりゃそうだけど、金ってのは、本来、そういうもんでないんでないの？」

「はぁ……」

「こんなんで五千円もらったら、俺、なんのために、毎日ヒィヒィ言って走ってんのさ。全然、話、おかしくなるしょ」

「ええ」

「おにいさん、ひょっとしたら金持ちなのかもしれないけど、そういう金の使い方は、ないの。別に、俺が説教しても始まんないけど。喜んで走るヤツもいるよ。いや、そういうヤツの方が多いかしれないよ。でもね、俺は違うの。そういう人間だと思われたくないの」

「はぁ。……すみませんでした」

「ま、千円くらいなら、もらってもいいさ。俺も、普通の人間だ。それくらいなら、ま、役得と思うさ。儲かった、てなもんさ。でも、五千円じゃぁな」

「あの、千円札がないんです」

事実だった。

「じゃ、釣りを払うよ。五千円札くれてもいいよ。俺、チップの釣りとして、四千円払うから」

「じゃ、料金とお礼込みで、二千円、というのはどうですか？　降りる時に、五千円払います。で、三千円、お釣りください」

「料金込みで二千円か……まぁ、ヘンな話でないな。わかった。おにいさん、急いでるのかい？」

「ええ、まぁ」

「釣りの小銭を数える時間がもったいないのかい？」

「ええ、まぁ」

「わかった。それで手を打とうや」

「お願いします」

ラブホテルが並ぶ小路を抜けて駅前通りに戻った。向こうの方、〈モンデ〉の前に男がひとり立っている。両手を腰に当てて、遠くをじっと注目しているようなポーズだ。

「じゃ、あの、ここでお支払いします。それから、あのビルの前に立っている男の前で、降ろしてください」

「いいよ」

運転手は道路脇にいったん車を停める。そして俺と札のやりとりをしてから、再び、今度はゆっくりと発進させた。

「それで？　ほかに、することはないのかい？」

「え？　ええ、別に」

「あの男は、どんな男だ？」

「わからないんです」

「ふぅん……」

運転手はやや不満そうにそう唸り、そのまま交差点で鮮やかにUターンして、〈モンデ〉

の前に立つ男のすぐ前で停車した。男が、ちょっと不審そうな、（おや？）というような視線を向けた。ドアが開く。

「ありがとうございました」

運転手が丁寧に言う。俺には、残念なことにちゃんとした返事をする心のゆとりがなかった。「どうも」とだけ呟いて、車から降りた。

男が、俺に気づいて、大きく目を見開いた。瞬間的に腰を落とし、両腕を構える。隙のない構えだ。そのことがわかる程度には、俺は高田に稽古を付けてもらっている。問題は、こういう隙のない構えを取る相手に対して、どのように対処していいか、俺は実のところわからない、ということだ。

「俺に、なにか用か？」

一歩踏み込んで、俺は言った。まだ、間合いはやや遠いだろう、と思う。相手は、なにも言わない。黙って俺の目を見ている。構えは完璧だ。俺は、それ以上近づけなくなった。突いても、蹴っても、つかみかかっても、簡単に受けられて反撃されるのは明らかだった。

「俺に、なにか、用か？」

俺は、わざと、ゆっくり、いかにも頭の悪い人間に嚙んで含めるように言い聞かせる口調を使った。この男には、どことなく「知的」と言えば言える雰囲気がある。ものを考える人間のようなニオイがあった。だから、それを侮蔑で刺激してやろうと思った。人間は、心外なことで侮辱されると、興奮して、思わぬミスを犯すことがある。

「わかるか？　俺はだな、『俺に、何か、用か？』ということを尋ねたんだが。言葉の意味は、理解できるか？」

男の目がちょっと泳いだ。この時、俺は、こいつの状況がわかった。この周りに、仲間が何人かいるのだろう。そして、ここでこいつと一緒にいたはずの連中は、俺を追って、車に乗って走り去ったのだろう。彼は今、とりあえず孤立していて、どこかにいる仲間と連絡を取ることができないでいる。今、この近くに残留している仲間は、こいつが大声で怒鳴っても聞こえない場所にいるのだろう。……俺の部屋のドアのあたりか？

「おい、いい加減にしろ、低能。言葉がわからないか？　俺に、なんの用だ？」

男は、迷っている。年齢は、俺と同じか、ちょっと上くらいだ。いかにもサラリーマン、あるいは中堅官僚、という雰囲気だが、妙に身なりが整っているのが、なにか不快だ。黒いアスターコートは、新品のように見えた。右の頬に傷はない。静かに俺を見ている目の上で、ほんのちょっと変化している眉が、困惑したような表情を作っている。まだ、命令されて動く立場なのだろう。変化する事態に即応して、責任を持って対処する経験、あるいは権限は持っていない。自分が下手に動いて、まずいことになると困る、と思っている。

「おい」

俺がちょっとじれてそう言った時、男の顔がパッと明るくなった。

不吉だ。仲間が来たか？

周囲を見回そうと思った。だが、この男から目を離せない。視線をそらしたら、いきなり攻撃されるのは明らかだった。俺は男の目を見ながら、ゆっくりと右に回り込もうとした。俺の体の動きに合わせて、男も静かに体を動かす。俺は汗をかいていた。右足をちょっと踏み込んだ。男は下がらずに、左手をほんの少し、ぴくりと動かした。このまま、時間稼ぎをするつもりらしい。こいつは、俺を逃がす気はない。ここでとっつかまえて、どうにかしようと考えているようだ。この明るい表情。俺には見えないが、加勢が現れたんだろう。

こういう時は、どうすりゃいいんだ？

じりじりと右に回ったので、俺はさっきまで背中を向けていた駅前通りを、左側に見ることができるようになった。車の流れには、今のところ大きな変化はない。加勢はどこから来るんだ？　歩道を、酔っ払いが何人か行き来している。彼らに頼んで、手伝ってもらいたい、と思った。相当気弱になっていたのだ。

突然、駅前通りの中央分離帯の向こう、左から、黒いセダンが俺の視野の中に飛び込んできた。交差点で鋭くUターンして、こっちに向かって来る。俺の前の男が、一瞬体の緊張をほぐし、すぐにまた身構える。俺はそいつの目を見つめながら、視野の片隅で黒いセダンの後部座席のドアが開くのを見た。二人の男が飛び出した。突っ走って来る。助手席にいた男がドアを開けて車から降り、くつろいだ姿勢でそこに立って、こっちを見ている。それらは、ほんの数秒の出来事だったが、俺は一生分の絶望を味わった。

俺の前の男が、加勢が来たので気が大きくなったのだろう、にやりと笑って一歩踏み込んできた。俺は、そいつの目を見つめながら、拳を顔面に叩きつけると見せて、足刀を相手の左足の皿の上に思い切りぶち込んだ。男は「うっ」と呻いて、驚いたような表情を夜空に向けて、地面に崩れた。

それが、俺の、唯一の有効打だった。

左右から来る攻撃を、四打まではしのいだ。きちんと、高田に教わって、何度も稽古したとおり、基本に忠実な上段上げ受け、外受け、中段手刀受け、太股ブロックで受けた。俺は普通は、特に怒っていると、受けてすぐ反撃に出ることができる。相手がシロウトならば。だが、彼らはシロウトではなく、その上俺は、怒りよりも恐怖を少し多く感じていた。四度の攻撃を反射的に受けながら、一撃ごとに相手の間合いが近くなってくるのを、俺は絶望的な気分で意識した。

五発目の攻撃は、ガラ空きになった俺の右脇腹に正確にめり込んだ。思わず俺が右腕を下げると、右の首筋で、頭の半分が吹き飛ばされるような衝撃が爆発した。もうダメだ、と思いながら、俺はほとんど反射的に後ろに飛び退ろうとした。その右足を払われた。仰向けに倒れた。尻に激痛を感じるのとほぼ同時に、ミゾオチにかかとをぶち込まれた。いつかこいつを殺してやろう、そう決めながら、俺は転がって逃げようとした。両側から数発蹴られて、転がることもできなくなった。襟首をつかまれた。俺を立たせようとしているらしい。俺は、こういう扱いを受けるのが好きではない。両手を振り回して、ぶん殴ってやろうと思った。だが、いつの間にか、コートが肘のあたりまで下げられていて、両手は全然動かせなくなっていた。

「このクズども！」

俺は怒鳴ったが、クズは、クズと言われても平気なものだ。ばかりか、クズと言われると、クスクス笑ったりすることもある。この連中も、フ、と笑いを漏らした。

俺は、後ろから襟首をつかまれて、膝立ちになっていた。両手はコートのせいで動かない。

俺の前に、さっき俺が蹴ってやった男が立っている。俺を見て、いかにも憎々しそうに顔をゆがめ、反撃できない俺の顔を殴ろうとした。

「顔はダメだ！」

俺の後ろで、鋭い声が言った。

「ですが」

俺を睨みながら、悔しそうに歯の間からそう言う。俺は、そいつの顔に唾を飛ばした。

「この野郎！」

一歩詰め寄る。なんのつもりだ。俺が怯えるとでも思ったか。俺が謝って、下手に出るとでも思ったのか。クズ。俺はもう一度唾を飛ばした。そいつは、怒りで目の玉が飛び出そうになった顔を、もっと醜く歪めて、俺の右胸を蹴上げた。俺は、思わず呻いて地面に転がろうとしたが、襟首をつかまえられているので、ぶらりと宙ぶらりんに揺れた。首吊りをしている感じで、喉が絞まる。

「うまいな。さすがだ。動かないものを蹴るのは、さすがにうまい。クズはそうでなきゃな」

俺は精一杯明瞭に言ったつもりだが、よく聞き取れなかったかもしれない。もう一度聞かせてやろう、と思った。深呼吸して、声をしっかり出して。

深呼吸しようとした時、俺の後ろの男が、小さく、そして鋭い声で「ポリス！」と言った。

確かにそのとおりだった。世界は今、非常に不安定に揺れていて、ススキノも、ふたつにだぶってゆっくりと踊っているが、その奥の方から、制服を着た警官が三人ほど、走って来る。正確には、走って来ているのかどうか、わからない。遠近感が失われているので、まるで制服警官が三人並んで、ルーム・ランナーでシェイプアップしているように見えるのだ。だがどうやら、着実に近づいてきているらしい。

しかし、まだ距離がある。

「どうします!?」

「乗せろ。急いで」

スーツのズボンの腰のところに、拳がねじ込まれた。強い力で持ち上げられる。足をめちゃくちゃに動かしたが、太股をしっかりと抱えられた。自由の利かない両手ごと、上体も抱えられた。俺は、その無礼な男の右手の甲を、思いっ切り嚙んだ。

「クソッ！」

そいつが怒鳴るのと、俺の上体が地面に落ちるのが同時だった。

「あ！」

と声がして、俺の太股を抱えていたヤツが俺といっしょに地面に転がった。

いている。

グラングラン揺れる世界の中で、首を回して目を開けてみた。警官が、確かにずっと近づ
「ナンバーを見られます！」

「クソッ！」

「とにかく、今は！」

「……撤収！」

俺は、地面に転がったまま、車が走り去る音を聞いた。固い雪球をぶつけてやろう、と思ったのだが、すぐには立てなかったし、両手はまだコートが邪魔で動かせなかったし、機敏に雪球を丸めることも難しいようだったし、何より「投げる」という運動が不可能なような気がしたので、横になったまま「クズども」と呟くだけにしておいた。

「もしも～し、どうしましたぁ？」

「おにいさん、大丈夫？」

警官たちが、優しい声を掛けてくれた。

28

「本当に、問題ないのね？」

警官たちは、なかなかしつこい。まぁ、当然だろう。これが彼らの仕事だ。俺は、何度も同じことを答えた。本当に、問題ない。大丈夫。怪我もそれほどたいしたことはない。あれは友達、というか知り合いで、ちょっと呑んでいて、話の行き違いであぁなった。むしろ、俺の方が悪かったかもしれない。なに、喧嘩の原因なんて、些細なもんですよ。ほんとうに、ご迷惑お掛けしました。ああ、もちろん、酔ってたのは、わたしと、あとふたりで、運転してたヤツはシラフです。そいつが一滴も呑まない、というので、どうもわたしが絡んだんですね。いや、お恥ずかしい。ええ、本当に大丈夫です。こんなこと、事件にしたら、それこそわたしが笑われますから。

警官たちは、完全に納得はしなかったようだ。だが、これ以上どうしようもない、という感じだった。彼らの中に、さっきの高田の事故の時にやって来た警官がひとりもいなかったのが幸運だった。きっと、〈ケラー〉前での狙撃事件の警備のために、中島交番とか豊平交番とか、あるいは中央署から応援にやって来た連中だろう。忙しい時に、酔っ払いの喧嘩にいちいち関わっていられるか、という雰囲気が漂った。

「ま、あまりくだらないことで、つまらん騒ぎを起こすんでないや」

「はぁ、どうも。すみません、お恥ずかしい」

俺は恐縮した。

「じゃぁね。もうあれだよ、今晩のところは、気をつけて帰った方がいいよ」

「はい」

俺は、丁寧に頭を下げた。後頭部がふらっとして、よろめきそうになったが、なんとか踏みこたえた。三人の警官は、「じゃ」と軽い敬礼のような仕種をして、ムクムクとした官給オーバーの腰のあたりをモリモリ動かしながら、去って行く。歩き出したら、もう俺の方を振り返ってみることはしない。すでに、記録簿の表紙は、パタンと閉じられているのだろう。

俺は、三人がほどよく遠ざかるのを見送ってから、とうとう我慢できずに、〈モンデ〉の脇のビルの壁にもたれた。

ほとんど抵抗らしい抵抗もできずに、一方的に殴られ、蹴られる、ということの悔しさを俺はじっくりと味わった。体のあちこちが痛い。だが、それは、それほどのことはない。しかし、いいように殴られ、蹴られると、その打撃は、体を素通りして、心に直接深い傷を作る。俺は、自分の心を救いたくて、悪態をつき、相手を軽蔑し、唾を飛ばした。だがもちろん、それはほとんど無益な無力なただのジェスチャーで、その無意味さは涙が出てくるほどだ。

クソッ！

そしてまた俺は、マサコちゃんが、こういう一方的な暴力の末に、殺されてしまったことを思った。マサコちゃんには、もう、永遠に反撃するチャンスがない。彼女は、なんの救いもなく、友達もなく、ひとりで、何人かの人間に暴行を受け、力尽きて、死んだ。なんの救いもなく、友達もなく、ひとりで。叫んだろう。泣いただろう。そして、悔しいことに、助けてくれ、と相手に哀願したかもしれない。考えないようにしよう、と思った。だが、俺の頭の中に、「助けて」と相手にお願いしながら、鉄パイプか何かで殴り殺されるマサコちゃんの、その顔が浮かび上がった。恐怖と、絶望と。その直前まで、仲間に囲まれて、人生の最良の一時を過ごしていたマサコちゃんは、そうやって殺された。

クソッ！

気がつくと、俺は、壁の前に座り込んで、自分の体を両腕で抱き締めて、歯を食いしばって、「クソ！　クソ！」と唸っていた。上体を前後に揺すりながら、「クソ！　クソ！」と唸っていた。

何度か肩を叩かれたらしい。やっと気づいた。顔を上げると、さっきのタクシーの運転手だった。顔ははっきりとは覚えていなかったが、顎のあたりの線と、声でわかった。

「なぁ、大丈夫かい？」

「あ？　あ、ああ。ええ。大丈夫です」

「ならいいけどさ」

運転手は、白黒半々の髪の下の穏やかそうな目をちょっと柔らかくして、笑顔のような表情を作った。

「大変だったね。会社に、交番に電話してもらったのさ。無線で」

「ああ、そうですか。……ありがとうございました。助かりました」

「……乗るかい？　送るよ」

俺は、少しでも自分のことを知っている人のそばにいたかった。だが、それは悲しいほどにみっともない気持ちだと思った。だから、そのまま、自分の腕で自分を抱き締めて、上体を揺すっていたいと思った。

「乗りなよ」

「いいえ、別に……家は、すぐそこですから」

「いいから。乗りな」

嬉しかった。俺は、「ええ」と答えてゆっくりと立ち上がった。

「どうする？　またさっきみたいに、結局ここに戻るのかい？」

「ええ、まぁ……」

「さっきもらった千円があるからな。その分、走ってやるよ」

「……」

「それとも、別にどこかに行くかい？」

気がつくと、どこにも行く場所がない。俺の部屋は、おそらく監視されてるだろう。夜明かしできる店はいくらでもあるが、迷惑を掛けるかもしれない。中には、露骨に俺を嫌がるヤツもいるかもしれない。今が夏なら、公園でもビルの軒下でも、どこでも寝られるが、残念なことに二月のススキノでは、そんなことをしたら死んでしまう。どこかで休みたい。眠りたい。だが、そういう場所は思いつかない。俺は、一方的にぶちのめされたせいで、心が萎縮しちまったらしい。自分の存在が、他人の厄災になる、そんな気分の中で行き場に迷っていた。

こういう時は、サウナがいい。久しぶりにサウナで夜明かししよう。

「あのう、〈フィンランド・センター〉に行ってください」

「ああ、サウナにかい？」

「ええ」

「なるほど」

運転手はそう言って、相変わらずのんびりした仕種で、だが的確に車を進める。まっすぐ行けばほんの二丁ほど、歩いても五分とかからない距離だが、運転手は一度中島公園に向かって、旭山公園通りを走り、ススキノの周囲をぐるりと回る感じでまた中に入った。ススキノの人出は極端に少ないとはいえ、やはり、行き交う車のライトや、車窓を通りすぎるビルの灯りはキレイだった。

「少しは、落ち着いたかい？」

「あ、ええ……」

「俺も、一度、あんな風に、めちゃくちゃやられたこと、あるんだ」

「……」

「酔ってたんだな。ガキどもがさ、年とった女の人を突き飛ばしたのを見てさ。頭に、血ぃカーッと上ってさ。止せばいいのにつっかかってったら、もう、あえなく袋叩きさ」

「……」

「怪我は、たいしたこと、なかった。でも……死のうか、と思ったよ。立ち直るまでに、三日かかった。会社も休んで、ずっと布団かぶってたよ」

「……」

「いろんなこと、考えたけど、でも、三日で回復した。長くて三日。それで、済むんだよ」

「……」

「あれがあるから、もう、俺は大丈夫だな。今なら、同じバカまた繰り返しても、一時間で回復するだろうな。そんなもんさ」

「そうかもしれませんね」

確かに、俺は徐々に回復しつつあった。今まで、一方的に袋叩きにされた経験は数回ある。そのたびに、今まで気づかなかったが、心が回復するまでの時間は短くなってきたようだ。それにまた、俺が今嚙みしめている思いを、わかってくれる人がここにいる。そのことも、俺を力づけてくれた。

そしてまた、そこで思い至るのがマサコちゃんのことで、彼女には、回復のチャンスはなかった。だから俺は、無意味なことだとはわかっているが、マサコちゃんにそんな思いをさせた連中を突き止めて、同じ目に遭わせてやりたい。

「思い詰めたら、ダメだよ」

「ええ、もちろん。大人ですから」

俺はそう答えて、微笑むことができた。

「そうだ。大人だもんな。お客さんも、俺も。大人だもんな。……大人は、厳しいけど、いいもんだ」

運転手は、そう言って、俺を振り返ってにっこり笑った。

タクシーを降りる時は、メーターどおりの金を払った。「どうもありがとうございました」と言って車から降り、〈フィンランド・センター〉の玄関に向かった。玄関の手前で思わず振り返った。運転手の姿は見えなかったが、プアン、とクラクションがひとつ鳴って、それからタクシーが走り去った。俺は、手を大きく振って、それからサウナの玄関に入った。

サウナのフロントは、いつものとおり愛想が良かった。丁寧に会釈して、金を受け取り、貴重品袋とロッカーのキーをよこす。笑顔もいつもどおりだ。職業的な笑顔で、じつのところは素っ気なく対応しているだけだ、とはわかっているが、この「いつものとおり」の具合が、この時ばかりは心にしみた。常に剝き出しで持ち歩いている現金と、キー・ホルダー、それから数枚のカードを貴重品袋に入れて、口を糊付けし、×印を書いて、自分の名前とロッカー・キーの番号をサインした。それを渡すと、「ごゆっくり」と、いつもの口調で言う。

俺は頷いてエレベーターに向かった。歩く時、脇腹と腰、それに右膝が痛んだが、無視して、普通に歩いた。右耳の後ろもズキズキと痛いが、それも無視した。無視できる苦痛は、無視すれば済む。

裸になって、ロッカーの中に用意されていたタオルを持って浴場に行った。こんな時間なので、客はあまりいない。たいがいの人間は、ロビーや仮眠室で眠っている。ほんの十人ほどが、広い浴場のあちこちに散らばっていた。中の三人は、「入れ墨の方お断り」の宣言とは無関係に、背中に絵が描いてある。その他に四人、入れ墨はないものの、カタギとは明らかに違う身のこなしの連中がいた。残りの数人は、時間を忘れて酔っ払い、タクシー代からサウナ代を引き算して、答がプラスになったサラリーマンだろう。眠たそうな表情で、入れ墨の連中から遠く離れ、ことさらおとなしく湯を使っている。

俺は、鏡の前に立って、じっくりと自分を眺めた。正面から目に見える範囲では、右の唇の下がちょっと腫れているのと、右の腰骨のところに青いアザがある程度だった。痛みからして、首の後ろがどうにかなっているだろうと思ったが、見えなかった。見えないものは気にしないことにした。

サウナで軽く汗を流してから、ぬるい気泡風呂に入って、体を伸ばした。ああ、やれやれ、という気分になった。殴り合いのことは思い出すだけでもイヤな気分になったので、頭から追い出して、とにかくのんびりした気分を味わうことにした。

その時、浴場の、湯気で曇ったガラスの扉が開いて、相田が姿を現した。こいつは、桐原組の若頭というのか、正確な役職は知らないが、とにかく桐原の右腕だ。俺は、きっとあまりにも惨めな気分だったからだろう、思わず手を挙げて「よう」と機嫌のいい声を掛けてしまった。別に俺たちは友人同士というわけではないが、すれ違えば挨拶をするし、お互いの用事でちょいと助け合ったりしたこともある。仕事を頼んだこともある。時折は、カウンターに並んで肘を突いて、酒を呑んだこともあるのだ。今までの付き合いからして、この場面では、きっと相田は「よう。あんた、またなんだかややこしいことに頭ぁ突っ込んでるんだって？」くらいのことは話しかけてくるだろう、と思った。「オヤジは、放っておけ、と言ってるんだが、なにかあったら力んなるぜ。もちろん、バーターだがよ」ってな話になるだろう、というようなことを期待しなかった、といったら嘘になる。

　だが相田は、俺を見ると露骨に顔を背けた。そして、わざと視線を合わさないようにして、浴場の向こう端に陣取って、背中全体で俺を拒否しつつ、体を洗い始めた。

　俺は、自分の顔が、お面のように固くなるのを意識した。

（そうかい。ま、いいさ）

　と心の中で呟いた。

　でかい声で喚き、怒鳴りたかった。だがとにかく、俺は、心の中で（ま、いいさ）と呟き続けた。

29

ようやくうとうとした、と思ったら、軽く揺り起こされた。目を開けると、胸に〈野口〉の名札をつけたホール係の青年が、食べかけのミックスサンドの皿を手にして立っていた。このミックスサンドは、俺が注文したものだ。食べたくて頼んだのだが、いざ運ばれてくると、食欲があまりわかなかったので、近くのテーブルに放っておいたものだ。俺は、何の用だろう、と眠い頭を捻りながら、「なんだ？」と尋ねた。

「お時間ですよ」

俺は寝ぼけていたのだろう。そう言われて、思わず、（ああ、そうか）と納得した。

「ありがとう」

そう答えて、（さ、やるぞ）という気分でパンパンと顔を叩いてから、はっと気づいた。俺はこの〈野口〉に、何時になったら起こしてくれ、というようなことは頼んでいない。（え？）という気分で彼の顔を見ると、小さく目配せをする。

なんなんだ？

俺は、こいつの顔はここで見て知っているが、名前は覚えていなかった。そんな程度の付き合いだ。それが、なぜ目配せを？

野口は、今度はちょっと真剣な顔つきになって、小さく頷き、（こっちへ）というように顎を目立たぬ程度に動かす。

不安はあった。だが、怯えていてもしょうがない。彼の制服の半袖シャツから見える腕は、普通にたるんでいる。おそらく、なにか格闘技の稽古をしている、というようなことはないだろう。だとすれば、なにがあっても、俺はこいつを一撃で……あるいは数発で、制圧できるはずだ。だからどうした、と聞かれると困るが、少しは気休めになる。俺は心を決め、頷いて、立ち上がった。

「こっちです」

野口はそう言って、俺の先に立って歩き出した。ロビーの端、窓際に伸びるカウンターの方に向かう。ここは、客が注文した飲み物や軽食を出す場所だ。野口はカウンターを回り込み、「こっちです」とまた言って、電話を掛けるような仕種を見せてから、俺をカウンターの後ろのドアに導いた。〈PRIVATE〉の札がかかっている。それを押して開け、俺の顔を見て、(中へどうぞ)という感じで待っている。

どうしようか、と思った。ここにまで連中の……誰だかわからないが、とにかく連中の手が回っている、なんてことがあるだろうか。俺は、俺の街の真ん中で、あっさりと消えてなくなってしまうのだろうか。そんなことを考えた。正直言って、俺は中に入りたくなかった。

「どうぞ。さぁ」

野口が頷く。その表情は、穏やかだった。俺は、覚悟を決めて、中に入った。

大きな冷凍庫と電子レンジがいくつか、それから小さなガス・コンロが三つ並んでいた。そのほかに、ステンレスでできた調理台のような大きなテーブルがあり、まな板が載っていて、パンやレトルト食品などが積んである。大きな衝立で区切られた一角で、その向こうは倉庫、というか物品置き場になっているらしい。まな板の上でサンドイッチを作っていた娘が、俺の方をチラリと見て、それから見て見ぬふりを決め込んだ。その横にフロント係の男が立っている。俺を見て、軽く会釈した。

「こちら、貴重品袋です」

受け取って、確認した。

「うん。そうだな。俺の字だ」

「では、こちらの受領書にサインをお願いします」

「どうして？」

俺が尋ねるのと同時に、後ろに立っていた野口が「相田様が」と言った。いつの間にか、手に大きな紙袋を持っている。

「相田が？」

「ええ。相田様のところの若い人が、さっきこれをお届けになりました。今、ここで着てみてください」

袋を受け取って中を見ると、下着や靴下の類から、ジーンズ（リーヴァイス）、派手な色のセーター（……ジャン・シャルル・ドゥ・カステルバジャック……？）、ポロシャツ（……バルバス？）、灰色のダウン・パーカー（ワン・トップ？）、防寒靴（コール・ハーン？）などが入っていた。

「なんなんだ？」

「まず、着てみてください。サイズがOKでしたら、いったん脱いで、先ほどの仮眠室に戻ってください。そして、適当に……五分か十分してから、トイレに行ってください。場所はご存じですね？」

「ああ」

「トイレの入り口の脇に防火扉があります。それを開けると、従業員用の階段室に出ます。そこに、このお洋服一式を置いておきますので、そこで着替えて、階段を下りてください。地下の駐車場に出ます。そこから、警備室を抜けて、裏口から外に出られます」

「相田が、そう言ったの？」

「先ほど、ロビーのピンク電話から、わたしの所に電話を頂きまして。どうすればよいか、と相談されましたので、一緒に考えました」

「どうすればいいか？」

「ええ。怪しい連中が……相田様の言葉では、『気に食わねぇ面《つら》』が、少なくとも三人、いらっしゃるそうです」

「……」

「お着替えが済んだバスローブは、そのまま置いておいてください。わたしが片付けます」

「……」

「それから、ロッカーにお預かりしてあるお洋服は、わたしの方で保管いたします」

「相田は、俺の後を尾けてたのかな。尾けてた、というか……俺の背中を見ててくれたんだろうか」

「さぁ。それは存じません。お気づきになりませんでしたか？　眠ってらっしゃった時、すぐ後ろのチェアに、ずっといらっしゃったんですが」

「相田が？」

「ええ」

「……気づかなかった」

「ずっと目を閉じていらっしゃいましたが、眠ってはおられないようでした」

フロント係が、俺がぼんやりと手に持っていた貴重品袋に手を伸ばす。

「開封して、中身を確認して、ジーンズのポケットに入れてください。一緒に、階段室のところに出しておきます。袋は頂きます。開封した袋がないと、勤務交代の照合の時に、なにかとうるさいものですから。……会社の規則で」

俺は、黙ったまま、言われたとおりにした。

そして、サウナのバスローブやパンツを脱ぎ、相田が手配してくれた衣装一通りを身につけてみた。相田が、実際よりも俺をやや太り気味に考えているらしいことがわかった。靴も一サイズ大きい。だが、今の場合、小さすぎるよりもよかった。

「まぁ、だいたい、ＯＫだ。窮屈じゃない」

「よろしいですか？　ではまた、着替えてください。タッグなどは、わたしが全部、外しておきます」

「ありがとう」

「それから、こちらが、お洋服のレシートです。深夜値段ですので……」

受け取って、値段を見て、俺は愕然とした。レシートが〈エカテリーナ〉のものだったし、靴下が、ターンブル＆アッサーだったので、ある程度覚悟はしていたが、一式で六十万円近い金額だ。〈エカテリーナ〉は、金銭感覚が完全に麻痺した酔っ払いオヤジが、一晩のスケベの餌を買うために、クレジット・カードの限度額一杯まで使っちまうことを想定して存在している店なのだ。俺の個人的な偏見だが、ここは、世界で一番高価なシャネルを売っている店じゃないかと思う。

「……」

相田は、ヤクザはたいがいそうだが、物の価値を値札で判断するようなところがある。彼が電話で「とにかく、一番値が張る物を買え」と若い者に指示している口調が容易に想像できた。

「銀行が開いたら、すぐにお支払いするように、とのことでした」

野口が、ちょっと気の毒そうに、だが淡々とした口調で言う。

「……わかった」

「こちらが、相田様の銀行口座番号です」とメモ用紙をよこす。「それから、お礼は、わたしが代わってお伝えします。相田様は、仮眠室にまだいらっしゃいますが、無視するように、とのことでした。ですから、わたしが、代わりにお礼をお伝えします」

「わかった。助かった、心から感謝してる、と伝えてくれ」

「かしこまりました」

「それから、ビジネスのヒントをひとつ、提案してやってくれ」

「はい。どのような？」

「ススキノで、午後十一時から午前五時まで営業する、衣類のディスカウント・ショップを作ったら、きっと儲かるはずだ。そう教えてやってくれ」

「確かにそうですね。お伝えします」

「別に、しみったれた気分で言ってるんじゃないんだ。相田の買い物に文句があるわけでもない。本当に、狙い目だ、と閃いたんだ」

「わかります」

野口は、静かに頷いてそう言った。

サウナのバスローブに着替えて仮眠室に戻ると、確かに、俺がさっき眠っていたチェアの後ろに相田がいた。腕を組み、眉間にしわを寄せて目を閉じている。この仮眠室のどこかに、「気に食わねぇ面」の連中がいるのだろうか。どんな奴らだ。叩きのめしてやろうか？

そうは思ったが、ここで下手に跳ねると、せっかくの相田の好意を無にすることになる。

俺は言われたとおり、相田をも無視してチェアに横になり、目を閉じた。レーモン・ルフェーブルの曲が小さく流れている。〈シバの女王〉を聞いて、〈ク・ジュテーム〉を聞いて、

〈アドロ〉を聞いて、〈恋は水色〉を聞き終えたところで立ち上がった。相田には視線を向けないように気をつけて、トイレに向から通路を進んだ。右に曲がり、あたりを見回して人が見ていないのを確認してから、トイレの前を通り過ぎ、その隣の、また〈PRIVATE〉の札が貼ってある分厚い鉄の扉を押して中に入った。

コンクリート剝き出しの階段室で、話のとおり、着替えが置いてあった。ポロシャツは、タッグを外しただけではなくて、ちゃんとアイロンが掛けてあった。野口がしてくれたのだろうか。彼は、ホモなのかもしれない。俺の知り合いのホモは、例外を除いて、みんな優しく、そして心配りが細やかな連中ばかりだ。

30

言われたとおりのルートで、サウナの裏、七条通りにつながる細い小路に出た。両側には、古びた木造の平屋が並んでいる。居酒屋や小さなスナックで、当然ながら今夜はもうとっくに店じまいした後だ。ポツンと白い光を投げている侘びしげな街灯以外は、真っ暗だった。俺はとりあえず、辺りを見回してからぼんやり立ち尽くした。

無事に出られたのはいいが、どこにも行くところがない。仮眠室を出る時、壁にかかっていたデジタル時計の数字は〈am4:37〉だった。あと少しで朝が来る。だが、朝になっても行くところがないことには変わりない。袋叩きにあった体と心は、まだ本当には回復していない。どこかで横になりたい。だが、横になる場所はおろか、座る場所もない。知っている店はたいがい閉まった時間だし、それに、そんなところに足を向けて、厄介ごとに巻き込んでしまっては申し訳ない。仕事を終えたススキノ従業員が集まる店にしても同じことだ。〈ちいちゃん〉〈勇〉〈のんべえ〉〈モシリ〉、どの店もまずい。〈チューブ〉もヤバイだろう。〈ジェスロ〉には入れてもらえないだろう。俺の動きを敵視しているホモセクシュアルたちの牙城だ。二十四時間喫茶という手もあるが、まぁ避けた方が無難だ。特に〈モンデ〉は最悪だ。きっと、俺の部屋を見張っている連中が夜明けのコーヒーを飲んでいるに違いない。ほかにもいくつか二十四時間営業の喫茶店や明るくなるまでやっている店はあるが、連中もそこらへんはカヴァーしているかもしれない。

……あの、〈ケラー〉の前で撃たれた男はどうなっただろう。死んだのか。もしも、この一件に関係のある事件だとしたら、誰だかわからないが連中は、人を抹殺することもあえて行なう覚悟を決めている、ということになる。……何人くらいいるんだ？

気がつくと、ジーンズのポケットに両手を突っ込み、あてもなくブラブラとさまよっていた。ダウン・パーカーの背中が、ともすればみじめに丸くなってしまう。それがイヤで、何度も背筋をぴんと伸ばした。自分の手に負えないことに首を突っ込んでしまった、ということはわかっている。だが、ここですごすごと引き下がるなんてのは、問題外だ。

二月の午前五時のススキノ。本当に、人通りが少ない。だが、白い雪のせいで、街はとても明るい。俺はなるべく目立たないように、暗がりを選んで、さまよった。

春子のことは何度も考えた。だが、彼女を巻き込むのはそれこそ論外で、考えることすらとんでもないことだった。俺と春子が会うのは、たいがい土曜と日曜日で、平日はお互いにあまり連絡し合わない。だから、春子は今の俺がこんなに困っていることを知らないし、俺のことをなんにも心配していないはずだ。彼女にとっては、いつもと全く変わらない日常が淡々と進んでいるわけだ。

その方がいい。

世界は、ネオンと街灯の光が、雪明かりのせいでなおさら明るくなっている。そんな白々としたススキノの中で、より一層清潔で明るく健全そうな顔をして、コンビニが輝いている。ふらふらと中に入ったが、もちろん、座れはしない。横にもなれない。俺の居場所はどこにもない。雑誌を眺め、文房具をひとつひとつ見て、なんの芸もない酒の品揃えを確認しても、五分とかからない。

（こういう所には、連中が網を張ってるんじゃないか？）

そんなことが頭に浮かぶと、もうダメだった。カウンターのところにいる、顔見知りの学生アルバイトも、なんとなく信じられないような気になる。別に、こいつが俺を陥れるつもりじゃなくても、危険だ。誰か偉そうなオヤジに、俺の写真を見せられて、「この男、ここによく来るかい？」なんてことを言われたら、「あ、ええ、よくいらっしゃいますよ」くらいのことを言うだろう。でそのオヤジが、「この男に、世話になったんだ。ちょっとお礼がしたくてね。いきなり〈越乃寒梅〉をプレゼントして、びっくりさせてやるわけだよ。だから、この人が来たら、気づかれないようにこっそり、この番号に電話してくれないかな」などとにこやかに頼まれたら、今の若い連中は妙に素直だから、丸ごと信じて、そうするかもしれない。だとすると、落ち着いていられない。俺は、なんとなく追い立てられるような気分で店から出た。

人間は、こんなにあっさりと、自分の街から切り離されてしまうもんなんだろうか。

午前五時。いやな時間だ。

俺は、荒井由美、というか今は松任谷由美というべきなのか、とにかく、彼女の〈雨の街を〉を小さく口ずさみながら、さまよった。寒さのせいで、膝が鈍く痛む。

ラブホテルにもぐり込むのはどうだ。デートクラブが隆盛だから、近頃は男ひとりでもラブホテルに泊まることができる。「後で女を呼ぶから」と言えばいいのだ。だが、ホテルの部屋は密室で、襲撃されたら逃げ場がない。

トルコ、というか今はソープランドという名前になった店が並ぶ小路も、真っ暗だ。今頃になって兆した性欲をなんとか解消しようとしているらしい酔っ払いがふたり、名残惜しそうにふらついている。これが夏なら、あまり恵まれずに根気だけはある客引きが彼らを引き受けて、すんなりとボッタクリバーに移送するところだが、真冬の午前五時過ぎに流しているような頑丈な客引きはそうそういない。そんな根性があれば、カタギになっているはずだ。

ふたり連れの酔っ払いは、洋菓子屋の暗くなったショー・ウィンドウの前を、「おい、さっぱりダメだ。どうする？」「ホテルに行って女呼びますか？」「う～ん……会議、九時からだしなぁ……」などとだらしなくなった口調で相談しながら通り過ぎた。

その脇に、電話ボックスがある。

俺はとうとう、我慢できずにその中に入ってしまった。電話帳で番号を調べた。すぐに見つけた。

電話をかけるには非常識な時間だ、ということはわかっている。だが、真夜中でも電話してくるジイサンがいる、と話していたじゃないか。人助けが自分の使命だ、とはっきり言ってたじゃないか。

「はい、もしもし。聖です」

「あの」

名前を言おうとしたが、聖の反応の方が早かった。

「待ってたのよ。もっと早く電話すればいいのに。なにを頑張ってるのよ。意味もなく」

なんという言い草だろう。

「実は……」

「行き場所がないんでしょ？　わかってるわよ。〈ケラー〉で人が撃たれたんですってね」

「ああ、ええ。それが関係あるかどうかは……」

「バカね。関係あるに決まってるじゃない。あのね、わたしの方にも、話したいことがあるの。とにかく、こっちに来て」

「はぁ。……でも、もしかすると尾行がついているかもしれなくて……」

「その心配はないわ。……あなた、なにか水に関係あるところにいたでしょ？」

「……ええ、まぁ……」

「そこで、尾行は途切れた。これは、間違いないわ」

「はぁ……そうですか」

「とにかく、いらっしゃい。そこらに停まっているタクシーを拾って、そのまま来ればいいわ」

「わかりました」

そう答えて、受話器を置いた。

水に関係あるところ？　サウナか？……いや、これでその気にはならないぞ、と俺は自分に言い聞かせた。今の状況で水に関係あるところ、と言われれば、もちろん、俺はすぐに〈フィンランド・センター〉だな、と思う。だが、よく考えてみれば、水に関係あるところなど、無数にある。いやむしろ、水に関係ない場所の方が珍しいじゃないか。それにそもそも、今のススキノは、雪と氷の街だ。水だらけだ。

だから、聖の言った「水に関係あるところ」というのは、でたらめ、あるいはハッタリとまでは思わないが、別にドンピシャリの霊感だ、と感心する必要もないことだ。彼女にとっては、ほんの挨拶代わりの、適当なワザなのだろう、と思うことにした。

聖は、ネグリジェ姿だった。それでごってりと化粧をしているので、三年ほど前に見たエリザベス・テーラーの近況写真を思い出した。記事の内容は覚えていない。ただ、ラードを固めて作った、ルーベンスの裸婦の立体画みたいだ、と思った記憶だけが残っている。

「こんな格好で、ごめんなさいね。でも、時間も時間だし」

「ずっと起きてらっしゃったんですか？」

「まぁね。でも、別に、あなたからの電話を待って、というわけでもないのよ。若い頃から、あまり眠らなくても済むたちなの」

「はぁ」

「薬師瑠璃光如来が守ってくれてるんですって」

「そうですか」

「コーヒーは？」

「ええ。いただきます。ありがとう」

俺はあたりを見回した。レコパンは、あれから一枚も売れていないらしい。ネグリジェを着た聖が、コーヒーを俺の前に置いて、それから昼間座っていた椅子に腰を下ろした。

「なにか、状況の変化はある？」

あまりにあり過ぎて、どう伝えていいかわからなかった。だが、よく考えてみると、なにも進展していない。

「全然。なにも新しい事実は浮かんできません。それなのに、もう三度も襲われました」

「それでか。なにか、エネルギーが落ちてるな、とは思ったのよ」

「そうですか」

「お友達は？　大怪我した？」

「なぜ？」

「下半身を傷めたんでしょ？」

「僕の友達が？」

「ええ」

「……そうなんです」

「ま、たいしたこと、ないわ。まだ若いし。医者に任せとけば、大丈夫よ」

「はぁ……」

「それで、わたしの方なんだけど……どうも、橡脇には、アリバイがないみたいなのよね」

いきなりアリバイときたか。

「どういうことですか？」

「……あの時、橡脇が札幌に戻ったのは、まぁ、選挙区の地盤固め、みたいなことだったんですって。で、六時頃から、会合を六つ掛け持ちして、順次それに顔を出して、最終的に予定を全部こなしたのが、午前一時半だったんですって」

「どんな会合だろう」

「オジサンたちの集まりよ。道議の会、市議の会、組合幹部の会合での挨拶、地元財界人との意見交換、文化人との懇親会、そんな感じよ」

「もう少し詳しく、それぞれの会合のことを知ることはできますか？」

「なんとかなるわね。ま、あまりしつこくならないように気をつけるけど」

「……それで？」

「で、午前一時半に、お疲れさま、ということになって、ホテルに戻ろう、ということになったんだけど……」

「ホテルはどこ？」

「グランド・ホテルだって」

「なるほどね」

「その前に、くつろいで一杯やりたい、ということになったんだって。で、秘書と、ある食品メーカーの社長と、三人で、軽く呑んで仕上げにすることになったんだって」

「その食品メーカーってのは？」

「ほら、〈さっぽろソーセージ〉よ。あそこの社長。橡脇の、中学だか高校だかの同級生で、長い付き合いなんだって。橡脇が札幌に戻ると、もう全スケジュールが男芸者みたいなものになるから、その最後に、ふたりでゆっくりと呑むのが習慣なんだってさ」

「なるほどね」

「ただ変なのは、いつもは、ホテルの橡脇の部屋で呑むんだって。でも、あの時だけは、橡脇が、どこかざっくばらんなスナックみたいな店で呑みたい、と言ったんだって。それで、ソーセージの社長、イイザカっていうんだけど、彼が自分の知っている小さなクラブに連れて行ったんだって」

「椽脇にとっては、初めての店？」

「そう。で、そこで呑んでて……そこからちょっと、社長の記憶が曖昧、というか、なにしろ年だし、酔ってたしで、どうも寝ちゃったらしいんだけど、気がついたら、椽脇がいなかったんですって」

「いなかったってのは？」

「ママに、どうしたって聞いたら、タバコを買いに行った、って言うんだって」

「代議士が自分で？　わざわざタバコを？」

「ね、変でしょ？」

「だいたい、店にタバコはなかったのかな」

「そこが腑に落ちないのよね」

「どこの、何という店？」

「桑島ビルの九階の、〈ベレル〉。きれいな夜景が見える店なんだってよ」

「へぇ……九階の店から、自分でね。わざわざ。……秘書なんてのは、いなかったのかな？」

「そこも、変なのよ。秘書は、いたんだって。でも、代議士センセイは、自分でタバコを買いに行っていたんだって」

「椽脇は、社会党で、リベラルだから、自分の用事は自分で足す、というわけかな」

「……でも、あなた知らない？　椽脇って、とても権威主義的なんだって。身内の人間に対してはね。平等や博愛とは無縁なんだってよ。とにかく威張るんだって」

「……そりゃ、ちょっと変だな」

「どうもイイザカさんは、その社長は、酔ってたのが恥ずかしいらしくて、そこらへん、はっきりと思い出そうとしないのよ。それに、しつこく聞くとなんだかヘンだし。だからわたし、今日の……昨日のところは、それだけで終わりにしたんだけど、少なくとも、マサコちゃんが殺されたその時間に、椽脇の動きがちょっとヘンだったのは確かみたいね」

「なるほど……」

なんの証拠にもならない、ということはわかっている。だいたい、アリバイの話を持ち出せば、あの事件当時に確固たるアリバイがある人間なんて、珍しいだろう。俺だって、自分の部屋でひとりで寝ていたんだから、自分のアリバイを証明するのは不可能に近い。そういう人間の方が普通だ。だが確かに、話で聞く限りでは、椽脇の動きは疑うに足る。

「じゃ、とりあえず、その〈ベレル〉に行ってみるよ」

「それからもうひとつ、これははっきりとはしないんだけど、全然別な人なんだけど、椽脇が、バラの花束……かなにか、とにかく赤い花の大きな束を持って、タクシーに乗っているのを見た、という人がいるの」

「花束ぁ？……六十オヤジが、花束を持って？」

「そうらしいわ。ある銀行の関連コンサルト会社の部長なんだけど、彼が見たんだって」

「あの夜の、あの時間？」

「だいたいそうみたいね。その部長が、ススキノから帰ろうと思って、手近で客待ちしていたタクシーに乗ろうとしたんだって。ところが、それが実は赤信号で停まっていた実車のタクシーで、中に大きな花束が見えたから、思わずのぞき込んだら、橡脇だったんだって。平気な顔をしてればよかったのに、顔を隠そうとしたから、間違いない、とその部長は思ったらしいわ」

「花束かぁ……その〈ベレル〉があるのは、桑島ビルだった？」

「そう」

「ということは……」

「そう。一階に、花屋があるわ。〈棚橋花園〉よ」

そうだ。俺も知ってる。そこでは、たまに花を買う。

「そう言えばあそこ、遅くまでやってるな」

「ええ。電話してみたわ。そしたら、午前三時まで営業しております、と答えたわ」

「なるほど……」

「こんなところが、今までの収穫ね」

俺は、頷いて腕を組み、考え込んだ。

そのまま眠ってしまったらしい。

31

気がつくと、あたりは明るくなっていた。窓から光がさんさんと差し込んでいる。俺は、昨日座っていた椅子の前で、床に長く寝そべっていた。薄い毛布が横にあった。たぶん、俺の上に掛けてくれたんだろう。俺はゆっくりと立ち上がった。昨日の格闘の名残と、床にじかに寝ころんでいたせいで、体のあちこちに痛みが残っている。無視した。空気の中に、ほんのりとした暖かみと、味噌汁とコーヒーのニオイが漂っている。俺はドアを開けて廊下に出た。すぐ左側にあるLDKのドアが広く開いていて、若い娘が向こうの流し台に軽く腰を預けて立ち、タバコを喫っているのが見えた。俺に気づいて、中途半端な会釈をする。

「あ、目、醒めました？　おはようございます」

昨日の昼間、俺が来た時に、ここで料理をしていた娘だ。

「おはようございます……」

俺があやふやな気分で返事をすると、「あら、起きたの？　早いわね」という声が聞こえた。部屋の中に入ると、テレビの近く、雑然と物が置かれたテーブルについて、聖が朝食を摂っているところだった。トースト、味噌汁、目玉焼き、野菜サラダ、コーヒー、海苔の佃煮、ソーセージなどが並んでいる。

「やっぱり、まだ若いわね。あんな時間に寝たのに。まだ、七時過ぎよ」

「はぁ……トーストと味噌汁ですか……」

「そう。今朝は、油揚げのお味噌汁とトースト。わたし、これが好きなの。気持ち悪い、と言う人もいるけど、わたしは、好きなの。おいしいのよ、ホントに。……気持ち悪い？」

俺は、気持ち悪いと感じたが、他人の味覚の好みに口を出すものではない、と思った。

「いえ、別に……僕も、トーストにバターをたっぷり塗って、納豆を載せて食べるのが好きです」

「え！　トーストに納豆!?　ゲッ！　気持ち悪い！」

聖は大げさに顔をしかめて、さもさも気持ち悪そうに言った。

「ちょっと、アキちゃん、聞いた？　トーストに納豆だって！」

「いや、あの……」

「ええ、聞きました。最悪！」

「……」

俺は黙って俯いた。

「ま、座ったら？　朝御飯、食べる？」

「とりあえず、コーヒーを……」

なぜか食欲があまりない。

「だめよ、そんなことじゃ。トーストにお味噌汁、とは言わないけれど、なにか食べなきゃ。ね、アキちゃん」

「ええ。ちょっと、澱《おり》が溜まってますよね、先生」

「そう。それがわかれば、なかなかよ。オーラは、何色？」

「青みがかった茶色ですか？」

「……そうね、まぁ、そんなとこね」

「コーヒーと、野菜サラダと……それから……卵はダメですね」

「そうね。胆汁が濃くなってるみたいじゃない？」

「ええ。でも先生、この人、アロエとかは食べませんよ」

「そうみたいね。じゃ、ライ麦パンでも焼いて、マーガリンをつけてあげて」

「マーガリンですね。……バターを塗って納豆、じゃないですよね」

「当たり前よ！　ハハハ！　あー、気持ち悪い」

アキという娘が、キチンで食事の用意を始める。俺は、自分がまるで知恵の足りない実験動物になったような気分で、ちょっとむっとした。だが、その気持ちが外に出ないように努力した。「ほら、アキちゃん、この人、怒ったわ」「へ～、そうなんだぁ」などとバカにされたくない。

「どうもありがとうございます」

俺は、なるべく無表情にそんなことをもごもご言いながら、聖の隣に座った。

「あ、紹介するわ。アキちゃんよ」

「よろしく」

俺が丁寧に頭を下げたのに、アキはけろりとして「イビキ、凄いんですね」とそれだけ言って、けらけら笑う。ちょっと太っているが、なにか人を安心させる顔つきと体つきだった。元気がよくて、明るい。

「いろいろと手伝ってもらっている、うちのスタッフなの。隣に住んでるのよ」

「はぁ。……お弟子さんみたいな感じですか？」

「お弟子！」

アキが、そう言って笑った。聖は「違うわ。スタッフよ」と短く言って、「今、ニュースをやってるわ。CMの後は、道内ニュースが始まるから。昨日の狙撃事件のことが、なにかわかるはず」

「なるほど」

「ニュースを見たら、シャワーでも浴びたらどう？　お客さん用のお風呂道具は用意してあるけれど。歯ブラシは、新品よ」

「はぁ」

「それから、ちょっと話し合いましょ。わたし、今日は、十時から夕方の七時まで、びっしりとスケジュールが詰まってるから」

「わかりました」

道内ニュースが始まった。〈ケラー〉前での射殺事件が、トップだった。まだ若い、可愛らしい顔をしたアナウンサーが、精一杯の真剣な表情で、原稿を読んだ。

撃たれたのは、会社員、松岡信良さん四十三歳で、東京から観光に来ていた、ということだった。一緒にいたふたりは会社の同僚で、このふたりも観光客だったらしい。

大の大人が、会社の同僚が三人揃って、札幌まで観光に来るか？　真冬の、なにもない札幌に。……そりゃ、来るかもしれない。納豆が好きで毎朝食べるアメリカ人というのも、もしかするといるかもしれないからな。だが、どうにもヘンだ。スキーに来たのなら、まだわかる。だが、それなら、ニュースではスキー客、と言うはずだ。あるいは、「松岡さんは、同僚ふたりと、富良野でスキーをするために北海道を訪れた矢先でした」というような紋切り型のコメントがあるはずだ。だが、それがなかった、ということは、松岡の同僚たちが、ただ単に「観光だ」と言い張っている、ということだろう。……あるいは、もしかすると、警察上層部になにかの働きかけがあって、そのように発表している、ということか。三人の来札の目的を隠すために、「とにかく、観光、ということにしておけ」ということになり、それで警察発表も無造作に「観光」になってしまった、ということも考えられる。

それに、「会社員」という便利な言葉。どんな会社だ。

「亡くなった松岡さんと一緒だった人の話によると、射殺されるような心当たりは一切ない、ということで、警察では、人違いの可能性もあるとして、慎重に捜査しています」

お約束どおり、ススキノの夜の風景、野次馬でごった返す〈ケラー〉の前、警官とロープ、現場に残った血痕などの映像が続き、それからまた、わりと可愛らしいアナウンサーが画面に映った。

「続きまして、こちらは、ちょっと可愛らしいニュースです」

娘が、いかにも優しそうな笑顔になって、次の原稿を読み始める。

「道東の根室管内高砂町で、ミニ雪祭りが開催され、町のちびっ子による真冬の子供御輿《みこし》が賑やかに町を練り歩きました」

俺は立ち上がって浴室に向かった。

聖は、歯ブラシのほかにパンツも新品を出してくれていた。

「いろんなお客さんが、いろんな時間に来るからね。だから、一通りの用意はしてあるのよ」

「なるほど」

俺は、アキが出してくれたマンダリンをすすって、頷いた。シャワーを浴びて、新品のパンツをはいているせいで、気分はやや、爽やかだ。それになにしろ、新品のブランド物一式を着ているのだ、俺は。

俺と聖は、昨日と同じ、彼女の相談室で向かい合っている。レコパンのブラウスやスカーフが昨日とは違っているので、売れたのか、と思ったら、なにも言わないのに聖が「毎日、別な物を並べてるのよ。在庫がいっぱいあるから」と教えてくれた。「変化をつけないと、全然売れないの」ということなんだそうだ。

「で、例の話、あれ、どう思う？」

「椽脇のアリバイの話ですね」

「そう。それと、バラの花束」

「……僕は、椽脇が、自分から手を下したとは思ってないんです」

「そりゃそうよね。数人がかりでの暴行だったわけだし。椽脇が、代議士がわざわざ自分から手を下す必要はないわね」

「だから、いま一つ、ピンとこないような、そんな感じがするんですが」

「確かにね……でも、なにかヘンだな、という感じはするでしょ？」

「ええ」

「椽脇が、あの日に札幌に来るのは、前々から決まってたんだって。彼が出席した会合は、相当前から日程が決まってたわけ。だから、その点では、不自然なことはないらしいの。でも、彼の行動がちょっとヘンでしょ？」

「で、椽脇は、その〈ベレル〉に戻ったんですか？　タバコを買った後に」

「あ、そう、その話。それをしようと思ったら、すでにあなたは眠ってたのよ」

「ああ、なるほど」

「で、ちゃんと帰っては来たんだって。でも、イイザカさん、そこら辺は記憶が曖昧なのよ。どうやら、目が醒めたら、タクシーに椽脇と並んで座ってた、という感じらしいわ。で、グランド・ホテルの所で、秘書と椽脇が降りて、後はイイザカさん、ひとりで家まで帰ったらしいの」

「櫟脇の空白の時間は、どれくらいなんだろう？」

「それは、わからないわ」

「じゃ、とにかく〈ベレル〉に行って、確かめてみることにする、と」

「そうね」

「……赤いバラの花束、か……」

「わたしが考えたのは、櫟脇が、マサコちゃんをおびき出すための餌の役割を演じたんじゃないか、ということなの。あと、人違いをしないように、彼が確認する、という意味もあったかもしれない」

「う～ん……そこらへん、直感はなんと言ってます？」

「全然閃かないわ。まるで、櫟脇はこの件に一切無関係、というような感じ」

「無関係……」

「でも、こういうこともよくあるの。びっくりしちゃうわよ。あのね、ついこの前、お客さんのひとりが、肝臓ガンであっけなく亡くなっちゃったの」

「はぁ」

「でも、わたし、その直前まで、なにもわからなかったのよ。肝臓ガンだなんて、全然想像もしてなかった。元気な人だったのにねぇ。あら、ヘンだな、と思って、二日酔いかな、と思ってた翌日に、倒れてね。病院に行ったら、もう手が付けられない、という状態で。一週間で逝っちゃったわ。もう、あれには驚いたわ、ホント」

俺も驚いた。

「ああいうケースに当たると、こういうことって、本当に、縁の問題なんだなぁって、つくづく思うわね。彼に関しては、わたし、縁がなかったんだわ」

「はぁ……そんなもんですか」

「これはばっかりはね。ホント、しかたないわ」

聖は、あっけらかんとした口調で言い、生き生きとした目を俺に向ける。それだけで片付く問題か、と思ったが、聖にとってはそれで片付く問題らしい。

「……僕を襲った連中、あいつら、いったいなんなんでしょう？」

「それがね。よくわからないけど。でも、いろんな人がいる、そんな感じがするわ」

「いろんな人？」

「そう。敵もいれば味方もいる？　そんなことが、感じられるわね」

「へぇ……」

「でも、全部、危ない人みたいだわ」

聖の部屋は、なんとなく居心地がよくて、俺はぐずぐずしてしまった。それに、ここを出たら、あとは特に行くところが思いつかない、ということもあった。だが、いつまでもここで油を売ってもいられない。会うべき人、知るべき情報がいっぱいあるはずだ。どこにあるのか、ということはわからないが。

「今、何時ですか？」

「八時十七分」

「じゃ、そろそろ行きます。すっかり、お世話になりました」

「少しは元気が回復したみたいね。なにかわかったら、どうすればいい？〈ケラー〉に電話しとく？　でも、あそこは今、あなたにとっては、危険な場所なんじゃない？」

「ええ。……ですが、電話ならなんとかなるでしょう。あそこに連絡してください。たぶん、僕はいないだろうけど、伝言はしてくれるから」

「わかった。それからあなた、なにか困ったら、すぐに電話してよ」

俺は頷き、常識はずれの時間に訪れた非礼、朝食と新品歯ブラシ&パンツの礼を申し述べた。聖は、さばさばした笑顔で、小刻みに頷いた。

32

まず、大野が教えてくれた番号に電話しよう、と思った。だが、こんなに早い時間には、まだ眠っているだろう。あのメモには、〈昼間電話しろ〉というようなことが書いてあった。

今は昼間じゃない。朝だ。

で、高田の見舞いに行こうと思ったが、これもダメだ、と気づいた。アイルランド民謡のミュージック・テープを売っているような店は、まだ営業してないだろう。で、聖が住んでいるマンションの近く、幌平橋駅から地下鉄に乗り、通勤客に混じって真駒内《まこまない》と麻生《あさぶ》の間を行ったり来たりした。ただ単に時間を潰したわけじゃなく、この間にいろいろと考えるべきことを考えてみよう、と思ったのだ。だが、絶対的な情報の不足はいかんともしがたく、適当な推測がいくらも生まれてくるが、どれもこれも現実の裏付けのないものばかりだった。そうやっているうちに、九時を過ぎたので、地下鉄から降りた。場所は澄川《すみかわ》で、とりあえず駅の近くにあった北一銀行の支店で金を下ろし、昨日のレシートにあった六十万円あまりの金を相田の口座に振り込んだ。これでちょっと、気分がさっぱりした。それから、銀行のピンク電話で中央署記者クラブにかけた。松尾は不在だった。それで、名前を言って、また電話すると伝えてくれ、と頼んで受話器を置こうとした。

「あ！　ちょっと待って！　お名前、うかがっております！」

「え？」

「ええと、あ、はい、ありました」

若い声が、なにか張り切っている。

「ええと、何時でもいいから、電話してください、ということです」

「どこに？」

「番号をいいます。メモのご用意はよろしいですか？」

新入社員教育マニュアルのような声で言う。

そして告げられた番号は、なんだか聞き覚えのあるものだった。

「ＯＫ」

「ええと……これ、どこの番号だろう？」

「それはわかりません。それしか書いてませんから」

「わかった。ありがとう」

「どういたしまして」

つくづく行儀のいい新聞記者だ。

すぐに、言われた番号に電話してみた。

「はい、『サッポロ・マンスリー・ウォーク』です」

爽やかな女性の声だ。なんだ、そうか、と思った。牧園を出してくれ、と頼むと、すぐに替わった。

「おい、どうしてる！　大丈夫か？」

「大丈夫ですよ」

「夕べ、〈ケラー〉でひとり、撃たれただろ？」

「〈ケラー〉の前でね」

「ああ、そうだ。あの時は、どこにいた？」

「すぐ近くで見てました」

「そうか。……俺ぁあんた、実際の話、あんたが撃たれたかと思って、一瞬、ヒヤァっとしたんだぞ」

「それはどうも。ご心配をお掛けしまして」

牧園は忌々しそうに舌打ちをした。

「で、だ。北日の松尾が、あんたと連絡を取りたがってる。教えることがあるんだそうだ」

「へぇ……」

「松尾とは、今まであんまり話をしたことなかったんだがな。話してみると、なかなかいいヤツみたいな感じだな。仕事はできそうだな。今、あんたと連絡が取れなくなってるってな。だいぶ気を揉《も》んでるぞ」

「はぁ」

「どっか、場所を決めろと。あんたの都合のいい時間、都合のいい場所でいいから」

「僕の方から、あいつの家に直接電話して、段取りを決めてもいいんですけどね」

「それは松尾も困るだろう。家族がいるんだし。もしもなにかあったら……」

「……なるほどね」

「あんたはな、今、疫病神なんだよ。下手に触ると、危険だ」

「なるほどね」

「撃たれたヤツ、あれ、誰だか知ってるか？」

「誰なんですか？」

「ニュースじゃ、会社員、となってただろ？」

「ええ」

「ショウエイ・コウギョウ・リサーチって会社だ」

「へぇ……」

「聞いたこと、ないだろ？」

「全然」

「大手のな、建設会社のために、大規模工事のためのいろんな調査をする、という会社だ」

「へぇ」

全然ピンとこない。

「いろんな調査、というのは、本当に、いろんな調査だぞ」

「へぇ」

「地上げだの、周辺住民の懐柔や恫喝なんてのも、連中の仕事だ」

「……」

「事務所は小さいが、霞ヶ関の一等地にでんと構えてるんだ。社員の数は少ない。だが、手足は相当な数がいる」

「へぇ。……あのね、よく話がわからないんだけど」

「当たり前だ。あんたごときにわかる話じゃない」

「へぇ」

「手足ってのには、やばいスジの連中もどっさりいるんだ。そういう会社の、総務部長の肩書きを持ってる男だったんだよ」

「……それで？　いったい、なにが問題になってるんですか？」

「来内別《きないべつ》原野だよ」

「来内別原野？……それがどう関係してくるわけ？」

「鈍いやつだな。高レベル放射性廃棄物処分場だよ」

「あ、なるほど……」

「ま、そのあたりのことは、松尾がレクチャーしてくれるだろう。とにかくな、千億からの金が動く話だ」

「へぇ」

「千億ってのはな、バカにできる金じゃないぞ」

「へぇ」

「あんた、千億ってのはな、毎晩ススキノで百万ずつ遊び回っても、使い切るまでに三百年かかる。そういう金だ」

「へぇ」

「人間の命のひとつやふたつ、大した問題じゃない、そう考える連中もいるんだ」

「……」

「そのまた一方には、核のゴミ捨て場なんてのは、絶対に作らせるわけにはいかない、と腹をくってる連中もいる。こいつらは、今後何百年ってな歴史を相手にしてるつもりだ。日本……少なくとも、北海道の安全を脅かすことは断じて許さん、と。そういう大義を振りかざす連中もまた、人間の命のひとつやふたつ、あっさりと無視するだろうよ。……もちろん、こっちにも金は動くがな。でっかい金の分捕り合いと、大義とメンツと、自分の存在意義をかけた戦いってとこか。そういうことに燃える連中もいるんだよ。いろんな人間を、道具として利用してな」

「……」

「そんな中に、あんたみたいな……のほほんとしたヤツが、いい加減な気持ちでうろちょろ紛れ込むと、ひとたまりもないぞ」

「俺は、そんなことに全然興味はないんだ。ただ、マサコちゃんを殺した連中を……」

「あんたは、本当にとんまだな」

「とんま？」

珍しい言葉を聞いた。さすがはオヤジだ。

「まぁ、いい。そこらへんのところは、松尾にちゃんとレクチャーしてもらえ」

「……」

「やつには、なんて言えばいい？」

「じゃ……グランド・ホテルの〈ライラック〉で、昼飯でもどうだ、と伝えてください。中央署にも近いし、ちょうどいいんじゃ……」

「だめだ。あんたは、まだ、自分がどういう状態にいるか、わかってないようだな。そんな、人目に付くところじゃダメだ。誰が見てるかわからないじゃないか」

「……どんなところがいいのかな」

「世話の焼けるやつだな。じゃ、五分後にもう一度電話しろ。段取りを整えてやる」

「……」

「それともうひとつ、ちょっと考えてることがある。これで、あんたの安全は保障できるかもしれない。俺ができることは、これくらいだ」

「どんなこと？」

「まぁ待て。状況が微妙だから、まだなんとも言えない。だがな、俺はとにかく、あんたを応援するつもりだ。……もちろん、安全な場所からな」

「……お礼を言っときます」

「気にするな。自分がやばくなったら、あっさり見捨てるから、そのつもりでいてくれ」

「はぁ」

「じゃ、五分後にな」

いったん受話器を置いて、大野のメモにあった番号に電話した。眠たそうな声が「はい、大野です」と言った。

「まだ寝てた？」

「あんたか。いや、起きてた。早目に起きて、電話の前に座ってたんだ」

「それで？　俺は今、世界中からとことん嫌われてるのか？」

「まぁ、そんなとこだな。せっかく、八方丸く収まりかけてたのに、素っ頓狂なヤツが飛び込んできて、俄然おかしくなった」

「丸く収まることが、そんなに大切か」

「……いや」

「え？」

「いや、と言ったんだ。俺は、丸く収まるのが気に食わなかった。少なくとも、俺は、な。それに、我慢したり、諦めかけたりしてた奴らも、少なくとも、心の中では……なんつーか、喜んでるはずだ。……もちろん、自分に危害が及ばない限りは、ということだが」

今日は、みんながみんな、同じようなセリフを口にする日らしい。

「それで？」

「フローラからの伝言だ。消えた坊やは、北二十四条にある〈エンベロープ〉って店でバイトをしていた、トオル、という名前のガキだそうだ。これだけ言えばわかる、と言ってたが、わかるか？」

「ああ、わかる」

橡脇とマサコちゃんのウワサの、そもそもの源になった青年のことだろう。

「トオルってのは、暢気《のんき》の暢、という字だそうだ」

「変わってるな。名字は？」

「それはわからない」

「そうか。〈エンベロープ〉ってのは、なんの店だ？」

「それも俺は知らない。ただ、昼間にやってる店だそうだ」

「OK。当たってみる」

「じゃぁな」

また受話器を置いて、もう一度持ち上げようとしたら、後ろで誰かの気配がした。俺は反射的に右前方に飛び出して、振り向いた。目をまん丸くしたおばあさんが立っていた。腰を抜かすほど驚いたらしい。手に持っていたらしいスーパーの袋をぱったりと落とした。

「あらっ！」

そう言って、怯えた顔で俺を見つめている。俺は、胸のあたりに構えた両手の拳を下げ、前屈立ちをほどいた。

「あらっ！　あのね、わたし、あら、ごめんなさいね、ただ、電話したかったから……だから、並んでたのよ。……あらぁ……」

自分の顔が赤くなるのがわかった。「すみませんでした」と口の中で呟き、床に落ちたおばあさんの荷物を拾い上げ、手渡した。

「おどかすつもりじゃなかったのよ」

「ええ。すみませんでした」

「ごめんなさいね。あらぁ……」

俺は、顔の熱さをたっぷりと感じながら、そそくさと外に出た。

灰色の空の下、歩道脇の雪山の隙間に、電話ボックスがあった。冬の寒さがなお一層厳しく感じられる熱い顔で、俺はボックスの中に入り、牧園に電話した。

「よう！　まだ生きてるか？」

「ええ」

「そりゃ結構だ。でな、じゃ、午後一時に、グランド・ホテルに行け」

「なんだ。やっぱり、それでいいんですか」

「違うよ。〈ライラック〉じゃない。ウチの会社の名前で、部屋を取ってある。あんたは、牧園、という名前でチェックインしろ。住所や電話番号は適当でいい。で、部屋で待ってろ。すぐに松尾が行くはずだ」

「なるほど」

「あと、もしも必要があったら、今晩はその部屋に泊まってもいいぞ。どうせ、行くところはないんだろ？」

「……まぁね。助かります。ありがとう」

「明日の朝飯代は自分で払えよ」

「もちろん」

「それから、午後二時に、俺も行く」

「なぜ？」

「会わせたい人間がいるんだ」

「ほう」

「役に立つはずだ。……時間がちょっと必要だろうが」

「どんなヤツですか？」

「ま、それは会ってからだ。じゃぁな」

あっけなく電話は切れた。なんだか気に食わないが、とりあえずは牧園の言うとおりにしてみよう、と思った。ほかに、特にすることが思いつかなかったのだ。

33

地下鉄で北二十四条まで行き、うろつきまわった。このあたりは学生街で、飲食店やコンビニ、レンタル・ビデオ、ゲーム・センターなどが並んでいる。だが、〈エンベロープ〉は見つからなかった。一〇四で調べてもらうと、北二十五条の西三丁目にある、と言う。その一角を歩き回ったが、それらしい店は、やはり見あたらない。俺は、いきなりぶつかりたかった。だが、場所がわからないんじゃ仕方ない。とりあえず一〇四で聞いた番号に電話してみることにした。まだ開店していないラーメン屋と、あっさりしたデザインの喫茶店の間に、明治の末からずっと見捨てられてきたような、倒壊寸前の木造家屋が建っていて、その前に電話ボックスがあった。中に入って受話器を取ろうとした時、目の中に〈エンベロープ〉という文字が飛び込んできた。目がちかちかするほど派手に塗りたくられたワンボックスの軽自動車が、俺の目の前に停まったのだ。車体は基本的にクリーム色で、フェンダーには、緑色のロボット三等兵が、危なっかしい腰つきでショッキング・ピンクのスケート・ボードに乗っているイラストが大きく描いてある。ルーフにはとても精密な筆遣いの、今にもこっちに崩れてきそうな波の絵があって、そこにでかでかクニャクニャと〈エンベロープ〉の文字が踊り、銀色に光っている。

受話器のフックに手を伸ばしたまま、俺はさり気なく眺めた。運転席のドアが開いて、大きなシルエットの、痩せた青年が降りて来た。どういう名前がついているのかわからないが、だふっとした格好のゆったりとしたコート、というか、分厚い布地をつなぎ合わせて作ったような外套だ。……外套ね。古くさい言葉だが、その言葉しか思い浮かばない。足首まで隠れるほどの大きな服だ。痩せてとがった顔は、顎の先にヒゲを残し、あとは青々と剃っている。結構ヒゲは濃いようだ。頭も、てっぺんだけに髪を残し、あとは剃っている。ちょうど、河童《かっぱ》のネガだ。軍靴のようなごつい靴で圧雪状態の歩道に立ち、それから腰を屈めて車の中に頭を突っ込んで、段ボール箱を一つ取り出し、それを抱えて木造家屋へ向かう。箱を脇に置いて、玄関のドアに鍵を突っ込み、大きく開け放った。ドアの内側に〈手作りアートアンティーク小物　エンベロープ〉の看板が下がっていた。もちろん、思わず踊り出したくなるほどに派手で陽気で明るい彩りで飾られている。青年は、ドアの下に何かを挟んで、閉まらないようにしてから、段ボール箱を抱えて中に入った。俺は電話ボックスから出た。そして、どうしようか、と考えた。二秒ほど熟考したが、ここは出たとこ勝負で行くしかない、という結論に達した。

俺は常に、頭をあまり使わなくていい方法を選ぶ、というクセがあるらしい。足取りを軽くして、身軽な雰囲気を意識しながら、ドアの前まで行った。さっきの青年が、薦纈《ろうけつ》染めらしい、大きなノレンを下げているところだった。

「やぁ」

俺が言うと、青年は「え?」というような顔つきで俺を見た。その目は、ちょっとおどおどしている。人付き合いが苦手なのかな、と俺は思った。だとすると、ちょっと楽かもしれない。

「あれだね、ロボット三等兵は懐かしいな」

「へぇ」と声を出して、青年は嬉しそうな表情になった。そのまま、ついつい打ち解けた、という口調で「あれ、わかりますか?」と続け、それから、ふと我に返った感じで「そんな年には見えませんけどね」と言う。

「三十になった。だから、ロボット三等兵をリアルタイムで知ってる、ギリギリの年代かな。『マガジン』と『ぼくら』が交代する頃に、マンガを読み始めたから」

「ああ、そうですか」

と、素っ気ない口調になってしまった。

「そっちこそ、ロボット三等兵なんて年じゃないだろ？」

「ええ、まぁね」

「でも、おもしろいや。いいね」

「はぁ。そうですか」

「うん。なかなかキッチュだ」

青年がシラっとした顔になったので、言葉を間違えたな、と思った。

「わたしはトミーだ。初めまして」

そう言って、右手を差し出した。青年は、不審そうな顔で、とりあえず俺の右手を握る。

俺は元気よく上下に振った。

「いや、実はね、ここに来れば暢《とおる》に会える、と聞いたもんだからさ」

「はぁ……彼の友達ですか」

「まぁ……友達、というか。まぁ、いろいろ」

「へぇ……彼、顔は広かったですからね」

「あ、そう？それはあまり……最近の彼のことは知らないんだ」

「そうですか……」

「つい、昨日、こっちに帰って来たんだ。もう……そうだな、三年ぶりだ、札幌は」

「へぇ……」

青年は落ち着きなく臙脂染めのノレンの裾を握り、左右に振っている。俺はそれに構わず、ノレンをかき分けて店の中に入った。昔は町医者の病院だったのだろうか。広々とした板の間で、まるで待合室のようだった。あちらこちらにテーブルや棚を置き、いろんな物が展示されている。

「で、暢は今、どこにいるの?」

「……あ、ええと……彼、もう、辞めましたよ。……あれは……今年に入って、すぐですね」

「え?」

俺は驚いてみせた。それから、店内にぶちまけられている、ピンからキリまでを見回した。俺はとてもがっかりして、そして途方に暮れているのだ。

「辞めた? そうなのか」

思わずそう呟いて、手近のテーブルに置いてあった、画用紙をハサミで切って作ったらしい、手製のトランプ・セットを手に取った。宇宙戦艦ヤマトのキャラクターのイラストが、一枚一枚、色鉛筆で丁寧に描いてある。〈百五十円(一組)〉という値札が付いている。

「じゃ、どこに行ったら会えるかな」

俺は、ちょっと寂しそうな、悲しそうな笑顔を作って尋ねた。青年は、ノレンを相手にするのをやめて、自分の店に一歩踏み込み、青いガラスでできた醬油差しのような物を手に取って、ふっと埃を吹き飛ばしてから、そわそわした横目で俺を見た。

「あの、どちら様ですか?」

「わたしは、トミーだ。まぁ、実際は、ミトミって名前なんだけど、向こうじゃトミーってことになってるんだ。君は？　名前は？」

「アシガキです」

「よろしく！」

俺は元気にそう言って、ニコニコ笑いながら歩み寄り、また右手を出した。アシガキ君もおずおずと手を出す。俺たちは再び、握手をした。

「しばらく、どこかにいらっしゃってたんですか？」

「うん。フロリダにね。三年ぶりで帰って来たんだ」

言ってから、俺は驚いた。フロリダに関して俺が知っていることと言えば、フラミンゴがいるらしい、ということと、アポロが月に飛んで行った時の宇宙基地、ケープ・ケネディだかケープ・カナベラルだかもフロリダだ、ということだけだ。俺はなんと大胆なのだろう。ただまぁ、まるっきりの出たとこ勝負でこの地名を発したわけでもない、ということは我ながらぼんやりとわかった。アメリカ西海岸、あるいはニューヨーク、もしくはパリ、ロンドンなどの都市には、もしかするとアシガキ君は行ったことがあるかもしれない、と警戒したわけだ。だが、それにしてもフロリダはないだろ、と思った。ローマやミラノ、さもなきゃアムステルダムあたりでもよかったのではないか。よりによってフロリダってのはなぁ……。

「フロリダ……」

だが、どっちにしても、なにも知らないのだから同じことか。

「ああ。いいとこだよ」

「そうですか」

「仕事にも一段落着いたんでね。で、ちょっと里心が起きてさ。で、戻って来た。暢に久しぶりに会うのも目的の一つだったんだけど、残念だな。今、どこにいるか、知ってる？」

「……」

アシガキ君は目を落とし、机の上に広げてあったタロー・カードをくるりとひとまとめにして、トントン、と揃えた。

「あれ？　暢に、なにかあった？」

俺は、不思議そうに、心配そうにそう尋ねた。アシガキ君は俺をチラリと一瞥してから、壁に並んで下がっている、ちょっと東南アジアっぽい雰囲気のスカーフ、というか布きれというか、そっちの方に行って、その裾を右から順番にちょいちょいとつまむ。

「なんだか心配になってきたな。なにがあったの？」

「……あのぅ、彼は、別に、ここで働いてたわけじゃないんですよ」

「へぇ」

「まぁ、アルバイト、というか。むしろ、常連客、というような感じで。まぁ、ときどきは、店番なんかも頼んだけど。……彼、金を稼ぐのには別な商売があったし」

「ああ、うん。アレな。わたしはさ、いつも言ってたんだ。こっちにいた時。もっと自分を大事にしろってね」

「……」

たんだ。でも……なぁ……」

「でも、ま、人それぞれだしな。ま、わたしがあれこれ口を出す問題じゃない、とは思って

アシガキ君は無言で頷いた。

「でもま、話してると、愉快なヤツだからね、そんなこんなで、いろいろと楽しくやったんだけどさ。……そうか、もうここにはいないのか……」

俺はどういう嘘を重ねようかとあれこれ知恵を絞りながら、とにかく話を途切れさせないように喋り続けようとした。

「あのう……」

「え？」

「フロリダでは、どんなお仕事をなさってるんですか？」

「え？　わたしの仕事？　うん、あのう、ええと、なんて言えばいいかな。まぁ、ブランド品のやりとり、みたいな。アウトレットが格安で手に入るルートがあってね。それを、まとめて仕入れて、日本に送ったり、その逆をやったり。まぁ、日本で売れ残ったブランド品を、フロリダのおばぁちゃんにそこそこの値段で売りつける、というような感じもある。ま、そんなとこだけど」

「……なるほど……」

「レコパンのブラウスなんか、なかなかいい商売になったね」

「へぇ。レコパン、どうですか」

「ま、これからは、いいんじゃないの？　だんだん浸透してきたし」

俺は、ジワリと汗をかいていた。

「そうか。……そのセーター、カステルバジャックですよね」

さらに、汗がどっと吹き出した。

「あ、これ？　うん。ちょっと大きいんだけど、ま、残ったんでね。なかなかいいよ」

耳の後ろを汗が流れ落ちるのがわかった。

「新品ですね」

「あ、うん。初めて袖を通したんだ」

「そうですか。……あのう、暢は、もう実家に帰ったんですよ」

「あら」

「……でも、どうしようかな。一応、連絡は、取れないことはないんですよね」

「あ、そう。生きてるのか」

冗談めかして言ったつもりだったが、俺自身の安堵が丸出しで混じってしまったようだ。ちょっと口調が不自然になったのが自分でもわかった。アシガキ君が、おや、というような顔をした。俺は、大きくたっぷり、ニヤリと笑顔を作ってみせた。

「ま、連絡が取れるんなら、いいや。どこに電話すればいいの？」

「……ちょっと待ってください。とりあえず、僕が直接電話して、あなたに教えていいかどうか、聞いてみます」

「……それは……まぁ、それはわかるけどね、そんな必要はないんじゃないかな?」

「いえ、この時間なら、すぐに済みますから」

アシガキ君は、そう言って店の奥の机に向かう。ノーマン・ロックウェルの絵に出て来そうな、木製の古びたレジスターが置いてある。その前で腰を屈め、「寒くありませんか?」と明るい声で言って石油ストーブに火を点けた。それから、レジスターの横の、新聞記者になり立てのジャック・レモンが使いそうな壁掛け電話に手を伸ばし、ダイヤルを自分の体で隠しながら、「ミトミさん……フロリダにいらっしゃったんですよね」と言いながら番号を回す。俺は、そのジー・ジ・ジ・ジーというダイヤルの音を覚えて番号を調べよう、と思った。だが、すぐにわからなくなった。こんな芸当ができるのは、忍者部隊月光だけだろう。

「あ、もしもし。アシガキです。はい。暢君はもう……あ、そうですか。お願いします」

そして、俺の方を見て、にっこりと微笑み、頷く。「いましたよ」という意味だろう。俺は、非常に善良な笑顔を顔に浮かべて、嬉しそうに頷いた。すぐに暢が出たらしい。アシガキ君は、俺のことを、というか、三年ぶりにフロリダから帰って来たミトミという男について、暢にあれこれと尋ね始めた。俺は、演説の順番を待つヒトラーのような謙虚なポーズで静かに立ち尽くし、なす術《すべ》もなく、自分の化けの皮が剝がれてゆくプロセスを、黙ってとっくりと眺めた。

三分も経たないうちに、受話器は、フックに荒々しく戻された。アシガキ君は、ブルブルと震えるほどに怒っている。ある種の恐怖を感じてもいるらしい。凍りついた声で、「お帰りください」と言った。「さもないと、警察を呼びますよ」そして、そこでちょっと腰が引けた感じになった。

「警察が、あてにならないんだろ？」

俺が言うと、アシガキ君は足元に目を落とした。

「嘘をついてすまなかった。だが、ちょっと話を聞いてくれ」

俺は、ありったけの真心を込めて言った。自分に「真心」があるとは想像もつかないが、それでもとにかく、桐原に首を絞められて命乞いしたときよりはもっとずっと真剣だった。

アシガキ君は、まるで俺に叱られて立たされている生徒のような具合で、俺の前で目を伏せて突っ立っている。俺は、黙って、待った。こうなったら、ガマン比べだ。俺は、覚悟を決めれば、沈黙にはいくらでも耐えられる。だが、アシガキ君はそうではなかった。それでも三分ほど頑張ったが、ついに、彼は顔を上げた。まだ怒っている。それでも、唇をとがらせながら、「どんな話ですか」と投げ出すように言ってくれた。

34

俺は、〈エンベロープ〉の閉じたドアの前で、黙って立っている。晴れ間のない空から、冬の、力弱い光がにじんで漂っている。学生や、近所の住人が、白い息をつきながら、行ったり来たりする。俺の方を見て、(なんだろ?)というような顔になるが、とりあえず無視してくれる。日本では、歩道の端に所在なげに立っている男、というのは非常に珍しい、ということに気づいた。俺は自分のつま先を眺めながら、時折足踏みなどして、結論が出るのを待った。とりあえず、アシガキ君は、俺の話を聞いて、納得しないまでも、暢と相談してみる、と言ってくれたのだ。話は長引いている。どっちがどっちを説得しているのだろう。

ギッと、いかにも建て付けの悪そうな音がして、ドアが開いた。

「どうぞ。とりあえず、暢は、話してみる、と言ってます」

「ありがとう!」

「どんなお話ですか?」

「うん。とりあえず、アシガキ君から、ざっと話は聞いてくれた?」

「ええ」

「例の、マサコちゃんが殺された事件で、警察もメディアも、橡脇の顔色を窺って、ちゃんと仕事をしないんだ。で、それが、俺は気に食わないわけだ」

「友達だったんですか」

「そうだ」

「で、なにを……」

「いや、まず、君の安否が知りたかった。生きてるのかどうかも、はっきりしなかったからね。それがまず、心配だったんだ」

「ああ、そうか。……みんなにはなにも言わずに、消えたから……」

「そうだ。で、生きているんなら、突然消えた、その理由を教えてもらえないか？」

「……理由……って言われても……」

「誰かに、そう言われた？　たとえば、脅されたとか、金を貰ったとか。そして、黙っていろ、と命令されたとか」

「……なにか……」

「なにか？」

「なにか、違うんですよね。そういう言い方をすると」

「……でも、とにかく、誰かに、そう仕向けられた、ということかい？」

「……という面もあるかもしれないけど……どう言えばいいかな、僕自身は、もう、結構イヤ気が差してたわけですよ」

「イヤ気？」

「うん……なにか、自分は、やっぱ完全にあっち、というわけじゃないな、というか」

「……」

「自分はあっちだな、と思ってたわけですよ。それはいい加減な気持ちじゃなくてね。でも、こう、中に入ってしばらくすると、どうもしっくりこないかなって思うようになってたんですよね。……まぁ、主に人間関係のややこしさとか……どうもすぐに、体の関係が前面に出て来るのが気に食わない、というのか……わかります？」

「……申し訳ない。よくわからない」

「でしょうね。……まぁ、人それぞれなんだけど、僕としては、こっちも、なんかこう、自分にしっくりくる場所じゃないなって思うようになってたんですよ。……この一年ちょっと。だから、いったん実家に帰って、人生やり直しってのもいいかなって思ってたんですよね。……でもま、きっかけがない、というのか……手っ取り早く金になる道があるから、という感じで……それに、やっぱ、仲間はそう簡単には切れないからね。そんな感じでズルズルと過ごしていたんですよ」

「……」

「俺、思うんですけどね、つまり、女でもそうだと思うな。田舎にいて、高校卒業したら、札幌に出よう、と思うでしょ？　で、札幌に行って、いきなりススキノに飛び込む、と。その時、その飛び込んだ場所が、偶然、ソープランドだとかピンサロだとかだったら、そこでそのまま女になって、しばらく暮らすんだけど、そのうちに、ここはちょっと違うな、と思うと思うんだ。まぁ、この世界の水が自分にぴったり、というのも、もちろんいるだろうけど。もっと普通の……というか、僕が普通、なんて言葉を使うのはヘンだと思うかもしれないけど、でも、もっと普通の、たとえば男と女に話を置き換えてもいいけど、そういう関係の世界、というのもあるんじゃないか、と。当然、そう思いますよね」

「そりゃ、そうだろうな」

「その女が、札幌に飛び込んだ、その着地地点が、たとえば普通の……本屋の店員とかね。雑誌の編集部とか、まぁ、平凡なOLでもいいや。そんなんだったら、普通に暮らして、恋愛して、恋人ができるじゃないですか。そういうもんだ、と思ってたのに、着地地点がススキノのピンサロで、そのままそういう世界の住人になった、と。そういう女も多いと思いますよ」

「うん」

「で、なにかきっかけがあったら、あるいは強い意志があったら、抜けることはできる。でも、とりあえずは現金が入ってくるし、仲間もできたし、いろんな人間関係もあるし、そんなんで、ズルズルと暮らしてる、というののほうが多いと思うんです」

「わかる」

「ちょうど、そんな女みたいな感じかな、去年までの僕の状態ってのは」

「なるほどね」

「なにかきっかけがあったら、実家に戻って、少し落ち着いてから……手に職をつけようかな、と思ってたわけですよ。料理が好きなんですよ。だから、調理師の資格でも取って、どっかのホテルかなんかに就職して、と。そんなことを、漠然と考えてたわけ」

「で、そのきっかけがやってきた、というわけか」

「そう。……まぁ、現実には、金ですけどね」

「どんな具合だったの？」

「ある店で……あの、〈ハンプティ・ダンプティ〉って店、ご存じですか?」

売り専、つまり、ホモの売春専門のスナックだ。もちろん、店の中ではいかがわしいことが行なわれることはめったにない。この店の場合は観光客、というか札幌以外の場所から来た客が多いが、その客たちが、待機している男たちの中に気に入ったのがいたら、店から連れ出して、ホテルやホモ専門旅館に向かう、というようなシステムだ。

「ああ、知ってる」

「そこに出てたんです」

「なるほど」

「で、あの事件のあと、ちょっとしてから、年に数回はやって来る、馴染みの客が付いて、それがなんというか、……ちょっと乱交の雰囲気も好きなオヤジで、〈早わらび〉の個室に行ったわけです」

〈早わらび〉はホモ専門旅館の老舗で、個室と大部屋がある。大部屋は真っ暗で、手探りで相手を求め合う畳敷きの部屋だ。個室はもちろん、ふたり、あるいは望めば三人だけの世界になるが、大部屋からの雰囲気や気配は伝わってきて、それを刺激として楽しむ趣味の者もいる。

「うん」

「あまりしつこくない、楽な客なんですけど……まぁ、そこらへんは、どうでもいいですか？」

「君の判断に任せる」

「わかりました。で、その時に、まぁ……ちょっとした世間話、という感じで、このまま札幌で殺されたオカマは、昔、代議士の愛人だったんだぞ、ということを聞いたわけです」

「橡脇、という名前は出たの？」

「ええ。その時、初めて僕はその名前を知ったんです。政治とか、あまり興味ないもんですから。それに、お……」

突然、暢は黙り込んだ。

「ん？　もしもし？」

「ああ、すみません。ええと、僕の実家は、選挙区が違うから、橡脇は、札幌の人が考えるほどには有名じゃないし」

きっと、暢は自分の実家のある町の名前をぽろりと口にしそうになったんだろう。

「なるほど。そういうこともあるだろうな」

「ま、そんなわけで、僕の反応がちょっと鈍かったんでしょうね。その客が、『知らないのか』と驚いたように言って、紙に漢字で、橡脇厳蔵、と書いてくれたんです。そして、橡脇の経歴とか、マサコちゃんの東京時代の話とかを、あれこれとしてくれたわけですよ」

田舎の無学なオカマに、事情通ぶりをひけらかす東京紳士、というところか。

「その時、事件に関係あるような話はあったのか？　橡脇がマサコちゃんをどうにかした、というような、憶測みたいなこととか」

「いえ。全然。僕も、その時はそんなことは考えもしなかったんです。でもその後、〈ジェスロ〉で仲間と喋ってたら、ちょうどあの事件の時、椽脇が札幌にいた、ということがわかって、それで……ちょっと気味悪いな、ということになったんです」

「なるほど。それでどうした？」

「で、〈ジェスロ〉でそんな話があって……そうだな、その翌々日くらいかな。店に……あの、〈ハンプティ・ダンプティ〉ですけど、そこで、今度は初めての客が付いて、その男に、〈クスクス〉に連れて行かれたんです」

〈クスクス〉は、普通のラブホテルだが、男同士の客も拒まない。

「なるほど」

「それで、部屋に入ったら、すぐに僕の客がどこかに電話して、そしたら男がもうふたり、やって来たんです」

「へぇ」

「きっと、先に来て、どこか別な部屋にいたんでしょうね」

「どんな連中だった？」

「なんというか……とても普通のサラリーマン、というか……身だしなみはきちんとしてましたよ。っていうか、コンサバ丸出しで」

「ほう」

「で、いきなり札束を出して、見せるんです」

「いきなり」

「ええ。ふたつ。二百万円でした。そして、今すぐ実家に帰ったらどうだ、と……穏やかに提案された、というのかな」

「穏やかにね。今、すぐ、と言ったの？」

「ええ。ちょっとびっくりしたんですけど、実家のことも、札幌の住所も……それから、〈エンベロープ〉やアシガキのことも知ってたんです。で、僕が、どうもパッとしない気分で、やり直したいな、と思ってるってこともわかってて。で、誰にも、なにも言わずに、このまままっすぐ実家に帰れば、この二百万円をくれる、と言われて。……で、僕は、部屋の荷物のこととかを言ったんだけど、それは、これからすぐに荷造りしよう、そして発送してしまえばいい、ということで。……それを聞いて、僕、なんだか、とってもさっぱりした気分になったんですよ。解きほぐそうとしても、もうどうやっていいかわからない、いろんな人と人とのつながりを、いきなり、スパッとぶち切って、いきなり丸ごと実家に帰る、……これは、とっても気持ちよかった」

「で、そうしたの？」

「ええ。なにか、ヤバイ話だろうな、とは思ったんです。でも、少なくとも、僕はなにも悪いことはしてないし……ヘンですか？」

「二百万てのは、そうたやすい金じゃないぞ」

「……」

「まぁ、いい。で、どうした？」

「で……ぐずぐずしてると、この話は終わりだ、と言われたので……じゃ、お願いします、と答えたんです。そうしたら、もう、本当に即座に車に乗せられて、部屋まで行って。便利屋がすでに待っていて、便利屋二人と、僕と、それから例の男三人と、六人がかりであっけなく荷造りを済ませて、軽トラックに詰め込んで、それから、僕を岩見沢まで送ってくれたんです」

「岩見沢か」

札幌で野放しにすれば、ススキノに舞い戻るかもしれない。だが、岩見沢まで送れば、あとは実家へ帰るだろう、と考えたのだろう。なかなか細かい気遣いをする連中だ。

「岩見沢でのホテル代と、岩見沢から、ぉ……実家までの交通費も、彼らが出してくれました。部屋の家主にもちゃんと契約解除の手続きをしてくれて、敷金は現金書留で実家に送ってくれました」

「丁寧な連中だな。そいつらの顔、もう一度見れば、見分けがつくかい？」

「ええ……わかりますけど……」

「わかるけど？」

「ええ……わかりますけど……なんというか……」

「彼らの条件は、なんだった？　今すぐ、ススキノから消える、ということ、そして？　それだけじゃないよな」

「ええ……」

「この件に関して、絶対に他人に言わない、という条件も？」

「ええ」

「なるほど。ほかには？」

「……少なくとも、五年くらいは、ススキノに近づかない、とか。……でも、あれです、これは、なにかこう、冗談みたいな感じで、笑いながらのことですけど」

「……だとしても、とりあえず、君はそうするつもりだろ？」

「ええ」

「ということは、笑いながらでも、充分凄みはあった、ということだな」

「凄みって言うか……まぁ……ええ。実は、そうです」

「なるほど。で？　ほかには？」

「……」

「笑いながらの、冗談半分、というか完全な冗談として、ほかにはどんなことを言われた？」

「……もう、彼らと僕は、二度と会うことはない、だから安心していい、と」

「それで？」

「……」

「もしもこの次会うことがあったら、その時は、君が死ぬ時だ、と。そんなような話だった？」

「……ええ。……正確には、その日が僕の命日になる、というような……」

なんという陳腐な脅し言葉だ。いくらサラリーマンの格好をしても、身にしみ込んだものは抜けない。ヤクザは、常に陳腐で下等だ。連中は、遠回しに語る、ということを文化だと誤解している。田舎臭い、頭の悪い連中だ。

「でも、アシガキ君とだけは連絡をつけたわけだ」

「いえ、アシガキは、もともと僕の実家を知ってるんですよ。去年、家に連れて行ったことがあって。……あの、友達として、です。僕らは、そういう関係じゃないですから」

「わかるよ」

「で、僕が急にいなくなったんで、心配して電話くれたんです。でも、ほかの人たちは、僕の実家のことは全然知らないから、僕がここにいる、ということも誰も知らない。アシガキは絶対に約束を守ってくれるヤツだし」

「その、君にマサコちゃんと橡脇の関係を教えてくれた男には、もうそれっきり、会ってないの？」

「ええ。もちろんです。別に、個人的になにか感情を持っていたわけじゃないですから。……少なくとも、僕の方は」

「なるほど。彼には、また会ったら、見分けられる？」

「……それは……わりと馴染みの人ですから。……でも、もう、一切、関わりたくないな」

「そいつの名前は？」

「……ミケです」

「ミケ？　どういう意味？」

「さぁ……ただ、最初に会った時に、ミケと呼んでくれ、と言われたんで、それ以来、ずっとミケ、と呼んでます」

「どんな人か、仕事とか、住んでいるところとか、なんでもいいけど、なにか知ってる？」

「いえ。全然。そういう話は、一切しなかったから」

そうだろうか。抱き合っての世間話の時に、人間てのはたいがい、自分のプライバシーに関わるようなことをポロリとこぼしてしまうものだ。ほんの些細な一言で、そいつのことがわかってしまう、ということもある。だが、これは、聞く方にそれを聞き分ける力がなければ不可能だ。暢も、きっとミケのなにかを知ることができる情報を聞いたことがあるはずだが、彼にそれを求めるのは難しいようだった。

とにかく、ひとつのことはわかった。暢が知っていることは、それほど重要ではない。すでに、みんなのウワサになっていることばかりだ。暢を実家に戻した連中は、彼の沈黙を二百万で買ったわけではない。もちろん、それもあるが、一番の目的は、暢が消え失せることだったのだろう。ウワサのそもそものきっかけになった暢が、突然消えてしまえば、関係者は怯える。そして、背後で恐ろしい力が動いている、と想像する。連中の、大きな目的は、そういう恐怖を作り出すことにあったんだろう。暢の沈黙は、そのための道具だ。じゃ、なぜ、二百万という金と、いろいろな手間をかけて暢を実家に戻した？　あっさりと殺す方が簡単だしコストもかからないはずなのに。……おそらく、連中にとっては、二百万という金額は、どうでもいい程度の金なのだろう。殺人のリスクと、二百万を秤に掛けて、あっさりと、答は出たんだろう。そういう連中なんだろう、と俺は思った。

じゃぁ、なぜ夕べ、〈ケラー〉の前で射殺した？……暢を実家に戻した連中と、射殺した連中は、別なのか？

いや、まだそう結論するのは早い。実際には、ほとんどなにもわかっていないのだから。それに、暢が生きていたから、だから俺の身の安全も大丈夫だろう、と楽観するのも早い。状況は現在、相当複雑になっているはずだから。

「もしもし、どうしたんですか？」

暢が言う。俺がしばらく黙り込んでいたので、不安になったらしい。

「ああ、すまん。ちゃんと聞いてるよ。わかった。話は、だいたいわかった。ありがとう。よく話してくれた。感謝するよ」

「……アシガキから、ちょっと話は聞いてるんです。今、ゲイ・コミュニティは、めちゃくちゃらしいですね」

「……らしいね」

「密告の渦？　チクリ合い？　そんな感じで、みんな、誰も信じられなくなって、疑心暗鬼になってるらしい」

「……まぁ、そういうことは聞いた」

「……それ、僕のせいでしょうか？」

「いや……君のせいだけじゃないよ」

「……隠さなければならないことだ、とは思えないんです」

「隠すって？　ああ、君の、その、なんというか、趣味、ってんじゃないだろうけど……」

「つまり、僕が、男に恋をする、ということです」

「うん」

「隠さなければいけないことだ、とは思えないんです」

「うん」

「そして、隠さないですむんだったら、僕も、みんなも、こんなに辛くないし、密告やチクリ合いなんてものなくなると思うんです」

「まぁ、そりゃそうだ」

「でも、隠さずにいられないんです」

「堂々と、隠さないでいる人たちもいるじゃないか」

「……そうですけど。……でも、どうしても、僕は隠してしまう」

「……まぁ、自分の好きなようにするさ。自分の人生は、自分のものなんだから」

「……あなたは、苦しんだことがない人でしょうね」

とんでもないことを言う。

「なに？　世の中で、辛い思いをしてるのは自分だけだ、とでも思ってるのか？」

「……いいんです。わかってもらえない。でも、とにかく……僕がいきなり逃げたせいで、みんなに迷惑かけてるかと思うと……」

俺はムカムカした。なにがどうあれ、自分で選択した道だろうが、と怒鳴りつけたくなった。それに、ゲイの連中が疑心暗鬼になって、彼らの人間関係がグチャグチャになっているとしても、それもまた、一部は彼ら自身の問題だ。彼らは、被害者かもしれないが、百パーセントの被害者じゃない。それをこいつは、被害者意識丸出しで……

とそこまで考えたが、ふいに気づいた。暢は、みんなに迷惑をかけた、という気持ちがあって、それを重荷に感じているから、だからきっと、俺に話をしてくれたのだ。

「あのぅ……お願いです」

「ん？」

「あの事件の真相を、きっと暴いてください。みんなも、きっとそう願ってます」

「……いや、おい、俺はそういうのは嫌いなんだ。いいか。俺はな、友達が殺されたから、それで腹を立ててるんだ。で、その犯人に、思い知らせてやりたくて、できることをやってるだけだ。そして、そのせいで、自分の身が危なくなって、怯えてる。そして、君を利用しようとして、アシガキ君にも嘘をついた。そういう人間だ。ヘンに期待されると迷惑なんだよ」

「お願いします」

「ヘンなこと言うな、バカ。じゃ、聞きたいことは聞いた。電話、切るぞ」

「ありがとうございました」

「ああ。こっちもな」

俺は、落ち着かない気分で受話器を置いた。

アシガキを見ると、なんだか困ったような顔をしている。

「どうした?」

「いえ……なんかこう、世界がわからなくなって……」

「世界がわからない?」

「……なにか……一番最初に、こんな気分になったのは、中学校三年の時です」

「ほう」

「それまで、なんとなく、基本的に大人はきちんとしてて、もちろん、悪い人もいるけれど、その人たちは、警察に捕まって、裁判でちゃんと罰を受ける、と思ってたんです」

「なるほど」

「でも、実際にはそうじゃなくて、大人たちも、誰でも少しは悪いことに加担してるし、特に政治家とか役人とかは、悪いし、警察にも、悪い人たちがいるし、会社も汚いことをするし、そういう人たちはつながっているし、というようなことをふと考えたんです。……直接のきっかけは、道路工事の話だな。中三の時の」

「父が、年度末になると、道路工事が増える、と愚痴をこぼすみたいに言ったんです。晩飯の時に」

「まぁ、常識だな。年度末になると、予算を消化するために、不必要な道路工事をする、というんだろ？」

「ええ。そうですね。常識ですよね。でも、それ、悪いことじゃないですか」

「少なくとも、正しいことじゃないな」

「それがなにか、突然、すごいショックになって。……まぁ、子供だったから、きっとあれが、大人になる第一歩だったのかもしれませんけど。そんな悪いことが、常識になってまかり通っている、ということが……なにか、やりきれない感じがして」

「子供ってのは、そうじゃなきゃな」

「……それ以来、なにか、世界がわからなくなって。……まぁ、世の中ってのは、そういうもんなんだ、と割り切ることにしたんですけど、でも……なぜ、正義は実現しないんですか？　そして、そのことに、なぜ、人類は鈍感でいられるんでしょうか？」

「あのな……俺がひとつ言えるのは、正義ってのは、今まで一度も実現されたことはないんじゃないか、ということだ。正義ってのは理想で、理想は、実現されたら、それで終わりだ。世界も、それで終わっちまうんじゃないか？」

「そんなことで我慢できますか？」

「君はいくつだ？」

「二十二です」

「君はこの店の持ち主？　それとも、従業員？」

「僕が店主です」

「いやに若いオーナーだな」

「……正確には、この家も、土地も、金主も、父です。……うちは、農家……というか、地主なんです」

「なるほどね。金の苦労はしたことがないの？」

「そりゃ、人並みには……いや、まぁ……。言われますよ、よく。子供だ、幼すぎる、大人になれって。でも、僕は、どうしても、世界のことがわからないんです」

「わからないってのは？」

「人間が、みんな、ひとりひとり、正しいことをしよう、と思ったら、それで、正義は実現するじゃないですか」

「いや、それは……」

「いや、もちろん、非常に他愛のない、子供の正義感だ、ということはわかりますよ。そんなことぐらい、ちゃんとわかるんだ。でも……」

「なぁ、世界中の人間が、全員、善人だったら、不気味だぜ、きっと。その途端に、おそらく人類は、退屈のあまり、全滅すると思うね」

「だからって……」

「ああ、そうだ。一つ教えてやる」

「なんですか？」

「俺の父親は、うだつの上がらない地方公務員だ。学歴もなくて、ずっと下っ端の現業職員で、勤続三十何年かで、退職した。万年係長ってやつで定年さ。だけどな。物を盗んだことも、人を陥れたことも、人を騙したことも、そして不正を働いたことも、一度もない。そりゃ、酔っ払って喧嘩したことはあるかもしれない。立ち小便をしたこともあるかもしれない。期限が過ぎた定期券をつい使っちまって、成功したあとで、ふと気づいて、『まずい』とは思いながらも、『ま、いっか』とばっくれたことはあるかもしれない。だが、悪いことはしなかった。わかるか？」

「……」

「実際にはな、世界には、そういう人間の方が遥かに多いんだ。正義は実現されないだろう、たぶん。だがな、まっとうな人間は、まっとうに生きてるんだ。そういう人間の方が、ずっと多いんだ。気休めにはならないだろうが、世界ってのは、そういうもんだよ」

アシガキは、ちょっと首を傾げて俯いた。気持ちはわかる。俺だって、自分が言ったセリフをそのまま鵜呑みにしてるわけじゃない。なにしろ俺は、嘘をついて、バクチをして、イカサマをして、グラスを育てて捌いて、人を騙して、生きている。そんな俺が、こんな説教をするのはお笑いぐさだ。だが、正義に憧れる二十二歳の清らかな魂を、あえて傷つけることもないだろう、と思ったのだ。

「ま、あまり気にするな。とりあえずは、生きてるってことは、まぁまぁ面白い。暇つぶしにはなる。俺はそう思うね。いろいろあるけど、生きていれば、いいことはあるからさ」

「……」

「ところで、電話、結構長くなったけど、料金は大丈夫か？」

「……さぁ……」

「実家の場所を話さないから、電話代の見当もつかないけど、じゃ、とにかく、ここの壁の布切れ、全部売ってくれ。いくらになる？」

「え？……そんな……いいですよ」

「いや、そうさせてくれ。友達への贈り物にする」

「恋人ですか？」

「……二十二にもなって、そんなふやけた言葉を使うなよ。恋人じゃない、好きな女だ」

「はぁ……全部ですか、これ、全部？」

「ああ」

「これは、モノはタイ・コットンとか、あと……レーヨンも少し混じってますけど、あと安いシルクも……ええと……十七枚で、五万六千円です」

「売ってくれ」

俺は札を数えて差し出した。

「な？　言ったとおりだろ？」

「え？　なにがですか？」

「生きてりゃ、そのうちにいいことがあるって。言ったとおり、こんないいことが起きたじゃないか。いきなり五万六千円の売り上げだ」

アシガキはうんざりした顔になる。それから、怒ったように、俺の手から札をさっともぎ取った。

35

北二十四条のレコード屋でアイルランド民謡のテープを買って、北大病院へ行った。ナース・センターで教わった病室に行くと、高田が四人部屋の一角で、ギプスで固まった足をゴロンと投げ出して、むっつりとした顔で天井を眺めていた。そして、その横に、やけに大きな堤の顔があった。俺を見て、にっこりと笑って会釈をする。俺はとりあえず堤を無視して、高田に容体を尋ね、「別に」というお約束どおりの返事を受け取り、「買って来たぞ」とテープを渡した。高田はそれをじっと見て、それから「バカ」と言った。

「なんで？」

「お前、俺が今さら、〈ロンドンデリーの歌〉とか〈庭の千草〉とか聞いて、どうすんだよ」

「だろ？　俺も、おかしいとは思ったんだよ。でも、とにかくアイルランド民謡のコーナーにあったし……」

「あのな。こんなんじゃなくて、ハンマー・ダルシマと、それから……」

高田はそう言いかけて、「やめた」と呟いた。そして「ロンドン・デリー！」と小声で吐き捨てるように言う。

「それはあれです、ちょっと高田さんの方がよろしくないんじゃないですか？　やはりこの、もしもご希望のものがあるのなら、それをはっきりとご指示なさいませんと。そうでなければ、誰でも、やっぱり、こういう一般的な民謡を選んでしまうでしょうね。私、そう思います。普通、そうですよ」

堤が言う。高田が、露骨にイヤな顔をしてみせるのに、まったく気にしていないようだ。俺も、堤を無視してさっさと帰ろうと思った。

「いや、それにしても。昨夜は、大変でしたね。あの後、どうされました？　高田さんのご容体が心配で、私、あの後何度かお電話差し上げたんですよ。まぁ、夜遅いので、どうかな、とは思ったんですが。昨夜は、お帰りにはならなかったんですか？」

「いえ。帰りましたよ」

俺は堤の目をまっすぐに見つめて言った。堤は、ちょっとうろたえたが、すぐに、「ああ、そうですか」と受け流した。

「今朝も、ずっと部屋にいましたし。ついさっき、ここへ来るので出かけるまでは、ずっと部屋にいました」

「ああ、そうですか。……なるほど」

「電話は、一度も鳴りませんでしたよ。少なくとも、わたしが部屋にいた間は」

「あ、そうですか？」

「ヘンですね」

「ええ、ヘンですね。……でもま、私が番号を間違えたのかも……」

「堤さんに、わたしの電話番号、お教えしましたっけ？」

「え？　ああ、ええ。あ、いえ、違います、直接は教えていただいてませんよ。あれです。常田さんの事件ね、あの件で、ちょっと不満を持ってらっしゃる方がいる、という話を伺って、それで、あなたの住所電話番号などを教わったわけです」

「誰から？」

「……ですから……そう、中央署記者クラブの知人を通して、です」

「あ、そうか。それで、わたしの部屋にもいらっしゃったんでしたよね」

「ええ、そうです、そうです」

堤が、ほっとした表情で、嬉しそうに相槌を打つ。俺は思わずため息をついた。こいつをどうすればいいのか、俺はちょっと持て余しているのだ。

「その、記者クラブの知人てのは、誰なんですか？　どこの新聞社の記者ですか？」

「……それは、ちょっと内緒、というか。彼は、別に不正なことをしているわけじゃないですけどね。でも、とにかく、大切な情報源ですから、守らないと。……あ！　いや、あれです、これは、別にあなた方を信用していない、ということじゃないんです。でも、彼の身分が、どこからバレてしまうか、ちょっと不安ですからね。彼のウォッチングが、中央署から睨まれると、もちろん、彼も、彼の社も困りますし、私どもも、貴重な情報源を失ってしまいますし。そんなわけで、ちょっとご理解いただけましたら、と存じますが……」

堤は、あるいは堤のバックにいる連中は、俺を見失ったのだろう。で、再び俺を捕捉するために、ここで俺を待っていたわけだ。そうに違いない。うかうかとここにやって来たことが悔やまれる。こんなことも予想していなかったのか、と情けない思いで自分を責めた。スキノから出ると、俺はのんびりと油断してしまうらしい。相手が堤ひとりなら、まぁ話は簡単だ。振り切ることはできる。階段で、突き落とせばそれでいい。だが、他に何人かの連中が、こっそりとこの周りで見張っているとすると、話はなかなか厄介だ。そろそろグランド・ホテルへ行かなければならない時間なのに。

「お前よ」

と高田が相変わらずのぶっきらぼうな口調で言った。

「なんだ？」

「なんか、話があるのか？」

「いや。別に。ただ、テープを持って来ただけだ」

「そうか。俺の方も、別に話はない」

「そうか。じゃ、これで行くよ」

俺は立ち上がった。

「ああ。気をつけてな」

高田が素っ気なく言うのと同時に、堤がひょいと腰を上げた。

「私も、これで失礼いたします。どうですか、そこまでご一緒に。足はなんでいらっしゃいました？　私、車ですから、もしあれでしたら、これからいらっしゃるところまでお送りいたしますけど」

追い払うための適当な口実を思いつく前に、堤は俺の道連れになってしまった。「じゃ、高田さん、お大事に」と愛想よく言って、腰を屈めてお辞儀をしてから、「さ、どうぞ。駐車場に入れてありますから」といそいそと歩き出す。俺と高田はなんとなく頷き合った。

病室から出ると、堤はぺちゃくちゃと喋り始めた。そして、時折「こっちです、こっちです」と俺を案内しながら、ずっと喋り続ける。内容はない。高田の容体について、昨日の事故のありさまについて、それから冬の寒さ、マニラで誘拐された、日本商社の支店長の安否、三原山噴火には驚いたこと、そしてそれに関連して、この頃地球はどこかおかしいのではないか、という平凡な感想、ニシン漬けは、私はとても好きです、というようなこと。ラーメンは、私は塩が好きです。この前、『ハスラー2』を観ましたよ。久しぶりのロード・ショーでしたが、ひとりで行ったので、ちょっと寂しかったな。ポール・ニューマン、やっぱりいいです。いやぁ、それにしても、寒いですね。足元、滑りますね。お、いい靴を履いてますね。おニューですね。

病室から駐車場までの数分の間に、俺は堤をぶん殴ろうと、少なくとも二十三回は考えた。だがやはり、三十を過ぎると大人の分別というものが身につくらしく、実際に拳を振り回すには至らなかった。堤は、自分が負傷の危機と隣り合わせでいることも知らずに、暢気な調子で「あ、こっちです。これです」と、古ぼけたサニーのところへ、いそいそと案内する。

「さ、どうぞ。どうぞ、乗ってください。汚れてますけど」

言われたとおり、俺は助手席に乗り込んだ。堤は、やけに長い手足をクモのように操って、せり出した腹をもてあましながらも、後ろに体をねじ曲げて、サニーをバックで走らせる。うまく出て、いったんブレーキを踏み、ギヤを切り替える。

「あ、ちょっと待って」

俺は言って、「いいですか？」と確認してから、ドアを開けて助手席から降りた。ドアをロックしてサニーの後ろにまわり、しゃがみ込んだ。堤が運転席のドアを開け、身を乗り出して、「どうしました？」と不思議そうに尋ねる。

俺は立ち上がり、堤のところまで行った。

「なんかヘンですよ。ちょっと、見てくださいよ」

「なんですか？」

堤が、心配そうに降りる。ドアを開けたまま、後輪の方に向かい、俺がしたようにしゃがみ込んだ。俺は、ドアを閉めて、堤の横に並んで腰を屈めた。

「ね？」

「え？　なにがどうしました？」

「猫がいないでしょ？」

「猫が？」

「ええ」

「いませんよ」

「いませんよね。ヘンだな」

「ヘンですか？」

「ええ。さっき、車の下に入るのが見えたんだけど」

「気のせいじゃないですか？」

堤は、俺の方を「ヘンなヤツだな」というような顔で見て、立ち上がる。そして運転席のドアに手をかけ、突然叫んだ。

「ロックしてある！」

俺は慌てたふりをした。

「え!?」

「ロックしてある！」

「あ、そりゃ失礼。ついつい、クセで」

「そっちはどうですか？　助手席の方は」

こっちは、俺がさっき、ちゃんとロックしたのだ。

「あ、ダメですね。こっちも。ついつい、クセで」

「後ろのドアは？」

それもさっき俺は確認した。

「両方とも、ロックしてありますね」

「ええ⁉　まいったなぁ……」

俺たちは顔を見合わせた。堤は、本当に憎々しげに俺を睨んでいる。俺はとりあえず、心とは裏腹に、申し訳ない、という表情を作った。少なくとも、ニコニコはしなかった。その俺たち二つの顔の真ん中で、ドアを全部ロックしたサニーが、「どうぞ乗ってください！　わたしの方は、いつでも出発ＯＫです！」という感じで、ブルルルとエンジン音も健気に静止している。

「どうしましょう？」

堤が呆然と呟いた。

「予備のキーは？」

堤は黙って首を振る。それから、ダッシュボードの方をなんとなく指さす。

「じゃぁ、ま、あれです。ＪＡＦに電話するんですね。あるいは、そうだ、北大の正門前に、鍵屋がありますよ。そこに頼むのもいいんじゃないですか」

「……」

「すみませんが、わたしは、ちょっと用事があるので、これで失礼します。とにかく、これはわたしの責任ですから、もしもお金がかかったら、その分、弁償しますよ。請求書をわたしの部屋に送るか、あるいは領収書を持って〈ケラー〉に来てください。いやぁ、本当に申し訳ありませんね。ごめんなさい。じゃ、これで失礼します」

俺は歩き出し、振り向かずに延々と歩いて、そのまま通りに出た。ちょうどやって来たタクシーに乗り、グランド・ホテルの一丁南側の住所を告げた。

一丁南で降りて、北に向かった。俺が眺めた範囲では、不自然な動きをする車はなかった。それに、車はぎっしりつながっているし、ここは一方通行だから、どうにもできないはずだ。そのまま横断歩道を渡り、グランド・ホテル新館の入り口をくぐり抜けた。

フロントで、『サッポロ・マンスリー・ウォーク』の牧園だ、というと、すぐにキーを渡してくれた。荷物が一つもないのに、特に気にしない。『マンスリー・ウォーク』は、このホテルをよく使っているんだろう。フロント係は、きっといろんな「牧園」を見ているに違いない。

十分後、ベッドに座ってぼんやりしていた俺の前で、電話が鳴った。「お電話です」と女の声が言う。つないでもらった。

「俺だ」

松尾の声だ。

「よう。やっと相手にしてくれるのか」

「……尾行はなかったか？」

「そのつもりだがな。断言はできない。存在を証明することは簡単だ。でも、不在の証明は、不可能だからな」

「平凡なセリフを言うようになったな。相当精神的に追いつめられてるか？」

「別に。もしかしたら、お前が知らないんじゃないか、と思ったんだ」

「まぁ、俺の見た限りでは、ヘンなヤツはいなかったがな」

「どこで見てたんだ？」

「ロビーの隅だ。ソファのところ」

「で？　こっちに来るのか？」

「ここであと五分、ようすを見る。その間、なにもなかったら、そっちに行く」

「ドアをノックして、『開けゴマ』と言ってくれ」

松尾は、クスリともせずに、無言でまっすぐに電話を切った。

心の余裕を失っているらしい。

36

「俺が、この件に関して、個人的にどう思っているか、その点は、聞かないでくれ」

ベッドに腰掛けた松尾が、いやに真剣な顔で言う。いつものように、黒ずくめの格好だ。黒いコーデュロイのズボンにアラン模様の黒いセーター。

「なんでだ？ ここには、俺とお前、ふたりっきりだぞ。好きなことを言えよ。たとえば、部屋が、というかベッドが、ダブルじゃなくてツインなんで残念だ、というようなことであっても、俺はちゃんとまじめに聞くし、そりゃもちろん、同意はしないけど、他人には話さないぞ」

「あまり冗談を言う気にならないんだ」

「迷惑な話だな」

「……これは、別に珍しい状況じゃない。……まぁ、ちょっと特殊ではあるが。珍しい状況じゃないんだ。この仕事をしてるとな。なのに、お前が飛び込んできて見境なく跳ね回るから、ちょっと俺も複雑な気持ちだ。……この業界の外から見ると、確かに俺たちが今やっていることは、非難されるかもしれない」

「奥歯にチン毛が挟まったような言い方はやめろよ。なに言ってんのか、全然わからないぞ」

松尾は膝の上に肘を突いて、両手で自分の顔をごしごしと撫でた。それからすっと立ち上がり、荒々しい足取りで、窓際のソファに向かい、どすん、と腰を下ろした。俺はベッドに座ったまま、黙って眺めた。

「……いいか。……どんな証拠が挙がっても、今は、橡脇は逮捕されない」

「なぜだ？」

「……物事には、潮時、というものがある。今、橡脇を失脚させるわけにはいかないんだ」

「……どういうことだ？　そういうことなのか？　俺は、そういう国に住んでるのか？　代議士は、か弱いオカマをなぶり殺しにさせても、罪を問われないのか？」

「いつかは必ず裁判を受けるさ。でも、それは今じゃない。このまま静かに時の過ぎるのを待って、まぁ……あと十年ほどか、橡脇の役目が終わったら、その時に、きちんと罪を償うことになるはずだ」

「……そんなめちゃくちゃな話があるかよ。俺は、少なくとも法治国家を標榜する国に住んでると思ってたんだがな」

「そんな単純な話じゃないんだ」

「おい、何じゃぁ、メディアはどうなんだ？　もしかすると、何かの事情があって、警察が手を控える、ということもあるかもしれない。でも、なんで新聞社がそれに追随するわけだ？」

「もう少し静かに話してくれ」

「静かに話してるじゃないか」

「そんなに怒鳴らなくてもいい。俺だって、実はとんでもない話だ、と思っているさ。個人的にはな」

「じゃ、お前だけでもいい、すぐに記事にしろよ。デスクが邪魔するとしても、いくらでも公表する方法はあるだろ？」

「……問題は、ふたつある。まず、警察がきちんと仕事をしないから、証拠がない。今の状況では、記事など書けない」

「じゃ、警察の怠慢を訴えろよ」

「で、もう一つの問題だ。さっきから言っているように、今はその時期じゃない」

「そんなことで、適当に逃げるわけか」

「……逃げてるわけじゃない。本当に、潮時を狙っているわけだ。……最初に言ったように、これは珍しい状況じゃない。報道の時期を案配する、というのは、わりとよくあるんだ」

「……たとえば？」

「道庁の不正経理、裏金作り、というようなのが、いい例だ。道庁じゃ、組織ぐるみで不正支出をしている。もうすでに、慣例になって久しい。不正に使われている金は、十億や二十億じゃきかないほどだ」

「それがどうした？　役人てのは、税金を盗む生き物だろ？」

「だが、道庁のやり方は目に余る」

「だったら、公表して叩けよ」

「そうするさ。だが、今じゃない。日常的に行なわれているカラ出張や交際費、食糧費の不正なんてのを、一つ一つ摘発しても、ほとんど意味がない。だから俺たちは、ネタをどんどん集めて、いつか爆発させるつもりだ。二十四万円のカラ出張だの、三十万円のヤミ手当なんてのでも、コツコツとためれば、数十億の巨額不正になる。道庁の逃げ道をふさいで、一挙にキャンペーンに出る。まぁ、十年以内には大問題になって、道庁はめちゃくちゃなことになるはずだ。……な？　そういう例はいくつもあるんだよ。巨大プロジェクトがらみの不正、大企業と総会屋との癒着、銀行と暴力団の共存関係、そんなネタはいくつもある。だが、中途半端な時期に爆発させても、効果は薄い。満を持して一挙に攻める。そういう、『待ち』の状態ってのは、珍しくないんだ」

「おい、話をねじ曲げるな。そういうのとは、全然話が違うだろうが。これは、殺人だぞ。それを警察がまともに扱わない、という事件だぞ。役人のネコババ事件とはレベルが違うじゃないか」

「……」

「さっき、お前は、急にイキイキしたぞ。道庁の不正の話をする時、突然、目が輝いたぞ。自分で気づいてるか？　それまでは、しょぼんとしてぶつくさ言ってたのに、急に晴れ晴れとした顔になったぞ」

「……そうだったか？」

「ああ。どうしてか、俺はわかるぞ。お前は、マサコちゃん事件に関しては、後ろめたく思ってるんだ。だが、道庁不正の『待ち』に関しては、やましさを全然感じてない。きっと、ブンヤにとっては、仕事の面白味の部分なんだろう」

「まぁな」

「それだけでも明らかじゃないか。マサコちゃんに関しては、お前は後ろめたい。道庁不正に関しては、お前はイキイキしてる。つまり、この二つのケースは、全然別物だろ？」

「……」

「俺は、殺人事件が一つ見逃されて、その黒幕の代議士がのうのうと愉快に暮らすのを許すために、北海道日報に金を払ってるわけじゃないぞ」

「お前がいつ、うちの社に金を払った？」

「払ってるさ。毎月。口座から自動引き落としで」

「……」

「俺は、購読者だぞ」

「もっと静かに話してくれよ。いいか、とにかく、橡脇は見逃されるわけじゃない。猶予を与えられるだけだ。あいつは、逃げも隠れもできない。刑務所に入るのが、そして出て来るのが、十年かそこら、スライドするだけだ。あの年だしな。出て来る前に、中で死ぬかもしれない」

「なんでそんなに、橡脇を特別扱いする？　来内別の核廃棄物処分場のためか？」

「ほう。牧園さんから聞いたのか？」

「ああ」

「なるほどな。まぁ、確かにその件もある。それから、大雪縦貫スーパー林道の件もある」

「ああ、環境保護団体が強硬に反対してる、アレか？」

「反対してるのは、環境団体だけじゃない。あの計画は、そもそもその発端から、不自然だ。ただもう、国と道の予算を、無意味にばらまくためだけの工事だ。ばらまいて、政治家の懐を肥やす、大小の土建屋に甘い汁を吸わせる、何十人からの官僚ＯＢの貯金を増やしてやる、そのためだけの道路だ。しかも、大雪周辺の自然は、壊滅的なダメージを受ける。あんな道路を造ったら、とんでもないことになる。あの工事が今も棚上げになっているのは、橡脇がいるからだ」

「だからって……」

「そのほかにも、絶対に阻止しなければならない、いろんな案件がある。そして、今の知事と、橡脇が、それらに絶対反対を貫いているから、北海道はまだ救われてるんだ」

「だからって、お前。それで殺人者が……」

「少なくとも、橡脇は実行犯じゃない」

「ふざけてるのか？　実行犯じゃなかったら、見逃してもいいのか？」

「だから。見逃すわけじゃない。きちんと罪は償わせる。だが、今は時期が悪い。今ここで橡脇が失脚すれば、それで終わりだ。いろんな膿《うみ》が吹き出す。知事も無傷じゃいられない。そして、核廃棄物処分場をいくつも押しつけられて、くだらない道路工事が片っ端から原始林を掘り返す。それと引き替えに、北海道の自然と、それから農業はぐちゃぐちゃにされて、取り返しのつかないことになる。その方が、お前は嬉しいか?」

「……そういう問題じゃないだろう?」

「いや、そういう問題だ。今は、ほかに選択の余地はない」

「……」

「核のゴミ捨て場にしても、無意味な大規模工事にしても、地元や周辺の住民が懐柔されちまったら、もうそれで阻止することは不可能になっちまうんだ。住民訴訟だのなんだの、いろいろと運動の方法はあるが、まぁ無力だよな。所詮は地域の変わり者と、政治的な背景のある市民活動屋の暇つぶしだとしか思われない。反対運動は、全道的な関心とか反対の気分が盛り上がらなければ、無力だ。その点、今は、橡脇の人気があるから、それで全道的な合意が維持できてる。反対運動への理解も高い。だが、ここで橡脇が消えれば、しかもあんな殺人で泥まみれになって権威が失墜しちまえば、あとはなしくずしに、こっそりと、徐々に賛成意見が操作されて、いつの間にかゴー・サインが出てしまう。だから、少なくとも、来内別処分場と、大雪林道の計画が完全に破棄されるまでは、橡脇を温存しなければならないんだ」

「なんか、おかしくねぇか? そういうことって、殺人事件の解決と、全然関係ねぇじゃねぇか」

「何度も言ってるだろ。時期の問題なんだよ」

「新聞の公正中立はどうなったんだ？」

松尾は面倒臭そうに目を閉じて、深呼吸をした。そして、陰のある表情で、口をつぐんでしまう。俺はむなしさを我慢しながら言葉を続けた。

「でも、自民党は？　そんなことを見逃すのか？　警察は、自民党の警察だろうが」

「そこにも、いろいろと思惑や力のバランスが働いてるんだよ。おそらく、今の政治のバランスは、あと十年もしないうちに崩れるはずだ。九十年代の半ばくらいには、今の五十五年体制は完全に崩壊する。その後、どんな政界地図ができ上がるか、今のところはまだ誰も予測がつかない状況だ。だがとにかく、政党の再編成がこの十年以内に迫っているのは確実だ。その時、橡脇やその仲間は、実力は微々たるものかもしれないが、キャスティング・ヴォートを握ることになるかもしれない。もちろん、そんな将来を受け入れようとしない連中もいる。だが、もう一歩先を読んでる連中にとっては、橡脇はそれなりに利用価値があるんだ。つまり、自民党の中にも、綱引きがある、ということだ」

「……なんの話をしてるんだ、てめぇは。あと十年？　そうか。あと十年、九十年代半ばには、てめぇは四十だな。その頃、てめぇは、くだらねぇ政治かぶれの記者センセイになるつもりか。道政の裏側を知り尽くした、リベラル派のスター記者にでもなって、政治を操って、利権でもあさるつもりか」

「黙れ！」

「くだらねぇ世界で、クズどもといちゃつくなよ。朱に交われば赤くなるってな」

「ふざけるな」

「椽脇が、自分の過去を隠したくて、物騒な連中にマサコちゃんを殺させた。俺は、たぶんそうだと思う。そして、警察は及び腰で、てめぇの言うような政治判断だか駆け引きだか綱引きだかに乗って動かねぇ。だからそれをなんとかして、マサコちゃんを殺した連中を引きずり出す。そんな単純な話が、なんでこんなにねじ曲げられなきゃならないんだ」

「だから、椽脇が……」

「人殺しに北海道を守ってもらって、なにが嬉しいんだ！　あいつがダメなら、別なヤツを見つければいいじゃないか！」

「今さらそんな……いいか、椽脇は一日や二日で今のようになったんじゃないぞ。いくら親の七光があったとしても、やっぱり、二十年以上の年月が必要だったんだ」

「そもそものその最初の時に、下らねぇヤツを引っ張ってきたわけだろ？　それが判断ミスだったと。それを素直に認めて、一遍チャラにして、新規まき直しをすればいいじゃないか」

「そんな余裕がどこにある？」

「……余裕の有無の問題じゃないだろ？　そういう国、そういう土地に住みたいか、住みたくないか、という話だろうが。てめぇは、惚れた女……いや、お前の場合は男でもいいけど、その惚れた相手が、実は年を四十歳ごまかしてて、実は梅毒持ちで、そして実は男だった……いや、お前の場合は女でもいいけど、とにかく実はそうだった、とわかったら、どうするんだ？　それでも、『今さらそんな』と自分を納得させて、一緒になるのか？」

「そういう話じゃないだろう？」

「そういう話だよ。もっと好きになれる女を捜さないのか。手持ちのクズで手を打つのか」

「そういう話じゃない。もっと現実的になれよ。世の中は、理想どおりには行かないんだ。現実は、いろいろと思うようにならないことが多い。だが、ベターな方向を目指すことはできるだろうが」

俺はちょっと黙った。俺は、さっきの〈エンベロープ〉の店長みたいな、ガキっぽいことを言っているのか？　いや、違う、と即座に結論が出た。

「そんな世界に生きて、なにが面白い。人のいい、善良なオカマを、数人がかりでなぶり殺しにする、そういう連中をけしかける、そういう男が代議士だから罪を問われない、そんな世界に生きて、何が面白い。そういう事情を知って、それで俺はどうやって偉そうな顔して生きていくことができるんだ？　お前は、恥ずかしくないか？」

「クズ！」

「恥ずかしくはないさ」

「……」

「それに、連中は、またひとり殺したじゃないか。なんとかリサーチという会社の男を。あの件は、どうなってるんだ？」

「ああ、あれな。あれは仲間割れだ。……仲間割れ、というと語弊があるが、ま、背景はとんでもなく複雑らしいが、要するに、現象としては、関西系広域暴力団の内部抗争、ということになる。核廃棄物処分場の建設問題で、仕事の取り合いをした、というところだ。連中は、ダイレクトに動こうとして、地元の、つまり北海道の、北栄会花岡組のある連中の顔を潰した。で、一部の跳ね上がりが、鉄砲玉をけしかけた。……知らないだろうが、今日の昼過ぎに、花岡組系の田島会のチンピラが、手製の改造銃を持って白石署に出頭したよ」

「……」

「そういうことだ」

「その連中が、ダイレクトに動こうとした、というのは、具体的にはどういうことだ」

「そんなこともわからないのか」

「わからねぇよ」

「お前に、会おうとしたんだよ」

「……なに？……」

「お前の手法は、今回に限っては、不思議なくらい有効だった。特に、中央署記者クラブに電話してきたのは、奇蹟としかいいようがないくらい有効だった」

「なぜ？」

「あの電話を取ったのはな、土建屋のイヌだ」

「イヌってのは？　スパイとか、そういうことか？」

「どこの社、とは言えないが、ある新聞社の記者で、実は土建業界に相当の借金をしてる。

というか、飼われてるヤツだ。中央署記者クラブには加盟していないが、市役所記者クラブに加盟している、ある業界新聞があって、その幹部を経由して、情報がそっちに流れ、金はそいつに流れ込んでる」

「そんなヤツを放っておくのか」

「そうだ。その方が便利だ。俺たちはなにも言わない。気づかないふりをしている。道警広報も、気づかないふりをしている。利用価値は無限だからな。……たとえば、決定的な証拠を挙げられなかったり、いろんな横やりが入って立件できそうにない、というような汚職事件があったとする。警察は、悔し紛れに、あるいは今後の予防のために、俺たちを含めて、そいつに、これこれの事件があって、そのうちに幹部をしょっぴく、というようなウワサ話をする。そいつは、飼い主にそれを報告する。飼い主は、やっぱり震え上がって、少しの間はおとなしくする。そういう利用法があるんだ。飼い主にもいろいろ、な。情報をリークして、相手の動きを牽制する、相手が失敗するのを待つ、というような局面てのはいくらでもある」

「……」

「とんでもないことになってるんだぜ。もう、お前の住所、氏名、年齢、血液型、星座、そんなデータが、あっと言う間にあたりを駆け回ったね」

「……」

「橡脇側は、もちろん、お前に黙っていてもらおうとしてる。一方で、敵対勢力はふたつに分かれた。お前を利用しよう、としている連中はもちろんいる。だが、ここで話がややこしくなるのを嫌って、お前を遠いところにやっちまおう、と考えてる連中もいる。その中には、女をあてがって、二週間ほどリスボンあたりに遊びに行ってもらおうと考えてるのもいれば、あっさりと息の根を止めようとしてるのもいる」

「橡脇の側が、俺を黙らせようとするのはわかるさ。でも、なんで対抗勢力の連中までが、俺を黙らせようとするんだ？」

「考えてもみろ。この件で橡脇の弱みをがっちりと握って、貸しを作れば、あとでいくらでも利用できるだろうが」

「……クズばっかりだ」

「……どうする？」

「うるせぇ。俺は、お前を見損なってた」

「ひとつ、提案があるんだ」

「聞く気はない」

「新堂に会わないか？」

「なに？」

「新堂……勝利、甥の方の新堂だ。こいつが今は、実務窓口になっている。で、なにか、提案したいそうだ」

「……てめぇは、人殺しの使いっ走りをするのか」

松尾は、すっと立ち上がった。青ざめた顔で、ベッドに座ったままの俺を見下ろす。体が、ぶるぶる震え出した。俺は、黙って見上げた。眺めた。俺は、松尾よりも情報量に乏しく、頭が幼稚かもしれない。だが、今この状況で、はっきりとわかることが一つだけある。松尾がどれほど激昂しても、殴りかかってきても、少なくとも、俺はそれを一撃で制圧できる、ということだ。松尾は、肉体的にはヘナチョコだ。

「てめぇは、人殺しのパシリか」

「……おい、少し言葉を選べ。俺の気持ちも考えろ」

「なぜだ。俺は、もう、金輪際、お前の気持ちなんか考えないからな」

松尾は、体をぶるぶる震わせながら、白い顔で、目を細めて、俺をじっと見つめる。あたりが妙に静かになって、今まで気づかなかった街の音が聞こえてきた。駅前通りを行き来する車の音。風の音。窓ガラスになにか固い小さなものが休みなくぶつかる音。雪が降ってきたか。二月の、寒い日の雪は、細かく固く、窓ガラスにぶつかるとサラサラと音を立てる。もちろん、風が強くなければならないが。

「お前さ」と松尾が口を開いた。「一言だけでいいから、俺に、謝ってくれないか。俺は、確かに、お前の気に入らないことをたくさん話した。お前が怒っても仕方ないことを言った。だが、俺は、個人的に、お前を侮辱しなかった。それに比べると、お前の言葉はひどい。俺を、徹底的に侮辱し続けた。それは認めるか？」

「……」

「一言だけでいい、俺に謝れ。俺は、お前の命とか、安全とかも考えて、自分の立場で、できる限りのことをしたつもりだ。俺の立場も、今は相当に悪い。お前と、個人的に付き合いがあることはみんなが知るようになったからな」

「……」

「だが、そのことは、今はどうでもいい。とにかく、俺も精一杯、やってる。高田がやられた、と聞いたんで、桐原さん……例の桐原組の組長に電話したのは俺だ」

「桐原に？」

「ああ。相田だったっけ？　若頭の。彼を向かわせる、と言ってくれた」

「……」

「つい今の今まで、こんなことをお前に話すつもりはなかったんだ。桐原さんにも、俺が電話したことは内緒にしてくれ、と頼んだんだ」

「……」

「お前は、部屋に帰れない時はたいがい〈フィンランド・センター〉に行くだろ？　お前の立ち回り先の候補として、あのサウナの名前も挙がってるらしいんだ」

「なんで？」

「客引きたちの誰かが話したんだと思う。花岡組系の誰かがな。だから、ヤバイと思ってな。サウナにいるかもしれない、と俺が言ったら、桐原さんもすぐに、じゃ〈フィンランド・センター〉だな、と言ったよ」

「……」

「お前は、つくづくノンキだよ」

「……」

「……ま、謝らなくてもいい。もう、気は晴れた。もう、いいよ。でも、俺はパシリじゃない。そのことだけは、お前、忘れるな」

「……わかった」

そして、俺は謝ろうとした。松尾の言い分を認めるわけじゃない。だが、少なくとも、俺の言葉遣いは、ひどかった。そのことを謝ろうとしたのだ。

だが、その時、部屋のチャイムがピンポンと鳴ったので、俺は謝るチャンスを逃してしまった。

37

ドアの覗き穴いっぱいに、牧園の鼻が膨らんで見えた。

「誰だ？」

松尾が尋ねる。

「牧園だ」

「ああ、そうか。……じゃ、俺はこれで帰る。もしも、新堂と会ってみる気になったら、連絡してくれ」

「どこに？」

「ああ、それがあったな。……〈ケラー〉じゃどうだ？　俺もお前も、しばらくはあそこに近寄れないけど、大畑マスターなら、きちんと伝言を捌いてくれるだろう」

「わかった」

　チャイムがもう一度鳴った。

「じゃぁな」

　松尾が立ち上がる。俺はドアを開けた。松尾は、非常に滑らかに出て行った。牧園とすれ違う時に「や」「どうも」と軽く言い交わして、そのまま消えた。

「どうだった？　たっぷり説教をくらったか？」

　牧園が、顔を脂でテカテカ光らせ、タバコのヤニのニオイと一緒に入って来る。その後ろに、見たことがない中年の男と、無愛想な雰囲気の若い男が並んでいる。

「さ、どうぞ、入って。紹介しますよ」

　ふたりは、軽く頷いて、牧園の後に続いた。

「これが、例のお調子者だ。おい、こちらは、ファインダーのエチゼンさん、それとカメラマンのコイズミさんだ」

　なに？　牧園はなにを考えてるんだろう。ファインダーってのは、あの『ファインダー』

か?

「初めまして」

エチゼンは、背筋をピンと伸ばして、胸ポケットから名刺入れを取り出し、一枚よこす。横書きの名刺で、一番上に〈現代に鋭く迫る! 真実を目撃する週刊『ファインダー』〉とあって、編集主任の肩書きと、越前章吾という名前、文精社雑誌局第二編集部という部署名、住所に電話・ファックス番号などが並んでいる。

「よろしく」

横から、カメラマンだという男が名刺を出した。こちらは、〈週刊『ファインダー』特約カメラマン〉の、小泉晴彦だ。

「ああ、『ファインダー』というと、あの……」

「ええ。その『ファインダー』です」

「最近、増えましたよね、こういう雑誌が」

「ええ。4FET戦争、なんて言われてますけどね。中では、ウチが一番後発ですけど、でも、一番イキはいいですよ」

越前が、いかにもイキが良さそうに言う。灰色のコーデュロイのズボンに濃い緑のダウン・パーカーを着ている。雑誌編集者、という雰囲気がゆったりと感じられる。

「出版社の規模としては、ウチはまだまだですが、その分、フットワークの軽さが売り物です」

横で、カメラマンが暗い雰囲気で頷いた。長髪で、まるで七十年代の狭い下宿からやって来たような男だ。

「で？」

俺は、牧園に目を向けた。牧園は、「うん」と短く頷き、喋りだした。

「このおふたりは、ラーメン紀行の取材でこっちに来たんだ。冬の定番企画、ということでな。ウチは、『ファインダー』さんとはよく一緒に仕事をするわけだ。飲食店だの、ススキノの風俗だの、そんな取材のコーディネートをさせてもらってる」

「いつもお世話になってます」

越前が頭を下げて社交辞令を述べた。

「で、そんなわけで今回もいらしたんだが、そこで思いついたのが、あんたのことだ。これも、ネタとしては面白いだろ？　で、話してみたわけだよ。記事にならんか、と。某大物代議士が絡んでいる、とウワサされる殺人事件の捜査が、はかばかしくない、と。どうやら、警察には圧力がかかっている、というウワサがもっぱらだ、と。で、そこに、ヘンなお調子者が、横から飛び込んできて、ひっかきまわしている、と。で、そのお調子者は、写真を通して、道警の怠慢を糾弾する、と。そういうわけだ。どうだ？」

……なにを考えているのだ、こいつは。

「どうだって言われても……」

「確かに、効果はあると思います。少なくとも、あなたの身の安全は、これで心配なくなるんじゃないでしょうか」

越前がそう言って、小泉の方を見る。小泉は、陰気に頷いた。

「つまりですね。全国誌で、あなたのことが紹介されれば、もう、あなたを襲うことはできなくなるでしょう。もしかすると、あなたの行動の自由度も、増えるかもしれない。……まぁ、もちろん、顔を知られる、ということで逆の結果になる場合もありますが。ですが、その点は、目線を入れますから、最低限に抑えることができる」

越前が、なにかこう、事務的な口調で説明する。

「目線？」

俺が呟くと、牧園が「ほら、あるだろ」とじれったそうに言う。「よく、顔写真の、目の所を隠すじゃないか。あれだよ」

「……はぁ……」

思いがけないことだったので、俺は混乱した。まさか自分が、写真週刊誌に姿をさらすことになるなど、今の今まで考えたこともなかった。もしもそうしたら、どうなるだろう。確かに、俺を襲うことは難しくなるかもしれない。それに、俺の所に情報が集まりやすくなるかもしれない。だが……

「あのな、急がないと、あまり時間の余裕はないんだ。今日は水曜日だろ？　で、『ファインダー』の発売は月曜日だ」

「発売日の問題は、いろいろと議論があるところですが、ま、当面ウチは、月曜朝発売、という線を維持するつもりです」

越前が、この件に関係ないことを言う。きっと、編集部内で、発売日のことが問題になっているんだろう。

「で、越前さんたちのスケジュールもあるし、今晩中に撮影してしまいたいんだ。そして、おふたりは、明日の朝イチで千歳から飛ぶ」

「……ちょっと待ってくださいよ。……そうしたら、どうなると思います？」

牧園が、せかせかした口調でまた口を開いた。

「まぁ、それで話題がどれほど膨らむか、という問題だろうが、まず、例の事件を忘れかけてる連中に、思い出させるきっかけにはなるだろう。読者は、警察の怠慢や腐敗、というネタは好きだ。だが、この記事だけで、道警が態度を改める、ということは期待できないな。でも、頬っかぶりを続けることは、ややしづらくなるだろう。そのうちに、なにかが動き出すかもしれない。それからもちろん、あんたの安全は、まぁまぁ回復するんじゃないかな。記事がでた後で、あんたになにかが起こったら、こりゃもう、あまりにあからさま、ということになるからな」

「……」

「どうでしょう？　ウチのデスクは、こういう社会派ネタが好きで、さっき牧園さんの所から電話を入れたら、おおむね了解、という返事だったんです。いかがですか。ご協力させていただけませんか？　というか、ご協力、お願いできませんか？」

「もしも、撮影するとしたら、いつどこで、ということになりますか？」

あやふやな気分のまま、俺が尋ねると、牧園がじれったそうに言った。

「きまってるじゃないか。夜に、あの現場でだよ。マンションの駐車場だ」

「わりと人通りの少ない現場だ、と伺っておりますが」

越前が、いかにも重要、という真剣な表情で言う。

「まぁ、確かに人通りは少ないけど。それがなにか？」

俺が尋ねると、ええ、と頷いて言葉を続ける。

「つまり、あれです。あの事件の現場に行って撮影するだけでは、なにかこう、ひとつ足りない。だから、できるものだったら、殺害の時刻にですね、現場を訪れて、万感胸に迫る思いで、被害者に真相解明を誓う、というようなカタチにしたいわけです。でも、ちょっと時間の関係でそれが難しいので……殺害の推定時刻は、午前三時から午前五時の間、おそらく午前三時十分ころ、と聞いてます。ですから、その時刻に撮りたいわけですが、なにしろすぐに千歳から飛ばなければなりませんから」

「朝イチの便は、八時ころじゃなかったっけ？」

俺が言うと、牧園が「おいおい」というように手を振る。

「いくらなんでも、そりゃ大変だろうさ。やっぱり、夜はちょっと、息抜きが必要だ」

越前が苦笑を浮かべる。小泉は、相変わらずのむっとした表情で、まるで喧嘩腰みたいに強く頷いた。

「なるほどね」

「で、さいわい、今は日没も早いようですから、午後七時とかにですね、撮影して、それを午前三時のものとして使いたいわけです」

「はぁ……なるほど……」

なんだか、どうでもいいことのように思われた。ばかばかしい、くだらないことだと思った。こんなことで、真相の解明に役立ったり、俺の身が守れるんなら、世の中はチョロイもんだ。撮影時間をごまかして、要するにページを潰すだけの口実なんだろう。きっと、アテにしていたネタが潰れたとか、うまい写真が撮れなかったとか、ライバル誌にスクープを抜かれたとか、なにかそんなような事情で、急にページが空いたわけだろう。で、毒にもクスリにもならないネタが転がっていたので、ページを埋める必要から、適当に時間をごまかしたりして、とにかく見開きひとつをでっち上げる、と。

だが、それでも、完全に無意味ではないだろう、と思った。成果をアテにはしない。だが、万が一、ということもある。瓢簞《ひょうたん》から駒《こま》、ということもあるだろう。付き合ってやってもいい、と思った。だから、そう言った。

「おい、そりゃ失礼だろう。付き合うなんて。こっちは、あんたのことを心配して、越前さんにお願いしてだ、越前さんも、わざわざデスクに電話を入れて……」

「いや、それはこちらの事情ですから。お気持ちもわかります。ありがとうございます。お付き合いください。よろしくお願いします」

妙に大人の態度を見せる男だ。その横で、小泉も、不思議なほどに丁寧に頭を下げる。俺は、ちょっとびっくりした。

「……よろしく」

「いや、こちらこそ。よろしくお願いします」

おれが思わずそう答えたので、この話は決まった。越前と小泉は、これから夕方までラーメン横町での撮影があるんだそうだ。その後、取材も兼ねてお話がしたい、と言う。それは、牧園が仕切ることになって、午後五時に牧園がよく行くらしい〈蛯原《えびはら》〉という郷土料理屋で待ち合わせることになった。

38

牧園は、「夜までこの部屋でおとなしくしてろ」と言ったが、俺はそれほど物静かにはできていない。牧園と『ファインダー』のふたりが出て行ってから、五分ほどおとなしく窓から街を見下ろしたりしてみたが、やはりつまらなくなって、外に出ることにした。ベッド・サイドの時計は二時四十五分だった。

グランド・ホテルから出て、大通駅から地下鉄に乗り、ススキノで降りた。わずか駅ひとつだが、駅前通りを歩くよりは目立たないだろう、と思ったのだ。人混みにまじって地上に出て、桑島ビルを目指した。最上階にラウンジ〈ベレル〉があり、そして一階に〈棚橋花園〉があるビルだ。

花屋の、息苦しくなるほどの香りの中で、俺はほんの一瞬にして、悟った。この店の主人は、明らかに買収されている。というか、口止めされている。

俺が「オーナー、いらっしゃいますか？」と可愛らしい娘に尋ねたら、すぐに出て来た。ポチャポチャッとした体型の小柄な中年男で、エプロン姿が、サロペットを着たテディ・ベアのようで、なかなか可愛らしく似合っている。笑顔が柔らかくて、頭にほとんど毛がないが、全体として気のいい白玉団子という感じで、誰にも好かれるだろう、と俺は思った。ニコッと笑って、「なんでしょ？」と言った。そばに突っ立っている娘がいなかったら、小首を傾げそうな感じだ。

「あのう、こちらの店に、社会党の橡脇さん、代議士の、あの人はよくいらっしゃいますか？」

俺はいきなり尋ねた。あまりにも芸がない、とは思うが、さっき〈エンベロープ〉の一件で、すっかりウソツキ心がくたびれていたのだ。それに、どっちにしても、あまり収穫はないだろう、と思った。また、そうでなくてはいかん。橡脇がこの店に来たことがないのなら、それはそれでいい。あっさりと帰る。橡脇がこの店によく来る客で、しかもそれを全く隠そうとしないのであれば、またそれもそれでいい。隠す必要がない、ということは、それほど意味がない行動だ、ということだ。一方、店主が嘘をつこうとすれば、そこにはなにかある、ということがわかる。わかるが、それ以上深追いしてはいけない。ややこしいことになって、この店主が殺されでもしたら、俺はちょっと、生きるのが辛くなる。

「いえ」

店主は、突然強張った顔になり、強く首を振って、控えめな声で呟くように否定した。

「なるほど。わかりました」

橡脇が、この店に来たことがあるのは間違いない。そしてそれは、おそらく、マサコちゃんが殺された日のことだろう。

「じゃ、いいです。ありがとうございました」

俺がそう言って店を出ようとすると、「あ、いや、あの」と店主が言って一歩踏み出し、俺の手を握った。それから、娘に「コーヒー、飲んどいで。休憩、休憩」と不自然な笑顔で言う。娘は「ラッキー！」と顔の前で手をパチパチと打ち、手早くエプロンをはずして足早に出て行った。そして店の前でツルリと転び、すぐに立ち上がってこっちを見て舌先を出してふざけた笑顔を作り、腰を撫でながら足早に歩み去った。

俺と店主は、それをなんとなく見送ってから、お互いに顔を見合わせた。

「なにか？」

俺が尋ねると、店主は俺の手を放し、そして腕組みをして「う〜ん」と一度唸ってから、腕を解いて顔を上げた。

「あの、これ、なにか裏がありますか？」

「は？」

「あなた、例の人たちに仕事を依頼されて……というか、とにかく、わたしがなにか変なことを喋ったりしないかどうか、そこらへんを探りに来たんですか？」

「え？　いえ、そんなことないですよ。例の人たちって、誰ですか？」

「う～ん……参ったなぁ……失敗したかなぁ……」

「なんの話ですか？」

「……あなた、たまぁに、いらっしゃいますよね。手前どものこの店に」

「ええ」

「いつもは、夜遅くに、黒っぽいスーツを着て。そうですよね？　やっぱり、そうだ。こんな時間で、そんな格好してるから、ちょっとわからなかったけど、そうですよね？」

「ええ」

「だいたいいつも酔っ払ってて」

「はぁ、そうですか。……自分では、素面のつもりですけど……」

「ハハハ！……いや、失礼。そうですか。そうでしたか。……いやぁ……う～ん……参ったなぁ……」

「どうしたんですか？」

「……いやね、ほら、こういう商売ですから、秘密ってことも、わりとよくあるんです、誰が誰にお花を贈ったか、なんてことをペラペラ喋ってたら、こんな商売やってられませんから」

「はぁ」

「でもね……夜遅くに、橡脇さんがいきなりやって来て、赤いバラの花束を五十本お買い上げになる、というのはね……別に、そんな秘密にするようなことじゃないだろう、と思うんですよ。まぁ、わたしも、別に触れ回ろう、とは思いませんけど、それを秘密にするってことで、五十万、というのは、いかにもどうかな、と。……なんか、ヘンな話じゃありません？」

「五十万」

「ええ。そんなことされたら、いかにも、重大な秘密、と思えるじゃないですか。……ウチはね、オヤジのころから、橡脇支持でね。わたしはそれほど政治には興味ないけど、オヤジは戦後民主主義を熱烈に支持してましたから。教師でしたけどね。日教組、つまり道教組の活動を熱心にやってました。オヤジにとっては、橡脇親子は、もう、ヒーローでね。一昨年、亡くなりましたけど。だから、もしもオヤジが生きてたら、ウチにいきなり橡脇さんが来た、なんて話をしたら、喜んだろうなぁってね……。一度、そんなことがあったんですよ。輪島がね。まだ横綱だった頃、札幌場所に来て、クラブのホステスに贈るんだってことで、この店で、店にあったバラ、全部買ってくれたことがあって。その頃、オヤジは教師を辞めて、店に母親、つまり、僕の祖母なんですけど、それを手伝ってたんです。そこに、ねぇ、いきなり輪島が来て、しかもオヤジ、輪島のファンでしたから。……理由はくだらなくてね。大卒の横綱だから、ってことで。……バカでしょ？　でまぁ、そんなわけで、大喜びですよ。そんなことがあったもんだから、そこにいきなり椽脇さんだから、こりゃ、オヤジが生きてたら、本当に喜んだろうな、と……」

一瞬、懐旧の念とともに言葉が途切れた。俺は素早く口を挟んだ。ここで口を挟まなければ、次の機会は二時間後になったかもしれない。

「で、どうなったんですか？」

「ええ。ですから、プロレスに転向した時は、本当に驚いてましたね。……え？　あ、輪島じゃなくて。ああ、そう。椽脇さんのことでしたっけ。……それで、別にその時はただご注文どおりにお花をお買い上げいただいて、そして、ウチの前は、ここ、歩道が凍って滑りますもんでね。それにちょっと、お酒を召し上がっているようだったし、お疲れのようすでもあったんで……まぁ、手はつなぎませんでしたけれども、一応、お見送りをしまして……この前に停まっていたタクシーまでご案内して。本当にもう、ただそれだけのことだったんですが」

「なるほど」

「それがあなた、翌々日、いきなり、ヘンに目つきの鋭い男がふたり、開店早々にやって来て、いきなり、本当にいきなり、剝き出しで五十万の札束を出すもんだから、わたしもう驚きましてね。で、『これで、先日椽脇がこちらに来たことはなかったことにしてください』とかなんとか言うわけですよ。藪から棒に。……なんですかねぇ……。わたしも、思わず気を呑まれたというのか、『はぁ』ってな感じで返事をしましてね。そしたら、バカみたいに、『感謝します』ってなことを言って、わざとらしく握手して、大股に出て行きましたけどね。なんでしょうねぇ……」

「その後は、なにか？」

「いえ、全然。それっきりですわ。なんかこう……ほら、ちょうどその夜、ススキノのオカマがひとり、殺されたんですよ。それと橡脇さんが関係がある、というようなウワサも聞きましたけどね……そんな小説みたいな話……まさかねぇ……どう思います？」

「さぁ……」

「なんか、気味が悪くてね。その時もらった五十万も、手を付けずに、銀行にも入れないで、そこの台の引き出しに放り込んであるんですよ。……どうですか、もしよかったら、持って行ってくれませんか？　もしも、あなたが、連中となにか関係があるんだったら、返していただけたらありがたいんですけどね。あ、もちろん、あれです。お金を返したからって、みんなに言い触らすとか、そういうことはしませんよ。さっきも言ったけど、そんなことペラペラ喋ってたら、この商売、信用なくなっちまいますから。ただ、やっぱり、ああいうやり方はないだろ、と言ってやりたいんですよ。いきなり来て、金を出して、黙ってろ、というのはね。ギャングじゃないんだから。ちゃんと理由を話して、いや、理由が話せないなら、話せないで、どうしてもわけは話せないんだけど、秘密にしておかなければならないんです、だから、お願いします、ときちんと説明されて、頼まれたら、こっちも、そうかなってな気持ちになりますよ。でもねぇ、あのやり方は……」

「なるほど」

「……あれですか？　本当に、あの人たちとあなた、なんの関係もないんですか？」

「わたしですか？　ええ。残念ながら」

「こういうの、困るんですよね。こっちから連絡しようと思っても、方法がないんですよ。こっちの考えが変わっても、どうしようもない。これ、考えようによっては、卑怯ですよね」

「ええ。そうですね」

「まいったなぁ……」

店主は、ほとんど毛のないピカピカ光る頭をツルリと撫でた。

花屋から出て、聖清澄に電話してみた。ベル三つで「どうなってるの？」という元気な声が受話器から飛び出した。ベルが鳴った瞬間に、俺からの電話だ、とわかっていたような感じだった。いや、ベルが鳴る前からわかっていたのかもしれないが。

「例の、橡脇のバラの花束の件、あれはやっぱり間違いないようですね」

「やっぱりね。じゃ、どういうことになる？」

「……全然見当もつきませんよ」

「そのバラは、マサコちゃんにプレゼントするためのものかしら？」

「どうだろうなぁ……あなたの直感は、なんと言ってます？」

「マサコちゃんへのプレゼントだと思うわ」

「……だとすると、非常におかしい話だな」

「そうねぇ」

「これで、マサコちゃんを殺したのが、単独犯ならわかりやすい。椽脇が騙し討ちした、ということも考えられるさ。花束を渡して、マサコちゃんが喜んだ隙に、ナイフでひと刺しとかね。それくらい、六十オヤジにも可能だろうと思うんだ。でも……」

「ヘンな話ね。さっぱりわからないわ」

まだらボケ、という言葉があるが、聖の直感、あるいは霊感、まぁどう言ってもいいが、それは「まだら霊感」であるようだった。まぁ、そんなものだろう。少なくとも、聖が正直である、という証拠だ。

「で、ほかには？　なにか進展があった？」

「どうやら、わたしの顔写真が、『ファインダー』に掲載されるようです」

「ええ？　あの写真週刊誌の？」

「ええ」

俺は手短に説明した。

「なるほど。それ、名案かもしれないわ」

「そうでしょうかね」

「うん。これで、事件は一挙解決、という感じがするわ」

「そんなに劇的ですか？」

「ええ。ただ、その前にあなた、大怪我するかもしれないわ。充分に用心してね」

「大怪我……」

「そう。その、牧園さんって、わたしも何度か会ったことあるの。三年くらい前かな。彼の雑誌でね、『どうなる道内経済　新年占い座談会』とかなんとかいう企画があってね。それをきっかけにして、何度か。わたし、あの雑誌の人生相談のコーナーも担当したことあるのよ」

「はぁ」

「で、その時の経験から言うんだけど、あの人、自分では悪意はないんだけど、周りの人を窮地に追い込むところがあるのね。いつもそうだってわけじゃないけど、巡り合わせが悪いと、そういうことになりがちなの」

「へぇ」

「狸《たぬき》がついてるのよ」

「狸が」

「ええ。先祖に、そうだなぁ、十代以上前の先祖に、肥後で猟師をやっていたひとがいてね。狩人ね。で、狸を何百匹も撃ち殺したのね。その因縁が、今の牧園さんにとりついているわけ」

「肥後の猟師……ですか？」

「そう」

「あの、『あんたがたどこさ』のマリつきの歌は、牧園さんの先祖を歌ったものですか？」

「なに言ってるのよ。やぁね。あれは、わらべ歌でしょ？　わたしのは、因縁を見たのよ。全然別問題よ」

「……そうですか……」

「ま、とにかく気をつけて。わたしの方は、今のところは特に進展はなし。ちょっとひとつ、道内の大手百貨店のひとつが倒産しそうだ、という極秘情報を聞き込んだんだけど、これは、マサコちゃんの件とは無関係。……あなた、帯広の本松デパートにお金貸したりしてる？株券を持ってるとか」

「僕が？　いえ、全然」

「ならいいけど。もしもお友達とかに、あそこの仕事をしていて債権を持っている……つまり、なにか商品を仕入れてて、売掛金が残ってるとか、広告を担当しててまだ精算されていないとか、そういう人がいたら、債権回収を急ぎなさいって教えてあげるといいわ。今年の夏までは保《も》たないから」

「はぁ……そうなんですか」

俺は全然興味がない。

「でしょ？　興味がない、と思ったから、気安く話したのよ。面白いネタだから。もしもあなたが、こういう話に飛びついてお小遣い稼ぎをするようなタイプの人だったら、わたし、絶対話さなかったわ」

「わかりました」

そう答えてから、全然興味がない、とは俺は口にはしなかったことに気づいた。心の中で呟きはしたが、口では言わなかった。

「わかるのよ。珍しいことじゃないわ。雰囲気で、言わなくてもわかるってこともあるの。じゃぁね」

聖は軽快にそう言い放って、あっさりと電話を切った。

39

それから四時半までゲーム・センターで時間を潰した。このあたり、自分の性格になにか問題があるのではないか、と思う。事件解明のために、なにかすることがあるはずだ、とは思ったのだが、なにも思いつかなかったのだ。新堂に電話してみようか、とか、堤が今どこでどうしているか調べてみようか、とも思った。道警の種谷に電話してみようかとも思ったし、そのほか諸々のことを考えはしたのだ。だが、どうもピンとこなかった。で、映画でも観ようかとも思ったのだが、時間が中途半端だったので、結局、〈飛鳥ビル〉のゲーム・センターに足が向かってしまったわけだ。ここには、ついこの前までペンゴが一台だけ残っていたのだが、去年の終わりに、とうとう消滅してしまった。だが、テトリスというゲームが流行《はや》っていて、これがなかなか面白い。はじめのうちは、テトリスはペンゴじゃない、という理由で、「ケッ」と無視していたのだが、一度試してみたら、ついつい深みにはまった。最初はあっと言う間にゲーム・オーバーになってしまったが、この頃は、四回ほどやると軽く一時間は経過していて、汗だくになっている、というところまで上達した。そんなわけで、四時半に〈飛鳥ビル〉から出た時には、俺は汗まみれで、今朝買ったばかりのダウン・パーカーも、むっとするほど汗を吸い込んでいるような感じだった。汗だくで、これで真冬の夕方の冷たい風に吹かれたら、風邪を引くかもしれない、とちょっと心配になったが、さすがは高級品で、寒さは全然感じない。なるほどね、と感心しながら、〈蛯原〉に向かった。

その店は、ローカル・マイナー雑誌が、中央のメジャー雑誌の記者を接待するのにいかにも似合いの店だった。ざっくばらんではないが、それなりに格調はあり、だが超一流というにはちょっとためらわれ、でも悪くはない、一応、「おもてなしするに恥ずかしくはない」のだが、「胸を張ってふんぞり返るにはちょっと物足りなくないこともない」というような複雑な位置付けを感じさせる店だった。牧園は、これでなかなか苦労人なのだ。

ちょっと早めに着いた俺が、通された奥の和室で、テトリスの緊張と興奮を冷ましつつ、エビスビールを呑んでいると、疲れを露骨ににじませた三人が、やれやれ、やっと一段落、という感じで入って来た。

「お、いたな」

牧園が脂でギトギト光る顔で入って来る。俺の横に座った。タバコのヤニのニオイが俺をすっぽりと包んだ。やけに機嫌がいい。取材しながら少し呑んだらしい。それに、中央のメジャーな雑誌の記者と仕事をする、というのは嬉しいことらしい。ちょっとハイになっているようだ。ついさっきまで、俺に会うことをとても警戒していたのが、ウソのようだ。

「ま、どうぞ! 座って、座って。お疲れさんでした!」

「あれですかね」越前が腰を下ろしながら、俺に言う。話のきっかけを作るために、ラーメンを話題に選んだらしい。「札幌の人は、ラーメン横町の店、それぞれの味がわかるもんですか?」

「まぁ……中には、間違いなくこの店だ、と明らかにわかる店もありますけどね。逆に、平凡な店もありますよ。……まぁ、たいていの札幌の人間は、好みの店があるもんですが」

「へぇ。なるほどなぁ。そういうもんなんですねぇ……」

越前はさも感心したような口調で言い、熱心に頷く。その横で、長髪の小泉が「ほほぅ」という表情で、これまた非常に熱意を込めて頷いた。

「さ、さ、ま、とりあえず、乾杯しましょ。料理はね、これはもう、ここにお任せで。ここのオヤジは、いいもん食わせてくれますから。これはもう、安心して任せられます。ま、とにかく、乾杯、乾杯。おねぇさん、ビール、ビール。……あんたは？　なに呑んでる？」

「エビスです」

「お！　上等だ。じゃ、エビス、エビスでいいですか？　いい？　よし、じゃ、エビスいきましょう。麦芽百パーセントってとこで。ねぇさん、よろしく！」

牧園は、本当に楽しそうだった。

話すべきことはそれほど多くはない、と思っていた。だが、いざ質問されながら、自分の体験や考え、そして集めた情報などを整理して話してみると、わりと時間がかかった。越前の質問はそれなりに的確で、そして橡脇という存在のこともよく理解しているようだった。俺は、橡脇がそれほど大きな存在だとは思っていなかったので、ちょっと驚いた。確かに北海道の中では政治家としてはダントツに有名で、全国的なスター代議士ということになっているが、実際のところはそれほどではないだろう、と思っていたのだ。

「そうでもありませんよ。何年か後には、社会党委員長とか、そういう可能性もあるくらいですから」

「あんた、認識不足だな」

牧園が追い打ちをかける。

「ま、よく知らないから、こんなことに首を突っ込んだんだろうがな。無知は罪だよ」

「いい言葉ですね。誰の名言ですか？」

「あれは……忘れた。もしかすると、俺のオリジナルかもしらん。だとすると、偉いもんだな、俺も」

俺たちは笑った。それから、越前が状況を整理する、というような講師口調で語る。

「今、政治の流れは、非常に流動的ですからね。まぁ、今年来年、というような短期的スパンではなくて、これから十年、というような流れの中で見てみると、大変動が起きるであろうことは、まず間違いないですね。五十五年体制、つまり自民党と社会党による、保守・革新の枠組み、というのは、もうそろそろその役割を終えつつありますからね。激動があるでしょう。そうなると、たとえば、社会党政権、なんてのも誕生するかもしれない。そうすると、橡脇なんてのは、とりあえずは首相の候補のひとりではありますし」

「ええ？　そんな可能性もありますか？」

「なきにしもあらず、というところですか。ま、そんな感じで、この事件は、全国的に注目を集めるケースではある、と思いますね。オカマ殺人、警察の怠慢、政治家の圧力、地元メディアの不自然な沈黙、そんなものの相乗効果で、もしかするとうまく弾けるかもしれません」

そんなもんかな、と俺は思った。

「あ、それにもちろん、そういう状況に敢然と立ち向かう、被害者の友人。彼の孤立無援ぶり、孤軍奮闘ぶりは、これはもう、サラリーマンの血を熱くするドラマですよ」

そんなもんかな、と俺は思った。

それからまた、事件の話を少しして、七時過ぎに店を出て、現場に向かった。

人通りはまぁまぁで、あちらこちらに散らばっている客引きたちも、今夜の水揚げについては希望を持っているらしい顔つきだった。俺を見て、そしてジーンズにダウン・パーカーという俺の格好を見て、そして俺と一緒に歩く牧園や越前、小泉を見て、ちょっと不思議そうな顔になる。それから、さり気なく視線をそらし、俺を無視する。ま、好きにやってろ。来週の月曜日には、あっと驚くことになるんだから。

冬のススキノは、大きな通りの歩道はロード・ヒーティングが埋設されていて、普通に歩ける。だが、脇道に入ると、ツルツルに凍った凸凹の道になるので、慣れない人間にとっては歩きづらい。現に、越前は一度ひっくり返った。

「いやぁ、滑りますねぇ」と感心したように言い、機材をいろいろと入れているらしい大きなケースを肩に掛けている小泉に、「気をつけろよ」と真剣な表情で言った。

「タクシーを拾えばよかったですかなぁ！」と牧園が言って、「でも、ま！　渋滞ですから！　時間はおんなしですわ」と陽気に弁解する。ご機嫌だ。エビスを三本飲んだし。まぁ、確かに今の時間、ススキノの車道は車でびっしりと覆われる。タクシーが余っているのだ。この渋滞を車で突っ切るよりは、歩く方が早い。

ほどなくマサコちゃんが住んでいたマンション、マサコちゃんが殺された駐車場に着いた。あたりは真っ暗で、確かに午前三時過ぎでも通用しそうだ。人通りも少ない。と思ったら、角からぴったりと体を寄せ合ったカップルが現れて、俺たちの後ろを、顔を伏せて通り過ぎた。

「ここですか。……なるほど。じゃ、さっさと撮りましょうか」

牧園がちょっと離れて、後ろに手を組んで立つ。気分はディレクターか。あるいは、スポンサー、というところだろうか。小泉がケースを開けて、レンズだのストロボだの、ライトだの、バッテリーだの、いろいろのものを手際よく取り出し、カメラに装着したり、コードをつなげたりする。

「一点？」

小泉が手を動かしながら言う。

「うん、そうね」

「ヨリは？」

「それはなしにしよう。一点で読ませる」

「OK。……マンション外観は？」

「う〜ん……ちょっと、話がややこしくなるとアレだから、ナシにしよう。現場一点、それで世界を完結させる」

「OK」

小泉の用意はすぐに済んで、思いがけず丁寧な口調で、「じゃ、あそこに立ってください。あの街宣車の所で、常田さんのご遺体が発見されたんですよね」と言う。この、「常田さんのご遺体」という言葉が、なんだか俺の胸にガツンとぶつかった。俺は、言われるままに、街宣車の横に立った。

「ええと、ちょっと光のチェックをします……」

小泉と越前が、忙しく動き回った。何度かストロボを光らせ、撮影する位置を変え、俺に、あっちを向け、こっちを向け、と指示を出し、しまいには小泉に指示された越前が、両手に青いランプを持って「あそこで」「こっちで」と支持されるままにカカシごっこをするような騒ぎにもなった。野次馬が、それほどの数ではないが、ぽつりぽつりと足を止めて、俺たちのことを眺めている。その中に、ウワサを聞きつけてやって来たらしい客引きも混じっている。仕事中になにをサボってるんだ。〈学生〉が腕組みをして、こっちを眺めながら、横に立っているモツとなにか喋っている。その後ろに、遅い出勤の途中であるらしい、和服を着た中年女が立っていた。顔は見覚えがある。たしか、〈ろみい〉のママだ。この分では誰が見ているか知れたものではない。俺は、非常に恥ずかしい気分になって、顔を伏せてしまった。

で、結局、最終的に準備が整ったらしく、「じゃ、いきます」ということになった。

いくもなにも、俺はただ黙って立っていればいいわけだ。

「ええと……それじゃ、そうですね、ちょっと夜空を見上げて……」

「顔を上げるんですか？」

そりゃちょっと、恥ずかしいよ。

「ええ。で、決意の表情、というような感じで……」

「決意？」

「ええ。常田さんに、『必ず犯人を暴いてみせるぞ』というような、そんな決意を胸に、ちょっと星を睨みつけてください」

「はぁ……」

ここまで来たら仕方がない。俺は、ヤケクソになって、野次馬を無視して夜空を見上げた。顔見知りの連中が、クスクスと笑っている。ストロボの光がパシャパシャと連続して光り始めた。

「あ！　そうそう、それ。その感じで。あ、腰に手は当てなくて結構です。わりと控えめに、でも、ふつふつとわき上がる怒りと決意を、静かに抑えている、というような」

「……」

「あ、そう目を細めずに。……まぁ、どちらにしても、目線を入れますけど、表情が、ちょっと喧嘩を売るチンピラみたいで」

「チンピラ？」

「いえ、すみません。……あ、そうです。そう。グッと空を睨みつけて。許さんぞ、というような。今に見ていろ、的な雰囲気で。あ、いいですね。そうそう。はい、あ、それだと歌舞伎の見得ですね。ええ、……あ、そう。あ、いいですね。そんな感じで、ちょっと肩を落として。あ、そんなにがっかりせずに。力強く。……あ、いいですね。……そう、喧嘩腰にならずに。……あ、そんな感じです。……はい、OK。終わりました」

「あのう、わたし、バカみたいじゃありませんでした？」

野次馬たちが笑った。

「いえ。そんなことないですよ」

すでに小泉は愛想の良さを完璧に失って、黙々と後片付けに入っている。群がっていた物好きな連中も散らばり出した。モッが近づいてきて、「なしたのよ」と言う。「取材だ」と短く答えると、「はぁん……」と中途半端な声を出して、〈学生〉の方に戻った。それからふたりは、俺に頷いて、肩を並べて去って行く。〈ろみい〉のママが、「いやぁ、ちょっと、あんたさぁ」と意味不明なことを笑いながら言って、俺の肩をバシンとどやしつけて、そのまま見覚えのない渋い初老のオヤジと肩を並べて立ち去る。

その時、ちょっと甲高いが、しっかりした力強い声が後ろから響いた。

「あんたら、なにしてる？」

マンションの管理人のマキタさんだった。俺がそれに気づくと同時に、おじいさんも俺に気づいた。

「おう。あんたか。どうしたんだ？」

「ああ、すみません、無断で。……あのう、マサコちゃんの事件を、東京の雑誌が取り上げてくれる、というもんで」

「ほう。どういう話だんだ？」

俺は手短に説明した。おじいさんは、「ほう、ほう」と熱心に耳を傾ける。

「こちらは？」

俺が大雑把に説明したところで、越前が口を挟んだ。

「このマンションの管理人さんですよ。マキタさん、とおっしゃいます。マサコちゃんと、生前、仲が良かったんです」

「初めまして。マキタと申します」

おじいさんが、背筋をぴんと伸ばして丁寧にお辞儀をした。

「あ、いえ、こちらこそ」

越前が慌てて名刺を出し、これも丁寧に頭を下げる。

「ああん？『ファインダー』さんっちゅうと、あの写真雑誌の？」

「ええ、そうです。ウチは、一番後発ですが、一番イキがいいんです」

「ほうん。なるほどな。あんたらが、警察の尻ば叩いてくれるわけか」

「まぁ、そういうことにつながればいいな、とは思うんですが」

越前が真面目な顔で言う。

「そうかい。わかった。せいぜい、よろしく頼むわ。……どうだい、ちょっとコーヒーでも飲んでいかないかい？　忙しいんだろうけど、ちょっと体を温めても、罰当たらんだろ。三十分くらい、どうだ？」

俺がどうしようか、と考える間もなく、越前が素早く答えた。

「ああ、それはありがたいです。厚かましいですが、ぜひお願いします」

管理人室は、相変わらずむっとして、湿っぽく、暑かった。俺たち一行四名は、ストーブからできるだけ離れて、窓の近くにかたまって座った。その前で、管理人のマキタさんは生前のマサコちゃんの思い出などをあれこれ話した。俺が、客として知っていたマサコちゃんとはまた別の、彼女の面影を聞くことができた。日曜の夕方、親が仕事から帰ってこないらしい子供たちを相手に、楽しそうに遊んでいた話。ゴミを指定日以外に出すヤクザがいて、それに強硬に文句を言って、一歩も引かなかった話。マキタさんに持病の腰痛があるのを気にかけていて、頻繁に漢方薬の試供品などを届けてくれた話。そんな話をしているうちに、マキタさんは涙ぐんでしまった。俺も、ちょっと湿っぽい気分になった。

「なるほど。そのような、心の通い合ったお付き合いだったわけですね」

越前が、まんざら取材テクニックだけではなさそうな、いかにも気の毒そうな口調と表情で呟いた。

「そうだ。そうだんだ。だから、オレ、なしてあの時、物音に気づかなかったかと思うと、もう、ホント悔しくて悔しくて、無念で無念でたまらんのよ。なしてあの時、なんか騒ぎに気づかなかったんだべか、そう思ってなぁ……」

それから、ふと俺を見て、「あ、そうだ」と言った。

「は？」

「ひとつ、思い出したんだ。あんたに会って、あんたが帰ってから、いろいろと考えたわけだんだ。あの日、なんか変わったことがなかったか、と思ってよ。あの時の騒ぎに気づかなかったことが悔しくて悔しくて、オレ、ずっと考えたさ。そしたら、ひとつ、珍しいことを思い出したんだ」

「珍しいこと？」

「ああ。……あの時、マサコちゃん、東京から帰って、いっぺん部屋に戻って来たんだ。もう、大喜びの感じでなぁ。オレもテレビで見てたから、よくやったな、おめでとうって言ったさ。したら、『オジサン、見てくれたの？　ありがとう』って、本当に嬉しそうに、にっこり笑って、そう言ってなぁ……」

「ええ」

本題はこれからだろう。俺たちは、辛抱強く耳を傾けた。

「でな、それからエレベーターに向かって歩きながら、マサコちゃん、歌ぁ歌ってたんだ」

「ほう」

「あんたらは、これをどうとも思わないかしらないけど、常日頃、そんなことはいっぺんもなかったんだよ。オレとマサコちゃんは長い付き合いだけど、オレはその時まで、マサコちゃんが歌うのなんて、いっぺんも聞いたこと、なかったんだから」

「ほう」

「それだけでないんだ。いっぺん部屋に戻って、ちょっとしてから、またすぐに出て来てな。

美容室に行くってよ。で、美容室からまっすぐ、店に行くんだ、と言ってたな。みんながお祝いのパーティをしてくれる、と楽しそうに話してたさ。……で、そん時も、エレベーターからここに来るまで、そして、ここから玄関まで……玄関出てからもきっと、ずっと歌ってたんでないかな」

「……店では、よく歌ってましたよ。〈魅せられて〉が一番好きでしたね」

俺が言うと、マキタさんはじれったそうに首を振った。

「そりゃ、そうだろ。店じゃ歌うだろうさ。飲み屋で働いてるんだから。そういうショーもあるだろうさ。でもな、昼間……っちゅうか、素面でっちゅうか、まぁ、マサコちゃんはほとんど呑まなかったけど、とにかく、仕事でない、ここで暮らしている、そういう時に、歌ぁ歌うなんてのは、本当に一度もなかったんだから。それが、楽しそうに、本当に嬉しそうに、歌ってたんだも。これは、本当に珍しいことだんだぞ。ま、そんなことをコロッと忘れちまってたってのもヘンな話だけど、ま、最近は、年のせいかな」

「どんな歌でした？」

俺が尋ねると、マキタは悔しそうに首を捻った。

「それだんだよなぁ。……どんな歌だったか、わからねぇんだ。……演歌でない。もっと、なんだかバタくさい歌だ。なんか、切ないようなメロデーだ」

「歌詞の内容は？　どんなようなことを歌ってましたか？」

「それがなぁ……背が低いけど好きだ、みてぇなことかな。あんたは金がないけど、でも、あんたを愛してるのよっちゅうような。なんか、そんな歌だったわ。それで、ラ〜ラ〜ラ〜っちゅう感じで、歌ってたな」

「その時に限ってねぇ……」

牧園が呟いた。そして俺たちは、黙り込んだ。マサコちゃんが、その時に限って、とても楽しそうに歌っていた歌。誰の、なんという歌だろう……

「あのう……」

小泉がおずおずと口を開いた。

「あのう……その歌……〈私の彼〉じゃないでしょうか。……ご存じありませんか？　日本では、しばたはつみが歌っている歌ですけど……」

思い出した。俺は知っている。マキタさんの話からすると、確かにそれに違いない。

「ああ、あの歌……」

牧園が、また呟くように言った。

「ありゃ、いい歌だ。うん、確かにそうだ。間違いない」

40

「つまり、自分の恋人のことを歌ってるわけだよ。私の〈彼〉は、背も低いし、背広もダサイし、金もないし、車も持ってない、と。でも、私は愛してるわ、と。酒癖も女癖も悪くて、臆病もんなんだな。でも、私は愛してるわ、と。で、キスがうまいんだな、〈彼〉は。腕だの、背中だの、もう体中、優しくキスしてくれるわけだ。で、オチは……」

「歌にオチもないでしょう」

「いや、まぁ、オチなんだよ。この〈彼〉は、私がそばにいないと、てんで話にならないダメ男なんだ。だから、愛してるわ、と。そういう女心を歌った歌だ」

「へぇ。なんだか、くだらないですね」

俺たち四人の中で、越前だけが、この〈私の彼〉を知らなかった。すると妙に牧園が張り切って、歌の解説を始めたのだ。だが、牧園の口調はオヤジ丸出しなので、この曲の魅力は全然伝わらなかった。

「実際、あれはいい歌ですよね」

小泉が、肩に掛けたケースの重みで、バランスの崩れたヤジロベエのような格好で、足元に視線を落として慎重に歩きながら、小声で言った。

「うん、俺も、あの歌は好きだ」

俺たちは、雪がうずたかく積もった細い道を、ススキノに向かって歩いている。気分は沈みがちだった。楽しそうに、ウキウキと、〈私の彼〉を歌っているマサコちゃんの姿が目に浮かんだ。なにがあったんだ。何十年ぶりかで、橡脇から連絡があったのか？「テレビで見たぞ。おめでとう」というような。そして、「偶然、わたしも札幌に行くんだ。しばらくぶりに、会わないか？」などと言われたか？　それが、過去を隠蔽しようとする橡脇の汚い策謀だとは思いもせずに、マサコちゃんは有頂天になったのか。昔の、そして実は今でも好きな恋人に会えるから。

そういうことか？

そういう、喜びの絶頂にいたマサコちゃんを、橡脇は、バラの花束でおびき出して、汚い仕事をする連中を雇って、なぶり殺しにしたか？

そういうことか？

俺のミゾオチのあたりに、暗く、冷たく、重い、いやな感じのかたまりができた。これは、怒りだ、と思った。簡単に爆発できない、しぶとい、どうやっても消えない、怒りだ。

どうすれば、橡脇の尻尾をつかまえられる？

橡脇がやったようなことを自分がやったとしてみよう。どこかに証拠は残るはずだ。……残らないか？　もちろん、命令書などは出すわけがないか。報酬の領収書も存在しないだろう。命令した、という証拠はどこにも存在しないだろう。万一、実行犯を挙げることができたとしても、そいつらが、懲役覚悟で、「俺たちが勝手にやった」と頑張れば、それで終わりだ。そういう例は無数にあるじゃないか。身近な所では、若い頃の桐原もそうだったんだろう。新堂襲撃も、その手の仕事だろう。万が一桐原が逮捕されても、あいつは「個人的な恨みだ」というような事情で突っ張る。あの大きな不祥事の全体像は、公に知られることはない。

どうすればいいんだ、と俺は何度も何度も心の中で繰り返した。

「おい、ところで、あんた、これからどうする？」

牧園が、暢気な口調で言う。

「え？」

それで気づいて辺りを見回すと、俺たちはすでにススキノのはずれに辿り着いていた。

「俺は、もうちょっと、夜のススキノをご案内するつもりだ。まだ九時前だしな。夜は、まだこれからだ。あんたどうする？　付き合うか？」

そう言う牧園の口調は、「あんたと一緒にいるところを、あまり大勢には見られたくはないけどな」という気配を明瞭ににじませていた。さっきまでの上機嫌がウソのようだ。ビールの酔いもさめたんだろう。「そりゃ、一緒に呑むのはいいさ。でも、必要以上に目立ちたくないんだよ」ということらしい。

「ああ、いや、残念だけど、ちょっと約束があるんだ」

「この件でですか？」

越前が言う。もしも一件がらみなら、お付き合いしますよ、というような顔つきだ。

「いや、野暮用で。ちょっとツケを溜めたところがあるんで、精算しに行くんです」

なぜもっとスマートな、ウソがつけないのか。どうでもいいが、「ツケを溜めた」ってのはないだろうが。

「あ、そうか。そりゃ残念だな。じゃぁな」

牧園が、ほっとした顔になり、あっさりと手を振る。

「じゃ、ここで。よろしくお願いいたします」

「そうですか。わかりました。また、ぜひ。今度札幌に来る時には、じっくりとお付き合いいただきたいですね」

そういう越前の横で、小泉も長髪を軽く振り、会釈する。

「はぁ、楽しみにしております」

俺は頭を下げ、それから手を振って、西に向かった。


ドアを開けると、いきなり目の前にススキノの夜景が広がった。桑島ビル九階の〈ベレル〉。素晴らしい眺めだ。

見回すと、カウンターに聖がいた。こっちに背中を向けていたが、ビヤ樽のような体型に真っ赤なカーディガンを着て、両腕と両耳にキンピカのアクセサリーが光っているので、すぐにわかった。……なぜそれだけでわかったんだろう。俺も〈直感〉が鋭くなったんだろうか。聖の影響で。

「いらっしゃいませ！」

カウンターにいた娘の声に迎えられ、俺は聖の横に座った。待ち合わせていたわけじゃないが、その方が自然だろう。

「来たわね」

聖は俺に顔を向けてにっこり笑った。体型はビヤ樽で、顔も太っているが、造作は確かに美人だ。

「来てたんですか」

「そうよ。興味津々てやつね。それに、ひとつ……」

聖がそう言いかけた時、あっさりとした化粧の、和服の年輩の女性がやって来た。これがママだろう、と思った。

「いらっしゃいませ」

「どうも」

「お連れ様？」

と聖に尋ね、聖が軽く頷くと、「素敵な恋人ね」と愛想笑いを浮かべて言う。聖は「ハハハ」と荒っぽく笑った。

「うちは、お初めてね？」

ママが俺に言う。その顔を見て俺は認識を改めた。さっき、あっさりとした化粧だ、と思ったのだが、それは間違いだった。あっさりとした化粧に見える、相当の厚化粧だ。よほど化粧がうまいか、あるいは優秀な美容師を知っているのだろう。

「ええ、そうですね」

「どうぞごゆっくり」

軽く会釈して、向こうのブースに向かう。その後ろ姿に聖が声をかけた。

「ちょっと、後でお話ししたいことがあるのよ。いい？」

ママは立ち止まり、半分ほど体を捻ってこっちを見て、笑顔で答えた。

「ええ。少し待っていただけたら」

「ありがと」

ママはまた軽く会釈して、ブースに向かった。

「前にも会ったこと、あるんですか？」

俺は、カウンターの向こうの娘にジャック・ダニエルのストレートをダブルで注文してから、聖に尋ねた。

「ママと？　ううん、初対面よ。でも、テレビでわたしのこと見たことあるんですって。向こうから、話しかけてきたわ」

「テレビ？」

「そうよ。SBCの午前中のローカル・ワイド・ショーね。わたし、去年の九月まで、〈霊感人生ガイド〉ってのをやってたから」

「へぇ……」

「わりと人気のあるコーナーだったんだけどね。ちょっと事件があって、中止になっちゃったの」

「へぇ……。どんな事件ですか？　もしも聞いてもよかったら」

「……最初っから、ヘンな相談だな、とは思ってたのよ。離婚相談で、同居している姑とどうのこうので、夫もだらしなくて、全然働かなくて、酒呑んで暴力を振るう、と。子供はいない、と。で、別れた方がいいだろうか、というような相談だったの。でも、ヘンなのよ。なにも見えなかったのね」

「へぇ。直感が働かなかった、と」

「そう。でも、もう生放送だしね。いろいろと確認する手間をかけられなかったからね。……まぁ、常識的な返事をしておいたわよ。誰でも思いつくような、まぁ……我慢してみて、それがダメだったら、離婚もやむを得ない、あなたとこのご主人とは、縁が全くないようだから、まぁ、そんな感じのことね。実際、いくら見ても、この夫婦には、縁というものが全然ないようだったんだから」

「……で？」

「それがね、ウソだったのよ。ひどい話ね。この女、独身で、ひとりぼっちで暮らしてる女でね。五十二歳の。で、いろんな新聞やテレビに、あることないこと投書しまくる、ヘンな女だったの。で、その女が、聖はニセモノだ、とある雑誌に投書したのよ。ウソを見抜けなかった、と。それから、ラジオ局とかテレビ局とかにも、投書したり電話したりしたらしいのね。……番組のプロデューサーは、こんなこと、問題じゃない、って言ってくれたんだけどね。こういうヘンな人間は、いるもんだって。でも、わたしの方でちょっと我慢できなくて、結局、番組、降りちゃった」

「なるほど……」

「いるもんなんですって。死ぬまでに、一度でいいからテレビや新聞に名前を出したい、と思ってる人。メディアに出るためなら、悪いことでも何でもする、という人たち。自分の人生がつまらなくて、メディアに対して一方的に嫉妬している人っていうのが、現実にいるのよ。……よく考えたら、恐い話ね」

「……」

「ほら、あなたなら知ってるんじゃない？　美空ひばりが顔に硫酸かけられたり、長谷川一夫が顔を切られたり、ほら、ジョン・レノンも殺されたじゃない。ね？　昔から、有名人、というかアイドルたちは、そういう危険に身をさらしてるのよ」

「なるほど。あなたも、そういうアイドルやスター並み、というわけなんですね」

「そういう話じゃないわ。いやぁね！」

聖はそう言って、まんざらでもなさそうにハハハと笑った。その笑いが収まってから、俺は尋ねた。

「ところで、マサコちゃん、しばたはつみの〈私の彼〉って歌が好きでしたか？」

「……あらやだ。なに？　今頃になって。藪から棒に。なんで知ってるの？」

聖は驚いた顔で言った。

41

「自分で歌ってたの……それは、本当に珍しいわね」

俺が、管理人のマキタさんから聞いた話をすると、聖はそう言って、ちょっと黙り込んだ。そして、シャンディ・ガフをググッと飲み干して、「おかわり、お願い」とオーダーしてから、「そうなの……」とため息と一緒に呟いた。

「自分では、歌わなかったんですね？」

話を前に進めたくて、そう俺は言った。

「うん。でも、そうね。あの歌、とても好きだったみたいね。……〈それから〉っていう店、知ってる？」

「ええ。僕が……高校の頃にはまだあったかな、ススキノの深夜喫茶ですよね。二十四時間、というのか、朝までやってた」

「そう。あそこで、毎週……何曜日だったか忘れたけど、曜日を決めてライブがあったのは覚えてる？」

言われて思い出した。そんなことがあったような気がする。

「ええ」

「仕事が終わって、わたしとマサコちゃん、よくあそこでコーヒーを飲んだのよ。もう、ふたりとも、クタクタで、だから、あまりお喋りもしないで、とにかくぐったりとコーヒー飲んで、夜景見て、道路を歩く酔っぱらいたちを眺めて、そのうちに朝になってゆく、そんな街をぼんやり見回して。……で、ライブがあってね。誰も聞かないのよ。歌手の人がかわいそうなくらい。客は、みんな、疲れ果ててるか、寝てるか、それともこれからベッドを一緒にするかどうか、できるかどうかの駆け引きに夢中なカップルとかね。……そんな、ススキノが一番気怠い時間の、一番気怠い場所だったわけ。……誰も、歌なんか、聞かないの。でも、何人かの歌手は、一所懸命仕事をするわけよ。……まぁ、それは当然だわね。その仕事を、自分で選んだわけだから」

「……」

「……その中にね、ひとり……名前は忘れたけど、髪の長い女の子がいてね。……あの時代で、そうだな、カーリー・サイモンなんかの影響を受けてたのかな。ロング・ヘアで、それからちょっとインドの服みたいな、麻のゆったりしたシンプルなドレス……ほら、あの頃、アフロ・ヘアの〈目覚めた黒人〉が着てた、ちょっと中近東風の、ああいう服、わかる？」

聖はじれったそうに言う。

「ええ。わかりますよ」

「あんなのを着てね。なんだか、寂しそうに、気怠そうに歌うシンガーがいたの。で、彼女、〈私の彼〉がうまくてね。はじめは知らなかったんだけど、何度目かに、彼女がそれを歌って、で、マサコちゃんが、いきなり、涙ぐんだのよ。そして、『あのコ、うまいわねぇ……』って、感心したように言ったの」

「……」

「それ以上、あの歌については、なにも話さなかったけど、マサコちゃん、そのロング・ヘアのシンガーが出て来ると、必ず〈私の彼〉をリクエストするようになってね。そのうちに、彼女の方でも、ちゃんと覚えてくれて、マサコちゃんがいれば、まず最初にあの歌を歌うようになって。……マサコちゃん、自分では歌わなかったけど、夢中になって聞いていたわ」

「……どうなんでしょうね。その、マサコちゃんの〈私の彼〉ってのが、橡脇なんでしょうか」

「う〜ん……そうかもしれないわね、いろいろと考え合わせてみると。ちょうどその頃、〈それから〉に通ってた頃は、前にも話したけど、マサコちゃんも橡脇と別れて、ススキノに来て、苦労してた時期だったから。……確かに、あの歌のだらしない〈彼〉は、橡脇の雰囲気なのかもしれないわね。っていうか、ああいうだらしない男を愛し続ける女の気持ちが、マサコちゃん自身の気持ちとぴったりだったのかもね」

「……」

「あ、そうだ。それで、わたしの方にも、ひとつあるのよ。巡り合わせね。あのね、マサコちゃんにまつわる物、なにかないかしらって思って、昔の物を色々しまってある箱をひっくり返してみたの」

「はぁ」

「そういう物に触ると、なにかが見える、ということもあるから。そしたら、思いがけない物が出て来たのよ」

「思いがけない物」

「そう。これよ」

聖は、脇のストゥールに置いてあった黒い、よくわからないが凝ったらしいデザインの、いかにも値段が張りそうなバッグをかき回した。そして、二枚の紙を取り出して、俺に寄越す。

「読んでみて」

言われたとおり、読んでみた。折り目で破れそうになっている紙に、おそらくは万年筆の字らしい、やや読みづらい筆跡で、詩のようなものが書いてあった。

寒き国より　汝の許へ
我は　愛を込めて飛び立ちぬ
別れを告げるより　賢しと知ればなり
我は　数多の国を経巡りぬ
寒き国より　汝の許へ
愛を込めて　舞い戻るため
そのことを　学ぶため
我は　数多の処を訪ない
我は　数多の人と語らいぬ

そして　時には　微笑みもした
されど、ああ、
汝は　かくも深く　我の心に　住まいぬ
されど　我が舌は　強張り
幼い見栄心は　我が想いを
隠し続けたなり
汝の拒絶を恐れるあまり
かくて、我、寒き国へ旅立ちぬ
されど、正にその時、その国で
我は　汝の　想いを知りぬ
我の　彷徨は　ここに　終わりぬ
我は　飛び立ちぬ
寒き国より　汝の許へ　愛を込めて

「なんだ、こりゃ」

「詩よね」

「でしょうね。それにしても、下手だな」

「もう一枚あるでしょ？　そっちも読んでみてちょうだい」

我らふたり　ともに　破滅し果て
世界の中で　ふたりきり
優しき雨の中　我と共に歩めよ
恐れることはない
我、汝の手を取りたれば
汝の涙が　我の頬を伝うのを　感ず
我、束の間であれ　汝の愛とならん
涙は　優しき雨のごと　暖かし
世は去りぬ。
されど汝は、世のただ中で我を得たり
そして　我らが愛は　甘やかなり
世は去りぬ。
されど汝は、世のただ中で我を得たり
そして　我らが愛は
甘やかなり、哀しみなり
優しき雨のごとくに
甘やかにして、哀しみなり

「再び、なんだこりゃ」

「なんだと思う？」

「これ、マサコちゃんが書いたんですか？」

「違うわ。マサコちゃんの字じゃないわ」

「じゃ、誰が？」

「マサコちゃんは、なにも言わなかった。ただ、ある夜、〈それから〉でコーヒーを飲んで、〈私の彼〉を聞いて、そして歩いて帰る途中、不意に、突然思い立ったような感じで、バッグからその紙を出したの。そして、わたしにくれたのよ。『捨ててちょうだい』って言って。だから、わたしは捨てなかったの。もしも捨てていい物なら、マサコちゃんが自分で捨てるでしょ？　なにか、突然思い余って、自分で捨ててしまったら取り返しがつかない、と思ったんじゃないかな。それで、わたしにくれたんだ、とその時は思ったの。だから、捨てなかったけど、そのまま忘れてたのね」

「……これ、じゃぁ、もしかすると、橡脇が書いた詩だ、と？」

「そうじゃないかな。そうだと思う」

俺はあらためて、詩を読んだ。人間は、誰でも青春時代には詩人の時期を経験するものかもしれない。だが、たまにテレビで見る、太った政治家が、このヘタクソで、甘ったるい詩を書いたとは思えなかった。

だが、確かにそうかもしれない。

「……思い当たること、ない？」

「え？」

「その詩……二つ目の詩ね、それ、アストラッド・ジルベルトなんかが歌ってる、〈ジェントル・レイン〉の歌詞を訳したものじゃないかしら」

「え？」

その歌は知らない。

「アストラッド・ジルベルトっていうと、じゃ、これはボサノバ？」

「そう。あまりにもヘタクソな訳で、元の詩の雰囲気も良さもめちゃくちゃだけど、内容は、そのとおりよ」

「へぇ……とすると？……」

最初の詩を読んでみた。読んで、すぐにわかった。

「馬鹿馬鹿しい。これ、〈ロシアより愛をこめて〉の訳詩だ」

「え？　そう？」

「ええ。本当にヘタクソだし、ロシアを、寒き国、と言い換えているから、ちょっとわからなかったけど、これは007映画の最高傑作のテーマ・ソングですよ」

「……」

「……」

「……バカねぇ……」

「う～ん……でも、きっと、椽脇にとっては、これ、真心の発露だったんじゃないかな。なにか、心を込めた詩を書きたくなって、でも、うまく書けなくて、で、好きな英語の歌詞を……聞いて感動してた歌の歌詞を、訳してマサコちゃんに贈った、と」

「そうかしらねぇ……」

「どうですか？　直感では、どう見えます？」

「うん。確かに、そこらへんだろう、とは思う。見えるわ」

「……これもらった時、マサコちゃん、嬉しかったんだろうな」

「……どういう時にもらったのかしらね。別れる時？　それとも、その前の、恋愛時代に、なにかの機会に？」

「あのう、別にこれ、イヤミで言ってるわけじゃないんですけど、あなたの直感では、どう見えるんですか？」

「うん。別にイヤミだとか悪意にはとらないから、安心して。で、わたしも歯痒いんだけど、確信を持って言えないのね。当事者の思いが強すぎると、よく見えないこともあるのよ。推理はできるし、それでなにか話すこともできるけど、さっきのウソの離婚話に騙された時みたいに、間違えることの方が多いから」

「なるほど」

俺は、詩の書かれた紙を見てみた。普通のありふれた横書きのレポート用紙に、読みづらいが、でも丁寧に書かれている。行の頭は揃っている。書いた人間は、字は汚いが、几帳面な性格なのかもしれない。それから、全く誤字脱字がなく、訂正したあともないので、これはおそらく、清書したものなのだろう、と思った。橡脇だか誰だかわからないが、そいつは、何度か翻訳をして、自分なりに満足できるものができたので、レポート用紙に、丁寧に清書したのだろう。何度か書き間違え、そのたびに破り捨て、また最初から書いた、そんな感じだ。紙に、前のページに書いた跡なんかが残ってないかと思って、カウンターのランプの光に透かしてみたが、特に何も見えなかった。万年筆で書いたとしたら、そういう跡は残らないかもしれない。

「橡脇の思い出の品、ということかな……」

「だと思うわ、きっと……」

「でも……」

「そうね。これじゃ、なんの証拠にもならないわ。ただただ、ひたすら、マサコちゃんが可哀相になるだけ」

「……」

「あの夜の橡脇さん？」ママが、瞳だけを天井に向けて、えーとねぇ……、と考える顔つきになる。「そうね。確かに、なんだか不自然だったわね」

「その時が、最初だったんでしょ？」

「そう。あの夜が最初で、そして最後ね。今のところは。イッちゃんは、よくウチで呑んでくれるし、そんな時には、よく、『俺は椽脇のポン友だ』、みたいな自慢はしてたけどね。まぁ、わたしも別にそれを疑ってたわけじゃないし、あの人が後援会の幹部だ、昔から椽脇さんと付き合いがある、ということは知ってたけど。でも、いきなり連れて来たんで、やっぱりちょっと、驚いたは驚いたわね」

「どうですか、その時。椽脇さんは、もう相当酔ってたんですか？」

俺が尋ねると、またママは天井に瞳を向けた。

「酔ってた、というか……疲れてたわね。お酒を呑みに来たにしては、全然呑まないし、なんだか無理して水ばっかり飲んでるようでね。別に変な意味じゃなくて、こんなにお疲れなら、早くホテルに帰ればいいのにって思ったわ。これ、追い返す、ということじゃないわよ」

「わかってるわよ。椽脇さんの体を心配したんでしょ？」

「そうそう。……それでね、そのうちに、イッちゃんが寝ちゃって。……あの人、この頃、酔うと寝るようになってねぇ。昔は、ああじゃなかったんだけど。ちょっと最近、弱ってきたみたいで」

「ご心配ね」

「まぁ、お互い、年だしね。……でも、なんだか、椽脇さんは、面白くもない顔しながら、それでも延々と粘ってね。ほとんど水ばっかり。一応、わたしも、あれこれ話しかけたけど、露骨に無視するのよね。まぁ、そりゃそうよね。こんな飲み屋のオババ相手に、楽しく話すようなことなんか、ありゃしないわよね」

「いえ、そんなことはないですよ」俺は、ここぞとばかりに熱心に言った。口調の中に、このママへの恋慕の情をにじませることができれば、と願ったが、それはやはり難しいようだった。だが、俺が真顔で、「男なら誰だって、ママを相手にすると、普通は機嫌が直ると思いますけどね」と、あまりにあまりなセリフを言うと、驚いたことにママは嬉しそうに微笑んだ。

「ありがと。まぁ、相当疲れてたんでしょうけどね。……それで、秘書の人が、トイレへ、と立ち上がったのよ。そしたら、すぐに橡脇さんが……なんたっけ？　ちょっと、ミキちゃん、あの時、橡脇さん、なんてタバコのこと言ってたっけ？」

カウンターの向こうの娘が、「最初はピースでした」と答えた。

「そうそう、『ピースはあるかな』って言ったのよ」

俺は、カウンターに置いた自分のピースを眺めた。こいつは可哀相な奴で、クラブやスナックから、仲間がどんどん消えている。滅び行く種族なのだ。

「だからね、はい、ありますよって言ったわけ」

「え？　ここには、ピースがあるんですか？」

「そうよ」

「ロング・ピースとかなんとかじゃなくて？」

「橡脇さんと同じことを聞くのね。そうよ。本当の、両切りの、ショート・ピースがちゃんとあるの。ウチのお客さんには、おじいさんも多いから」

「ほう……」

「ハハ、面白いわね。橡脇さんも、そうやって、『ほう……』って、驚いたような顔でため息をついたわ」

「そうですか」

「で、ピースを持ってこようかな、と思ったら、『じゃ、ピースがあるんなら、ベン……』ちょっと、ミキちゃん、次に言ったの、なんてタバコだったっけ？」

「ベンジャミン・ローゼンベルク。あんな名前のタバコ、聞いたことなかったわ」

俺もだ。そんなタバコは、きっとないんだろう。

「そう、それ。『ピースがあるんなら、きっとそれもあるだろうな』って。世界で一番キツイ紙巻きタバコなんだって。ピースと同じくらいキツイんだってよ」

「へぇ……」

「もちろん、そんな、聞いたこともないタバコなんて置いてないから、残念ですけど、ありませんって答えたの」

「そしたら、自分で買いに行ったわけですね」

「そう。なんだかね、代議士センセイにしては、マメな人だな、と思ったわ。……ちょっと待てば、トイレから秘書が帰って来るのにね」

「確かにそうですね」

「だから、わたしが、いいですよ、買って来ますよ、と言ったのよ。でもね、ええと……なんてタバコだったっけ？」

「ベンジャミン・ローゼンベルクでしたっけ？」

俺が尋ねると、ママは「そう、それ」と言って話を続ける。「ね？　その時も、わたし、覚えられなくてね。ミキちゃんはすぐに覚えて、『わたしが行って来ます』って言ったんだけど、橡脇センセイ、なんだか苦笑いを浮かべて、いいよいいよって。自分で買って来るって言って、すっと出て行ったの」

「なるほど」

「で、すぐに秘書の人がトイレから戻って来て、イッちゃんだけが眠ってて、橡脇さんがいないもんだから、相当慌てたみたいだったわ」

「……」

「で、ウチのセンセイはどうしましたって言うから、これこれですって答えたら、すぐに飛び出して行ったけど、五分くらいで戻って来てね。見つからないって。近くのタバコ屋をぐるっと回ったけど、見あたらなかったんですって。……で、そうね、あちこち電話してたみたいだけど、まぁ、待つしかないか、ということになって」

「それで、橡脇さんは、どれくらいで帰って来たんですか？」

「そうね……。結構時間がかかったけど、でも、一時間にはならなかったわね。四十分とかそれくらいかな。四時にはなってなかったと思う。ぐったり疲れてて、十一月も終わりだっていうのに汗だくでね。なんだか、ちょっとヘンなようすだったわね。それから、イッちゃんを起こして、すぐに三人でお帰りになったわ」

「……」

俺と聖は、黙って顔を見合わせた。

「あ、そうだ、ねぇ、ママ」

聖が言う。

「はい？」

「橡脇さん、帰って来た時、バラの花束なんか、持ってた？」

「いえ……行った時と同じで、手ぶらでしたよ」

「タバコは？」

俺が尋ねると、ママは首を振った。

「タバコ……あら、ミキちゃん、あの時のタバコ、なんだったっけ？」

「ベンジャミン・ローゼンベルクですよね」

俺が言うと、ママは「ああ、そうそう」と頷いて続ける。「タバコね、それ、それはありましたかって聞いたんだけど、返事もしなかったわ。なんだかむっつりしてて、そのままほとんど喋らずに、イッちゃんをせき立てるようにして、帰って行ったわね」

「……」

俺と聖は、再び顔を見合わせた。

42

俺と聖は、十一時過ぎまで〈ベレル〉で呑んだ。聖は、シャンディ・ガフを三杯飲んでから、ボンベイ・サファイヤの水割りに変えた。どうも珍しい飲み方をするオバサンだ。どういう過去を持っているのだろう。もちろん、俺には霊感がないので、皆目見当はつかない。俺は、ジャック・ダニエルのストレートを黙々と呑み続けた。

「わたしも、新宿時代のマサコちゃんのことは、よく知らないんだけどね……」

聖はそう言いながらも、折に触れてマサコちゃんが話したことをいくつか教えてくれた。

「別に、マサコちゃんが自分から、わたしは橡脇と付き合っていた、と話したわけじゃないのよ。そういう点では、あのコ、口は軽くはなかったから。ただ、ときどき話す〈前の彼〉の思い出が、いつも同じひとりの男のようだったから、このコは一途に好きになるタイプなんだな、と思ってたの。そのうちに、なんとなく、このコの昔の彼って、作家か政治家か、なんかそういう感じの有名人だったみたいだな、ということがわかってきたわけ。その人の迷惑になる、あるいは、マサコの存在が、その人の活躍の邪魔になる、という感じになったから、マサコが自分で身を引いたんだなってことがわかってきた。で、そのうちに、なにがきっかけだったか、もう忘れちゃったけど……うん、なにか、ニュースを見てた時の表情か、それとも新聞を読んでなにかポッンと言ったんだったか、とにかくそんな感じで、『あ、〈彼〉は椽脇だったのか』って閃いたわけ」

「そのことは、つまり、あなたが椽脇だ、と気づいたってことは、マサコちゃんには話したことはあるんですか？」

「ないわ。……ないと思う。……でも、そうね。そのことについて話したことはないけど、でも、あのコ、わたしが知ってるってこと、知ってたんじゃないかな」

「そうですか」

「……ということはわたし、事件のこと、知らんぷりしてちゃいけなかったのよね。あなたが来なくても、なにかアクションを起こさなきゃならない立場だったのに……」

「……」

「人のことは言えないわ。……わたしだって、無意味に恐がって、通り過ぎるのを待ってたようなもんだわ。みんなと一緒に」

「たとえば、マサコちゃんから、どんな話を聞きました？」

「ええとね……あらためて、こう思い出そうとしてみると、あまり覚えてないのね。ただ、ふたりの出会いについては、いろんなウワサが流れてるみたいだけど、マサコちゃんによると、椽脇と出会ったのは、新宿の、ある喫茶店らしいわ。別に、ホモのたまり場っていうわけでもない、普通の喫茶店だって。……それが、マサコ、なんとなく嬉しいみたい。ひとりでコーヒー飲んでたら、声をかけられたんだって」

「へぇ」

「……ホモの人たちって、難しいのよ。男は、女に声をかける。声をかけなくても、なにかのきっかけで、女の人とお付き合いが自然に始まる。女は、見るだけで女だってわかるでしょ？　あれは男だろうか女だろうか、と迷うことは、まずないわ。女だな、とわかって、それから、それが好みのタイプだったら、まぁ、お付き合いしたいな、と思う。ホモは、その点が難しいのね。なにしろ、普通、ホモは見ただけじゃわからないでしょ？」

「なるほど」

「だから自然と、ホモの人たちが集まる、出会いの場所ができるわけね」

「連中の言う、〈発展場〉ね」

「そう。でも、やっぱり、そういう所での出会いを、『ちょっとやだな』と感じる人も多いらしいのね。……言葉は悪いけど、セックスが目的の男女が出会う……まぁ、シングルズ・バーとか、乱交パーティとか、そんな感じの……体の関係が前面に出るような、そんな感じがあるのかしら」

「メンタリティを求めたい、という連中もいる、と」

「そうね。愛情とか、恋とかを大事にしたい、という感じかな。マサコはそうだったわね。だから、出会いが普通の喫茶店だった、というのが嬉しかったみたい」

「なんて声をかけたんだろう。橡脇は」

「言葉だって」

「言葉？」

「マサコが、なにかオーダーしたのね。それを、隣のブースに座っていた椽脇が聞いて、『君は北海道の人かい？』って尋ねたんだって」

「へぇ」

「マサコちゃんは、北海道訛が出たんだ、と思って、真っ赤になったんだって。そしたら椽脇は、優しい笑顔になって、『僕も札幌から出て来たんだよ』と言ったんだって。で、マサコちゃんの言葉が懐かしいって。それでなんとなく、話をするようになったんだってよ。最初のうちは、マサコちゃんは、椽脇がホモだとは思ってなくて、ただ、同郷の、面倒見のいい先輩だ、という感じだったって」

「いくつぐらいだったのかな」

「年？　そうね……三十年以上前の話じゃない？　マサコは、高校に入ってすぐに家出したって言ってたから、まぁ……彼女が十六とか十七で……だから椽脇が三十……になる前、二十代半ばくらいってところじゃない？」

「椽脇はいくつで代議士になったんだったっけ」

「三十二とかじゃなかった？　当時は、最年少代議士誕生ってことで結構な話題になったのを覚えてるけど」

「なるほど。……まぁ、とにかく、麗しく奥ゆかしい出会いですな」

「そんな言い方……あのね、家出して、北海道を飛び出して、新宿に行ってオカマバーで働くって、とんでもなく辛いことなのよ。マサコは、何度も死のうかと思ったくらいだって。それを、橡脇が優しく慰めてくれて……そのうちに、マサコは、橡脇が好きになったのね。初めのうちは、お互いに相手がホモだとは知らなかったんだって。まぁ、橡脇の方には、なにか勘とか思惑みたいなのはあったかもしれないけどね。で、ある日、マサコは、命がけの決心をしたわけ。拒絶されても、嫌われてもいいから、とにかく自分の恋心を打ち明けよう、と決めたのね。で、とうとう、告白した。……〈彼〉は、話を黙って全部聞いてくれて、それから、優しく抱き締めてくれたんだって」

「……美しい話ですね」

「そんな言い方……まぁ、全部が全部、事実そのままだとは思わないけど、とにかく、そんな感じだったんじゃないかしら。少なくとも、マサコの中では、これが事実なのよ」

「別に疑ってはいませんよ。少なくとも、マサコちゃんは本気だったんだろう、と思いますよ」

「そんな風に、バカにしたら、マサコが可哀相だわ。本当に、彼女の中では輝かしい思い出なんだから。あなた、橡脇に対する反感で、マサコちゃんの思い出を傷つけてない？」

「……たしかに。わかりました」

「橡脇のお父さんが死んで、橡脇が後を継ぐことになったでしょ？　あの時、橡脇は本当に嫌がって、マサコとどこかに駆け落ちしようか、とまで思い詰めたんだって」

「へぇ」

「もちろん、マサコは椽脇だ、とは一言も言わなかったけど。いつも、〈彼〉と言ってたわ。で、〈彼〉は、〈その時の自分の仕事〉が本当に好きで、〈オヤジの仕事〉を軽蔑してたんだって。でも、地元では責任ある家柄だから、どうしても後を継がなきゃならない、と言って、本当に悩んでたんだって」

「……」

「あの、先代の椽脇さんが、というか、マサコの〈彼〉のお父さんが、妾の部屋で腹上死したんだってのは、知ってる？」

「初耳です」

「お妾さんと言っても、当時はもう、結構な年だったらしいけど。お父さんとは、長い付き合いだったんだって。戦前、椽脇さんが前衛党の活動家だった時、前衛党の非合法活動家たちの身の回りの世話……セックスも含めてね、そういうことをしていた女性らしいわ」

「へぇ……」

「椽脇は……マサコの〈彼〉は、そんなこんな、過去のしがらみみたいなのが、全部イヤだったらしいのね。絶対に、お父さんの後は継がない、と決めていたらしいのよ。子供の頃から。いろんなことを、見たんでしょうね」

「……でも、政治家になった」

「そうね。状況に屈して、〈家柄〉の責任にからめ取られて。そして、マサコちゃんは、身を引いたわけ」

「……ま、ふたりが、本当に、愛し合っていたらしい、ということは認めますよ。愛、という言葉は生ぬるくて嫌いですけど」

「そうね。あの当時はね。そして、少なくとも、マサコの方は、ずっと〈彼〉を愛し続けていた、と思うわ」

聖はそう言って、キラキラ光る目で、天井のけばけばしいシャンデリアを見上げた。俺も同感だった。ふたりとも、心の中で（それなのに椽胁は……）と呟いていたのだ。

聖が「なんだか眠たくなった」と言うので、帰ることにした。一階でエレベーターから降りると、正面の大きなガラスの壁の向こうで、〈棚橋花園〉のオーナーが頭をピカピカ光らせながら、なにか花を切っていた。働き者だ。いつ眠るのだろう。

「で、これから、どうするの？　部屋に戻るのは、ちょっと危険なんでしょ？」

「ええ。牧園さんが、グランド・ホテルに部屋を取ってくれたんですよ。そこで、今晩一晩は、寝られるんです」

「それはよかったわね。じゃぁね」

「どうやって帰るんですか？」

「まぁね。歩いてもすぐだし。……でも、タクシーを拾うわ。こんなオバアチャンでも、暗いところじゃ女に見えるかもしれないから」

俺はとりあえず、てんで馬鹿馬鹿しい冗談を聞いた、という感じで笑った。ははは、オバアチャンだなんて、そんな、冗談ばっかり……

「じゃ、方角が逆だから、これでね。また明日、なにかわかったら電話ちょうだい。なんだかちょっと心配だから、とにかく居場所は知らせてね。元気かどうか、そこらへんも」

「はい」

「じゃぁね」

そう言ってから、聖はなんだかびっくりしたような顔になった。

「どうしたんですか？」

「……あなた、今晩……いや、大丈夫か。大丈夫よ。平気、平気」

「なんですか。ちょっと気味悪いんですけど」

「ごめんなさいね。なんだか、ちょっとヘンなものが見えたから。でも、大丈夫だわ。……うん、大丈夫」

そう言って、聖はくるりと背を向け、スタスタと歩き出した。

なんなんだよ、いきなり。

俺は突然、果てしなく心細い気分になった。そのまま黙って聖の後ろ姿を見送った。

すぐにグランド・ホテルに戻ろうと思った。シャワーを浴びたいし、そのまま部屋で呑んでもいい。きっと、ルーム・サービスも牧園のオゴリだろう。別にオゴってもらわなくてもいいけど。〈ベレル〉での酒がちょっと中途半端だったので、もっと呑みたいのだが、ススキノで呑むのは危険かもしれない。さっきの聖の不審な表情が気になる。……霊能力を真に受けるわけじゃないが。

グランド・ホテルに戻るとすると、駅前通りをまっすぐ北に向かえばいい。十五分ほどで着く。だが、その前に、もう一度、事件の現場を見てみたいな、という気分になった。もちろん、なにかの証拠がある、と思ったわけじゃない。そうではなくて、なんとなく、あの場所で、マサコちゃんのことを偲んでみたかった。〈私の彼〉、そして彼女が大切にしていたという、あのヘタクソな詩。そういうもののせいかもしれない。あの駐車場をちょっと眺めて、それから地下鉄に乗って大通《おおどおり》駅で降りれば、すぐにグランド・ホテルに着く。そうしよう、と決めた。ススキノでグズグズ呑むより、あるいは駅前通りをテクテクとホテルに向かうよりは、その方が安全だろう。あの現場は危険だ、という考えもあるが、雷は同じ場所に二度落ちない、という言い伝えもある。

駐車場は、相変わらずしんとしていた。あたりには誰もいない。街灯がひとつ灯っているのと、マンションの正面の明かり、そして遠くの方のビル群の光があるせいで、それほど暗くはない。だが、とても寂しい一角だ。こういう暗い寂しいところで、マサコちゃんは襲われた。彼女が第一撃をくらったであろう地点、そこから這いずって逃げたであろうと思われるルートをゆっくりと進んでみた。そして、ずっと前から放置されているという右翼の街宣車に近づいた。車と壁との隙間に、体を押し込んでみた。マサコちゃんは、ここまでなんとか逃げ、そして息絶えたのだ。

俺は、コンクリートの壁を背中でガリガリこすりながら、狭いところでしゃがみ込んだ。ダウン・パーカーが破れるような感触があったが、構うことはない、これは相田のものだから、と思った。そして次の瞬間、俺が自分で金を払ったことを思い出して、失敗した、と思ったが、まぁ、どうでもいい。

しゃがみ込んでみると、街宣車の下には土が顔を出していた。この車は雪が降る前から、ずっとここに放置されていたのだろう。マサコちゃんの遺体を取り出す時には移動したかもしれないが、またすぐに元の場所に戻したんだろう。……マサコちゃんは、この土の上で死んだのだ。この土には、マサコちゃんの血がしみ込んでいるかもしれない。

俺は、なんとなく、そのまま狭いところに尻を落ち着けて、膝を抱え込んで、しんとした気持ちで座り続けた。

数分はそうやって黙っていた。そのうちに、ま、こうしてもいられないか、という気分になったので、またコンクリートの壁をガリガリこすりながら立ち上がった。その時、マンションの方から話し声が聞こえた。よくわからないが、お届け物の配達です、というようなことを言っているらしい。

こんな時間に配達?

俺は急いで隙間から出て、コンクリートの壁から頭を出してみた。

マンションの入り口の明かりの中で、若い男がひとり、段ボールの箱のようなものを両手に抱えて、マキタさんのいる管理人室の窓に向かって熱心に話している。

「留守ですか。参ったな。時間指定の届け物なんだけど……」

「でもな、フジマキさんは、いつも帰りは朝の五時だんだよ。こんな時間に指定しても、いるわけないべさ」

マキタさんのやや甲高い声が答えている。さっきのような力強さはない。きっと眠っているところを起こされたんだろう。俺が来た時には、管理人室の明かりは消えていた。

「いや、それは、俺らに言われても……送り主が、午前零時ちょうどって指定してるんだから……いやぁ、参ったな」

「じゃ、とにかく預かるから。ハンコ捺《お》せばいいのか?」

「あ、ええ。そうしてください。すみませんね。助かります」

「あんた方もしかし、大変な商売してるね」

そういうマキタさんの口調は、皮肉ではなく、本当に同情しているようだった。

「ありゃあ……こりゃしかし、えらいデカイ荷物だな。こっから入んないんでないか?」

「ほんとだ。参ったなぁ……」

「まぁ、いい。今、その自動ドア開けるから、そこから入って来なさいや」

ガタッと音がして、管理人室の窓のガラスが閉まったようだ。

まずい、と俺は思った。なにかがおかしい。だが、確信が持てなかった。俺は、ちょっと身を屈めて、駐車場からマンションの入り口に近づいた。

しばらくの間そのままだった。段ボールを抱えた若い男が黙って立っている。背中に、イライラしているような気配がある。

一度、管理人室の窓が開いて、マキタさんが顔を出し、「ごめんな。すぐ開けるから。スイッチが入らないのよ」と言って頭を引っ込めた。それからまた、沈黙が続いた。

五分ほどして、ようやく玄関のガラス戸が両側に開いた。マンションのロビーの、ぼんやりとした白い明かりの中にマキタさんの小柄な姿が浮かび上がった。

周囲の暗がりから、人間が湧いて出た。

俺は、走り出していた。相手の人数はわからない。五人以上はいる。それぞれ、手に何か持っている。

無謀だ、とはわかっていた。だが、ほかに方法がなかった。

「逃げろ！」

俺は怒鳴った。マンションの入り口に向かっていた人間たちが、慌てて立ち止まり、俺の方を見た。

「なんだ⁉」

マキタさんが、あさっての方を見て怒鳴る。

「逃げて！」

「あ⁉」

「早く！」

「あんたか⁉」

大きな箱を持っていた男が、それを放り投げて、マキタさんに飛びかかろうとした。とりあえず俺を無視して、老人をどうにかするつもりか。男が腕を振った。いきなり、銀色に光る棒が手に握られている。三段警棒か。バカが。

「やめろ！」

銀色の棒が横に空を切った。へっぴり腰で、こいつはへなちょこだとわかった。マキタさんが慌てて下がり、転んで尻餅をついた。その頭上遥か上で、もう一度空振り。その時すでに俺はそいつの背中へあと三歩のところまで近づいていた。

突然、横からなにかが飛んできた。俺はそいつもろとも雪の中に突っ込んだ。ジーンズの腿になにか固い物が押し当てられた、と思った次の瞬間、焼けるような痛みが激しい衝撃となって弾けた。

（スタン・ガン！）

俺は、心の中で叫びながら思い切り素早く立ち上がった。俺の足元、雪の中に、まだハタチ前らしいガキが、ジジッと青白い光を飛ばすスタン・ガンを手に、びっくりした顔で俺を見上げる。おそらく、説明書を信じていたのだろう。だが、通信販売のスタン・ガンで失神するようなヤワな男はそう多くない。

「バカヤロウ！」

思い切りアゴを蹴上げて、またマンションに向かった。ロビーで、老人が頭を抱えて横ざまに倒れている。その前で、男が警棒を振り上げた。その腰に足刀を叩き込んだ。そいつは前に吹っ飛び、マキタさんにつまずいて倒れた。俺は靴の踵をそいつのこめかみにぶち込んだ。

「マキタさん！」

「慌てるな！　大丈夫だ！」

「怪我は？」

なにか小さな固い物がビシビシと俺の横顔にぶつかる。相当痛い。エアガンで撃たれている。バカじゃねぇか。だが、目が開けられない。目を閉じて、顔を庇いながら、そっちに体を向けようとした。とたん、俺は横に吹っ飛び、壁にぶち当たった。すぐに体を立て直した。目の前に三人いる。どいつもこいつも情けないツラのガキだ。一斉に、手にした棒やバールなどを振り上げて飛びかかって来た。左端のガキのアゴに右の裏拳を叩き込んで、左斜め前に一歩進み、振り下ろされる武器をかいくぐって抜け出た。と思った次の瞬間、左の腰でとんでもない痛みが爆発した。思わず右膝を床についた。そのまま体が前にのめるので、右腕で支えようとした。後頭部に本格的に一発食らった。世界の隅々に光の粒が華麗に広がった。同時にもう一発、左目の下になにかがぶちあたった。俺はとにかく、マキタさんの上に覆い被さり、老人をしっかり抱き締めながら、なんとか自分の頭を守ろうとした。

「あんた、焦るな」

マキタさんが、激しい息づかいで言う。

「え？」

パトカーのサイレンが鳴り響いている。

「こんなことだろうと思ってな。警察を呼んだんだ」

攻撃は消え去った。俺は、マキタさんを抱き締めていた手を解いて、頭を上げた。クズどもは、逃げ去った後だった。向こうの方から、人影がひとつ、ゆっくりと近づいて来る。旋回灯を回し、サイレンをうるさく鳴らしたパトカーが二台、駐車場の出入り口二つをふさいだ。その光の中で、近づいて来た男が俺の前でしゃがみ込んだ。

〈学生〉だった。

「よう」

「大丈夫ですか？」

学生が俺の顔をのぞき込む。

「なんとかな」

「……あんたが、狙われてるって、あれ、本当だったんだな」

「どうしてここにいる？」

その時、警官たちがカシャカシャとやって来た。

「もしもし〜。大丈夫ですか〜？」

「なんとかね」

俺はそう言って、立ち上がろうとした。学生が、手を貸してくれた。警官のひとりが、寝そべったままのマキタさんに、「とうさん、大丈夫か？」と心配そうに声をかけた。マキタさんは小さく頷き、ゆっくりと体を動かして四つん這いになった。

「おい、立たせてくれ」

44

マキタさんは、どこも怪我をしていなかった。それでも警官は、一応念のために病院に行きましょう、と言った。だがマキタさんは「冗談でない！」と拒絶した。なかなか頑固なので、まぁ、ようすを見ましょう、ということになった。だが、相当疲れていて、すぐに話を聞くのはやはり無理だ、ということになり、とりあえず管理人室で寝て、明日、刑事が管理人室に事情を聞きに来る、ということになった。マキタさんが、管理人室は無人にできない、と強硬に主張したせいもある。明朝、刑事が来るまでは、制服警官がふたり、警戒に当たることになった。

俺と学生は、パトカーに乗って中島交番へ連れて行かれた。容疑者じゃない。事情を説明するためだ。交番で、制服を着たごついオヤジが俺の左目の下に湿布を貼ってくれた。それ以外の、俺の痛みは無視された。まぁ、俺自身も無視している痛みだから、それは問題じゃない。

俺は、酒に酔って、なんとなくマキタさんと話がしたくなってマンションに行ったら、そこで乱闘があったので、マキタさんを助けようとして飛び込んだ、と説明した。

「こんな時間に？　話がしたくて行ったわけ？」

「ええ。なんだか、人恋しくなったんでしょうかね。最近、呑むとだらしなくてね。呑んで、ちょっと、あのおじいさんと話がしたいな、という気になったんだろうかな」

「ふうん……」

警官は、疑わしそうに鼻先で唸った。それから、人差し指でこめかみをがりがり掻いた。

「おたくは？　どうしてあんな時間にあそこにいたの？」

そう聞かれた学生は、「家が近くだから……」と呟き、ちょっと警官に対する反感を押し隠したような口調で続けた。

「仕事を終わらせてさ」

「仕事？　どんな？」

「……ガイドさ」

「客引きか」

「……ポーターだ」

「条例は知ってるな？」

「知ってますよ。違反はしてません」

「どうだかな。で？　なんであそこにいた？」

「仕事を終えて、家に帰る途中だったんですよ。で、騒ぎになってたから、まず、警察を呼ぼう、つって電話ボックスを探そうっつところに、もう、サイレンの音が聞こえてきて、あの小路にパトカーが入って来たから、あ、大丈夫だ、と。そう思って、ようすを見てたら、玄関の光の中でこの人が戦ってるのが見えたから、あ、ヤバイ、と思って……」

「知り合いなのね」

警官が俺を見てそう言う。

「ええ」

俺が答え、警官が今度は学生を見る。

「そうです」

学生も頷いて認めた。

「なるほどね」

警官は、とりあえず納得したことにして、話を進めた。襲ったのは、どんな連中だ、心当たりはあるか、知ってる奴はいたか、なにか特徴のある奴はいたか。俺も学生も、全然心当

たりはない、と答えた。警官は苛立たしそうにボールペンで机をカツカツやっていたが、

「ま、とりあえず、今はここまでにするわ。明日、あのとうさん、ええと……マキタモサブロウさん、か。その話を聞いてから、また連絡するから」と言って、パタン、とノートを閉じ、「行っていいよ。ごくろうさん」と偉そうに頷いた。

「道警本部の、捜査一課の種谷巡査部長と話がしたいんですが」

俺が言うと、「んん？」と言い、俺を胡散臭そうな目つきで見た。

「おたくさん、知り合いなの、種谷っちゅう警官と」

「ええ。まぁ」

「なんの用さ」

「いや、心配かけたら悪いかな、と思って。なんの予備知識もなしに、報告書かなにかでわたしの名前を見たら、ちょっとびっくりして、余計な心配をかけるかもしれないから」

警官は「ふうん」とひとつ唸り、わざとらしく首を捻りながら、さも面倒臭そうに電話した。そして、「あ、そうですか。はいはい」と簡単に受けて受話器を置いた。

「もう、帰ったとさ」

そりゃそうだろう。もうそろそろ二時だ。

「じゃ、わたしが、種谷巡査部長に会いたがっていた、とお伝えいただけますか」

「いいよ。じゃ、ごくろうさん」

「お世話になりました」

俺と学生は、軽く頭を下げた。三十過ぎなのに無職でフラフラしている男と、中年の客引きは、警官の前では礼儀正しくしなければいけないのだ。

45

外に出ると、吹雪だった。交番に入る時は、星が見えるほどの晴れた夜空だったのに、いきなり風が吹き荒《すさ》び、積もった雪と降る雪が激しく舞い上がり、叩きつける吹雪だった。白く濁った世界に、街の明かりがにじんでいる。細かく固い雪が顔に当たり、チクチクする。

「ひでぇな」

俺が思わず呟くと、学生が「まったくだ」と頷いて、首をすくめ、肩を丸めた。

「ま、今一番苦労してるのは、マンションで警戒してる警官たちだ」

俺が言うと、「そうですね」と学生が嬉しそうに言う。

「どっかで、軽く、呑もうか？」

俺が誘うと、学生は「お、いいですねぇ」と、ちょっと物欲しげな笑顔になった。

ススキノを突っ切って、電車通り沿いにあるソバ屋に入った。ここは、朝までやっているので便利だ。それに、客には普通のサラリーマンが多いので、好都合だ。こんな時間でも、開いている店は少なくはないが、客引きたちが集まる店や、スジの連中がたまっている店では、ちょっと話がしづらい。だからと言って、ブランド品ずくめ、という恥ずかしい格好の俺と、十年前の貧乏学生風という格好（すり切れたジーンズ、襟元袖口がたるんでいる汚れたセーター、油染みのあるダッフル・コート）の〈学生〉が並んで呑めるバー、というのは、なかなかない。

俺は、ニシンそばを頼み、ニシンを少しずつかじりながら「雪の松島」を呑んだ。学生は、ビールを呑みながらカレーそばをハフハフ言いながら食べている。

俺は、マサコちゃん事件のことを、あれこれ話した。周りにいるのは酔っ払ったサラリーマンたちだから、聞かれてもどうということはなかった。そもそも彼らは、他人の話に集中できる状態ではない。ワイワイと騒いでいるか、あるいは青い顔をして目をしっかりと閉じているか、そのどちらかだ。

「なるほどなぁ。いろいろと、ややこしいもんですね。それにしても、橡脇さんがそんな汚い奴だなんてね。想像もしてませんでしたよ。なるほど。そういうわけなんですか」

どうも、この学生と話すと調子が狂う。年は俺よりも十歳以上は上のはずだ。だが、彼は誰にでも敬語で話す。それは、時としては、育ちのいいボンボンが道を誤ってチンピラになった、でも本当は善人だ、という感じを与えることもある。また、妙に卑屈で、人の思惑を気にして、誰にでも気に入られようとしている、実のない人間のようにも見えることもある。

「ヘンな敬語を使うのはやめてくれよ。明らかに、俺の方が年下なんだから。それとも、若く見られたいのかな、あんたは……」

そう言ってから、俺は、今までこの〈学生〉の名前も知らずに付き合っていたことに気づいた。

「あ、そうだ。で、あんたの名前はなんていうの？　俺、〈学生〉ってあだ名しか知らないもんだからさ」

「俺の名前？」

学生は、なんだか驚いたような、嬉しそうな、照れているような、そんな顔で、俺の目を見た。

「俺はね、アキサワレイジっての。秋の沢の、逮捕令状の令に、政治の治」

「秋沢令治さんね」

「そう。よろしく」

「よろしく」

なんだか、照れ臭い。

「前から思ってたんだ。いつも敬語を使うだろ？　育ちのいい奴なのかなってさ」

「いや、そんなんじゃないけど」

どこか中途半端な口調で言う。

「ま、いいや。でも、さっきは、どこにいたの？　俺、秋沢さんに助けられたようなもんだけど」

「いや、俺が行かなくても、パトカーが来てたさ。俺はさ、ほら、あの駐車場の所で、夜の早い時間に、あんたが写真撮られてたでしょ？　で、なにか取材でも受けてんのかな、と思ってさ。黙って見てたわけ」

「モッとね」

「ああ、うん。そう。で、面白いもん、見たなぁと思ってさ。そして仕事してて、で、まぁ今日は六本、揚げたからね。一晩の稼ぎとしてはまぁいい方かな、と思ってさ。で、家に帰ろう、と思って歩いてて……俺はさ、南十二の西八に住んでるわけ。で、ふと気がついたら、前をあんたが歩いててね。あ、危ねぇなぁ、と思ったわけですよ」

「危ない？」

「うん。うちらの業界にも、いろいろウワサが流れてるからね。あんたが、マサコの事件、つつき回そうとしてて、なんか、狙われてるらしいってさ。で、こんな時間に、こんな所を、ひとりで歩いてて大丈夫だろうか、と思ったわけですよ」

まだ秋沢の敬語は完全には抜けない。

「そうか……」

「で、別に、陰で護衛するっつーよーな気持ちじゃなかったけどね。これからどうなるのかな、と思ってさ。なんか、取材の延長かな、とも思ってね。で、遠くから見てたわけです。で、しばらく見てて、なんともないようだから帰ろうかな、と思ったら、いきなりあの騒ぎでさ。あそこらへん、公衆電話がないのね。で、どうしようかな、と思って、あたふたしてたら、パトカーのサイレンが聞こえたわけですよ。……そういうわけだ」

「そうか」

俺は腕組みをして考え込んだ。

きっと、この秋沢は、俺が頼めば手伝ってくれるだろう。だが、頼りになるだろうか。こいつは、マサコちゃん事件のことを、どう考えているだろうか。あるいは、別にどうとも思っていなくても、金さえ払えば付き合ってくれる、そういう人間だろうか。

「秋沢さん」

「はい？」

「……マサコちゃんの事件、どう思う？　俺は、橡脇に一泡吹かせてやりたいんだけど、秋沢さんはどう思う？」

「ああ、うん。俺も、そう思うよ。橡脇がそんな人間で、それでのうのうとのんびり暮らしてると思うと、胸くそが悪くなる」

「みんな、ヘンに怯えて、いい子ちゃんでいるふりをしてるんだ」

「それがね。そう、あんたがさっき言ったように、歯痒いよね。実際、そう思うよ」

「そうか。……じゃ……実は俺、ちょっと考えてることがあるんだけど、秋沢さん、手伝ってくれないか？」

「俺が？　なにをするわけ？」

「秋沢さんには、絶対危険はないようにするから。よく映画やテレビであるじゃないか。

『一時間以内に俺が帰ってこなかったら、警察に電話してくれ』ってやつ。あれを頼みたいんだ」

「……なるほど」

「どうだろ？」

「なにをする気なの？」

「まだ、はっきりとは決めてない。今晩一晩考えて、昼間ちょっと動こうと思うんだ」

「……」

「……秋沢さんは……今日の日中は、なにか用事がある？」

「いや。日中は、俺はたいがい暇ですけど」

「じゃぁさ、どうだろ……そうだな、午後三時頃に、テレビ塔の地下の居酒屋に来てくれないか？」

「テレビ塔？」

「ああ。ススキノじゃ、ちょっと人目が気になるんでな。地下に、昼間っからやってる居酒屋があるから。そこで待ち合わせよう。先に着いても、あまり飲むなよ」

「うん……」

「で、こんなことを言ったら怒るかもしれないけど、少しならお礼もできるから」

「お礼……お礼って、金か？」

「うん」

秋沢の目が微妙に動いた。

「……まぁ、わかった。どうなるかわからないけど、とにかく、行くよ。話だけは聞く。それからどうするかは、その時ってことで、どうですか」

まだ敬語が抜けない。

「それでいい。頼む」

それから、俺は「雪の松島」を五合、秋沢はビールを二本飲んだ。秋沢は結構酔った。その前にも、いくらか飲んでいたんだろう。で、帰る、と言うのでタクシーで彼の家の前まで行き、「じゃ、三時に、よろしく」と頼んだ。秋沢は機嫌良さそうに「じゃぁな」と頷いて降りた。それから俺は運転手に、グランド・ホテルに向かってもらった。

秋沢の家は、確かに南十二の西八にあった。木造二階建て、玄関共有、おそらく風呂も流しも専用のトイレもない、というアパートだった。

場末のピンサロで働いている、という女房は、もう帰って来ているだろうか。子供は安らかに眠っているだろうか。

なぜか、そんなことが気になった。

46

翌朝、俺はグランド・ホテルの部屋で平和に目醒めた。十一時を過ぎていた。朝じゃないな。顔を洗って歯を磨き、シャワーは浴びずに、身支度をして、キャッシャーでチェック・アウトした。費用は全部、牧園の会社が払ってくれることになっているらしい。

それから、タクシーに乗って〈フィンランド・センター〉に行った。フロント係の男は、あの時とは別な男だった。平和な笑顔で挨拶する。危険はないようだ。ただの勘だが。

気持ちよく暖まり、体を洗い、ガウン姿でロビーに行ったら、野口がいた。掃除機をかけている。ついさっき勤務に就いた、という感じだ。ほかに客がほとんどいなかったので、俺は近づいて、「この前は、世話になった。ありがとう」と言った。

「いえ。ご無事でなによりでした」

「俺の服は、ここにある？」

「ええ。一式、全部。クリーニング済みです」

「助かる」

「ロッカーは、何番ですか？」と俺が腕につけた鍵をのぞき込んで、「中に入れておきます」とにっこり笑った。

「クリーニング代、保管料、そのほかもろもろ、きちんと請求してくれ」

「はい。フロントが、ちゃんと計算すると思います」

「それから、ビニール袋があったらひとつ、もらいたいんだ」

「何を……ああ、例のブランド品一式ですね。着ていらっしゃったんですか？」

「うん。着替えするチャンスもなかったし」

「ですよね。……で、あの服、どうするんですか？」

「どうするって……どうしようもないよ。とりあえず、ひとまとめにして0番地のクリーニング屋に出すさ」

「……あまり、似合いませんでしたよ」

「だろうな。まぁ、しかたないさ。もう着ないだろう、とは思うけど、捨てるのももったいない」

「でも、もう、着ないんですね？」

「ああ」

「じゃ、僕に売ってください」

「え？」

「半額……というのは、ちょっと厚かましいから、六掛けでどうですか？　ご自分で着ないんなら、お金をドブに捨てたようなもんでしょ？　でも、リサイクル・ショップでも、なかなか引き取ってくれませんよ。あんなサイズじゃ」

「なるほど」

「でも、僕なら、あれを着るような人たちを知ってるし、まぁ、七掛けくらいでなら、売れるんです。だから、どうですか？」

「まぁ……このままじゃ六十万からが、まるまる無駄だからな。……ま、少しでも戻って来るんなら、確かにありがたいけど……」

「じゃ、いいですね。支払は、振込でいいですか？　四十八万で、どうでしょう」

「いや、そんなにいらないよ。あの時は、あれ以外にとっさの方法がなかったから、まぁ、金には換えられない。それが、いくらかでも戻って来るんなら、御の字だ。二十万……十万でもいいよ」

「うわぁ！　いいんですか？」

「まぁね。もともと、まるまる六十万、捨てたつもりだったから。でも、結構、あちこち傷んでるぞ、きっと。ちょっと運動したから。ダウン・パーカーの背中は、コンクリートの壁でこすったし」

「でも、一式十万なら、ばっちりです！　ありがとうございます！　じゃ、口座番号を教えてください」

俺は教えた。頭に入っている。野口は、胸ポケットから出した小さなボールペンで、自分の手のひらに書いた。

「じゃ、すぐにビニール袋を持って行きますから、それに一式、入れといてください」

「わかった」

「あの……」

そう言って、突然赤くなる。

「え？」

「あの、僕、資源を無駄にするのは嫌いなんです」

「立派だ」

「ですから、靴下やパンツも、入れといてください」

「あ？」

野口は、真っ赤な顔で、でも、きっぱりと、「ヘンな意味じゃありません！」と断言して、唇を震わせる。

「……わかった。……ヘンな意味じゃないんだな？」

「当たり前です！」

「ヘンな使い方もしないな？」

「侮辱ですか⁉」

「いや、そうじゃない。悪かった。わかった」

俺は、とりあえず、野口の頼みを聞くことにした。ちょっと不気味だが、たかがパンツ一枚、靴下一足だ。しかも、一度しか使っていないのだ。……ちゃんと洗ってくれよ、と俺は心の中で呟いた。

ちょっとゆっくりしたので、〈フィンランド・センター〉を出たのは一時に近かった。近くにあった電話ボックスから、道警捜査一課、種谷巡査部長の「ダイヤル・イン」に電話した。無愛想な声が出て、のしかかるように「警察っ！」と言う。俺は名前を言った。無愛想な声が「ほう」と言い、「ちょっと待ってね」と、人をバカにするような口調で言った。すぐに種谷に替わった。

「おう。あんた、なにやってんだ？」

「いろいろと」

「昨日の一件はどういうことだ？」

「そのことで、ちょっと話がしたいんだけど」

「ふざけるな。わたしはね、チンピラと違って、忙しいんだ。納税者からオゼゼを貰って、納税者のためにご奉公してる身でね」

「マトモに仕事をしてないってウワサだけど」

「常田のヤマは、俺の担当じゃない」

「おやおや。誰がマサコちゃんの話をした？」

「……なんの用だ」

「常田……マサコちゃんの死体が発見された時、近くに赤いバラの花束はあった？」

「……なんでだ」

声が、はっきりとうろたえた。

「あったんだな？」

「わたしは知らないよ。担当が違う」

やけにきっぱりと言う。

「あったんだな？　で、例の、秘匿情報ってやつにしてあるんだろ？」

つまり、犯人しか知り得ない情報として、隠してあるわけだ。

「何が言いたい？　あんたは、『ボクはこんなにお利口さんだ』と自慢したいわけか？」

「立派な大人は、正当な理由のある他人の自慢には、おおらかに耳を傾けるもんだと思うけど」

「じゃ、わたしは立派な大人じゃない」

「いやな奴だな」

「なんの用なんだ」

「一度、会って話がしたいんだ」

「じゃ、最初からそう言え。回りくどい言い方をしないで。バカじゃねぇのか」

「俺は、最初に、月曜に、会いたいと伝言したはずだよ」

「今すぐ来るんなら、話は聞いてやる。道庁別館のてっぺんに来い」

「わかった」

道庁別館は、道を挟んで道警本部と向かいあって建っている。最上階には、レストランがある。俺が駆けつけると、大きなガラスの壁に向かって、種谷が新聞を読んでいた。その向こうに、雪に覆われた植物園が広がっている。そして、藻岩山、円山、手稲山などの連なりが、青空にくっきりと浮かび上がっていた。

「しばらく」

俺がそう言って座ると、種谷はひとつアクビをして「遅いな」と言った。「帰るところだったんだが」

老いぼれつつある、小柄で貧相な見てくれのオヤジだ。だが、やはり時折は、いかにも刑事らしく目が光る。規則をあまり守らない刑事だ、と聞いている。問題をいくつも起こしているらしい。そのせいで、出世ができないのだそうだ。

「赤いバラの花束、あったんだろ？」

種谷は、三秒ほど、俺の目をじっと眺めた。見つめたのでも、睨んだのでもない。ただ、真っ平らな顔をして、俺の目を眺めたのだ。

「……そりゃ、当然だろう。あの時、常田は凱旋パーティからの帰りだったからな。みんなから花束をもらったんだろ？　それが、駐車場に散乱してたよ」

「なるほど。その花束がどこから来たか、それはいちいち調べたんだな？」

「当たり前だ」

「じゃ……きっと、出どころがわからない赤いバラの花束があっただろ？」

「……なんでそんなことを考えついたんだ？」

「このシンビジュームは、誰々がどこそこで買った花、このバラは誰々がどこそこで、このカラーは誰々がどこそこで、と調べたんだろ？」

「……」

「で、真っ赤なバラの花束五十本、どこから来たのかわからないのがあっただろ？　おそらく、包み紙だのなんだのは外してあって、どこで買ったかわからないようになってたんだろ？」

「……だから、なんでそんなことを思いついたんだ、と俺は聞いてるんだ」

「ほかの花とは、明らかにようすが違ってたかもしれないな。ほかの花は、駐車場に散乱してたり、踏みにじられてたりしてて、その五十本だけは束ねたままで、マサコちゃんの体の上にそっと置いてあったりしたんじゃないか？」

「うるせぇ！」

いきなり種谷は怒鳴った。向こうの方で、なにかがひっくり返る音がした。驚いた可哀相なウェイトレスか誰かが、トレイかなにかを落としたんだろう。前にもこんなことがあった。

「いいか！　俺は、てめぇはなにを知ってるんだ、と何度も聞いてるんだぞ！」

ウェイトレスも、支配人も、誰もやって来ない。普通なら、「お客様、お静かに願えますか」とやんわり注意されて、つまみ出されるところだ。きっと種谷は、ここではいつも怒鳴るんだろう。

「あのさ。俺はさ、あんたと話がしたくて、何度か電話したんだよ。それなのに、あんたは『アホウ』と……」

俺がそう言いかけた時、驚いたことに種谷は一瞬目を伏せた。すぐにまた俺の目を眺めたが、さっきの勢いは消えていた。俺は、これを種谷の謝罪、と受け取ることにした。

「ま、済んだことはいいけどさ」

「そうだ」

平気な顔でそう言い放つ。だが、俺ももう三十過ぎのいい大人だ。寛大な気持ちで聞き流してやることにした。

「バラの花束ってのは、こういうことなんだ」

俺は、バラの花束と、その夜の椽脇の不自然な行動について、大雑把に話をした。

「で、どう思う？」

俺が尋ねると、種谷は非常に不機嫌な顔つきで、鼻の左脇にシワを刻んだ。下等な人間をあざ笑いつつ激怒している、という感じだ。

「……あのテレビ番組の最中に、テレビ局に、常田あての電話が入ったのは確認できたんだ」

「え？」

「そのあたりまでは、俺は常田事件捜査本部の専従だったんだ」

「……」

「で、東京まで行って、放送の最中の常田のようすを調べたんだ。電話が一本、常田に入った、という話を聞いたんでな。それで常田の態度が急に明るくなった、という話だった。それは、事実だったよ。複数の証言があった。それこそ、昔別れた恋人に再会した、というような笑顔だったらしい」

「……」

「あれは生放送だったが、ひとりひとりの出番は、録画なんだ」

「え？」

「あれは生放送だが、生で放映したのは、オープニングと表彰式だけだったんだ。ひとりひとりの出番の部分は、あの日、午前中から順々にビデオで録画したんだ。で、生でオープニングを放映して、それから、スタジオの会場では、表彰式の準備とか審査とかを一時間半ほどかけて行なった。その間、出演者はだいたい控え席で待機だ。で、ビデオの合間合間を、司会者が出演者をステージで紹介したりしてつないで、客席の仕込みの客が合図に合わせて拍手したり、驚いたりしてたんだ」

「……それで？」

「その、番組中に、常田が待機していた時に、電話が入った。で、常田は、電話が終わった時には、もう有頂天のようすだったそうだ。その電話が椽脇からのものかどうか、これはなにも確証はないが、わたしは、椽脇が直接電話をかけてきたんだろう、と思った」

「……」

「わたしは、あの番組のビデオも繰り返し、見たよ。そういうつもりで見るからかもしれないが、確かに、オープニングの時の常田の表情と、表彰式の常田の顔つきは、やや違う。電話があったからだろう、とわたしは思う。準グランプリで泣き出したのも、きっと、椽脇からの電話が嬉しかったせいもあると思うんだ」

「……」

「で、確かに犯行時刻には、橡脇も札幌に来てた。常田と橡脇が、あの同じ時刻に、ススキノ周辺にいた。そこまではわかった」

「……」

「で、担当を外された」

「……」

「そういうわけだ。人員の入れ替えがあってな。能なしどもが掻き集められたよ。連中は今、捜査本部でゆっくりお茶を啜ってる。百グラム五百円のお茶と二千円のお茶じゃ、やっぱり味が全然違うそうだ。〈とん喜〉のトンカツ弁当はうまいんだそうだ。チーズ蒸しパンと牛乳、というのはけっこう合うんだそうだ。警友会が、温泉旅行のツアーを募集しててな。連中のうちの何人かはそれに参加するらしい。やっぱり温泉はいいな、という話をして、楽しそうにしてるよ。連中も、歩き回ろうという意欲はあるんだろう、と俺は思うよ。ただ、靴べらをさがしてるんだな。靴をちゃんと履かないと、歩きづらいからな。で、靴べらがなかなか見つからないんだろう」

いきなり、種谷がテーブルに拳を振り下ろした。ガッシャンという破滅的な音がした。割れた物はなにもなかったが、俺はびっくりして辺りを見回した。ウェイトレスも、少ない客たちも、気づかないふりをしている。このレストランがあまり流行っていないのは、種谷のせいじゃないだろうか、と俺は考えた。

「そういうわけだ。わたしは今、機嫌が悪い。失礼なことがあっても、まぁ、大目に見てくれ」

「やだね。子供じゃないんだから。ふてくされてどうするんだよ」

「ふん」

種谷は子供のように鼻を鳴らした。

「じゃぁさ、とにかく、今後なにかがわかったら、話を聞いてくれるか？　あんたに話したら、とにかく事を進めてくれるか？」

「事を進めるって、どうやってだ。能なしやバカが、のんびり満足しちまってるのに」

「……」

「連中は、哀れなオカマどもを小突き回して、『札幌の同性愛者の交友関係』ってな〈取扱注意〉の『極秘資料』を作ることしか興味がない。抵抗できないオカマを小突き回すのは面白いからな。少なくとも、代議士の秘密を暴こうとして目を付けられるよりは、か弱いオカマをいじめる方が楽だしな」

「……」

「いいよ。わかった。なんかあったら、電話しろ。話は聞く。わたしになにができるかわからないがな」

47

テレビ塔の地下の居酒屋には、三時十五分前に着いた。ここは、なんというか、異界である。朝から泥酔することができるし、しかもそれが不自然ではない、という空間だ。客の平均年齢は思い切り高い。くだけた格好のオヤジたちが多いが、きちんと背広を着た老紳士も珍しくはない。だが、その老紳士は、腰に手ぬぐいをぶら下げていたりする。そんな中に、秋沢はすっかり溶け込んでいた。だが、それほど酔っているようには見えなかった。

「早かったですね」

俺を見て、ちょっと慌てたような顔で、中途半端な敬語を使う。俺が来るまでに、もっと飲もう、と考えていたのかもしれない。

「用事が早めに済んだんだ。結構早くから来てた？」

「いや、さっき来たばっかりだ。とりあえず、ビールを飲んでたとこです」

「その敬語、なんとかならないか？」

「ああ、これ。クセでなぁ。なんか、オゴってもらうっちゅう意識があるもんですから」

「まぁ、いいや。じゃ、軽く呑んで、さっと行こう」

俺もまだ、今日は一滴も呑んでいない。

「そうだな」

秋沢は嬉しそうに言う。で、枝豆と、チーズ&カルパス盛り合わせ、おでん盛り合わせを食べながら、秋沢はビールを二本、俺はニッカG&G（スーパーはなかったのだ）をストレートで五杯呑んだ。

度胸がついた。

それから、俺はこれからの段取りを秋沢に説明した。「わかった。手伝うよ」と秋沢は言ってくれた。

ふたりでタクシーに乗り、豊平川河川敷にある〈北海道教習センター〉に行き、その周囲を流した。歩いて五分ほどのところに、やけに派手で巨大なパチンコ屋があった。

「秋沢さん、パチンコはよくやる？」

「あまりしないな。フィーバーってのが流行るようになってから、ちょっとつまんなくなったんですよ。バカみたいに金は出てくし」

「そうか」

で、俺たちはタクシーから降りた。寒い。

「じゃ、秋沢さんさ、このパチンコ屋で待っててくれないか？　元手に一万、渡すから、これで遊んでてもらえないかな。で、二時間経っても俺が戻って来なかったら、道警の刑事局捜査一課の種谷巡査部長に電話して、事情を話してくれ」

種谷の「ダイヤル・イン」の番号を紙に書いて、一万円札と一緒に渡した。

「じゃ、よろしく」

「わかった」

俺は秋沢とふたりでパチンコ屋に入った。そして、マッチをもらい、と声をかけて、外に出た。

凍った道を歩き、豊平川の川風に吹かれながら、河川敷に降りる、ツルツルの階段を慎重に降りて、だだっぴろい敷地にぽつんと建っている、〈教習センター〉の建物に向かった。

入り口の自動ドアを抜けると、静かなロビーだった。全部で三十人くらいの、おおむね若い男女が、椅子に座っている。おとなしく本を読んだり、ぼんやりと目の前の空間を見つめたりしている。なんだか、活気のようなものが全然感じられない世界だった。小さく、子供たちの騒いでいる声が聞こえる。きっと、どこかに託児室があるんだろう。スピーカーが名前を呼び、人々が次々に窓口に行き、それから右側の廊下に向かって、消える。

辺りを見回すと、自動ドアの入り口から左に向かう通路の奥の暗がりに、〈警備室〉という文字が光っているのが見えた。おそらく、あのあたりが、裏口、というか通用口、という感じなのだろう。俺はそっちに向かった。通路の突き当たりに大きな扉があって、〈夜間通用口〉と書いてある。その横が警備室だった。痩せた、眼鏡をかけた六十がらみの制服の男が、俺を見て眉をひそめた。

「こちらの、新堂勝利総務部長にお会いしたいんですが」

「部長さんは、ふつうは、こっちにはいらっしゃいませんよ」

「そうですか。いらっしゃいませんか」

「ええ。あまりお見えになりませんね」

敬語の乱れは、すでに六十年前から始まっていたんだろう。

「ちょっと重要なご用件がございましてね。どうしても連絡をさせていただきたいんですが」

「お名前は？」

俺は名乗った。

「ちょっと待ってや」

警備員は、どこかに電話した。俺の名前を告げた時、受話器の向こうでなにか反応があったらしい。ちょっと驚いたような顔で、俺を見る。それから、真剣な表情になって、受話器を抱え込み、小声で「はい、はい」と繰り返す。受話器を置いて、帽子を持ち上げ、額の汗をぬぐいながら、「おたくさん」と言う。

「はい」

「今、すぐ、話のわかる方が見えるから。したから、ちょっと待っててや」

「わかりました」

俺は素直に頷いた。

「こっち入って、そこ、座っててや。すぐ、話のわかる人が見えるから」

自信のなさそうな笑顔で、警備室のドアを開いて俺を中に導いた。

十分もしないうちに、屈強な三十前後の男が三人、警備室にやって来た。三人が三人とも、銀行員か悪徳商法のインチキ・セールスマンのような、きちんとしたスーツ姿だ。俺を見て「ほう」というような感じで眉を微かに持ち上げた。三人とも、顔に見覚えはないが、きっとこいつらは、俺や高田を襲ったか、あるいはガゼールの中にいたか、そういう連中だろう、と俺は思った。また、この三人のうちの誰か、あるいは全員が、ほかの連中ともども、交替で〈モンデ〉で陰険なコーヒーを飲んでいたのだろう、とも思った。

「なるほど。この方々が、話のわかる方々で、今、見えたわけですね？」

警備員に尋ねてみたが、もうすでに俺は彼の管轄を離れたらしい。警備員は俺には答えず、「じゃ」と三人組に軽く頭を下げて、あとは俺のことを忘れることにしたようだ。軽く敬礼をして、警備室から出て行った。

「……君たちの中で、便所で転んだことのある人は、誰だろ？」

俺はそう尋ねてみたが、三人とも、薄く不気味に笑うだけで、取り合おうとしない。ひとりが、「じゃ、ご案内します。こちらへどうぞ」と言う。俺は立ち上がり、三人のあとに続いた。

三人に促されるままに、俺は〈センター〉の駐車場に入れてあったガゼールに乗り込んだ。五分もかからずに、俺は川っぷちに建つ三階建ての小さなビルの前にいた。一階はこぢんまりとしたフランス料理屋で、二階三階が、貸し事務所、というか、カメラマンやイラストレーター、コピーライターたちのオフィスやスタジオになっているらしい。少なくとも、階段脇の案内板には、〈グラフィック〉とか〈フォト〉とか〈デザイン〉とかいうようなカタカナが並んでいた。

三人の男に続いて階段を三階まで上った。今ではもうすっかりありふれた、コンクリート打ちっ放しの、ちょっと前にはモダンだった階段だ。上りきると、窓がなくて暗い、短い通路だ。その突き当たりにドアがあり、〈MINI GALLERY FOREST OF PEARL〉という、あまり垢抜けない手書き文字（おそらく、なにかこう「デザイン」のつもりなのだろう）が、ぼんやりした間接照明の黄ばんだ光の中に浮かび上がっていた。一番先頭の男が、インターフォンのボタンを押すと、ドアがすっと内側に開いた。白髪頭の、恐ろしく整った体型の、妙に目つきが明るい、日焼けした五十がらみの男が立っていた。目尻に人なつこそうな笑いを刻み、「や！」と言う。

「お待ちしてました。新堂です」

そして右腕を伸ばす。俺は、握手はしなかった。別に新堂の腕を払いのけたわけじゃない。そこまではしなかった。ただ、彼の手を無視して、黙って立っていただけだ。

48

「いやぁ、お目にかかりたくてね。いろいろと手を尽くしてたんですが。こう、神出鬼没、というんですかなぁ。苦労しました」

新堂勝利は朗らかな口調で、若い者をおだてる年輩の男、という笑顔を作る。俺は無視した。新堂は、おやおや、という感じでひとりで頷いて、それから膝の上に肘をついて、低いテーブル越しに、俺のほうに上体を近づける。俺は、ただ黙って座っていた。ソファが非常に柔らかいので、体を動かすとバランスが崩れそうだったのだ。

「……で、まぁ、そうこうしているうちに、あなたの方から、こちらにお運びいただいたんで、これはもう、またとない機会だ、と。わざわざ、ありがとうございます」

俺は黙って勝利の顔を眺めた。

「……まぁ、あれです。状況は、いろいろと複雑ですが、……その、ポイント、と言いますかな。微妙な部分は、まぁ、ご理解いただけておりますか？」

「……」

「……ええと、まぁ、いろいろな行き違い、というか、双方にとって、まぁ……ちょっと不愉快、というようなこともあったかと聞き及びますが、まぁ……それは、非常事態での突発事故、というように、お考えいただけましたら、幸甚です」

「……」

「……ええと、お友達の、ええと、なんと言ったか……そう、松尾さん、北日の。彼から、状況の説明はお聞きになりましたか？」

俺は無言で〈ギャラリー〉の中を見回した。今、俺は新堂とふたりきりだ。さっきの三人は、奥の方のドアから出て行った。きっとそのドアのすぐそばで、俺たちのやりとりを聞いているに違いない。

「……焼き物に、興味はおありですか？」

新堂が、ちょっと気分転換、という感じで言う。この〈ギャラリー〉は、民芸調とモダンさを無理矢理まぜこぜにしたような茶碗や銚子や壺や瓶が、ゴテゴテとした生け花と一緒に並べられている「空間」だった。

「とりあえず、まぁ、全部、わたしの作品です。四十を過ぎてから、妙に病みつきになりましてね。面白いもんです。陶芸ってのはね。楽しいもんです。こんなシロウトのオアソビでも、お金を出して買ってくれる、そんな奇特な人もおりましてね。で、まぁ、生意気ですが、こんなギャラリーを作ってみたんですが。……いかがですか。中には、落ち着ける、いい場所だ、などと言ってくれる、ヘンなひともいるんですがね」

そして、俺の目をのぞき込んで、「アハハハハ」と大声で笑う。俺に、一緒に笑ってくれ、と頼んでいるようだった。だから、俺はもちろん、笑わなかった。

「……焼き物には、あまりご興味、ございませんか」

「あれですね。ただの人真似ですね、この焼き物は」

「ほぉ」

「見よう見まねで、まぁ、それっぽく真似したんでしょうがね。こんな平凡な茶碗に、自分で、恥ずかしげもなく二万円の値を付ける、その神経を疑いますね」

「……」

「会うまでは、どんな人間か、ちょっと興味もあったけど、実際に会ってがっかりしたな。あんたは、親戚のオジサンの金で遊んでる、無駄に年をとった五十のガキだ」

「……ひとつ、間違いがありますね。わたしは、四十八です」

「なるほど。つまり、無駄に老けた、というわけだ。これで、カッコよく年を取るのは難しいらしくてね。俺はまだ、そこらへんの本当のところはわからないけど、少なくとも、人のフンドシで金あさりをして、くだらない陰謀だの画策だのを面白がって、洒落たつもりで粘土をひねくりまわして、下手くそな自分の作品に二万円の値段を付けてキョトンとして平気でいられるオヤジは、成熟とは無縁だ、ということだけはわかる。あんたはゲスだ」

一瞬、勝利は躊躇したが、すぐにその顔に、いかにもゆとりのある苦笑を浮かべた。そして、やれやれ、と首を軽く振り、それから大きくニッコリと笑った。

「ま、そう興奮しないで」

「……」

「まぁ、いろいろと込み入っているけれども……わたしたちが、最も不思議だと思っているのは、なぜあなたが、今になって、いきなり首を突っ込んできたのか、ということなんですよ。このタイミング。このことを、はっきりさせたくてね。まず、話はそこからだ、と」

「理由はない。自分でも、なぜ今まで静かにしていたのか、それが不思議なんだ」

「ほう？　つまり、騒ぎを起こすのが当然で、そうしなかった方が不思議だ、と？」

「……」

「ヘンな話だねぇ。……端的に言おう。モロオ、という名前に、心当たりは？」

全然ない。だが、それが顔に出ないように、俺は慎重に無表情を決め込んだ。

「聞いたことがない、ということはないだろう？　君は、先月の末に、モロオに会ったんじゃないのか？」

「……」

「しらばっくれても無意味だよ。少なくとも、モロオが、先月の末に、わざわざ東京からこっちに来た、ということはわかってるんだから。この札幌に」

「……」

俺は、ただ黙っていた。モロオが誰なのか、全然わからない。

「モロオが東京に帰ってから、ちょっと道警広報の調子が微妙に変わった。と思ったら、いきなり君が動き出した。これは君、誰がどう見ても、なにかある、と思って不思議じゃないじゃないか。それに、例の堤、あれが君の意を受けて、ヘンな動きを始めた。いったい、君たちは、なにを企んでいるんだ？」

「……」

俺は、ただひたすら黙っていた。出来の悪い生徒に、突然自分には全然理解できないことを質問された高校教師は、きっとこんな気分だろう、と想像した。なにをどう答えたらいいのかわからずに沈黙しているのだが、せめてその沈黙を、余裕やゆとりだと解釈してもらいたい、と祈るような気分だった。勝利の誤解を解いた方がいいのか、このましばらくそっちに走らせる方がいいのか、その判断すらつかない。俺は、とりあえず、気怠そうに深呼吸して、「あんたは相手にならん」という雰囲気を漂わせるべく努力しながら、ピースに火を点けた。

「それとも、あの堤までも知らない、と言うつもりかね？」

「……」

「モロオが出した条件、それだけでも聞かせてもらえないもんかな」

「……」

さて、どうしたもんだろう。

「こちらの事情は、松尾さんがお話ししたことに尽きる。要するに、タイミングの問題なんだ。われわれだって、これがわれわれの致命的な弱点になる、ということは理解している。その弱点を晒した上で、きちんと、まぁ数年後には、橡脇に清算させる、と誠意を持っておお約束している。それまで待っていただけないものか、という話だ。こんなことを、ケリをつけずにズルズル引き延ばすなど、できる話ではないし、わたしも、そんなことは自分にも、仲間にも、認めるわけにはいかない。そのことは、信じてもらいたいんだ。できることなら、すぐに、友人として……というか、友人の甥として、とにかく橡脇を説得して、警察まで付き添って、自首させたい。当然、そうすべきなんだ。だが、どうしても、今はそれができない。渋々ではあっても、とにかく、今しばらくは、椽脇を温存しなければならない。これがいいことだ、とは思わないよ。言ってみれば、悪いことだ。悪いに決まっている。その悪は、かならず清算するから、今しばらく、ということなんだが」

いつまで同じ話をするつもりだ。そんなことを考えながら、俺は沈黙を続けた。そして、いつまで黙っているつもりだ、と自分に尋ねてみた。答えは出ない。状況がよくわからないのだ。

「少なくとも、現段階では、君やその一派が……もちろん、モロオも、なにをどうあがいても、頑張っても、公判を維持できるような証拠は揃わないよ。逆に、今の段階で椽脇を挙げれば、ほぼ、証拠不十分で無罪になる。もちろん、それだけでも椽脇は社会的には命を絶たれる。椽脇の政治生命を絶つことだけが目的なら、それでもいいさ。だが、とにかく、無罪になっちまったら、日本の裁判制度は、結審したケースは二度と取り上げないから、椽脇は無罪のまま、なんの報いも受けない、ということになるよ。それはやはり、不本意だろう？　たとえ数年遅れるにしても、きちんと事実関係が明らかになって、椽脇がそれ相応の罰を受ける、というのが、やはり君たち……つまり、被害者の友人、というかな、その人たちにとってもいいことだと思うんだがね」

「……」

「それとも、やはり君たちの目的は、別なところに存在するのかな？」

「……」

れてもいい」

「……そう黙り込んでいないで、なにか話してくれないかね。……まぁ、モロオのことは忘

俺は、適当に頷いた。その俺の無意味な頷きに反応したのか、「……まぁ、モロオのことは、忘れてもいい」と勝利は確認するように繰り返し、そしてひとつ頷いて、「だがね、少なくとも、君の目的……というか、なにを望んでいるのか、ということだけでも、教えてもらえないものだろうか」と目のあたりに、真剣らしい色を浮かべて訴えるように言う。演技だ、とは思うが、真に迫っている。もしかするとこいつは、長年のこういう身過ぎ世過ぎの末に、真剣に演技するのが習い性になっちまったのかもしれない。

俺は、黙ってピースを胸に深く喫い込み、ゆっくりと口から漂わせた。それ以外に、なにをすればいいかわからなかったのだ。勝利は、俺をじっと見て、それから、突然、パン、と両手で自分の両膝をたたき、「うんしょ」と小さく言って立ち上がった。そして、カーテンを下ろした窓の近く、いかにもアンティーク風に作られた、俗っぽいライティング・デスクの方に向かう。そして、「この窓からの夜景もなかなかなんだよ。札幌のビル群が、光の中に浮かび上がるんだ」なんてことを妙に朗らかな口調で言い、ふいに静かになってゴソゴソとなにかを始めた。そして、A4サイズの、膨らんだ茶封筒を手に、戻って来る。俺にニヤリと下品な笑顔を見せ、低いテーブルの上、俺の目の前に、中身をドサドサとぶちまけた。

百万円の札束が五本。帯封は、民労中金ではなく、北一銀行のものだった。

「どうだろう。話を早く進めたいんだが」

俺は立ち上がった。ドアに向かって歩くと、勝利が「待ってくれ」と言った。そして、ライティング・デスクに小走りで駆け寄り、またゴソゴソやって、小走りで戻って来た。

「わたしは、駆け引き、というのは苦手なんだ。真正面からぶつかるタイプでね。だから、もう、これで終わりだ。あと二本、全部で七つ。これで、なにもかも忘れてもらえないか？」

俺は、なにも言わずにドアに向かった。

「ああ、あと三本までなら、なんとかなる。全部で大一本、これでどうだろう。君、いいかい……無税なんだよ」

何かひとつ、悪態をつこうか、とも思った。だが、非常に馬鹿馬鹿しく、バカ疲れしたので、口を開く気になれなかった。そのまま、ドアを開けて部屋から出た。誰も止めなかった。通路を進み、階段を下りて外に出た。

49

ビルの近くにあったボックスから、種谷の「ダイヤル・イン」に電話したら、「はい、刑事一課」と種谷の声が答えたので、俺はちょっと驚いた。俺が名乗ると、「なんだ？」と面倒臭そうな声で言う。

「今、〈教習センター〉の総務部長の新堂と会ってきた」

「ほう……」

「新堂勝利、つまり、橡脇の後援会連合会長の新堂の、甥だ。例の、民労中金の新堂理事長の甥だよ」

「わかってるよ。で？」

種谷は、面倒臭そうな口調を変えない。

「俺に、金を払おうとしたぞ」

「それで？」

「現金で一千万だ。一千万で、なにもかも忘れてくれ、という申し出だった」

「ほう」

「もう、周知の事実として、あの殺人の背景に橡脇がいることを、あっさり認める口ぶりだった。ねぇ、これはもう、間違いようのない証拠だよ」

「証拠？　どこにある？」

「どこにあるって……」

「テープにでも録音したか？」

「あ、いや……でも……」

「そうだ。どうせ、テープの録音なんざ、なんの証拠能力も持たないからな。ほかに証拠は？」

「あんたの証言だけだな？」

「……」

「もちろん、裁判になったら、新堂も、手下も、否認するのはわかるな？」

「そうだ」

「で、あとはあんたが、無意味に喚いているだけだ。『こいつは、俺に金を払おうとした』と。新堂たちは『なんの話ですか』ととぼければ、それでいい」

「当然だな」

「と、いうようなことを口実にして、まぁ、動かないだろうな。バカどもは、延々と靴べら探しを続けるわけだ」

「……」

「でも、俺の前で、はっきりと認めたんだよ。タイミングの問題だって。本当は、自首させるべきなんだがって。はっきりと、そう言ったんだ。それでも、ダメか」

「ダメだろうな。我が社の幹部と、なにか申し合わせができてるんだろう。だから、あっさりと認めたわけだ。連中は、完全に我が社を舐めてる」

「……」

「だが、わかった。覚えておく。わたしがわかっても、わたしひとりがわかっていても、なんにもならない。だがとにかく、わたしは忘れない。……今のところ、できるのはそれだけだ」

「そんなことで……」

と言いかけたが、種谷のイヤミな声に替わって、プー・プーという音が受話器から聞こえてきたので、俺は口を閉じた。それから、受話器を静かに置いた。

パチンコ屋に戻った。秋沢は、箱をふたつ抱え込んで、なかなか健闘していた。

「あれ？　もう終わったんですか？」

「ああ。終わった」

「で、どうなります？　連中の首根っこをつかまえたわけ？」

「いや。……どうやら、ダメらしい」

秋沢は、ちょっとがっかりしたような顔で「はぁん……」と頷いた。忙しく跳ね回るパチンコ玉から目を離さない。

「悪いけど、行こうや。その玉、換金しろよ。全部あんたのもんにしていい。金が余ってたら、それも進呈するよ」

「ああ、うん。……まぁ、ちょっと待ってくれ。あと一歩で……」

「早くしろ！」

俺は、思いがけないことに、怒鳴りつけてしまった。秋沢は、驚いて俺を見た。呆気にとられた顔をしている。

「すまん。悪かった」

「いや……いいけど……」

秋沢は、あわてて台にたまっていた玉をザラザラと箱に移し始めた。背中の感じで、怯えているのがわかった。

「悪かった」

俺はそう言って、背中を向け、パチンコ屋の騒がしい音の中、ゲームに熱中している人の背中をこすりながら、外に出た。

まだそんなに暗くはなっていないが、それでも、冬の頼りない日の光が、ぐっと傾いていて、駐車場はパチンコ屋の建物の影に覆われていた。車がびっしり並んでいる。平日の夕暮れ時、こんなにも暇な連中がいる、というのはなんだか不思議だ。

秋沢が、白い息をつきながら、小走りにやって来る。俺の前まで来て、ヒョコン、と頭を下げて「すみませんでした」と言う。

「いや。俺が悪かった」

「もたもたして、ホントに……」

「いいよ。俺が悪かったんだよ」

そういう自分の声に、苛立たしさが混じっているのがイヤだった。俺は、豊平川に向かって歩き出した。

「ダメだったのかい。……犯人は、橡脇じゃないの?」

後ろから、秋沢が言う。

「犯人だと思うよ。新堂も認めてた」

「そうか！」

晴れ晴れとした声で言う。

「でも、それだけじゃダメなんだ。なんの証拠にもならない。警察は動く気がない」

「そうなんですか？」

「ああ。知り合いの刑事に、新堂のことを話したんだ。椽脇だと認めた、と。でも、警察は今のところ、動かないんだそうだ。そいつも、内心はらわたが煮えくり返ってる感じだ」

「……悔しいですねぇ」

秋沢が、妙にちぐはぐな、明るい口調で言う。ヘンな奴だ。振り返ると、なんだかにこやかな顔で、だが体中ガタガタと震えている。俺たちは、堤防沿いに、川風を受けて歩いていた。どうやら、相当寒いらしい。暮色がゆっくりと降りてきて、太陽の暖かみもすっかり消えてしまった。

「寒い？」

「まぁね」

「そうか。じゃ、とにかくタクシーを拾って、どこかへ行こう」

俺が言うと、秋沢は笑顔になって、頷いた。体が一層大きくガタガタ震え始めた。

「おい、大丈夫か？　そんなに寒い？」

「ああ、うん。大丈夫だ。風邪を引いたかな。でも、なんともないです」

秋沢は、俺の目をのぞき込むように見て、また取ってつけたように笑った。

堤防沿いの国道は、空車のタクシーがあまり走っていない。俺たちは、北十三条北郷通りに出ることにして、国道を渡ろうとした。除雪後の雪山が、歩道を狭くしている。足を滑らせて車道に転がり出たら、すぐに轢き殺されてしまいそうだ。青信号を待つ俺たちの右側から、大きなトラックが、雪煙を蹴立てながら突進してくる。

「トラックが来るぞ。気をつけろ」

俺が言うと、後ろで秋沢が、「グ」というような変な声を出した。俺は思わず振り向いた。

秋沢が、両手を前に構えて、凍りついたような変な格好で立ち竦んでいる。まるで、俺を突き飛ばそうとしているような……

秋沢が、俺の顔を見上げた。

その目が、不気味だった。

必死の形相、というのか。目を大きく見開いて、なにか、俺にすがるような切羽詰まった感じだ。

「秋沢……」

俺の目を見て、体中をがたがた震わせている。口の中で舌を動かしている。唾を飲み込もうとしている。

俺の後ろを、トラックが駆け抜けた。

「おい……」

「秋沢……お前……」

俺の頭の中で、意味のない考えがめまぐるしく明滅した。なんだかよくわからない。だが。

「お前……まさか、お前……おい、秋沢！　お前！」

「ひゃぁぁぁ！」

秋沢は、奇妙な声を張り上げて、俺に向かって来た。突き飛ばすつもりらしい。際どいところで体をかわした。そのまま、勢いで車道に飛び出す。俺はとっさに、秋沢の薄汚れたダッフル・コートの襟首を握った。足を滑らせて、転がる。それを、力任せに歩道に引きずり込んだ。セダンが、クラクションを苛立たしげに鳴らしながら駆け抜ける。

秋沢は、俺の足元に仰向けに寝そべって、紫色の空を見上げている。放心しているような、透明な顔つきだ。

「秋沢。お前……」

俺がそう呟いた時、突然、思いがけないほどの素早さで、秋沢が足を飛ばし、俺のキンタマを蹴った。俺が思わずうずくまるのと同時に、秋沢は駆け出した。

「この野郎……」

キンタマを蹴られた男は、とりあえず悪態をつくしかできない。だが、俺は力を振り絞って立ち上がった。秋沢は、まるで操り人形のように、ヒョコヒョコと逃げて行く。興奮していて、体がうまく動かないらしい。俺は、後を追って疾走した。六歩目で、またうずくまった。前のめりに倒れて、体を丸めた。下半身全体で下痢をしているような、独特の、とにかく我慢できない不快感だ。

「くそっ！　立てよ！」

俺は自分を叱りつけた。誰だったか忘れたが、ボクシングのチャンピオンシップで、チャンピオンがロー・ブローを食らったところをテレビで見たことがある。チャンピオンは、確か、数十秒の間歯を食いしばって苦しんだが、すぐに立ち直り、レフェリーにファイティング・ポーズを見せて、戦いを再開した。チャンピオンにできて、俺にできないはずはない。

……そうでもないか。

「くそっ！　立てってば！」

俺は顔を上げた。秋沢の姿がどんどん小さくなる。……転んだ。

それを見て、俺は突然元気になった。まだいける、と思ったらしい。

立てた。

数歩、走ってみた。大丈夫だ。どんどん回復している。俺は、突っ走った。

秋沢は、ぎこちなく立ち上がり、俺が走っているのを見て、慌てて駆け出して、また滑って転がった。俺は突っ走った。秋沢が立ち上がった。駆け出す。遅い。右足を引きずっている。転んで、捻ったかなにかしたんだろう。俺を見て、すぐに前に向き、両腕を大きく振り回しながら、必死になって進む。

堤防沿いの長い道で、車道は車がひっきりなしに続々と走っている。秋沢はどこにも逃げ場がなかった。俺は着実に秋沢に近づいた。

追いついた。

ダッフル・コートのフードを掴んで、引きずり倒した。秋沢は「わぁ！」と甲高い悲鳴を上げて、転がった。俺は、その顔を蹴った。秋沢は、一瞬両手で顔を覆ったが、すぐに右手をついて、立ち上がろうとする。その右手を足で払い飛ばして、両手で秋沢の喉を掴み、持ち上げて、除雪の雪の山に叩き込んだ。身を起こそうとするところを、ミゾオチに一発、ぶち込んだ。

それが、うまく利いたようだ。秋沢から、闘志、意欲、希望、そんなようなものが、ふっと抜けて、ぺしゃんこになるのが見えたような気がした。

「あのオカマ……」

体を丸め、歯を食いしばった秋沢が、その歯の間から声を絞り出した。

「あいつ……テレビに出やがって……オカマの分際で……」

50

種谷に連絡を取るにはどうしたらいいか、俺は悩んだ。目に見えるところには、電話ボックスは見当たらない。秋沢に、ここから逃げるな、と言ったって、俺が目を離せばすぐに逃げるのは目に見えている。こいつを縛ろうにも、紐もなにもない。しっかり押さえつけてタクシーに乗ろうか、とも思ったが、運転手は気味悪がって停まってくれないだろう。パトカーが通りかかるのを待つか。そんな悠長なことは言っていられない。となると、秋沢を、気絶するまでボコボコにして、動けないようにして、電話を探すしかないか。

だが、そんなことはしたくない。

どうしようか、と悩みながら、とりあえず秋沢の持ち物を調べた。ナイフだのなんだのをポケットに隠していると、あとあと面倒だ。すると好都合にも、コートのポケットの中に、通信販売で買ったらしい、チャチな手錠や、アメリカの警察が使っているという親指止めなどが、小ぶりのナイフやスタン・ガンと一緒に出て来た。

で、背中で両手の親指を締め、足には手錠をかけて、そこに転がしておいて、俺は道を渡った。すぐのところにガソリン・スタンドがあったので、電話を借りた。

「なんだ?」

相変わらず、種谷は面倒臭そうな声だ。

「俺たちは、みんな、俺も、あんたも、警察も、政治家も、新聞も、みんな大きな勘違いをしてたらしい」

「なに?」

「まだ、よくわからないけど、犯人を捕まえたみたいだ」

「誰が」

「俺が」

「……ふざけてるのか？」

「とにかく、来てくれ」

「いきなり逮捕はできないだろう」

「じゃ、俺が告訴する。俺に対する殺人未遂だ。今、俺は殺されそうになったんだ。で、その相手を縛って転がしてある。来てくれ」

「……よし。場所は？」

種谷は、パトカーではなく、自分のブルーバードをひとりで運転してやって来た。そのまま道警本部に行くのかと思ったが、俺と秋沢は中央署に連れて行かれた。

「道警本部じゃなくて、中央署？」

「いろいろと、俺にも人脈がある。あんたには関係ないことだ」

種谷は、口をひん曲げてそう言った。

「ま、場所を借りる、というわけだ。余計な雑音が入らないところでな」

よくわからないが、納得した。

俺は、中央署の、窓口の右側にある一般待合室で待つように言われた。コートのポケットに両手を突っ込んで、「覚醒剤はあなたの人生を破壊します」というビデオを観賞した。五分足らずのビデオで、それが何度も何度も繰り返される。ふっくらした顔の、目の細い娘が「自分を、大切に」と俺の目を見つめて真剣に言う。これで何度目だろう、少なくとも四十回は見たな、とぼんやり考えていたら、種谷がやって来た。

「よう」

「……秋沢は？　喋った？」

「もうすぐだ。グズグズ抜かしてるが、もう、しまいだ。ああいうタイプは、本当に意気地がないもんだ。ま、もう少し、待っててくれ。あんたにも事情を聞きたいからな」

「待つよ。ずっと、待ってるよ」

種谷は小さく頷いて、出て行った。

そのまま、ずっと待った。八時を過ぎたら、急に待合室が寒くなってきた。どうやら、暖房が切られたらしい。

ソファに横になって、寒さでガタガタ震えながらうとうとしていたら、「おい」と言われたので目を開けた。種谷だった。

「来い。秋沢に会わせてやる」

「え？」

「おたくになら、話す、と言ってる。だから、聴取に立ち会え」

「……そういうこと、できるのか？」

「珍しい話じゃない。規則はいろいろとやかましいが、必要な場合もある」

俺は立ち上がって、歩き出した種谷の後ろに続いた。

「たとえば、だ。シャブで挙げたチンピラが、女房に一目会わせてくれたら、すぐに洗いざらい話す、なんて眠たいことを言うわけだ。ま、それはそれでいい。わたしたちは、調書を取るのが仕事だ。で、女房を入れてやる。二人っきりにしてくれ、なんてヤワなことを抜かす。それでもいいさ。喋るんならな。で、二人っきりにしてやると、女房は、チンピラに尺八をする。あるいは、まぁ手コキか。で、チンピラは、さっぱりして、あれこれ話し出す。そういうことは珍しい話じゃないんだ。人間てのは、つくづく下品だ。……わたしも含めてな」

「本番をやるのもいるか？」

「やらせりゃ、いるんだろうがな。やりたいのはやまやまだろうがな。わたしたちも、そこまで牧歌的じゃない。女がパンツを脱いだら、壁を叩くよ」

「見てるわけ？」

「隣の部屋でな。面通しのマジック・ミラーってのがあるから。でもま、それはあんた、お互い、承知の上での話だ。これからずっと裁判が続いて、まず間違いなく懲役四年は食らう、ってことがわかってる場合、まぁ最後の一発への願望は切実なもんだ。それと引き替えに、仲間を売るくらいのこともするわけだ」

「……」

「そういうのも、ま、わたしのメシのタネだ。なぜそんなことを我慢するかと言えば、警官ってのは、誠実に生きてベストを尽くせば、もしかすると、運が良ければ、ごく稀ではあるけれども、正義を行なうことができるかもしれない職業だからだ。死ぬまで正義の実現に立ち会えないかもしれない。でもな、可能性はゼロじゃない。ゼロじゃないんだよ」

「……俺を懐柔しようとしてる？」

「ああ。言った端から恥ずかしい」

「……役者だな」

種谷はニヤリと笑った。

取調室は、テレビ・ドラマで見るのとよく似ていた。ただ、安物のスチール机の上に、スタンド電灯はなかった。カツ丼のニオイもしない。

「あんた、正面に座れ」

種谷が言う。俺は言われたとおり、秋沢と机を挟んで向かい合って座った。種谷が、パイプ椅子をガチャンと開いて、俺の右後ろに置き、どさっと座り込んだ。

「秋沢。お前の言うとおりにしてやったぞ。連れて来た。これでいいか？」

秋沢は、種谷の言葉を無視して、俺の目をじっと睨む。

「俺に、なんか用か？」

「……あんた、今度、本に載るんだよな」

「あ？」

「載るんですよね。週刊誌に。みんな、そう言ってますよ。あの駐車場で撮影してたのは、それなんでしょ？」

「ああ、『ファインダー』の話か。……まいったよ、実際。馬鹿馬鹿しいのな。いろいろとポーズをつけさせられてよ」

「気分は、どうですか？」

「ん？　なにがだ？」

「……気分は、どうか、と聞いてるんだよ！」

秋沢は突然どなった。目に、激しい怒りが噴き出した。種谷が「秋沢」と小声で呼びかけ、右手をなだめるように動かした。

「落ち着け」

「あんた……本に載ってよ。いい気分か？　いい気分だろ？　本名か？　本名で出るのか？」

「……」

はじめのうち、俺はこいつがなにを言っているのか、わからなかった。だから、じっと顔を見た。秋沢はいかにも憎々しげに俺を睨む。その顔を眺めているうちに、俺は、わかった。こいつは、俺に嫉妬している。俺が、全国的に売られる、一応有名な写真週刊誌に取り上げられるので、嫉妬しているのだ。

「お前……」

俺は思わず呟いた。それを聞いて、秋沢はさっと嫉妬の表情を顔から消したが、すぐにまた、目つきがどんどん険悪になってくる。

「写真週刊誌に写真が載るなんて、恥ずかしいに決まってるじゃないか。マサコちゃんの犯人を挙げるためだから、だから嫌々話に乗ったんだぞ」

「なに照れてんだよ。嬉しいクセに。日本中の人間が、お前のツラを見るんだぞ」

「俺だってことがわからないように、目を隠してくれる、という約束だ」

「それにしてもよ。お前、自分の名前が日本中に知られるってのは、どんな気分だ？」

「憂鬱だよ。だけど、仮名にしてくれるって約束だから、そこは安心してるんだ」

「そんなに照れないで、本名で出りゃいいじゃないか」

「……お前……あれか？　マサコちゃんに、嫉妬したのか？　マサコちゃんが、羨ましかったのか？」

「……バカヤロウ。そういう話じゃねぇよ。俺はよ、ずっとあのバケモンがキライだったんだよ。あんなごついオカマのクセしてよ。バケモンのクセしてよ。有名人でよ。あいつ、会社の社長とか、ああいう偉い連中にも、知り合い、いたべや」

「ああ。人気者だった。それは、マサコちゃんがみんなを楽しくさせたからだ」

「バケモンのオカマがか。オカマの分際でよ。文化人のパーティとかにも出てたべや」

「……」

「ああいうの、俺、許せねぇんだよな。オカマがよ。でかいツラしてよ。有名人ぶってよ」

「……」

「こっちはお前、女房とガキ抱えて、必死になって働いてるんだぞ。ひぃひぃ言ってよ。夏も冬も。自分を犠牲にして、必死になって働いてよ。それなのにお前、俺は、社会の片隅にしか居場所がないんだぞ」

「……」

「どういう気持ちのもんか、あんた、わかるか？」

「……俺たち、とりあえず、なんとか楽しく暢気に生きてるじゃないか。それで充分なんじゃないか？」

「ただの、音痴で歌が下手くそな女とかよ、くだらねぇギャグしか能がないお笑いタレントがよ、何億って豪邸に住んでるじゃないか。テレビなんかでもよ、ウマイもの食いに、わざわざ外国まで行ってよ。たかがクイズの問題なのによ。外国で。ウマイもん食ってよ」

「……」

「その間、俺らはずっと、ススキノの道端でよ、『社長！』ってよ。『いい女、いますよ』ってよ」

「それは、お前……」

「芸能人どもは、みんなスケベなことしてんだろ。それなのによ、のうのうとテレビに顔出してよ。いい女抱いてよ。いい家に住んでよ。こっちはお前、腐れブスとガキとよ。狭いアパートで暮らしてよ。毎晩毎晩、『いい女、いますよ』ってよ。いくら頑張っても、ずっと社会の底辺でよ」

「……だから、なんなんだ」

「俺、そういうの、許せねぇんだよ」

「だから、マサコちゃんを襲ったのか」

「あいつ、オカマの分際で、テレビに出やがってよ。そしてお前、準優勝だってよ。ファミコンまでもらってたべや。金のほかにもよ」

俺は、ただただ無性に悲しかった。

「なんでオカマがテレビ出れんのよ。オカマの分際で。どのツラ下げてテレビ出たのよ、あのバケモン。なに考えてんのよ。俺らはよ、必死になって仕事してんのによ、オカマどもは、ただ酒呑んで騒いでるだけだべや。いいマンションに住んでよ。うまいもん、食ってよ。俺はな、そういうの、本当に、許せねぇんだよ」

「……」

「なに、いい気になってんのよ。あまりな、人を舐めた真似すると、こういうことになるんだよ、ってそういうことだ、このクズ！　な？　おい、なんとか言えや。マトモに生きてる奴を無視してると、こういうことになるんだぞ、っちゅうことが、あんた、わかるか？」

「……誰かに、マサコちゃんを襲え、と言われたりしたわけじゃないのか？」

「違うよ、バカヤロウ。俺が、自分で決めたことだ」

本当だろう、と今では俺もそう思うようになっていた。マサコちゃんを殺したのはこいつだ。殺すために、手下のチンピラを引き連れてマサコちゃんを襲ったのは、この秋沢だ。誰も、こいつに命令していない。確かにこいつが、自分で決めたことなんだろう。

「……マサコちゃんは、苦しんだか？」

「あっけなかったよ。もっと、思い知らせてやりたかったけどな。もう、すぐに意識朦朧、という感じでな。でも、結構しぶとかった。意識はもうなくなってるみたいだったのに、モワッと動いて、這いずって逃げてたぜ。……そういうことが、聞きたかったのか？」

勝ち誇ったような口調で言う。殺してやろうか、と思った。せめて、一度だけでも殴り倒してやろう、と思った。だが、こいつは、殴るに値しない、と思った。

「そうだ。そういうことが、聞きたかったんだ」

「なら、これでいいか？」

なんと返事をしていいか、わからなかった。

秋沢は俺の顔をじっと見た。そのうちに、勝ち誇ってニヤリと笑うんだろう、と俺は思った。だが、秋沢は笑わなかった。目にどす黒い憎悪をたたえて、俺をじっと睨みつける。俺が、『ファインダー』に載るのが、心の底から許せないらしい。

51

待合室は、相変わらず、寒い。

「参ったな……」種谷が呻くように言った。「心底、たまげた。思ってもいなかったよ。……空騒ぎ、か……」

「まだ、信じられないよ」

俺は呟いた。種谷はゆっくりと頷く。

「……さっきの、あの秋沢の弁解だけど、あいつは、頑張ってなんかいないんだぜ。全然」

俺が言うと、種谷は小声で「わかるよ」と言った。そして、頷く。

「あいつは、女房を場末のピンサロで働かせて、自分じゃ金を一銭も家に入れないで、ふらふら遊んでる奴だ。競輪とゲーム機のポーカーにハマってるってウワサだ。客引きの仕事だって、まともにやってない。酒を呑んじゃ、女房や子供を殴りつけてる、と仲間が話してた。生きる上での努力をなにもしない。そのクセ、本で読んだ適当なことを、知ったかぶりして話すのが好き、そういう男だ」

「知ってるよ。前科もいくつかある。あいつのことは、知ってる」

「マサコちゃんは、頑張ってたんだ。努力してた。そして、みんなに好かれてた」

「知ってるよ」

「……あんなことで、人を殺すのか？」

「そうらしいな」

「よく平気な顔してられるな」

「平気じゃないさ。だが、きっと、こういうのがこれから増えるんだろうぜ」

「増えるんだろうか？」

「そう思うね。日本人は今、暇だからな」

「……」

「結局……」

種谷はそう言いかけて、口を閉じた。言葉が、虚ろな待合室の空気の中で宙ぶらりんになった。

「なぜ、椽脇が捜査線上に浮かんだわけ？」

俺は尋ねた。

「ん……まず、事件直後に、匿名のタレコミがあった。それから、怪文書がマスコミに流れた。椽脇と常田の、過去の関係を事細かに書いたものだ」

「それは、秋沢がやったのか？」

「違うだろう、たぶん。タレコミも、怪文書も、非常に手慣れてた。あれは、ああいう陰謀みたいなものを専門に扱ってる連中だろうな。で、それと同時に、政治がらみになって、我が社の幹部連中の動きも、妙にギクシャクし始めたんだ」

「……」

「右も左も、左んなかの椽脇シンパもアンチ椽脇も、みんなこの線で右往左往始めたんだよ。

ウチの社も、もう腫れ物に触るような具合になったな」

「実際のところ、なにがあったのか知らずに、ただ憶測で、親分を守るために突っ走ってたってわけか」

「きっと、椽脇は、身内の人間には、尊敬されてないんじゃないかな。何をするかわからん、とんでもない男だと思われてる……まぁ、実際、そうかもしれないが。そんな男なんじゃないだろうか」

「……」

「椽脇のオヤジが死んだのが、腹上死だったってのは、知ってるか？」

「ああ。聞いたことはある」

「ほう。珍しいな。知ってる奴はあまりいないと思ってたんだが」

「戦前、前衛党でハウス・キーパーをしてた女を妾《めかけ》にしてた、という話だろ？」

「妾、というか……まぁ、生活の面倒を見てたんだな。体の関係込みでな。……とにかく、椽脇一族のヘソの下は、勝手に暴れるらしい。金でカタを付けたり、いろいろとややこしい話になったり、そういう前例は相当あるらしいんだ。中には、ちょっと荒っぽい手を使ったこともあるかもしれない。少なくとも、身内の人間が、椽脇ならやりかねない、と勝手に想像するくらいの出来事は、今までもあったらしいな」

「……」

「きっと、新堂たちは、椽脇が、ひとりで勝手に、クズを雇って常田を始末させた、と。そう思い込んだんだろう。で、それを直接椽脇に問い質すこともできず、とにかく、自分らの旗を守ろうとして、暴走したんだと思う」

「……堤、という男を知ってるか？」

「ああ。あの拾い食いの好きな半端もんな。あんた、あいつの仲良しか？」

「いや、違う。ただ、しつこく近づいてきた」

「触らない方がいいぞ。暴行、傷害、詐欺、脅迫、威力業務妨害、そんな感じの前科がいっぱいある。粗暴犯だ。見かけによらずな。若い頃、半端な総会屋の事務所でちょっと修業したらしい。で、市民運動に食らいついて甘い汁を吸う生き方を選んだらしい。全国の警察の生活防犯課には、要注意の回状が行き渡ってるはずだ。なにか事を起こしたら、すぐにしょっ引くことになってる」

「……」

「あいつは、誰に雇われた、ということもないんだろうな。金のニオイがするから、周りでじたばたしてみただけだろうよ。で、いくらかでも小遣いになればいい、と考えたんだろうな。そういう奴だ。都会にはね、そういう連中が肩を寄せ合って暮らしている場所もあるんだよ」

「あのガキどもは？」

「秋沢の手下か？」

「ああ」

「おそらく、よくいる、ああいう連中だろう。それ以外に、言いようはないな。ひとりひとり、事情は違うかもしれないが、結局、家や学校や職場から、こぼれ落ちて群れた連中だよ。ああいうのにたまにメシを食わせて、秋沢は得意だったんだろう。夏場に、大通公園で寝ていたホームレスや、逢い引きしてたホモカップルへの集団暴行で、ぶち込んだことがある連中を、今、片っ端から引っ張ってきてる。秋沢に面通しさせるんだ。ひとり、去年の夏に中島公園の鴨の足を切ってるところをパクったガキが、さっき、秋沢と付き合ってたってことを認めたそうだ。今年の正月早々、中島公園で、ボウガンを撃ち込まれた猫の死体が発見された事件があっただろ？」

「ああ、覚えてる」

「その犯人も、きっとこのガキだ」

「……」

「きっと、傷つけるだけじゃ物足りなくなったんだろうな。実際に人を殺した後じゃぁな……」

「……」

俺は、とてつもなく暗澹とした気分を味わった。今まで、いろんなクズを見てきた。だが、こんな連中は初めてだ。

「……で、秋沢は、逃げ遅れたわけだな」

俺は、気分を変えようとして、言った。種谷は、そうそう、と頷く。

「らしいな。駐車場で、あいつ自身は襲撃には加わらずに、ガキどもが、ええと……マキタさん、か？　あの管理人を襲うところを見てたんだな。司令官気取りでな。そこに、思いがけなく早くパトカーが駆けつけたんで、慌てたらしい。ガキどもがそれぞれどう逃げたのか、それはこれからの調べだが、まぁ、あのあたりは雪が積もってたからな。雪山を乗り越えて、家の隙間や塀の上なんてのから、散り散りに逃げたんだろう。だが、駐車場入り口近くに身を潜めて見物してた秋沢は、退路を断たれた格好になった。で、とっさに、いかにもあんたのことを心配して駆けつけたような顔で、姿を現したんだろう。走って逃げるよりは、その方がずっと賢明だ」

「秋沢は、なんでマキタさんを襲うことにしたんだろう？」

「わからねぇか？　あんたのせいだよ」

「なに？」

「ほら、雑誌の撮影の時、マキタのじいさんが、あんたたちになにか話しかけたんだろ？　その後、管理人室でしばらく話をしてたそうだな。秋沢は、それが気になったらしい。あのじいさんが、なにかを知っているか、気づいたかしたんじゃないか、と勘ぐったわけだ。……それから、ガキどもが、また殺したい、と言い出した、とも言ってる。まぁこれは、責任転嫁の口実かもしれない。……だが、俺は、そういう一面がある、とも感じてる」

俺は、目がくらむほどに激怒した。その怒りを抑えて、静かに座っているのは、少し辛かった。

「ま、最初にあんたにくっついたのは、逃げ遅れた結果の偶然だったってのは、間違いないらしい」

「……で、あれだな。俺が、秋沢に都合のいいように、誤解していると知って、安心しつつ、今後どうなるかが気になって、俺にくっついて探ってた、ということか」

「だろうな。で、例の堤防脇の国道だ。あそこであんたが殺されたら、その直前にあんたから新堂の言葉を聞いていた俺は、もう、完全に椽脇の線だ、と考えて、そっちに突っ走ったはずだ。で、おそらくすさまじい捜査妨害にあって、それっきりで終わっただろう。秋沢のバカな頭がそこまで考えたとは思わないが、とにかく、ここで殺せばうまい方に転がる、くらいのことは頭にあったんだろうな」

「……その前に、俺、あいつを怒鳴りつけたんだ。そのせいで、あいつ、ひねくれて、変に俺を恨んだのかもしれない。どっちにしても、バカだ。……きっと、あいつは、今まで、自分の手で人を殺したことはないんだろうな。俺を殺ろうとした時は、完全におかしくなっちまってたみたいだから。あいつは、殺したことはない。だが、クズを使って人を殺させたんだ。どっちの方がひどいのかな。……どっちもどっちか……」

「……あと、やっぱり、ひどいのは、椽脇だな」種谷はそう言って、酸っぱそうに唇をすぼめた。「あいつ、現場を見たわけだろう。襲撃の最中か、その後かはわからないが。で、常田の遺体に花を供えて、それっきり見て見ぬふりをしたわけだ。警察に通報もせずに。我が身可愛さってやつで」

「クソゥ……」

「だが、ま、微罪だな」

「今、椽脇は、なにを考えていると思う？」

「このケースに関してか？」

「ああ」

「なにも考えてないだろ。少なくとも、自分が疑われていることは知らないだろうな」

「なぜ？」

「取り巻きが、情報を隠すからさ。そんなもんらしい。親分は疑惑を知らず、取り巻きは、疑惑を直接尋ねることができないままに、あたふたとかけずり回った。で、そのどたばた騒ぎを見て、思惑を持ってる連中が、噂と怪文書と保身と勝負と騙し合いでおたおたした、というのが、この騒ぎの本質なんだろう」

「……」

「どうだ。気が晴れたか」

「全然」

「でも、ま、丸く収まったじゃないか。真犯人は挙がった。事態も明るみに出る。政治好きの連中は、無意味な骨折り損だ。下品な連中の下品さがとてもはっきりとした、と。で、わたしのような誠実な公僕も、満足感に浸ることができた。これは、申し分のない結果だと思うね」

「……この件が公表されるのは、いつ？」

「なに？」

「朝刊には、もう間に合わないよな」

「無理だね」

「テレビの朝のニュースには？」

「……まだ、きちんと発表できるほどには固まってないんだよ。それに、たとえば記者会見などで華々しく発表するようなネタでもない。あんたが騒ぎ、ススキノで橡脇がらみの噂が流れ、水面下でマスコミも政治家もあたふたしたが、表面的には、去年の十一月に、オカマが殺された、という通常の殺人事件だ。今となっては、一般道民の関心もそれほどじゃない。通常通りに広報が情報を流して、それで終わりだろう」

「……ということは？　秋沢の逮捕が公になるまでに、まだ少し時間があるな？」

「たぶんな。もっとはっきりした話を取らなきゃならん」

「わかった。今、何時だろ？」

「時計が読めないのか？」

言われてみると、壁に古ぼけた丸い時計がかかっていた。午後十一時十二分。俺は立ち上がった。

「帰るか？」

「まぁな」

「じゃ、気をつけてな。まだ、椽脇シンパがあんたを狙ってるかもしれないぞ」

52

タクシーから降りると、雪混じりの風が叩きつけ、俺はちょっとよろめいた。雪は降っていないようだが、堤防から、積もった雪を巻き上げて、強い風が吹き付ける。

こぢんまりとしたビルを見上げると、三階の窓は明るかった。誰かがしきりに窓のあたりを行ったり来たりしているらしい。俺は、フランス料理屋のニンニクとバターとクリームのニオイの中を、三階まで、階段を上った。

どこかに、センサーかカメラがあったらしい。階段を上りきって通路に出ると、〈MINI GALLERY〉のドアが開いていて、しょぼくれた目つきの新堂勝利が立っていた。憔悴、という漢字そのままのようすで、壁により掛かるように立っている。俺を見て、目を丸くした。

「やぁ……君か」

「どうも。先ほどは」

「君の部屋に、何度も電話したんだが……」

「出歩いていましたから」

「そうか。〈ケラー〉にいたの？」

「ええ、まぁ」

「そうか。いや、今までも何度かあそこで君をつかまえよう、と思ったんだけど、姿を現さなかったんでね。だからきっと、今日もほかのところか、と思ってたんだけど」

「……」

「いや、あの、つかまえる、というのは、そういう意味じゃないよ。要するに、お会いしたくて、ということだけど」

「……」

「で？　わざわざ来てくれたのは？」

「わかってるでしょう？　考え直したんですよ」

「というと？」

「覚えててもしょうがないしね。忘れよう、と決めたんです」

「ほう」

「前々から、ちょっと旅行がしたかったんですよ。世界各国を放浪してみたいな、と。ま、そんなこともありましてね。忘れた方がいいことを忘れて、ちょっと旅に出ようか、と思いまして」

勝利が、満面の笑みを浮かべた。

「君、それはいい考えだよ。ま、ちょっと、中に入らないかい？」

「いえ、話はぱっと決めましょう。長々と話していても仕方がない。玄関先で、用件だけ済ませて、すぐに帰ります」

「そうか。なるほど。現代っ子だな」

「……」

「いや、古かったかな？」

勝利は、なんだかひとりで有頂天になったらしい。くだらないことを言って、いそいそとひっこんだ。そしてすぐに戻ってくる。ぼってりとふくらんだ大きな茶封筒をクルッと丸めて、差し出した。

「信用するよ」

「信用してください」

「わたしも約束する。数年後になると思うけど、ちゃんと、椽脇には罪を償わせるから」

「ええ。そういうお話だったんで、わたしも忘れることにしたんです。新堂さんは、約束はきっと守ってくれる人だと思ったから」

「ありがとう。君の信頼は、きっと無駄にはしないから。ありがとう」

「ありがとうございました」

俺はそう言って、それから、非常に卑しい笑顔をひとつ、見せてやった。勝利は、その俺の下品な笑いを見て、安心したらしい。片目をつぶって、頷いた。

「助かります」

俺はそう言って、もう一度頭を下げた。これは、本心だった。

久しぶりに部屋に戻った。誰も邪魔をしなかった。どうやら、俺の監視は終了したらしい。冷え切った部屋は、俺が高田や堤と出かけた時のままで、きちんと片付いていた。あれから、ずいぶん、いろんな事があったな、と俺はしみじみ考えた。

春子に電話しようと思ったが、時間が遅すぎる、と思い直した。それから、牧園に電話した。そして、もしも『ファインダー』との付き合いを壊したくなかったら、この前撮影した写真は、使わない方がいい、と言ってやれ、と伝えた。

「なに？」

「犯人がもう捕まってるんですよ」

「なに⁉」

「椽脇じゃなかったんです。全然お門違いだった」

「本当か⁉」

「明日の午後には、正式な発表があるはずですよ」

「かぁ〜〜っ！　参ったなぁ！　間違いないだろうな」

「ええ」

「かぁ〜〜〜っ！」

牧園は一声叫んで電話を切った。

俺は、〈私の彼〉を歌いながら、ひとりでスーパー・ニッカを呑んだ。ひたすら呑んだ。

53

目が醒めたら昼過ぎだった。俺は、郊外にある俺の実家に電話した。この家で、俺の父親と母親が静かに暮らしているのだ。

親の家でややこしい話をして、各所に電話して面倒臭い段取りをなんとかこなして、やっとのことでススキノに戻った。で、午後四時過ぎ、一階の〈モンデ〉で、ちょっと遅い昼飯を食べているところに、この前の三人の男がやって来た。俺は黙って見上げた。

三人の真ん中に立っていた、スーツの着こなしが一番上等な、一番胡散臭く見えるやつが、軽く会釈して、「新堂が」と口を開いた。「ご足労願えないか、と」

「昼飯を食ってるところなんだけど」

俺はそう言って、スーパー・ニッカのストレートを喉に放り込み、店の女の子に「おかわり」と言った。女の子は、「あ、はい」と言って、俺が差し出した十二オンス・タンブラァにたっぷりと注いでくれた。俺は一口呑んで、それから二口呑んで、クロック・ムッシュをかじった。

「腹が減ってるんだ」

「ぜひ、ご足労願え、と」

「着替えたいな」俺は、ジーンズにセーター、という格好だ。「今日はまだ、シャワーも浴びてないし」

そう言って、俺はウィスキィをグッと空けた。

「おかわり」

そして、クロック・ムッシュをまたかじった。

「とにかく……」

「わかった。おかわりは、いいや。ごちそうさん」

女の子は、スーパーのボトルを手に、「はい、わかりました」と言う。そして、「一時間以内に戻らなかったら、警察に電話しますか？」とニヤニヤしながら言う。冗談のように言っているが、四割ほどは本気らしい。

「ま、後から電話する」

「ニュースは見たよ。道警広報からも知らせがあった。……ま、いい。くどくどとは話さない。金を返してくれればそれでいい」

勝利が、目をぎらつかせて言う。この前会った時のような、穏やかで教養ある若々しい中年紳士、という仮面は、もうどうでもよくなったらしい。

「金だ。あれさえ返してくれれば、もうそれでいい。こっちも、いろいろと問題はあったから」

「金か」

俺は、のんびりと背中を伸ばして、ソファの中でくつろいだ。

「そうだ」

「ない」

「なに？」

「金は、もうない」

「なに？」

俺の後ろに立っている三人のうちの誰かが、俺の肩をやんわりと握った。俺は、その手を払いのけた。

「ホントなんだ。返したくても、もう、ないんだ」

「……全部か？」

「全部だ」

「……そんなことはないだろう？」

懇願するように言う。

「いや。全部、使った」

「全部？　千万だぞ。どうやって使った？　借金でもあるのか？」

「いや」

「じゃ、何に使ったんだ?」

しらばっくれようかとも思った。だが、気が変わった。本当のことを教えてやることにした。その方が、こいつにとっては心理的なダメージが大きいだろう、と思ったのだ。

「人にやった」

「やった?」

「ああ」

「誰に?」

「知り合いだ」

「……なぜ?」

「詳しく話す気はないがな、ちょっとだけ教えてやる。友達に、中学生がいるんだ」

「中学生の友達?」

「そうだ」

「それで?」

「これは、非常に素晴らしい中学生なんだ。人間としても立派だ。頭もいい。性格も、複雑だが、マジメだ。そして、努力するんだ。向上しよう、とする子供だ。そして、恥を知っている」

「それが、なんの関係があるんだ?」

「この子供は、一年生の時には問題児で、遅刻早退無断欠席ばっかりで、テストも最低だったんだ」

「……」

「今はいい子だ。成績もいい。だが、まともな高校には入れないんだ。内申書がそういう具合だとな」

「……」

「俺は、そいつに、大学で勉強させたい。まともな大学でな。でも、それは無理なんだよ。まともな高校に入れなければな。大検経由、という手もあるが、どうもそれも性に合わないみたいだ。個人の努力次第、というのは正論だが、俺は、そういうのを辛気くさいと感じちまうタチなんだ」

「……」

「で、俺は考えた。アメリカの高校に留学させてやったらどうだろう、と思った。その子供は、英語が好きで、そして映画の仕事を目指してるんだ」

「なにぃ……」

「もちろん、金がかかる。そいつのオヤジは、普通の勤め人で、そんな金などない。俺だって、そんな、他人の子供に学資を出してやれるような、偉そうな贅沢ができる身分じゃない」

「キサマ……」

「だが、アブク銭が舞い込んだ。この金は、くだらない金だ。下品で、臭くて、最低の金だ。

だが、金は金だ。クソ壺に落ちた札束でも、銀行に持って行けば、銀行は尻尾を振って預かる。ピンピンの札と交換してくれる。金ってのは、そういうもんだ。どんなに汚くても、キレイに使うことができる」

「キサマ……」

「で、そいつのオヤジに、やった」

「ウソだな。……お前のようなチンピラから、喜んで金を貰う親がいるか？　もしいたとしたら、そんな人間の子供は、やっぱりマトモじゃないはずだ」

「俺が自分で渡したんじゃない。……オヤジに頼んだ」

「オヤジ？」

「ああ。俺の父親だ。小役人だったが、今は退職後ののんびりとした暮らしを味わってる。たいした人間じゃないが、とりあえず、マトモで、真剣に生きてきた男だ。俺は、この男に事情を話して、子供の父親を説得してもらった」

「……」

「いろいろと難しい事務手続きが必要らしい。でも、ま、オヤジの組合の弁護士とか、俺の友達の税理士とか、俺の知り合いの留学斡旋業者とか、いろんな連中に、一番いい方法を考えてもらうことになってる。そこらへんは、もう、俺はどうでもいい。連中が、ちゃんとやってくれるはずだ。俺は、その仕組みを作ることを頼んで、金を渡した。それで、終わりだ。

中学生も、アメリカ留学にどれだけの金がかかるか、具体的にはわからないから、素直に父親に感謝して留学するはずだ。思ったよりもお父さんは甲斐性があったんだな、と感心してな。本人には、俺が金を出した、ということは秘密にすることにしてもらったんだ」

「……」

「嬉しいだろう。あの薄汚い金を、ちゃんと生かして、素敵な成果を生み出してやるんだよ。俺に礼を言ったらどうだ」

「……」

「俺をどうこうしても、無駄だ。この一件が、お前たちの空騒ぎが、ブザマに知れ渡るだけだ。諦めな」

「女が……安西春子、という女が、どうなってもいいのか？」

勝利は、言ってはいけないことを言った。そのせいで、俺が三人の男に叩きのめされるまでの十五秒間に、勝利の鼻の軟骨と、左手の小指と、前歯が二本、折れてしまった。

俺はその成果に満足しながら、俺を押さえつける十二本の手足と格闘した。

「もう、いい」

かすれ声がそう言った。俺ではない。それに、勝利でもない。勝利は、ひたすら「グググ」と呻きながら、体を丸めている。誰だろう、と見回そうとしたが、押さえつけられているので、頭が動かせない。鼻血が俺の顔を濡らしているのが感じられた。俺の鼻血ならいいが、こいつらのだったら、イヤだな。

「おい、もう、いい、放せ」

再びかすれ声が聞こえ、俺を押さえつけていた手足がさっと引いた。老人が、俺を見下ろしていた。俺は鼻を押さえてみた。鼻血は出ていない。なのに、手のひらは真っ赤だ。他人の鼻血だ。気持ち悪い。

「誰だ、あんたは」

「そこの、呻いているバカモノの、伯父だ」

「伯父？　ほう、あんたが新堂忠夫か」

民労中金理事長。橡脇厳蔵後援会連合会長その他もろもろ。桐原に背中から刺された与太郎。

「いろいろと、ご迷惑をお掛けした」

いかにも沈痛、という顔つきで、大げさに言う。俺はせせら笑った。

「そう見えるかもしれない。自分では、そうは思っていないが」

「バカの総大将か」

「バカは、自分がバカだと知らないもんだ」

俺はソファに座った。新堂は、自分の甥を忌々しそうに見下ろしてから、俺の前のソファに腰を下ろした。焦げ茶色のズボンに黒いタートルネックのセーター、チェックの上着。痩せている。なるほど。まるで労働運動の闘士の剝製のような感じだ。

「ご迷惑をおかけした。お引き取りください」

「もちろん。そのつもりだ。その前に、顔を洗わせてくれ」

老人が奥のドアを指さしたので、そっちに向かった。中は、ビジネスホテルのツイン・ルームのような広さと設備があった。隅の洗面台のところで、袖をまくって顔をじゃぶじゃぶやっていたら、ドアが開き、誰かが入って来た。俺は構わずに顔を洗い続けた。ベッドにどさり、と座り込んで、「わたしはね」と話し出したのは、じいさんの方の新堂だった。

「君が、わたしを軽蔑しているのが、はっきりとわかる」

俺は無視して顔を洗い続けた。血はほとんど落ちたようだ。

「わたしは、他人からどう思われようと、気にしない生き方をしてきたつもりだ。信念があった、と言えばいいのか」

俺は置いてあった乾いたタオルで顔を拭いながら言った。

「ご自由に」

「だが、今、君に軽蔑されるのが、とてもイヤだ」

「俺の自由だ」

「君の目に、わたしはどう映る？」

「ベッドにへたり込んでいる老人」

新堂は、小さく頷いた。もう話す気持ちがなくなったらしい。俺としてはありがたい。

「じゃ」

身支度を整えながらそう言うと、老人はまた、小さく頷いた。

「君は、わたしを軽蔑している。それはそれでいい。だが、わたしは、君を信頼する。だから、もう、このことはこれっきりにしてくれ」

俺は瞬間的に激怒した。こいつは、最後の最後になっても、まだ話が呑み込めないらしい。

「バカか、あんたは。あんたに、信頼なんて芸当ができるわけないだろうが。あんたたちは、信頼する、ということができないから、群れて、寄り集まって、小汚く金を集めて暮らしてるんだろうが。椽脇は、もちろん、あんたたちを信用できなかった。だから、マサコちゃんと逢うことを隠したんだろう。そして、あんたたちも、椽脇を信用できない。だから、陰でこっそりと、無意味な隠蔽工作に奔走したわけだ。マジメに生きている人たちに、金をばらまきながら。そんなやつが、俺を信頼できるはずがない。ちょうど、『俺は絶倫だ』と威張るインポみたいなもんだ。わかるか？」

「……」

「俺はな、若い頃の椽脇の詩を読んだ。下手な詩だったが、その時は、少なくとも、椽脇はまだ、真心を大切にしていたような気がする。俺たちは、人間は、みんなそうだ。あとは、そいつの責任だ。どういう人間になるか、そいつが選ぶんだ。そして、椽脇も、お前も、お前たちも、一番下等な人間に成り下がったんだ。わかるか？　わからないだろうな」

新堂は俺を見上げ、そして、ほんの少し、首を傾げた。

俺は、新堂を見捨てて、そしてここにいる全員を見捨てて、〈MINI　GALLERY〉を後にした。誰も邪魔しなかった。

54

土曜日。朝から激しく吹雪いたが、昼過ぎになって風も収まり、夕方には空も晴れてきた。俺は嬉しかった。今晩は、久しぶりに春子に会えるのだ。春子は、寒さが苦手で、吹雪の時はずっと家に閉じこもっていたい、というタイプだ。だから、雪がやんで風が収まったのはありがたかった。

年度末が近づいていて、雑用が増えた、というので、ちょっと遅く、午後六時に〈ケラー〉で待ち合わせていた。いつもなら、土曜日はもっと早く、昼過ぎにはもう会って、映画などを観たりしていたのだ。

午後六時の街は、もうすっかり夜だ。ネオンに明るく照らされた歩道を、〈ケラー〉に向かう途中、向こうから、春子がやって来るのが見えた。

春子は、この数日の、俺の体験をなにも知らない。その方がいい。無意味に心配させることもない。春子は、殺人や、小汚い金や、陰謀や、そんなものとは無縁でいなければならない。そして、俺は春子をそういう世界から、守ることができると思う。

俺が手を挙げると、春子は気づいた。軽くぴょん、と飛び上がって、手を振り、小走りに駆け出す。顔はまだよく見えないけれど、明るい笑顔になっているのがわかる。俺は、「走ると転ぶよ」というような思いを込めて、両手でなだめる仕種をしながら、ちょっと駆け足になった。

その時、春子が立ち止まり、両手を口に当てた。「キャッ」と叫ぶのが聞こえた。

俺は、とっさに体を沈めながら、右前に飛び出し、体を捻って後ろを見た。バールが、俺の左足のつま先のすぐそばに振り下ろされた。ガチッと音がして、歩道の氷が細かく砕け散った。俺は素早く立ち上がり、敵に向けて正面から立った。視野のあちこちで、人々が立ち竦み、逃げ、あるいは駆け寄ってくるのがぼんやり見えた。

「なんだ？」

そいつは、クズだった。シンナーのせいだろう、ポカンと開けた口の中の歯はボロボロだ。ヘラッと笑い、両方の目玉が離れたような変な目つきで、「あんた、俺になにか言うことあるべ」とボソッと呟き、バールを振り上げる。

なにほどのこともない。体を右にさばいてバールをよけ、膝でミゾオチを蹴上げた。体を折り曲げる。後頭部に手刀を打ち込んで、それで終わった。顔なじみの客引きたちが三人、そいつの体に覆い被さって、押さえつけた。

きっと、秋沢の仲間だろう。種谷たちの網に引っかからずに、ふらふらしてたんだろう。で、俺を恨みに思って、待ち伏せしていた、というあたりか。

「大丈夫か？」

客引きのアキラさんが、チンピラの腕を背中で固めながら、俺に言う。

「ああ。なんともない」

「こいつ、どうする？」

「交番に連れて行こう。たぶん、マサコちゃんを襲った連中の仲間だ」

俺がそう言った途端、客引きたちがチンピラをボコボコと殴った。それはすぐに止んで、客引きたちは、「じゃ、後は任す」と言って立ち去った。警官にはなるべく近寄りたくないのだ。

俺は、雪の歩道にのびているチンピラの襟首を摑んで、引きずり上げた。その時、背中をドンドンと叩かれた。なんだろう、と思って、チンピラを抱えたまま、首だけ後ろに向けた。

春子が泣いている。

忘れていた。

「なんなの？　なんなのよ」

目から涙を静かに流しながら、唇の前で両手の指をもみ合わせながら、春子が言う。

「どうしたの？」

「なんでもない。ただのチンピラだ」

「でも……」

「なんでもないよ」

「ねぇ、もう、こんなこと、やめて」

「僕が仕掛けたわけじゃない。シンナーで頭のいかれたチンピラが、無差別に暴れただけだ。

〈ケラー〉で待ってて。ススキノ交番に突き出して、すぐに行くから」

「もう、やめて。こんなこと」

「だから……」

「わたし、おなかに赤ちゃんがいるの」

俺は驚いた。チンピラが、ズルッと歩道に滑り落ちた。

解説

評論家
井家上隆幸

本書『探偵はひとりぼっち』は、東直己自身の解説によれば、「札幌のススキノで、定職につかずブラブラと、トランプ博打や大麻製造流通などを主な収入源に、一見おもしろ半分にいきているような〈俺〉が主人公のシリーズ第四作だ。

「ちょっと昔、風俗営業法が変わる前、『ソープランド』が『トルコ』と呼ばれ、エイズがアメリカのホモだけが罹《かか》る原因不明の奇病だった頃、俺はススキノでぶらぶらしていた」というイントロではじまるシリーズ第一作『探偵はバーにいる』では二十八歳のじじいだった〈俺〉にも、春子ちゃんという可愛い恋人ができ、寝るだけでゴミ捨て場よりもほんの少し汚いという状態だった部屋をきれいにかたづけたり、手料理をつくったり、生活は大変化。

だがススキノ出没は変わらず、今夜もショー・パブ〈トムボーイズ・パーティ〉に春子ちゃん同伴で来ている。ステージの中央にでんと置かれた百インチのテレビ・モニターに、〈大集合！ アマチュア・マジシャンの華麗な夜！〉に出場したマサコちゃんが映る。四十六歳、この店のマッチョ・チームのメンバーで、西郷隆盛を思わせる容貌だが、みんなに愛されているマサコちゃんは、みごと準優勝、やった、よかったとみな狂喜乱舞したのだが、その二日後、札幌に帰ってきたマサコちゃんは殺された。多人数によるなぶり殺し。

ところが、警察も新聞もどうも動きが鈍い。そのうちに、若いころ愛人同士だったという地元選出の代議士がスキャンダルを恐れて殺したのではないかという噂が流れはじめる。周囲が怯えて口をつぐむなか、マサコちゃんの仇討と果敢に調査に乗り出した〈俺〉の身辺に、次々と奇怪な出来事が起き、友もみな離れていって――。

という展開のなかで、第一作からのレギュラーたち――胃腸薬を飲んでからカクテルやバーボンを飲むという仕来りの〈俺〉が顔を出せば黙っておしぼりとピースの缶、それに胃腸薬の大箱、水をついだタンブラーをならべる〈ケラー・オオハタ〉のバーテンの岡本、ヤクザの桐原や相田、結婚して子どももいるが基本的には同性愛者の北海道日報社会部記者の松尾、いまにもアカデミズムの世界からドロップアウトしそうな北大農学部農業経済学科大学院生の高田、道警刑事局捜査一課の種谷巡査部長、社会の底辺で生きる客引き、飲み屋のオヤジさん、ホステス、オカマなど、よろず相談に応じますと、法の境界線なんぞ知ったことかと夜の世界を奔る〈俺〉を助けてくれるツヨイ味方であるはずが、みななぜか腰が引けている。それもこれも、疑惑の代議士が道政界を牛耳る大物だかららしい。

マサコちゃんが新宿にいたころ知り合ったらしいというその政治家、橡脇厳蔵は、社会党（いまは解体寸前の社民党ですね）の代議士で、父親は戦前から北海道の大衆運動の最前線にいて亡くなったいまもなお、人びとの信望は絶大というのだ。これはちょっと事情を知っていれば、いや北海道人ならばモデルは誰とすぐわかるだろう。人びとが「サハルベカラズ」としているタブーに異を唱えてとんがるのは〈俺〉だけじゃない、東直己も北海道政界の内幕にまで手を突っ込んでとんがっている。

エンターテインメントは、否応なしに現実と切り結ぶもの、読者はそこで語られる〈虚〉のなかに〈実〉を読み取る。ススキノの猥雑な喧騒のなかで、政治なんざ知ったことか、その日その日をなんとかしのいでいるしがない人間たちの側に身をおき、そのアナーキーさに同心することによって、東直己は、現実を照射する。彼がえがくススキノは、そこに蠢く人間たちは、日本の〈縮図〉となる。

津軽海峡を「しょっぱい河」という北海道人は、東京に対して憧れ悶える心情と、東京なにするものぞという対抗心と、相反するものを同時に心にひっかかえている。ことに札幌で暮らす人びとは、東京で今日流行っているものは明日流行るというくらい東京に目がむいている。東直己のえがくススキノが新宿歌舞伎町とほとんどおなじであっても驚くことはないのである。

シリーズものは、二作三作とつづくにつれて、パワーを失い、マンネリになるという。東直己のこの〈ススキノ探偵〉シリーズも、そのことから免れえないように思えるけれども、その隘路を東直己はあえて歩く。どんな人間とも対等にへらず口をたたき、ときには弱音をはきながらの自由気ままさは、〝昼の世界〟からみれば浮き草根無し草、どこにも身のおきばのない孤独な男にみえるけれども、実はススキノにしっかりと根を広げていて、猥雑な人間関係の輪を愛し、愛する人びとのためなら命を捨ててもいいと猛進する〈俺〉を、一作ごとに微妙に変化させて、である。その変化は、〈俺〉が幻花に似た人生の苦さを知るにつれて、真の友情を知っていくから生じる。

その変化は、東直己自身のそれの投影だろう。東直己にとって、〈俺〉の正義はオレのそれ、男が一度心に決めたことをどこまで貫けるかという〈俺〉の生きかたの流儀はオレのそれ。思いこんだら命がけ、感謝されようが迷惑がられようが、自分の流儀をたてとおす。でなきゃ〈男〉じゃないのである。バカは死ななきゃなおらないと揶揄されたのは森の石松だが、東直己は、男はバカだ、だから愛しいというのだ。そういうことで東直己は「ほんとの人間てのはなんだ?」と、みずからにも読者にも問いかけているようにみえる。

東直己をよく知る編集者に「一度は〈俺〉をススキノから離れさせて東京に出てこさせてもいいのでは。ご当地ハードボイルドじゃあマンネリといわれるものね」といったら、「彼は東京にきたことがほとんどないし、くる気もないようだ」といわれたが、東直己が、そのススキノ・シリーズで登場人物すべてに、バカバカしいほどの明るさと、北の街で生きることにたいする真摯な力強さをもたせているのは、おそらく「東京も札幌も、人が生きるになに変わろう。いや、札幌のほうが虚飾をまとわず、欲望も希望も絶望も怨念も剝き出しなだけ純粋だ」という想いが強烈にあるからだろう。

東直己、一九五六年札幌生まれ。北海道大学文学部哲学科中退。アル中。歓楽街ススキノでその日暮らしの一方、家庭教師、土木作業員、調査員、ポスター貼り、タウン誌編集者、テレビ・コメンテーター、ラジオ・パーソナリティ、観光雑誌編集長などをへて、一九九二年、『探偵はバーにいる』でデビュー、二〇〇一年『残光』で日本推理作家協会賞受賞。なんともアナーキーなこの作家のいっそうの活躍を期待してやまない。

二〇〇一年十月

本書は、一九九八年四月に早川書房より単行本として
刊行された作品を文庫化したものです。

ススキノ探偵／東直己

探偵はバーにいる

札幌ススキノの便利屋探偵が巻込まれたデートクラブ殺人。北の街の軽快ハードボイルド

バーにかかってきた電話

電話の依頼者は、すでに死んでいる女の名前を名乗っていた。彼女の狙いとその正体は？

向う端にすわった男

札幌の結婚詐欺事件とその意外な顚末を描く「調子のいい奴」など五篇を収録した短篇集

消えた少年

意気投合した映画少年が行方不明となり、担任の春子に頼まれた〈俺〉は捜索に乗り出す

探偵はひとりぼっち

オカマの友人が殺された。なぜか仲間たちも口を閉ざす中、〈俺〉は一人で調査を始める

原 尞の作品

そして夜は甦る

高層ビル街の片隅に事務所を構える私立探偵沢崎、初登場！ 記念すべき長篇デビュー作

直木賞受賞

私が殺した少女

私立探偵沢崎は不運にも誘拐事件に巻き込まれる。斯界を瞠目させた名作ハードボイルド

さらば長き眠り

ひさびさに事務所に帰ってきた沢崎を待っていたのは、元高校野球選手からの依頼だった

愚か者死すべし

事務所を閉める大晦日に、沢崎は狙撃事件に遭遇してしまう。新・沢崎シリーズ第一弾。

日本冒険小説協会賞最優秀短編賞受賞

天使たちの探偵

沢崎の短篇初登場作「少年の見た男」ほか、未成年がからむ六つの事件を描く連作短篇集

神林長平作品

狐と踊れ
未来社会の奇妙な人間模様を描いたSFコンテスト入選作ほか六篇を収録する第一作品集

言葉使い師
言語活動が禁止された無言世界を描く表題作ほか、神林SFの原点ともいえる六篇を収録

七胴落とし
大人になることはテレパシーの喪失を意味した――子供たちの焦燥と不安を描く青春SF

プリズム
社会のすべてを管理する浮遊都市制御体に認識されない少年が一人だけいた。連作短篇集

完璧な涙
感情のない少年と非情なる殺戮機械との時空を超えた戦い。その果てに待ち受けるのは？

谷　甲州の作品

惑星CB-8越冬隊
極寒の惑星CB-8で、思わぬ事件に遭遇した汎銀河人たちの活躍を描く冒険ハードSF

終わりなき索敵　上下
第一次外惑星動乱終結から十一年後の異変を描く、航空宇宙軍史を集大成する一大巨篇！

遙かなり神々の座
登山家の滝沢が隊長を引き受けた登山隊の正体は、武装ゲリラだった。本格山岳冒険小説

神々の座を越えて　上下
友人の窮地を知り、滝沢が目指したヒマラヤの山々には政治の罠が。迫力の山岳冒険小説

パンドラ〔全四巻〕
動物の異常行動は地球の命運を左右する凶変の前兆だった。人間の存在を問うハードSF

ハヤカワ文庫

珠玉の短篇集

五人姉妹
菅　浩江

クローン姉妹の複雑な心模様を描いた表題作ほか〝やさしさ〟と〝せつなさ〟の9篇収録

レフト・アローン
藤崎慎吾

五感を制御された火星の兵士の運命を描く表題作他、科学の言葉がつむぐ宇宙の神話5篇

西城秀樹のおかげです
森奈津子

人類に福音を授ける愛と笑いとエロスの8篇 日本SF大賞候補の代表作、待望の文庫化！

からくりアンモラル
森奈津子

ペットロボットを介した少女の性と生の目覚めを描く表題作ほか、愛と性のSF短篇9作

シュレディンガーのチョコパフェ
山本　弘

時空の混淆とアキバ系恋愛の行方を描く表題作、SFマガジン読者賞受賞作など7篇収録

ハヤカワ文庫

星雲賞受賞作

ハイブリッド・チャイルド
大原まり子
軍を脱走し変形をくりかえしながら逃亡する宇宙戦闘用生体機械を描く幻想的ハードSF

永遠の森 博物館惑星
菅 浩江
地球衛星軌道上に浮ぶ博物館。学芸員たちが鑑定するのは、美術品に残された人々の想い

太陽の簒《さん》奪《だつ》者《しゃ》
野尻抱介
太陽をとりまくリングは人類滅亡の予兆か？星雲賞を受賞した新世紀ハードSFの金字塔

銀河帝国の弘法も筆の誤り
田中啓文
人類数千年の営為が水泡に帰すおぞましくも愉快な遠未来の日常と神話。異色作五篇収録

老ヴォールの惑星
小川一水
SFマガジン読者賞受賞の表題作、星雲賞受賞の「漂った男」など、全四篇収録の作品集

傑作サスペンス

幻の女
ウイリアム・アイリッシュ／稲葉明雄訳
死刑執行を目前にした男。唯一の証人の女はどこに？　サスペンスの詩人が放つ最高傑作

暗闇へのワルツ
ウイリアム・アイリッシュ／高橋　豊訳
花嫁が乗ったはずの船に彼女の姿はなく、代わりに見知らぬ美女が……魅惑の悪女小説。

眠れぬイヴのために 上下
ジェフリー・ディーヴァー／飛田野裕子訳
裁判で不利な証言をした女へ男の復讐が始まった！　超絶のノンストップ・サスペンス。

静寂の叫び 上下
ジェフリー・ディーヴァー／飛田野裕子訳
ＦＢＩの人質解放交渉の知られざる実態をリアルかつ斬新な手法で描く、著者の最高傑作

監禁
ジェフリー・ディーヴァー／大倉貴子訳
周到な計画で少女を監禁した男の狂気に満ちた目的は？　緊迫感あふれる傑作サスペンス

著者略歴　1956年生，北海道大学文学部中退，作家　著書『探偵はバーにいる』『バーにかかってきた電話』『探偵、暁に走る』（以上早川書房刊）他多数

HM=Hayakawa Mystery
SF=Science Fiction
JA=Japanese Author
NV=Novel
NF=Nonfiction
FT=Fantasy

探偵《たんてい》はひとりぼっち

〈JA681〉

二〇〇一年十一月三十日　発行
二〇一〇年九月十五日　二刷

（定価はカバーに表示してあります）

著者　東《あずま》　直《なお》　己《み》
発行者　早川　浩
印刷者　草刈龍平
発行所　株式会社　早川書房
郵便番号　一〇一 - 〇〇四六
東京都千代田区神田多町二ノ二
電話　〇三 - 三二五二 - 三一一一（大代表）
振替　〇〇一六〇 - 三 - 四七七九九
http://www.hayakawa-online.co.jp

乱丁・落丁本は小社制作部宛お送り下さい。
送料小社負担にてお取りかえいたします。

印刷・中央精版印刷株式会社　製本・株式会社川島製本所

JASRAC 出0113727-002
ISBN978-4-15-030681-6 C0193

＊本書は活字が大きく読みやすい〈トールサイズ〉です